Knight in Chrome Armor 2

Blaized Obsession

By

Myiesha

D1507889

Remember....
You haven't read 'til you've read
#Royalty

Check us out at
www.royaltypublishinghouse.com
Royalty drops #dopebooks

KNIGHT IN CHROME ARMOR 2

Prologue

Knight

After everyone had come back upstairs, we found little Tre sitting alone. We left him up here with his father and Troy's son, Malachi. We asked him where did his father go and he said to take Malachi to his aunty Kitty's house. Troy did put me on to the shit that went down with Kitty and Camilla, so I knew this wasn't good.

I was sitting in the living room, pacing back and forth. I felt like I was stuck between a rock and a hard place. JoJo was my cousin and I was raised with him, but we were never close. Troy on the other hand, was a cousin I had only met a few months ago, and I felt like I had known him my whole life. They were both my uncle Joseph's boys and I didn't know if I was able to choose sides. What JoJo just pulled was the ultimate no-no. What Troy was going to do to the kid, was all on him. Troy was the ultimate family man and you didn't fuck with his family. JoJo kidnapping Malachi was just crazy.

Troy and Stash had left out already, and I was sitting back with the rest of the family, although I wanted to be there with Troy. I watched as Camilla completely shut down on everyone and was now in a trance. She just sat there on the stairs, rocking back and forth. To make matters worse, I had finally gained the courage to ask Blaize to be my wife, thinking this would be the perfect time because all the family was here, and this shit happens. I had been fumbling around with this ring in my pocket since we've been here.

Blaize and Kaylee had gone to the bathroom, but that was a long time ago, so I decided to go and check on them. I walked up to Camilla who was sitting on the step, and kissed her on the forehead and told her everything was going to be okay. I walked past her and up the stairs. I walked towards where I saw one of the bathrooms during the tour, but it was empty. I turned around to go check the other bathroom, and I was almost knocked over by Capri's pregnant ass running to the bathroom.

"Sorry Knight," she said, running into the bathroom and shutting the door. I walked down the hallway to the other bathroom, and I knocked slightly on the door and opened up. Kaylee was there sitting on the floor, with her head down, crying.

"Kaylee," I called and she looked up at me.

"Where is Blaize?" I asked.

"He took her, Daddy," she said running into my arms.

"Who took her, Kaylee?" I asked.

"Blaize friend, he had a gun and he did bad things to her and said for me to count to one-hundred before I go downstairs and if I didn't, he would shoot her."

"Did he tell you his name?" I asked.

"Blaize called him Shawn."

This couldn't be real. I felt like I was having a nightmare.

Chapter 1

Blaize

I opened the door so that Kaylee and I could go back downstairs and rejoin the party. I looked up into the demented face of Shawn, standing there with a creepy smile on his face.

"What are you doing here?" I asked him.

"I came to get you, baby," he said pulling out a gun and walking Kaylee and I back into the bathroom. I pulled Kaylee behind me to protect her from whatever it was that he had planned.

"Can you please just let her leave? I swear I'll do whatever you ask," I pleaded.

"I don't want her, I want you," he said.

"So just let her go."

"No, why? So she can run back to your little boyfriend? She can sit right there," he said, pointing to the far corner of the bathroom. I pushed her to the corner and told her to just close her eyes and it'll all be over.

I felt Shawn come up behind me and touch the small of my back.

"You might want to tell her to turn around," he said, sliding his hand down the back of my pants. I closed my eyes as a tear rolled down my cheek. I wiped it away and sat there as he fondled me. I just prayed Kaylee kept her eyes shut. He reached around and unbuckled my pants, and slid his hand down the front of them. He inserted his fingers inside of me and started pushing them in and out. He pulled them out of my pants and stuck them inside his mouth.

"Mmmm," he moaned with his eyes closed. He opened his eyes and stared at me through the mirror.

"Turn around," he said. I stood there at first, until he raised the gun to the back of my head. I slowly turned around to face him. He pushed me up against the wall and pulled my pants down to my knees, dropping down to the eye length of my kitty. He pulled my thong over and pulled me closer to him, and started licking my kitty. I felt so disgusting and even worst that this was happening while Kaylee was in the same room. I closed my eyes and prayed for this to be over. Two minutes later, he came back up and said he couldn't enjoy it with Kaylee in here crying. I pulled up my pants and he grabbed me by my arm. He told Kaylee to count to one-hundred before leaving out the bathroom, or he was going to kill me. He pulled me out the bathroom and I could hear Kaylee start to count through her tears.

My feet dragged across the wet grass, as Shawn pulled me by my hair, down the hill of the backyard of Troy and Camilla's new house. I would have tried to fight him off, but he had the gun pressed into my neck. I didn't realize how fucking big this damn backyard was, until this moment of me being dragged for what seemed like a whole hour. We finally got to the gate of the backyard and he pushed me through, and I fell on the concrete. I could feel the blood leaking down my leg. He yanked me up and pulled me to a black car that was parked across the street from the house. He opened the driver's side door and made me get in first, then he got in with the gun still pointed at me. He started the car and pulled off.

"What the hell do you want from me?" I asked.

"I don't want anything from you, I just want you, baby," he said touching the inside of my leg and sucking on his bottom lip.

"Damn you taste good. I can't wait until I can feel you. I'm sure you're going to feel just as good as you taste," he said, sticking his hand back inside my pants and rubbing my kitty, then sticking his fingers inside his mouth and sucking on them like they were lollipops.

We had been driving down Highway 20 for the last fifteen minutes. He pulled over in a gas station and grabbed a bag out of the car. He pulled me to the bathroom where he pulled out some hair dye and scissors and handed them to me.

"Here and hurry up," he said.

"What am I supposed to do with these?" I asked.

"What the hell does it look like? Now get to work before we miss our flight."

I started getting scared. I knew if this man was to take me out the state, Knight would never find me, but at this moment I felt weak and helpless. I bent over the bathroom sink and started to throw up everything I had eaten at the birthday party. When I was done, I washed out my mouth.

MYIESHA

"Where are you taking me?" I asked.

"We're going to Vegas, baby. You're about to become Mrs. Nyshawn White."

Chapter 2

Knight

"Fuck," I yelled as the Hennessey bottle went flying across the room. As if the situation wasn't already fucked up, this just made it ten times worse. I slammed Blaize's phone down on my desk. I had just gotten a call from her doctor telling me that Blaize was ten weeks pregnant. Don't get me wrong, I was happy she was pregnant, but now, not only was Blaize's life in danger, but the life of our unborn was also. The worst part about it is that she doesn't even know she's pregnant. *Shit, that's if she's even still alive,* I thought to myself.

"Nah, my baby is a fighter; she's a stronger woman now. She's not that weak girl I found in the hospital. She's a survivor, she's got this," I said out loud trying to stay positive and not think the worst of the situation. I couldn't lose Blaize; not right now, not ever.

It had only been a week since she's been missing and it felt like forever. I had been sitting in front of this nigga Shawn's mother house, seeing if he would show his face. No luck. I even bust down the mother's front door. At this point, I didn't give a shit; I just wanted my girl back. I ran traces on his checking accounts and the nigga cleared his shits the day before he took Blaize. I traced his cell phone and found that shit at my house. The nigga couldn't get in through the dog door anymore, so he broke through a window to get in. I don't know how long he had been staying there, but the fucking bed was disheveled. The nigga had been eating my food and watching TV like this was his crib.

I was pacing back and forth in my office at the club. I had been staying here most of the time. I haven't even been home to see Kaylee or my mother. I knew she was gonna have some words for me when I finally did show my face and by she, I mean Kaylee.

I was distracted from my thoughts by the buzzing sound, which was alerting me that someone was outside the garage. I looked at the monitors and recognized the car.

"What the fuck does she want?" I said out loud. I started not to, but I buzzed her in anyway. I walked out into the club and behind the bar, to grab another bottle of Hennessy. I pushed the code into the keypad to unlock the front door. I walked to the door to the entrance of the club and unlocked it. Sessay came walking in with a tight ass dress on. Nothing out of the ordinary.

"What you want?" I asked her.

"I want to talk," she said.

"About what? I ain't got shit to say to yo ass. You tried to put a nigga on blast in front of my girl. You's a trifling broad," I said to her, pointing at her and sipping from my bottle.

"I'm sorry, Knight; I was just hurt to see you with her. You never told me you had a girl. I thought we could have been something," she said.

"What is with all you women thinking just because a nigga giving you dick that y'all automatically gonna be something? No, we were never going to be anything, Sessay. And when you and I were fucking around, I didn't have a girl. When I did get a girl, the shit me and you were doing was done," I said, walking away from her and taking a seat at the bar.

"I just wanted to know if I can get my job back?" she asked. I just sat there and stared at her. By this time, the two bottles of Hennessy were hitting me.

"Knight, why are you staring at me like that? You scaring the shit out of me," she said.

"No, you can't," I said.

"Come on, Knight. I have student loans to pay back and I was counting on that money," she said. I shrugged my shoulders. I really didn't care.

"You can leave now," I said to her.

Whenever I started drinking, I became an asshole. I picked my bottle up and sipped some more. I closed my eyes and laid my head back, and started thinking about Blaize. I don't know how long I was sitting there. I forgot Sessay was even in the room until I felt her hand on my thigh. I grabbed her hand and moved it off me.

"Leave," I said looking her dead in face.

"Come on, Knight," she said again, this time getting up and grabbing on to my pants. She started unzipping my pants. I wanted to move but couldn't, or shall I say I could move but I didn't want to. I let her pull out my soft dick. She started stroking it.

I felt her warm breath on my dick and I started to get hard. Once I felt her wet mouth cover my dick, I sat back and enjoyed. I felt myself about to nut, so I grabbed on to the back of her head and started guiding myself deeper down her throat until I bust. Once I was done, I let her up. I stuffed my member back inside my pants and zipped them back up, then grabbed my bottle and started sipping again.

"Do I have my job back?" she asked wiping the sides of her mouth.

"No, for that exact reason. I told you I had a girl and you still couldn't respect that and keep ya fucking hands to yourself. Now like I said, leave," I said to her.

"You fucking asshole," she said, grabbing her things and switching out the door.

After she left, I walked back up to my office.

Chapter 3

Blaize

"I do," I said as I stood across from this deranged man, who held me and the officiant at gunpoint. He had held me captive for three weeks. The night after he kidnapped me, he flew us across the state to Vegas and we had been here ever since. He made me cut my once long curly hair and dye it black. With shades on, you wouldn't even recognize that it was me. I'm sure Knight had everyone out looking for me, so even if they had a picture of me it was of no use. We had been jumping from hotel to hotel on the Vegas strip, for the last two weeks. This was the only one we had spent more than three nights in. Besides him forcefully going down on me, he hasn't really tried to harm me. He said he was saving that for our wedding night, which was tonight.

"And do you, Nyshawn White, take Blaize Francis to be your wife?" the scared officiant said.

"I most certainly do," Shawn said with a big grin on his face. "I now pronounce you husband and wife. You may kiss your bride," the officiant said sealing the deal.

Shawn reached over and tried to kiss me on the mouth, but I moved away. I felt like I was going to throw up again. That's all I had been doing, throwing up for the last three weeks. I don't know what the cause of it was, but it was draining all of my energy. Some nights I had tried to get up and run out the hotel room for help, but I was so weak from throwing up that I wasn't able to move fast enough. He was always able to feel when I got up. I would just play it off like I was going to the bathroom. I couldn't use the phones because he cut the lines to every phone.

I guess me turning my head from him must have made him mad, because he grabbed onto my face and held it still and kissed me, sticking his tongue down my throat. Him doing that made me throw up all over him and myself. He got mad and smacked me. The officiant tried to jump to my rescue, but Shawn grabbed him and twisted his neck, dropping him.

"See what you made me do," he said to me, with his gun now pointing at me.

"Grab his leg," he said. I slowly got up off the floor and walked over to the dead man and grabbed one of his legs. He grabbed the other leg and we dragged him into the back room. He shut the door, grabbed me by my arm and walked out.

When we got upstairs to our room, he dragged me to the bathroom.

"Wash yourself off and when you're done, put this on," he said handing me a white two-piece lingerie set which was crotch less and see through. Also, a pair of white fishnet knee highs and some clear plastic ass platform shoes.

"Hurry up so you can come please your husband," he said.

I felt myself wanting to throw up again. All I wanted was for Knight to come kick down the door and rescue me, but I knew that wasn't going to happen.

I undressed completely, while that creep just stood there with his gun and watched me. I stepped into the shower and started to wash myself. I guess he was enjoying it, because he walked to the shower and grabbed the washcloth and soap from me, and started to wash me himself. He started washing between my legs and then I heard the washcloth drop and his hands going up my legs until it reached my coochie. He then slid his finger in, moving them in and out of me. I started crying, I felt violated again. I tried to close my legs, but he held his gun up at me.

"Open ya fucking legs and let me taste my pussy. This here is mine now," he said.

He lifted one of my legs up onto his shoulder, and started eating me. I felt disgusting. He was down there gnawing for a few minutes before he came up.

"Rinse off and come meet your husband in the bed," he said and walked out the bathroom.

As I was washing, I decided right then and there that I had enough. I was getting away from this fucker tonight. I was gonna have to pull all the strength I had together. I put the outfit on and walked into the room. He was sitting up against the headboard.

"Damn Mrs. White, you look sexy," he said pulling out his humongous dick. *Nope, nigga ain't putting that shit up in me,* I thought to myself.

"Turn around and bend over for me baby," he said stroking his third leg. I played along and did as he asked. I could hear him grunting and moaning behind me.

"Stand up and come over her and give me some head," he said.

"Can you put the gun down, then I'll come over there," I said. He hesitated for a moment before he sat it down on the nightstand.

I walked over to him and crawled on the bed. I held down my vomit and kissed him on the lips.

"Can I dance for you baby?" I asked. He looked up at me.

He reached over to the radio on the nightstand and turned it on. It was on the Rock 'N' Roll station.

"Slower," I said. He turned the station and Fetty Wap's "Again" song was on.

"Slower." Once again, he turned and Dej Loaf's "Me, You and Hennessey" was on.

I kicked off the platform shoes and stood up in the bed. I started moving my hips to the music. I turned around and dropped it low and brought it back up so that he could see my exposed coochie.

"Ummm," I heard him say then felt his hand go up my leg. I turned back around and faced him. With everything I had, I lifted my leg and kicked him in the face, breaking his nose like I was taught in kickboxing class. His head hit the headboard. I did another spin kick to the head and knocked him out cold. I took that opportunity, grabbed a blanket and bolted out the door.

Knight

It had been a week since Stash's funeral. I showed up to pay my respects and got my ass handed to me by Troy for going MIA. Blaize had now been missing for three weeks. Troy and I started combining our resources to track down Blaize. Still came up with nothing. I don't know how that's possible when I was a fucking detective. I should have been found her. Shit, I should have found that nigga Shawn before he had a chance to even get to her. I was sitting in front of my computer at my mom's house, and my phone started to ring from an unknown number. I wasn't in the mood for telemarketers so I ignored it and turned the ringer off.

"Hey Daddy," Kaylee said, walking in from school. After the talk with Troy, I realized I did fuck up and it was fucked up for me to just up and leave Kaylee like that. So I was here with my baby girl for the last week. Well, I been here but haven't really been here. I had been so focused on Blaize. I promised Kaylee we could go out to eat tonight when she was done with her homework.

"We still going on a date tonight, Daddy?" she asked.

"Yup, as soon as you finish your homework," I said.

"Good, because it's already done. I did it in the car so that we could hurry up and go," she said.

"Let me check it first," I said because she was notorious for just writing anything down.

She gave me her homework and surprisingly, it was all done and correct.

"This looks good Kaylee, and you got all of them right," I said praising her.

"I know I did. Blaize taught me an easy way to do it. Is Blaize okay, Daddy? I miss her," Kaylee said.

"I miss her too, baby. Come on, put your shoes back on so we can go. Where do you want to go for our date?" I asked her.

"To Red Lobster," she said. I laughed; this little girl was a mess.

I grabbed my keys and my phone and stuck it inside my pocket, and we left out.

While in Red Lobster, Kaylee had me in there about to piss myself. This little girl had stories for days. I swear it was a grown woman stuck inside her body. It felt good to laugh. I really missed my daughter those two weeks I was gone. I took out my phone to see what time it was and noticed that number had been calling me for the last two hours. *Who the fuck was this,* I thought to myself. We had finished eating and I paid the bill and left. Me and Kaylee were sitting in the car when I pulled out my phone again to hook it to the charger. Just as I was about to put my phone down, the screen lit up and it was that number again. I decided to answer it.

"Yo, who is this?" I answered placing it on Bluetooth in the car.

"Knight, it's me," she said.

"Blaize" Kaylee yelled excitedly.

"Hi Kaylee, baby. I miss you so much," Blaize said. I sat there stunned. I couldn't say anything because I had been ignoring the number all day, and it was Blaize calling me this whole time.

"When are you coming home? The ladies at my gym class were talking nasty about daddy again," Kaylee said.

"Oh, they have? I'll handle them when I get back," Blaize said.

"Knight, are you there?" she asked.

"Yea baby, I'm here," I said.

"Can you come get me, please?" she asked. I could hear the tears in her voice.

"I'll be right there, baby, just tell me where you at," I said.

"I'm in Vegas, Knight," she said.

"What the fuck?" I said.

"Knight, don't curse in front of her," Blaize said.

"Where at in Vegas? I'll catch the first flight out there," I said.

"I'm at the Flamingo Hotel inside the bathroom. I stole someone's phone, so please hurry before he finds me," she begged.

"I'll be right there, baby, just wait right there," I said.

"I'm going to hang up and call Troy but when I'm done talking to him, I'm going to call this number right back, okay?"

"Ok," she said and I hesitantly hung up with her. I dialed Troy's number.

"Yo," he answered.

"I need you to take a trip to Vegas with me. This nigga took her all the way out to fucking Vegas man," I said.

"Stop cursing, Daddy," Kaylee said from the back seat.

"I'm sorry baby," I apologized.

"Aight, come get me," Troy said and we hung up.

"Baby, Daddy is going to drop you off at grandma's house so that I can go pick Blaize up, okay? I promise I'll be right back," I said.

"Okay, hurry back with her because I want to show her a new trick I learned in gym class," Kaylee said.

I pulled up to my mother's house and walked Kaylee inside. I told my mother where I was going, and she kissed me goodbye and told me to hurry back. I picked up Troy and we headed to Newark Airport to catch the first flight out to Vegas.

Chapter 4

Blaize

I had been in the bathroom for at least four hours now, and I think the cleaning woman was starting to become suspicious. All four times she had come into the bathroom I was in there, and each time I would act like I was fixing my hair. Knight needs to hurry up and get here. I'm sure Shawn probably done woke up and has been up and down the strip looking for me. It's only a matter of time before he makes it here. "Hopefully by then Knight will be here," I said, as I looked down at the cell phone to check the time. It was now three in the morning. I tried calling Knight's phone back but it kept going to voicemail, and this phone only had nine percent battery. I went inside the big bathroom stall and sat on the nasty floor. I was so sleepy all I wanted to do was sleep. I exhausted all the energy I had running down the strip to get as far away from the Riviera as I could. I felt myself falling to sleep until I heard the cleaning lady outside the door arguing with someone.

"Sir, you cannot go in there, there's a young lady in there," she said.

"Bitch, if you don't move out my way, I'm a put ya old ass down." I recognized the voice as Shawn's.

Oh my God, how did he find me? I thought to myself. I started to panic and stood up on the toilet.

"Security, security. This man has a gun!" I heard the cleaning lady yell. Then I heard her scream and then a crash.

"He ran that way," she said.

I slowly crept out the bathroom stall and walked to the bathroom door. I peeked out and the cleaning woman was lying on the floor with her cart on top of her. I came out the bathroom to help her.

"Are you okay?" I asked.

"Yes sweetie, I'm okay. It's going to take a lot more to bruise this old bull," she said.

"Thank you for not letting him in. He was after me and it's no telling what he would have done to me," I said as I helped her up and started to pick up her cart. I felt someone grab me from behind, which caused me to go into panic mode and start swinging. I noticed the cleaning lady pick up her broom and start swinging it at whoever it was that grabbed me.

"Blaize, it's me, baby." I turned around and it was Knight. I went to jump in his arms but he went down out of nowhere. That's when I looked to my left and the cleaning lady had the broom up, about to swing again.

"No, no, no, it's okay, this is my boyfriend," I said to her, now standing in front of Knight to block him from being hit again.

"Oh, okay," the cleaning lady said, putting her broom back inside her cart.

"Who is that?" Knight asked.

"She defended me, when Shawn came looking for me. I owe her," I said to him.

"Thank you so much for your help ma'am," I said to her.

"Don't call me ma'am. It's Ms. Edna baby, and you're very welcome. You remind me of my granddaughter. I knew something was up when I came in the bathroom four times and you were acting like you were fixing your hair. Sorry honey, but it ain't that much primping in the world," she said.

"Well Ms. Edna, I really appreciate you putting yourself in danger for a stranger. You didn't have to do that," I said.

"Yes I did. I could look in his eyes and tell there's something wrong about that man. You need to stay away from him," she said sounding like my foster mom when she told me to stay away from Dex.

"I will. Thank you," I sincerely replied. I turned back around and squeezed Knight so tight; I never wanted to let him go. I hadn't even noticed Troy standing behind us until I pulled back from Knight.

"Oh my God, Troy, I didn't even see you back there," I said giving him a hug.

"Where's my girl?" I asked.

"She's sitting up at the hospital with Malachi," he said.

"Wait, what happened to him? Is he okay?" I asked.

"Uh, yes, he's okay now," he said.

"What do you mean now?"

Troy and Knight filled me in on everything that happened and I was devastated. I couldn't believe this chick, Kitty, would shoot a kid, and I couldn't believe Stash was dead. I could only imagine the pain Pri must've been going through. I noticed we were heading in the opposite direction of the airport.

"Where are we going? The airport is back that way," I said.

"Blaize, I need you to stay down here in the car and me and Troy are going to go to the room and check for this clown, okay? We'll be right back," Knight said.

"No, I don't want to stay by myself, I'm coming up with y'all," I said, getting out the taxi and walking ahead of them. As I was walking, I heard them laughing behind me, and this was no laughing matter.

"What the hell are y'all laughing at?" I asked turning around.

"Baby, it's kind of hard to take you serious when you got that sheet wrapped around you like a diaper," Knight said. I looked down because I honestly forgot I had on this sheet.

"Come on, let's go in here to see if they have something for you to put on," he said, pulling me into this shop inside the hotel that looked like they only sold stripper clothes.

We were only in the store for five minutes. I managed to find some tights that at least covered my butt and my cooch, a tank top and some flip-flops. We got in the elevator and I pressed the button for the eighth floor. When we stepped off the elevator, I noticed some people standing around the door to the hotel room.

"There she goes," the hotel attendant said pointing to me.

"Ma'am, I'm Detective Spears, this is Detective Aguilera... do you mind if we ask you a few questions?" the detective asked.

"Questions about what?" Knight inquired.

"Regarding the murder of Joseph Rhimes, he's the officiant at the Two Birds Chapel," he said, and I felt the vomit coming up my throat then out my mouth. Knight just rubbed my back until I finished throwing up.

"Ma'am, are you okay?"

"She's pregnant. Now back to this, what would make you think she had something to do with the murder?" Knight asked.

"We have pictures of her and a gentleman entering the place, and then we have evidence of them being the last to leave. We're pretty sure she has nothing to do with it, as we see you are being held at gunpoint. We want to know where we can find this gentleman?" he asked.

"She doesn't know, we're looking for him too," Knight said. I stood there quiet because I was still stuck on Knight telling them I was pregnant.

"Sir, who are you?" Detective Spears asked.

"Detective Knight from the New Jersey Special Victims Unit, this here is my woman. That dude kidnapped her and brought her here against her will. She knows nothing about where to find him, if he's not in that room," Knight said.

"Knight, he made me marry him," I said, finally coming to the realization that I was married to this lunatic.

"Ma'am, did you sign anything while at the chapel?" Detective Aguilera asked.

"No, I don't remember," I said.

"Then you're not legally married," he replied. There was a sigh of relief.

"I'm sorry, Officer, but I barely know that man. I can't help you. I just want to go home," I said.

"Ok, here's my card if you remember anything," he said, handing me his card.

"And here's mine. If you find him, I want to know. You might want to send the airport, bus and train stations his photo," Knight said.

"I know how to do my job, Detective," Detective Spears said, giving Knight a handshake, and we turned and walked away.

Chapter 5

Blaize

I was happy when we got off the plane in Newark. I felt like dropping to the floor and kissing it. I sat up the whole flight back to Jersey because I was scared if I went to sleep, I would wake up and it would all be a dream. I sat on the plane holding onto Knight's hand and every now and then, I would find myself staring at him because he was such an amazing man. If there was one man that I know wouldn't hurt me that would be him. I wanted to be his woman forever. *What if I was to propose to him? Would he look at me crazy?*

As we were walking to the car, Troy had gotten a call from Camilla. Something was wrong with Malachi so we rushed to the hospital. We all ran through the hospital following Troy up to the room. When we got to the room, Camilla started explaining to us what was going on when Dr. Winchester, the same doctor who worked on Nylah came in. He started giving us a better understanding as to what was going on, and informed us that Malachi would be okay. Once everyone was placed at ease, Camilla came over to me and hugged me hard, and I returned the hug. In the little bit of time I had known her, she had really become like a big sister to me.

"Are you okay, what did that sicko do to you?" she asked me.

"Yes, I'm okay, just happy to be home."

"What the hell did he take you all the way out to Vegas for?" she asked.

"To make me his wife. He would have succeeded if the dummy hadn't been so quick to kill the officiant," I said.

"Whaatt?" she asked.

"Girl, don't even ask. How are you though, Cami?" I asked.

"Murderous," she answered.

"I bet."

We ended up staying there for a little while longer until I was ready to go. I missed Kaylee and I missed sleeping in peace next to my man. The ride home was quiet. Knight wasn't talking at all; he was just staring ahead. You would think he would act more excited for me to be back home. He was hiding something. I didn't miss the way he froze when Camilla brought up him disappearing for two weeks.

"Everything okay?" I asked him.

"Uh, yeah, everything is good. Just got a lot on my mind," he said.

"Let's talk about it," I said.

"Nah, it can wait," he replied.

"No it can't, let's talk now."

"What did he do to you, Blaize? Kaylee said the night he took you he did things to you while y'all were in the bathroom," he said.

"The night in the bathroom he just used his mouth and hands on me. That's all he's been using since I've been with him. He kept saying he wanted to wait until our wedding night. I knew I had to find a way out of there last night," I explained.

"Okay, I'm just happy you and the baby are okay," he said.

"Right... the baby." I had almost forgotten about the whole pregnancy news. That explains why I had been throwing up the whole time in Vegas. How the hell did the doctor get my labs mixed up?

"You don't sound too excited," he said and he was right, I wasn't excited about the pregnancy at all.

"I don't know, it just hasn't registered yet that I'm pregnant," I said.

"First thing tomorrow morning, we're going to make an appointment to see the doctor and get you some prenatal pills," he said.

"Okay," I responded dryly.

"Do you want to see the same doctor that was treating you with Nylah?" he asked.

"I didn't have a doctor," I said.

"What do you mean?" he asked.

"I mean I never saw a doctor, had never taken prenatal vitamins. It was a miracle Nylah came out perfect," I said.

MYIESHA

"Alright, well I'm going to take you to the doctor that delivered Kaylee."

"Okay," I said dryly again, turning to look out the window. I felt Knight looking at me. The rest of the way to the house was silent.

Knight

It had been a few weeks since Blaize had been back home. Blaize was now four months pregnant and I felt like I was more excited than her about her pregnancy. Whenever we would go to the doctor, she seemed withdrawn and uninterested about what was going on. She would sit there, picking at her nails and whenever it was time for the sonogram, she would turn her head away from the screen. I wanted to know what this shit was about because a nigga was starting to get offended.

Once the doctor was done examining her, she left out the room.

"Come here," I said to her, patting my knee for her to take a seat. She walked over and sat down.

"What's going on with you?" I asked her.

"What do you mean?"

"Are you not happy about the baby?"

"Yea, why?" she asked, picking at her nails again.

"Because of that. Whenever there's talk about the baby, you start picking at your nails like your cuticles are more important than the life you got growing inside you. You never look at the sonograms and I have to force you to take the damn prenatal pills. What's with that, Blaize? What, you don't want to have my baby?" I asked.

"Nothing is up Knight, damn, and if I didn't want to have your baby, I would have gotten rid of it three weeks ago when you told me I was pregnant!" she said yelling at me. I felt myself about to snap because I had never raised my voice at her, so her yelling at me was a no go. I had to catch myself and remember what she had gone through in the past. I calmly got up and walked out the room. The nurse tried to hand me something, but I pointed to Blaize who was trailing behind me. I got in the car and waited for her to get in. She got in and slammed the door. Something about Blaize wasn't the same. She had this whole new attitude that I wasn't feeling, but I still loved the hell out of her. I missed her ass to death when she was gone. I tried to have sex with her for the first time a few days ago but when I would touch her she would jump out her skin, so I would leave it up to her to initiate the sex. She was more comfortable when it was on her term which was understandable.

MYIESHA

I went the whole day without talking to her. She would try to say something to me and I would give her the cold shoulder. We even went to bed not talking. I could tell it was bothering her that I wasn't talking to her; shit, it was bothering me too. While we were in bed, I would feel her backing her ass up on me, so I turned around, giving her my back. I heard her suck her teeth. I laughed because I knew she was pissed. Those pregnancy hormones had been raging lately and all she wanted to do was have sex. She would back her ass up on me and I knew what time it was. I ain't going to even lie, I had to catch myself just now because I was about to pull it out and bend her ass over. They ain't never lied when they said pregnant pussy is the best pussy.

Chapter 6

Blaize

It has been three days since Knight moved on any of my sexual advances, or even had a conversation with me. I would try and seduce him with pushing my butt against him, you know the come take this ass motion but he would just turn the opposite way or leave out the room. I know I was wrong for raising my voice at him, and I honestly don't know where that came from. It has to be these pregnancy mood swings. I had to admit I was starting to become worried that my moody ass was going to push him away. I noticed that Sessay chick had been hitting his phone up. He came in from work the other night and left his phone on the dresser. I wasn't snooping or anything, I was standing there cleaning my face and it started vibrating. I looked down and it was her calling him. My hormones were saying answering the bitch, but I decided against it. I didn't want Knight to be mad at me for that, too. When the phone stopped ringing, the screen showed nine other missed calls. *Why the hell was she blowing his shit up? Were they back fucking around?*

I had to get out the house so, I grabbed my pocketbook and my keys and left out the house. I needed some fresh air or my thoughts were going to drive me crazy. I decided to go to Sunshine's and sit and scope out the people Camilla were interviewing to work at the daycare.

When I got there, there were a few people sitting out in the lobby, and she was just finishing up an interview and walking the girl out.

"Oh, hey mama," Camilla said, kissing me on the cheek.

"Hey," I said back.

"What you doing here?"

"Bored, so I decided to come here and be nosey," I said and she laughed.

"Since you're here, can you start putting these up for me, please?" she asked with a cheesy smile.

"Oh no, I ain't come for all that," I said, taking a seat at the front desk and laying my head down.

"You know what, lazy, I'm firing you," Camilla said.

"Go 'head, I'm pregnant and I can sue for discrimination," I said sticking my tongue out at her. She picked up her clipboard and called the next person in. I sat there for a few minutes before I decided to get up and put the blankets in the closet for Camilla. By the time I was done, she was finishing up with her last interview. I sat back down at the desk.

"How was it?" I asked her.

"I think I have some good potentials. I'll have Troy get some background checks on them and I'll decide who I want to hire," she said, sitting on top of the desk.

"Cool," I replied. I felt Camilla staring at me.

"Spill it," she said

"Spill what?" I asked.

"*It*, bitch, what's really going on? I can tell it's something going on," she said.

"Knight isn't talking to me."

"Why not?"

"I don't really know what the reason is. We were at the doctor getting the baby checked out. Then he started asking me if I even want the baby and I kind of yelled at him," I said.

"Has Knight ever yelled or even raised his voice at you?" she asked.

"No, never," I said.

"Why would he think you didn't want to have his baby?"

"I don't know, he said because I don't speak about the baby and I act like I'm not interested in what goes on at the doctor," I replied.

"Why don't you talk about the baby?"

"I don't know," I said shrugging my shoulders.

"Blaize, stop with all the I don't knows, you're a grown ass woman. Start knowing. That's your head, figure the shit out and talk to him," she said. She was right. I needed to woman up and let him know how I was feeling.

"I also noticed that girl Sessay been calling him. I'm scared he's messing around with her again. He doesn't even face me at night. He gives me his back to look at all night."

"Have you asked him about it?" she asked.

"No, I don't want him to think I don't trust him," I said.

"How do you know she's been calling?"

"I saw the caller ID when she called the other day, and he had nine other missed calls from her," I said.

"Well, I think you two have a lot to talk about. Even if y'all are going through something minor right now, there is no reason she should be calling him," Camilla said, getting up from the desk.

"Ugh, I guess you're right. What's going on with Capri?" I asked.

"I haven't heard from her since she went off on me that day. I love her, that's my girl, and I'm sorry for what happened to Stash, but I'm not about to beg her for her friendship. Troy said to just give her some time because of her whole memory thing, but when she was going off on me that was all her. She knew exactly what she was saying and she meant every word," Camilla said.

"When is the baby due?" I asked her.

"In two weeks, and I'll fight the bitch if she thinks she's going to keep me away from my god baby," Camilla said. I laughed at her. I would pay to see that. Camilla versus Capri, I'll put my money on Capri. G-Ma taught her how to fight.

"You crazy, but I'm gonna go and try and make up with my man. I need some sex, a bitch horny as hell," I said. She started laughing.

"How are you doing mentally, though?"

"Ummm, I'm ok I guess. I'm not as bothered as people may think. I think I would have been even more messed up if he had actually raped me. I just get a little jumpy when Knight touches my kitty or if he tries to go down on me. I get these flash backs and I forget that it's actually Knight down there and not Shawn. It's gotten to point where I notice Knight doesn't even initiate sex with me anymore, he waits for me and I appreciate that about him. He's been very understanding with me lately. He's just all around awesome, physically, mentally, sexually, mmm" I said biting my bottom lip and thinking about my Sexy Chocolate.

"Awww, you missing the chocolate thunder," she said laughing. That's how I described sex with Knight.

"You damn right. He thinks he's slick, be teasing my ass. He'll go take a shower and purposely leave his towel in the room, and come out the bathroom all naked and dripping wet. Having my stuff pulsating. I wanted to cry one night watching that thang swang, back and forth and back and forth" I said moving my head back and forth reminiscing about that night.

"Uh, yeah, take ya horny ass home and talk to ya man," Camilla said. We hugged and I left out the door and made my way to Victoria's Secret. I wasn't about to go another night not getting none.

Knight

"Sessay, stop calling my fucking phone," I said yelling through the speaker in the car. I wasn't in the mood for her ass. I had been walking around moody for the past few days. A nigga was backed up. I missed my baby bad as hell, but I was in my feelings hard as hell.

"Seriously Knight, you really gonna treat me like this?" she asked.

"I told you don't get use to it, Sessay. That was just a one-time thing, that's it," I said.

"I'm not just some jump off you can hit and run Knight," she said sounding like she was crying.

"I know you're not a jump off Sessay, but before it even happened I told you what it was. If your feelings are hurt, then that's on you. Now, I need for you to stop calling my phone," I said feeling bad for her. I could hear her crying on the other end. I shook my head and hung the phone up on her.

I just sat there in the car thinking. I felt my phone vibrate and it was a message from Sessay. I reluctantly opened the message and it was a picture of her crying. *Who does shit like this?* I deleted the message. I was about to put my phone in my pocket but I felt it vibrate again. "Oh boy," I said, assuming it was Sessay's crazy ass again. I was surprised when I saw it was from Blaize, texting me saying we needed to talk when I got home. I sent her a quick message saying okay, and placed my phone inside my pocket. I got out the car and walked into the precinct. I wasn't in there for more than twenty minutes before I was being called into the office by my sergeant.

"Yea Serg, what's up?" I asked walking into the office.

"Close the door," he said, and I did as he asked. I was curious as to what this was about.

"How are you, Knight?"

"I'm good Serg, what's going on?" I asked.

"What do you know about the disappearance of a Dexter Simmons?" he asked.

"I don't know anything about it," I responded.

"I've been informed that you may be involved in his disappearance," he said.

"Well someone misinformed you, sir."

"Knight, what's your relation to Blaize Francis?" he asked. I hesitated a bit but decided to just come clean about it.

"That's my woman, why?" I asked.

"Dexter Simmons was the one accused of abusing Ms. Francis, and now she's your lady and he's missing."

"Yea, so? I ain't have nothing to do with his disappearance."

"Knight, I'm sorry, but there was a complaint to Internal Affairs and now they are investigating your involvement. I'm going to have to suspend you effective immediately until this whole thing is resolved."

"This is some bullshit!" I yelled. "Can you at least tell me who the complainant was?"

"I can't do that, Knight. I'm sorry," he said.

"Cool, aight, I'm out," I said.

"Knight, I'm going to need your hardware," he said. I turned around and looked at him. I couldn't believe this shit was happening right now.

I unhooked my badge and gun and handed them to the sergeant, and walked out of his office. I pretty much had a good idea who made the complaint. I grabbed my jacket off the back of my chair and walked out. I pulled out my phone and called my Uncle Jo. He answered on the first ring.

"Nephew, you calling to apologize?" he asked.

"That was a bitch ass move you pulled getting me suspended. It's all good, they won't find shit anyway. Just like you won't find JoJo's ass," I said hanging up on him.

I called Troy to find out where he was at. I needed someone to vent to. He said he was at the club so I made my way there.

When I got to the club, there was music playing and there were two half naked girls on stage dancing. I spotted Troy in the front with some guy, watching the show. This nigga must've had a death wish. Camilla could have come walking up in here at any minute.

"Yurp," I said dapping Troy, giving the guy a head nod and sitting down.

"What's good, cuzzo?"

"Shit."

"This here is the new club manager, Manny," Troy said.

"What happened to the chick you hired?" I asked him.

"Camilla fired her," he said and I started laughing. I knew that wasn't going to last.

"What's this?" I asked.

"We're looking for some girls to work this party we got here in two weeks. We got some big spenders coming in so I need to find me some money makers to keep them dollars flowing."

"Cool," I said. Troy poured me a shot of Henny and I sat back and enjoyed the show. We were there for an hour, watching different ass and titties get on stage and shake for the job. After the day I had, I needed this. Troy took a vote on which girls should get the job and he ended up hiring five out of the twelve. The five he chose were indeed bad. I had to remind myself that these were auditions and not the real show. I wanted to start throwing some tens and twenties at them. This one red bone—her name was Devil—she was bad. She did all kinds of tricks and shit had all three of us turning our heads to the side, trying to see how the hell she was doing that. She got off the stage and started giving all three of us lap dances. I was last. When she got to me, she bent over and started making her ass clap in my face. I had to admit the shit looked nice. She hopped on my lap and started grinding on me hard. She whispered in my ear that she wanted some private time with me, and I ended the lap dance right there. Nope. Bitch won't get me caught up.

After we were done and Troy gave the girls their uniforms, we went upstairs to his office. I wanted to talk to him about the shit that went down today.

"So you know ya father got me suspended," I said taking a sip of my Hennessy.

"What? How?" he asked.

"He pointed the finger at me as having something to do with this nigga Dex's disappearance. Now Internal Affairs investigating my ass," I said.

"What? That's fucked up. That nigga is a sheisty motherfucker. He really trying to go to war with us over his bitch ass son," Troy said.

"Wouldn't you?" I asked him.

"Over Malachi, hell yeah, that's why we in this predicament. His son fucked with my son. He's not about to get off easy, especially with a mother like Camilla. The nigga signed his death warrant," he said.

"Then on top of that, Blaize and I haven't been talking for the last few days. I call myself punishing her by being stingy with the D, and I actually ended up punishing my damn self. My shit's backed up. Got me walking around her like I'm PMS-ing and shit, cursing everybody out," I said taking another sip of my Hennessy.

"Well Damn, anything else you want to get off ya chest?" Troy asked.

"Yeah, some shit went down between me and Sessay," I said.

"Please tell me you ain't fuck her."

"No, I just let her give me head and now she's blowing my phone up and shit," I said.

"Did you tell Blaize?"

"Hell no! She's been hanging around your wife, ain't no telling what Camilla done taught her ass," I said. This nigga started laughing but I was dead ass serious.

"Bra, I can't even give you advice on that one. I was in the same situation with Kayla's ass, but I actually fucked her and she was claiming to be pregnant. I never told Camilla, she found out and had a nigga shitting bricks," he said.

"How'd she find out?" I asked.

"My stupid ass left the negative pregnancy test in the car," he said.

"How the fuck you do that?"

"Rushing man, and forgot all about the shit." I just shook my head at him.

"Well I'm looking at you so I'm guessing everything turned out fine," I said.

"I'm still paying for that shit."

"Her birthday is in a few weeks; I'm trying to plan something nice for her," I said to him. I sat there with him for another hour before I decided to make my way home and see what Blaize wanted to talk about.

Chapter 7

Knight

I pulled up to the house and parked the car, and sat there contemplating on my next move. My next move was to buy us a new house so that we could have our own space. I should have been done that but with Blaize missing and all, I didn't really have the time to look for a house. I felt like this was the safest place to have the girls at the time being. I got out the car and walked to the house. It was quiet and all the lights were out. *I know they aren't sleep, it's seven at night. Where the hell are they?* I asked myself as I looked in my parent's room and Kaylee's room. I walked into the bedroom Blaize and I was staying in, and she was sitting on the bed.

"Where's everybody at?" I asked her kicking off my shoes, pulling off my shirt and laying down on the bed. I put my arm over my face.

"I sent them to the movies so that we can have some alone time," she said. I removed my arm from over my face and sat up and turned towards her.

"What did you want to talk about?" I asked her.

"About my behavior the other day."

"Okay, I'm listening," I said.

"I'm sorry I yelled at you at the doctor's office the other day. You've never, ever yelled or raised your voice, not even a little at me, and I shouldn't have done it to you," she said. I shook my head in agreement.

"Now on to the next thing. I want more than anything to have your baby, Knight. I know I may not show it and I apologize for giving you the assumption that I'm not happy about it. It's hard for me to get excited about it. Every time I do, I'm plagued with thoughts of Nylah and it scares me. I'm scared that I'm going to move on and forget all about her. I can't forget about my baby girl. She's all I think about... I miss her, Knight," she said with tears in her eyes. I was happy she opened up about how she was feeling and I completely understood why she was acting the way she had been.

"Come here," I said, pulling her into my arms.

"Blaize, baby girl, I get that you're scared, I do. But life is about living it and moving on. You don't have to be afraid of forgetting her. Your maternal instinct won't allow you to forget about Nylah. She was your first born. You can't let what happened hold you back from being happy again. Let me make you happy, Blaize. Let us make you happy," I said touching her stomach and kissing her on the forehead. She wiped away her tears.

"The last thing I want to talk to you about..." She hesitated.

"...Is Sessay," she said surprising the shit out of me. How the hell did she know about Sessay?

"What about Sessay?" I asked.

"She's been calling your phone. A lot,"

"How do you know about Sessay calling my phone?"

"The other day you came in and took a shower. You left your phone on the dresser and she called. I also noticed she called you nine times that day," she said. "What's that about? Are you messing with her again?"

"No baby, I'm not messing with her. I spoke to her today and asked her to stop calling my phone," I said.

"Why was she calling you?" Blaize asked. I had to think of something quick.

"She wanted her job back," I said lying my ass off.

"You sure, Knight?" she asked again.

"I'm sure, baby," I replied.

"Okay. Well that concludes my discussion. Is there anything you want to talk about?" she asked.

"Nah, enough talking for tonight," I said, pulling off my big ass sweatshirt she had on. When I pulled it off she had on a lace panty and bra set from Victoria's Secret. I stood her up and just took in her body. She was thick in all the right places. She even had a little baby bump. It looked beautiful on her. Her honey skin just glowed. I don't know if it was from the pregnancy or the lotion she had on. I kissed her stomach and she jumped.

"It's ok baby, it's me. You're home now" I said as my lips made thier way all around her body until every part of her felt my lips. I couldn't wait to dive into that tight pregnant box of hers. I laid her on the bed, slid off my pants, and climbed in between her legs. We kissed passionately until I felt her hands go inside my briefs and pull Man-Man out. She adjusted me at her opening and pushed me inside of her. She felt so good I couldn't move for a minute. I just sat there and laid my head in the crook of her neck. If I had to choose when to die, it would have been right here and right now. Once I came out of my pussy coma, I started making love to her like it's been months instead of days.

Blaize

I rolled over and stared at the ceiling. Today was my twenty-fourth birthday and I wasn't too excited about it. I looked over to Knight's side of the bed and he wasn't there. I wondered where he was. He didn't have to go to work so I expected him to still be in bed cuddling me when I woke up. I sat up in the bed and checked my phone. I had text messages from Camilla wishing me a happy birthday, and sending me pictures of Jamari. Capri decided she wanted to go in labor on my birthday and she had a little boy and named him Jamari. I told them I would be up there a little later. I heard the door open and Kaylee and Knight came in with a tray and balloons, screaming, "Happy birthday!" The tray was filled with all different kinds of breakfast foods.

"Aww, this is so sweet guys. I love it," I said. Knight came and set the platter on my lap. I couldn't pull it any closer because my little baby bump was in the way. I could already tell I was going to be huge. I was four months pregnant and my stomach was starting to poke out. Knight swears we're having twins, but the last sonogram proved it was only one in there.

"Look at these pancakes, they look yummy," I said pouring syrup on the stack of pancakes. They really did look good and taste good.

"Who cooked these?" I asked.

"I did," Kaylee said grinning. "I did it just like you showed me."

"Good job, baby girl," I said kissing her on the cheek.

"Try the eggs, Daddy cooked those. Wait, maybe you shouldn't try those, Daddy can't cook," she said taking the fork out my hand.

MYIESHA

"What you mean I can't cook? You wasn't complaining when I was cooking for you before," Knight said.

"I didn't really have a choice, Daddy. It was either that or starve," she said making me choke on my food from laughing.

"You too much," he said taking the fork back from Kaylee.

"Here baby, taste these eggs. Daddy hooked these bad boys up for you," Knight said placing the eggs in my mouth and they actually weren't that bad.

They both sat there feeding me like I was baby, until I was stuffed, and fell back to sleep like a true pregnant person. I woke up an hour later to a room full of dozens of roses and this huge man size teddy bear that was sitting in the corner of the room. I'm not gonna even lie, the shit scared the hell out of me at first.

I got out of bed and showered and got dressed so that I could go to the hospital. When I got out the shower, there was a jewelry box sitting on the bed. I opened it and it was a Versace watch with a white leather strap and a diamond placement around the face of the watch. It was pretty. I decided I was going to wear it today.

It was mid-June, so I decided to put on my white pink and blue strapless romper with the sweetheart neckline, my necklace with the diamond pendant that Knight bought me a few months ago with the matching earrings, and my new watch and my beige wedges. I washed my hair in the shower so it was curly. I couldn't wait to get my brown hair color back. I sprayed on my American Eagle Vintage perfume and made my way downstairs.

When I got downstairs, Knight, Kaylee, Ms. Pam and Frank were all sitting in the living room.

"Oooo, look at the birthday girl," Ms. Pam said running over to me and started admiring my outfit.

"And look at my grandbaby," she said rubbing my bump.

"Woman, back up off my babies," Knight said, lightly pushing his mom out the way. She reached up and slapped him in the back of the head.

"You look great, baby," he said wrapping his arm around my waist.

"Thank you," I replied, wrapping my arms around his neck.

"You like your birthday gift?"

"I love it," I said.

"Good, I have more surprises for you later on."

"Okay, I'll make it quick," I said grabbing my keys and leaving out the door.

Knight

I had a lot planned for Blaize tonight. I had rented out Jacksonville Restaurant for a birthday dinner with the whole family. I had two surprises for Blaize tonight that I knew she was going to love. I picked up my phone and gave my first surprise a call to make sure everything was still on for tonight. Once I was done making sure all the arrangements were set for tonight, I went and had a talk with my father. I let him in on everything I had planned for the night. He started telling me about the way my uncle Jo had been acting towards him and how he was pissed at him for getting me investigated. I told my dad not to even sweat it. My heart wasn't even in the job anymore.

When we were done talking, we sat and watched the Knicks' game until Kaylee and my mother came back from the mall. I had given my mother some money to pick Blaize out something nice to wear tonight, and something for Kaylee to wear as well. The dinner started at eight, so I figured I would go lay down for a little bit.

Blaize

I had finally made it up to the hospital after sitting in traffic for damn near an hour. I checked in with the front desk to find out what floor Pri was in. Once I got my pass, I jumped on the elevator and made my way up the stairs. I was nervous on my way up. I hope Pri remembered me, with her memory being all jacked up now. Personally, I felt her being mad at Camilla was wrong. It's not her fault Stash was shot and she shouldn't be blaming her for it. But I was going to mind my business.

I knocked on the door.

"Come in," I heard her say and I walked in. I was surprise to find no one else there.

"Hey Pri," I said walking into the room.

"Blaize, oh my God, thank God you're okay. Knight and Troy have been looking for you everywhere," she said reaching her arms out for a hug. I walked over and gave her a hug.

"I know, they found me Pri, remember. I came to G-Ma house for breakfast the next day," I said.

"Oh yea, right, right, right. I can't remember shit nowadays, girl," she said.

"Awww, is this my birthday boy," I said reaching into the baby bed and rubbing the top of his head.

"Yes, this is," she said

"This is..." she said again trying to remember her baby's name.

"Little Jamari," I said finishing her sentence for her.

"Yea, that's it Jamari. Isn't he the cutest thing?"

"Yes he is. Can I hold him?" I asked.

"You sure can."

I reached in and picked him up. He was so cute and had that silky black hair that Pri and Troy has. I held him in my arms and just looked down at his beautiful face. He had Stash's nose and chin. Everything else was Pri. I started rubbing the inside of his hand and he squeezed it. I fell in love at that point. I walked back and forth across the room just rocking him. I had to admit, I couldn't wait to have my baby in my arms.

"Look at you," I heard her say.

"You look amazing, Blaize. You have really grown since the first time we met at the wedding. I'm happy for you and Knight and everything the two of you have coming," she said.

"Awww, Pri, thank you. It feels really good to hear you say that."

"Do you know what you're having yet?" she asked.

"No, not yet. We find out our next visit," I said.

"What are you hoping for?" she asked.

"That whatever it is, is healthy. I don't really care about the sex," I answered. We were quiet for a few until I heard Capri crying.

"What's wrong, Pri?"

"I miss him so much, Blaize," she said.

"I know you do Pri, but you have to remember he's in a better place watching over everyone like he has always done," I said.

"Yeah, that's why he's dead now. Always looking out for everyone. What about me? Was he looking out for me before he decided to jump in front of a bullet and make me a single mother?" she said now crying hysterically.

I didn't know what to say to calm her down, so I laid Jamari inside his baby bed and I climbed in the hospital bed with her, wrapping my arms around her.

"I'm really sorry, Pri. It'll be okay," I said rubbing her back, trying to soothe her.

After about five minutes of crying, she started to calm down. We sat there watching the Whitney Houston movie until I decided it was time for me to go. It was going on six o'clock and I wanted to be back home to get my other two surprises that Knight had for me.

"Pri, I'm gonna go," I said but I got no response. I looked down at her and she was sleeping. I slowly climbed out the bed so that I wouldn't wake her. I got my purse, reached down to Jamari and kissed him softly on the forehead. I stopped at the desk and told them that Capri and the baby were both inside sleeping and the nurse said she would go in and get the baby and take him to the nursery.

Chapter 8

Blaize

When I got home, I noticed everyone's car was gone except Knight's Porsche, which was sitting in the driveway. He was up to something because that was the only time he brought that car out.

It was already seven o'clock when I got home. Knight texted me and said to be home by seven. I got out the car and walked in the house. It was empty and dark. I walked up the stairs and to the bedroom Knight and I was staying in. I opened the door and the whole room was lit up with candles. There were rose petals on the floor leading to the bathroom, and Jill Scott playing from the TV. I kicked off my shoes and followed the rose petals to the bathroom. I opened the bathroom door to more candles and rose petals inside the bathtub.

"You like it?" Knight asked from behind me.

"What you trying to say, I'm dirty?" I asked and he laughed.

"Shut up, girl. Now do you like it?" he asked again.

"I love it," I replied.

"Good, now let me help you out of this," he said unzipping my romper from the back. The top fell down and I shimmied out of the bottom part. Knight slid the thong I had on, down to my ankles, and I stepped out of them. His hand came around and started rubbing my belly. Then I felt his teeth bite my left butt cheek then the right. I loved when he did that.

He stood back up and grabbed my hand, leading me to the bathtub. He helped me in and I sat down in the warm water.

"This feels great," I said lying back. "You coming in?"

"No, this is for you, baby," he said.

"So is this one of my surprises?" I asked.

"Nah, this is to get you prepared for your other surprises. Now sit back and relaxed and when you're done, come into the bedroom," he said.

"Alright," I said closing my eyes and enjoying the water and Jill Scott.

I stayed in for about thirty minutes before I grabbed the towel, got out and walked into the bedroom. The lights were on and there was a beautiful red dress laying on the bed, a shoe box and a jewelry box, and there was a note lying next to it. It said for me to put this on and meet him downstairs.

I picked up the dress and just looked at it. It was gorgeous. I held it up against me and I felt like crying. I had never felt this happy and loved since I lived with my foster mom. I hurried and put everything on and looked at myself in the mirror. The dress fit perfect. It had the cutouts on the side and a plunging neckline. It fit tight, so my baby bump was showing and even still, it looked cute. The new diamond necklace that Knight bought sat perfectly in the opening of the dress. I checked myself out in the mirror one more time before I went downstairs to meet my man.

When I got down the stairs, he was sitting on the arm of the chair dressed in some grey pants and a tight white t-shirt that showed off his toned chest. I didn't realize he had gotten a shape up until now.

"You look beautiful," he said, taking my hand and helping me down the last step.

"So do you."

"Thanks, you ready to go?" he inquired.

"Sho' is. I'm ready to see what my Knight has in store for his damsel," I said.

"For my Queen. You're no longer a damsel, baby girl," he said.

We walked outside and he opened the door to the Porsche and let me in. Once he got in, he pulled off. It didn't take us long to get there since it was right downtown.

We pulled up in front of Jacksonville Restaurant and he parked. He got out and came around and let me out. He took my arm and wrapped it around his, and we walked into the restaurant. When we got in the restaurant it was dark, then the lights came on.

"Happy Birthday!" I heard people scream. I looked around the room and recognized all the faces.

MYIESHA

"Oh my God," I said with my hands over my mouth. I was more than surprised. I can't believe this was happening. I had never had a birthday party before.

"You put all of this together?" I asked Knight.

"Yes, all for you baby," he said. I reached up and kissed him. We walked to the long table where everyone was sitting and I gave everyone a kiss and thanked them for being here, and then we sat down.

The night was going great. I looked around and everyone was here. Everyone except Capri and Stash. I felt myself start to tear up and the tears started to fall.

"What's wrong baby?" Knight asked.

"This is perfect baby. I just wish Capri and Stash were here," I said.

"It'll be okay, baby," he said rubbing my back. "You ready for your first surprise?"

"This isn't it?" I asked him.

"No, this isn't it," he said. He looked over to the door and waved his hand. I looked over at the door as it opened and a woman came walking into the restaurant. She was a beautiful older woman with a honey skin tone and long brown hair. She looked like she could be Spanish but then again, she looked like she was black. She looked oddly familiar.

"Who is that?" I asked Knight.

"Come on, let's go find out," he said taking my hands and pulling me up from the table. I stood up and started walking with Knight to the woman. As we got closer, I noticed that she was crying.

"Blaize, this here is Roberta Francis," he said. I turned and looked at the woman who had tears falling from her eyes.

"Roberta Francis? Wait. This is my mother?" I asked not believing what I was hearing.

"Yes, I'm your mother, Blaize," she said. I looked her up and down because I now realized why I recognized her. I was the spitting image of her, she was just older. I reached over and hugged her tight.

All my life I thought she was dead and here she was standing here in my presence. I couldn't hold it in anymore. I broke down crying in her arms. This was what I wanted all my life, to meet my real mom. I wasn't sure how long we were standing there hugging each other until Knight touched my back.

"Come, let's go introduce her to everyone," he said, and we walked over to the table.

"Everyone, I want y'all to meet..." I started to say, but I broke down crying again for a minute.

I gathered myself and tried again.

"Everyone, this is Roberta Francis, my mother," I said. I went around the room introducing everyone. Knight pulled her up a chair next to mine so that we could talk. I had so many questions but this wasn't really the time for it. I figured I would wait for another time. She seemed like a wonderful person. She worked for a law firm, she was heavily into church, she wasn't married, and she had no other kids. She was rubbing my stomach all night saying how excited she was to become a grandma.

Everyone was laughing and having a good time. I noticed Knight got up from the table and was now on the stage. He grabbed the mic.

"Hey, can I get everyone's attention?" he asked and everyone turned towards the stage.

"I want to thank everyone for coming out to help my baby celebrate her birthday but before we end the night, Blaize, can you come to the stage?" he said. I wasn't sure what was going on, but I got up. Right as I stood up, the lights dimmed and there was a spotlight on me.

I walked to the stage and up to Knight. He grabbed both my hands.

"Blaize, baby girl, you know much I love you, right?"

"Yes baby, I know."

"And you know how much you mean to me and how much I just want to make you happy and give you the life you deserve. Let me start by doing this," he said as he dropped down on one knee.

"Blaize Francis, my Queen, the future mother of my babies, will you do me the honor of being my wife?" he asked, taking a black velvet box out of his pocket and popping it open. I thought I was going to faint. I was staring down at the most beautiful ring I had ever seen in my life. I hate to have to admit it, but it was even better than Camilla's big ass rock. I started to shiver. I don't know if it was from me being cold, nervous or excited.

"Yes," I answered with tears streaming down my face. Knight slid the pink diamond ring on my finger, and stood up smiling from ear to ear. I grabbed onto his face and tongued him all the way down. I actually forgot there were other people in the room until they started screaming, hooting and hollering. We walked off the stage and into hugs and congratulations. As we were about to take our seats, Troy and Camilla got on stage and grabbed the mic.

"Hey y'all," Camilla said into mic.

"Hey psycho," Redd said back.

"So y'all know Troy and I just moved into our new home and we were trying to figure out what we were going to do with our old home," Camilla said. Troy took the mic.

"That house means a lot to me because I designed the ins and outs of that house so it's really dear to my heart. So putting it on the market is a no go. After hearing that Blaize was pregnant, Camilla figured it would be a great idea to offer the house to the two of you. So today is as good a time as any. Congratulations you two," Troy said tossing the keys to Knight. We hugged and thanked the both of them, and continued on with this great night.

Chapter 9

Blaize

It's been a week since I had met my mother and since then, we have been with each other every single day. I was learning more and more about her every day.

We agreed to meet up and go shopping for some baby furniture for the baby's room. We had finally moved out of Ms. Pam and Frank's house. Although I'm sure they didn't mind having us there, it was starting to become an inconvenience for them and I felt bad. Troy and Camilla's old house was beautiful. I don't see why they wanted to move out. It really amazed me when I found out that Troy designed this house himself. It had five bedrooms, three bathrooms, and Knight was going to turn the office space on the top level of the house into a man cave. He already ordered a pool table, a bar to be installed, some recliners and a ridiculously huge ninety-inch flat screen. I tried to talk him into a seventy inch, but he didn't want to listen. One day he's going to go blind, sitting in that little ass room with that big ass TV.

I was happy to be back in our own space. We had our room, Kaylee had her own room and the baby had its own room. I didn't want to know the gender until I gave birth. Knight wanted to know, but I told him he couldn't know either because I knew he'd definitely slip up and tell me somehow.

"Roberta," I yelled across the crowded parking lot. She turned and put her hand up to block the sun from her eyes. When she finally found me, she waved me over. I got my purse out the car and wobbled my way across the street to her.

"Hey, baby," she said hugging me.

"Hey," I said, hugging her back.

"So where to?" she asked.

"We need furniture for the baby's room. Then I want to go find a bathing suit to fit over this big belly."

"What you mean over? Why would you want to cover that blessing up? Show it off," she said and I looked at her.

MYIESHA

"If you think babies are a blessing, then why did you give me up?"

"I wasn't fit to be a mother. I was heavily into drugs and was running the streets. I felt like I did the right thing by giving you up," Roberta said.

"Did you ever look for me?"

"Honestly, no, I didn't. I felt like you were better off," she said.

"Do you know the people who adopted me?" I asked her.

She was quiet for a minute.

"No, I don't know who adopted you," she asked.

"So how do you know I was better off?"

"Trust me, Blaize. You were better off," she said.

"Do you have any other kids?"

"No," she said dryly.

"Where's my father?" I asked

"I don't know who he is Blaize. I'm so sorry," Roberta said.

"It's okay. If you didn't know, I actually had a great life. Mrs. Bricks was wonderful. She always kept me in nice pretty dresses. She would brush my hair every night and read to me. She made sure I went to school every day except when I was sick. When I would get sick, she would make me a bowl of alphabet soup and give me crackers, and that was the only time she would let me drink ginger ale. She was absolutely amazing. I couldn't believe she didn't have any kids. She died three years ago," I said.

I turned and looked at Roberta, who now had tears in her eyes.

"Are you okay? Why are you crying?" I asked her.

"Just thinking, she sounds very lovely. I'm happy you ended up in a good home."

"What about my grandparents? Are they still alive?" I asked her.

"Umm, my father died when I was fifteen and apparently, my mother died as well," she said.

"Why do you say apparently?" I asked.

"Well, I haven't seen her in a long time and I heard from someone that she died."

"Oh, I'm sorry to hear that."

We spent the rest of the day walking through the mall. I tried on a few bathing suits and somehow, I allowed Roberta to talk me into buying all of them. We went inside JCPenney's and I looked through the catalogs, and Roberta helped me pick out some baby furniture. It was a black Savanna Bella three-piece baby furniture set that came with a crib, a changing table and dresser. I also order a Sutton swivel glider and recliner in black and a Naturepedic organic cotton crib mattress. I had the room painted a light smoke gray color because I felt like I could match the gray with a pink if it's a girl, or a blue if it's a boy.

By the time we were done, I had already spent close to five thousand dollars on baby furniture. Knight was probably going to shit himself when he saw his credit card bill. When we were done shopping, I had the taste for a Cinnabun and a Café Vanilla Frappe from Starbucks. We sat down at the table and talked a little more. I invited her to Camilla's graduation cookout tomorrow, and she promised to come.

Once my fat butt sucked down the Cinnabun, I walked Roberta to her car and told her I would see her tomorrow. As I was walking back to my car, I heard what sounded like tires screeching. I looked up just in time to see a gold car with dark tint coming straight for me. The car seemed to have sped up the closer it got to me. I ran out of the middle of the street and in between two parked cars. Thinking I was safely out the way, the car turned in my direction and hit one of the cars I was between, knocking the bumper off. The car kept on going, speeding out of the mall's parking lot. Roberta and the other people in the area who saw what happened, came running to me, asking if I was okay. The mall security pulled up to check out the scene and called the police. I took out my phone and typed in the license plate number before I forgot it.

The police came and made a report. I told them I was unable to see who the person was because they had tint on the window. They asked if I happened to get the license plate, but I lied and told them I didn't.

MYIESHA

Gold Car

I pulled in a parking spot not too far from Blaize and waited for her to get out the car. I had followed her car all the way here. When she got out the car and started waving to some woman standing not too far, I stepped out my car and tried to blend in with the crowd that was walking behind them.

I had been following Blaize and this older woman around the mall for hours. I didn't want to be seen so I stayed a few feet behind them. Seeing Blaize walk around with that baby bump had me seeing red. If I was to ever get the chance I would knock that baby right on out of her. If this older woman wasn't here I would have ran down on Blaize with the quickness and stomped the baby out then shave her ass bald. I followed them into Macys and listened as they picked out this different expensive ass baby furniture. I had my hood on so she wouldn't really recognize me. I found out that this woman was her mother and that they had just reconnected after years or whatever. I could care less though. I just wanted the opportunity to get Blaize ass alone.

I sat there in the food court as her fat ass stuffed her face with food from almost every restaurant in this food court. I noticed they were getting up to leave and I ran out to my car and waited for them to exit the mall. Fat ass walked her mother to her car then started to walk back to her car. Here was my chance to take her ass out.

Blaize

Before going home, I stopped and picked Kaylee up from Ms. Pam's house. We walked in the house and I went to get started on dinner. Like always, Kaylee stayed in the kitchen to help me. She was turning into a really great cook and she was only eight. She said she wanted to be a chef, so every night I tried to cook something different so she could learn. She has a test coming up in two weeks. Since we were hosting the Fourth of July cookout over here, I challenged her to make a dish for the cookout and have everyone attending judge how she did.

"Yo, yo, yo, where my two ladies at?" Knight asked walking into the house.

"We're in here," I yelled back.

"Of course y'all are. You two live in the kitchen," he said.

"How was your day?" I asked, reaching up and giving him kiss.

"Pretty good. Troy and I got two big investors interested in helping us expand the club."

"Really, that's great. Because you're going to need it when you see that credit card bill. Ready to eat?" I asked him.

"Don't try and change the subject. How much you spent, woman?"

"Five thousand," I said in a low tone.

"Oh, that's it? You had me scared for a minute. I was about to tell you to be prepared to get hitched because you spent your dream wedding on baby furniture," he said laughing.

"That's not funny," I said turning to him.

I brought him his plate, while Kaylee got him a Strawberry Lemonade Gatorade out the refrigerator. I made plates for Kaylee and I and we sat down at the table.

"So how was camp, lil' mamma?" he asked Kaylee.

"It sucked," she said.

"Hey, what I tell you about saying that," Knight said.

"Well it did. That's child abuse making kids sit outside all day. It had to be a hundred degrees out there today, Daddy. I don't want to go back," Kaylee said.

"For one, what you know about child abuse and two, if you don't want to go there, where do you want to go?" Knight asked her.

"For one, Daddy, I know about child abuse from when me and Blaize visited the women's shelter and I read a pamphlet. Yes, Daddy, your child can read. Two, either I can hang with Blaize during the day Monday, Wednesday and Friday, and I can hang out with you on Tuesday and Thursday, or you can stop being cheap and pay for me to go to cooking classes. I told you about it weeks ago," she said shocking the both of us. I swear this little girl was a trip.

"Little girl, I am not paying five hundred dollars a month so you can go to cooking school. You have cooking school right here with Blaize," Knight said.

"Okay, so we are going with option number one, I hang with y'all," she said pointing between the two of us.

"What you think?" Knight said asking me.

"Umm, I don't think she's safe with me. How about I pay for her cooking classes," I said looking at Knight.

"Wait, what do you mean she's not safe with you?"

"We'll talk about it later," I said.

"Great, so Blaize is paying for my cooking classes, case dismissed," she said banging her hand on the table as if she was a judge and getting up to walk away.

"Oh no it's not Miss Lady, get back over here," I said waving my hand for her to come back and take her seat.

"Dang, it's always some fine print somewhere. What do I have to do?" she said walking back to the table.

"You are definitely going to work for that money. I don't have a list just yet, but there will be one. Deal?" I said to her.

"Deal, as long as it doesn't violate the child labor laws," she said walking out the kitchen with both Knight and I sitting there baffled by this little girl's mouth.

"What have you turned my daughter into?" he asked. I looked at him with the 'why the fuck you lying' face.

"Now, you know that's how she was when I found her. That's your child," I said.

"So now. What's this about it not being safe for her to be around you?" he asked.

"Last time she was with me, Shawn had a gun pointed at me and her. Then today, someone tried to run me over," I said stuffing a piece of broccoli in my mouth.

"Wait, what? What you mean someone was trying to run over you?" Knight asked.

"Exactly what I said. Someone in a gold car with tinted windows tried to run me over when me and Roberta were leaving the mall today," I said getting up to dump my plate. "You done?"

"Yeah. Why didn't you call me, Blaize?" he asked.

"Well, because there wasn't really anything you could have done," I said. I grabbed his plate, dumped it and placed it in the dishwasher.

I felt Knight staring a hole through the side of my face.

I walked over to my pocketbook and pulled out my phone, and walked over, handing it to him.

"That's the plate number," I said sitting down at the table.

"Aight, wait right here," he said getting up from the table. Seconds later, he came back down with his laptop in his hand.

I moved my chair closer to his so that I could see what he was doing.

He typed in the licenses plate number and the description of the car. About a minute later, the computer dinged, alerting us that it found a match.

"What the fuck?" he said.

I looked over at the screen and understood why he was in disbelief.

The car came up as being registered to a Renee Barnes Knight. Knight's dead wife.

Knight

The whole night I tossed and turned. After seeing Renee's name show up as being the owner of the car that tried to run Blaize over, it disturbed me. I knew Renee was dead, there was no doubt about that, but who the hell had a car registered in her name? I felt Blaize touch my arm and brought me out my thoughts.

"Are you okay, baby?" Blaize asked.

"Yeah, just got a lot on my mind."

"Don't worry about it, we'll figure it out sooner or later. Come on, get some sleep," she said, rubbing my back. She snuggled into me and wrapped her arm around me. I tried to close my eyes, thinking that would help but it didn't. I opened my eyes and just started watching the ceiling fan. I looked down at Blaize who was staring up at me, which caused me to laugh.

"Yo, why the hell you looking at me like that, go back to sleep," I told her.

"Nope, not until you go to sleep," she said.

"I can't, Blaize." She still was staring up at me with her beautiful brown eyes.

"Fine," she said ducking her head under the covers.

"Girl, what you doing?" I asked until I felt her small hand reach inside my basketball shorts and pull out my lil' man. Then I felt her place him inside of her warm, wet mouth. The grip her mouth had on my dick was like I stuck it in a vacuum cleaner. She had me gripping the sheets and moaning like a little bitch.

"Ah shit," I said as I threw my head back on the pillow. The whole time all I could think about was how much of a bitch I felt like at this moment, but I couldn't stop.

"Damn girl, where learn that from?" I asked her. She didn't answer, just kept on with the motion, not missing a beat. Her hand gripped the base and she started moving her hand up and down in a twisting motion. I swear my soul jumped out my body. I warned her that I was about to nut, but she just kept on going. I was a little skeptical about letting her swallow it because I wasn't sure how this was going to affect the baby, but I couldn't pull out. She had my shit in a vice grip with her mouth. Seconds later, my seeds were spilling down her throat and I was ready to put my thumb in my mouth and crawl in a fetal position and go to sleep, but I wasn't about to give her something to go bragging to Camilla about, so I just laid back and put my hand behind my head. She came up from under the covers and laid on my chest.

"It's okay baby, I won't tell anybody," she said making me laugh. I closed my eyes and drifted off to sleep.

The next day during Camilla's graduation, Kaylee had to use the bathroom so I had got up to take her. We got back inside the auditorium just in time to see Camilla walk up to the stage. I held Kaylee's hand as we walked through the crowd of people. I felt Kaylee squeezing my hand and then she stopped walking.

"What's wrong Kaylee?" I bent down and asked her.

"The bad man is here, Daddy," Kaylee said.

"What bad man who are you taking about?"

"The man that took Blaize," she said pointing. I looked in the direction where she was pointing but was distracted by a bunch of commotion coming from the front. I looked up and saw the whole family ducked down on the floor.

"The fuck," I said, grabbing Kaylee's hand again and pushing her behind me. I walked up to the front where we were sitting. I noticed Troy looking up into the rafters of the auditorium, and then he bolted out the door.

"Y'all okay?" I asked everyone.

"Babe, you alright?" I asked Blaize.

"Yeah, I'm okay," she said. I pushed Kaylee to Blaize and I ran out the door to see where Troy went. I made it out just in time to see him cutting through the parking lot. The person he was chasing was way ahead of him. I told Troy to stop lifting all those weights. His biceps were weighing his ass down, and now this this dude was about to burn on him.

I pulled up my pants and started helping Troy chase dude down. I played football and basketball back in high school and some in college, so I was a fast nigga. When I was a rookie cop and suspects started running, I would take off right after them. It was to a point my partner wouldn't even attempt to run after them with me. He always went back and got the car to meet us around the corner.

I was weaving in and out of the cars in the parking lot. I almost got hit a few times by cars pulling out their parking spots. Once I got across the parking lot onto the grass, I sped up and was now neck and neck with him, like we were having a race to the finish line. I changed directions and was now running towards him at full speed. I lowered my shoulder and tackled him like he was a wide receiver who had the ball. He went flying into a nearby tree. I bounced right back up off the ground.

"Damn cuz, you alright?" Troy asked me.

"What you mean am I alright. I was the number one strong safety in the district, I'm good."

"Nah nigga, yo' ass just crazy," Troy said.

"Whatever, you just worry about yourself, slow ass. If it wasn't for me, he would have booked it on you," I said.

"I got on shoes. If I had on my J's he wouldn't have gotten that far."

MYIESHA

"Yeah, okay. Let's just handle dude so we can get back to celebrating your wife's graduation," I said. We grabbed him up and walked him to my truck. I told Blaize to take Kaylee and for them to ride with Camilla back to the house. I didn't forget about Kaylee saying she saw the bad man that took Blaize. I was going to talk to her about that. I also made a mental note to call Vegas Police Department to follow up with them about Shawn.

Chapter 10

Blaize

We were all hanging out in Troy and Camilla's big ass backyard for her graduation celebration. We were sitting here waiting on Knight and Troy to get back. I wondered what was taking them so long but knowing them two, they were probably up to no good. I was in the swimming pool playing with Kaylee, when Knight and Troy came walking in. They must have been in the house for a while because Knight came out with his swimming trunks already on. He came running from the top of the top of the yard, and did a back flip into the pool, splashing water all over everyone.

"Knight!!" everyone yelled at the same time. He couldn't hear us because he was still under the water.

"He's such a big ass kid," I said. He came from under the water and picked me up.

"Oh my God, Knight, if you drop me I will—"

"You'll what?" he said wrapping my legs around his waist, and I wrapped my arms around his neck as he kissed me on my lips.

"That's why she got that big ole belly," Camilla said turning and walking towards the house.

"Nah, this belly came from some honey loving," Knight said and we both laughed.

"Y'all some freaks," Redd said.

"What happened with that guy?" I asked Knight.

"What guy?" Knight asked slipping his hands inside my bikini bottoms causing me to jump. Jumping had unintentionally became a thing I did often that my body just start jumping on its own whenever Knight touches me in that area.

"You know what guy I'm talking about and stop before the kids see you," I said trying to remove his hand.

"Nope, I don't know what guy you're talking about, and they can't see nothing. Come on babe, two in the pink one in the stink," he said with his big cheesy grin making me laugh.

"You are so nasty," I said.

"You know you like that. I wasn't nasty when you let me stick my tongue in your—"

"Hey Daddy, what you doing?"

"Oh, hey baby girl, I'm just helping Blaize so she don't drown, you know she can't swim," Knight said now sitting me down on the side of the pool.

"That's nice, now my turn. Flip me in the air," Kaylee said raising her arms so that Knight could pick her up. He picked Kaylee up and put her over his shoulders, and walked her to the middle of the pool. He was so great with her.

"You ready?" he asked her.

"Yup!"

Knight picked her up by her legs and held her up in the air. He hiked her up so that her little feet were now standing in the palms of his hands.

"Ready, set, go!" he said throwing her into the air, and she tucked her body in and did a triple flip before dropping into the water. I heard someone on the sideline scream. I looked over to where G-ma and Aunt Viv were sitting.

"Knight, don't be throwing that baby up in the air like that," Aunt Viv said.

"She's fine. My baby is going to be the next Gabby Douglas," Knight said.

I got up off the side of the pool and walked over by Aunt Viv, G-Ma, Tata and Redd.

"Yo Redd, how you let Troy kick you off the grill like that," I said gassing her up. When she and Troy started going at each other, it was always so funny. I was convinced that I was going to go into labor laughing at those two.

"His little hook ass head was about to have a temper tantrum," Redd said.

"Yeah, that's because your ass can't cook for shit. You thought I was going to let you poison my family? Nope, not today, Nappy," Troy said turning back to the grill and started poking at the steak that was on the grill. Troy swore he was the Master Griller. You couldn't tell him anything.

"Hello everybody," Roberta said coming down the stairs to the pool side.

"Hey Roberta, how are you?" I said hugging her.

"Girl, stop calling me Roberta. I'm your mother. So Mom or Mommy will do just fine," she said taking a seat next to me.

"Uh, yeah, what's in the bag?" I asked her.

"I didn't want to show up empty handed, so I went shopping and picked Camilla up a graduation gift," Roberta said.

"You didn't have to do that. That girl already has everything she could ever want. She's spoiled."

"Aye, don't be talking about my baby over there," Troy said.

"Shut up, it's your fault. It's your fault you created a monster," I said.

"How you feeling baby girl, after that whole mall thing yesterday?"

"I'm good, I've taken worst hits than that," I said.

"Did you know who it was that tried to hit you?"

"No, but I'm sure I'll find out," I said. I noticed Camilla come walking out with this girl I had never seen before, besides when I'm looking in the mirror. She looked exactly like me when I had my brown hair. Roberta was going on about her church and I had completely zoned her out. My attention was on the girl walking with Camilla.

"Hey everyone, I would like to introduce everyone to a friend of mine. This is Tiffany," Camilla said doing the introductions. I noticed that Roberta stopped talking and had this blank look on her face. Camilla got to me and Roberta, introducing Roberta as my mom. Then she started telling her our story and the girl stepped from behind Camilla, and was now staring at me and Roberta. She started walking up to us a little too fast for my liking, so I sat my non-alcoholic strawberry daiquiri, down and stood my pregnant ass up.

"Ah shit now," Redd said sipping out the straw of her red cup that I knew had her Remy in it.

"Hello mother, when were you going to tell me I had a sister?" this Tiffany girl said, shocking the shit out of me. Roberta stood up and had this look of disgust on her face.

"Wait, I thought you said you didn't have any more kids?" I said to Roberta.

"Oh, she doesn't, she disowned me a few years back, ain't that right woman that birthed me?" Tiffany said. Roberta still just stood there looking. Looking at Tiffany and Roberta was spooky. It was like looking at my present self and my future self.

"Wait, why?" I asked confused.

"You want to tell her or should I?" Tiffany asked. Roberta still just stood there looking Tiffany up and down.

"Fine, your new mommy dearest here disowned me, because I killed the man she sold me to for a few crack rocks when I was sixteen. Now she's all saved and sanctified and I'm the devilish whore."

"You were selling yourself way before I gave you to him," Roberta finally spoke.

"You're such a hypocritical bitch," Tiffany said, slapping the Holy Ghost out Roberta. Roberta went flying back into the chair she had just gotten up from.

"Damn," I heard Knight say from the pool.

"What would possess you to sell your child?" I asked her. Roberta stood back up, holding the side of her face.

"The drugs, they caused me to do some things that I regret. I had Tiffany two years after I had you and I should have given her up, too. I was always messed up on drugs that I would pass out for days and leave Tiffany home alone. She practically raised herself. When she turned sixteen, she started developing breasts and hips, and she was the spitting image of what I used to look like. I would sit in the alley every day and watch her flaunt herself in front of these men, as they watched with lust in their eyes. One day I came up short and I didn't have enough to get my daily fix, so I traded Tiffany for a few crack rocks and three hundred dollars," Roberta tried to say but the words were taken over by tears. She grabbed on to her chest, wiped her tears and gathered herself.

"It didn't really bother me because I knew about her selling herself to those other men. What that man did to you wasn't no different than what you were allowing them other men to do to you for five dollars, so save ya little pity me act," Roberta said, shocking the hell out of me that she could be so cold to her own daughter. I was pulled out of my thoughts by a smacking sound. Tiffany had delivered another smack to the other side of Roberta's face.

"Shit," Troy said.

"Baby, your ribs," Camilla said to Troy.

"It was fifty bitch, and I had to feed myself somehow, my crackhead mother wasn't shit. That man put me through hell. He did things to me that I didn't even know was possible. I had my first child at seventeen. What did I know about having a baby? I was still a baby myself! He tortured me for four years. Five years of sexual, physical and emotional abuse and two babies later, you damn right I sliced that nigga up. So if you want to think of me as the devil, you do that. You can disown me and my boys for the rest of your life because of something you were a conspirator of, but you're the one that'll be living with that guilt, not me," Tiffany said. Roberta finally rose back up from her chair.

"I think I should leave now. Blaize, if you still want to talk, feel free to call me," she said, grabbing her things and walking away.

"Camilla, congratulations dear," she said handing Camilla the little bag she had come in with, and walking up to the house.

"You okay, baby?" Knight asked jumping out the water and walking over to me.

"Mm, mm, mm, look at that chocolate right there," G-Ma said.

"I see it G-Ma," Redd said. I turned around and looked at them.

"What you looking over here for, what ya ole pregnant self gon' do?" G-Ma said. Tiffany turned around and looked at her too.

"What? I'll fight you too, Killa," G-Ma said. I grabbed a towel and wrapped it around Knight's waist before I had to knock G-Ma dentures out her mouth.

"That ain't gon' hide that monster, I can still see the print," G-Ma said.

"Then close ya eyes, you ole bat," I said. G-Ma set her drink down and tried to get out the beach chair she was sitting in, making everyone laugh.

"Little ass lucky I can't get up out this chair. Back in the day I would have been on your ass like a hemorrhoid," G-Ma said. I rolled my eyes and turned back towards Tiffany.

"Keep on rolling them. Them eyeballs gonna roll out and right into that pool."

"So, I guess this makes us sisters then, huh?" Tiffany said.

"I guess so."

"Tiffany O'Brian," she said extending her hand.

"Blaize Francis," I said, reaching my hand out to shake hers.

"Damn, your name is even better. It actually sounds like she put some thought into it."

"Where are you living?" I asked her.

"If you want to call it living... I stay at a woman's shelter downtown."

"Eva's Village?" I asked her.

"Yeah, how you know?" she asked.

"I was in an abusive relationship not too long ago and I actually ran away there. But he found me and dragged me right back home and gave me a beating that I would never forget."

"Damn, that's messed up. Where is he now?"

"Somewhere paying for his mistakes," I said.

"Cool. So will this be your first baby?" Tiffany asked.

"No, I had a baby girl but she died a few months ago."

"Oh, I'm so sorry."

"It's okay, he got what he had coming to him and now my baby can rest in peace. What about you? Where are your boys?" I asked her.

"They were placed in foster care when I was arrested. I've been trying to get them back but the state doesn't feel like I'm financially stable enough to take care of them. So I have to get a job and an apartment in order for me to have them back," Tiffany said.

"So have you been looking for work?" I asked her.

"Yes, I have, but no one wants to hire someone with only a tenth grade level education," Tiffany said.

"Well, you're in the right place to start networking. You have a backyard full of entrepreneurs. Troy owns a very established night club, Knight has his own private club, Ms. Pam owns a woman's boutique that doubles as a hair salon and spa, and Camilla has a daycare opening up in a few weeks. I'm sure any one of them would be willing to offer you a job," I said to her.

"Yeah, I'll asked around. Maybe Camilla can give me a job as an assistant teacher or shit. I'm even willing to be the maintenance man if I have to. I'll do anything to get my boys back," Tiffany said. We continued on with the night and we had a ball. The best part of the night was when Troy and Knight picked Redd's big ass up and threw her in the pool. She was pissed and ain't speak to them for the rest of the night.

Camilla, Capri and I were sitting on the poolside talking. Troy and Knight were standing on the opposite side of the pool talking. I was happy these two heifers were back speaking. I think it was because Capri's memory was shot and she forgot why she was actually mad at Camilla.

"Y'all, look at them, what they up to?" I said pointing at Redd, Tata and Tiffany who were huddled up in the corner. Those three had become best friends in the last few hours. They called it the Ghetto Attraction. I realized Tiffany was the complete opposite of me. I was the good girl and she was the wild child. If we were raised together in a normal home, I could guarantee that she would have been the one to give Roberta the most trouble.

"I don't know, but it doesn't look good for Troy and Knight," Capri said taking out her phone. Just as she said that, Tiffany, Redd and Tata went running towards Knight and Troy and pushed them both in the pool while falling in themselves. I was laughing so hard I damn near fell in the pool myself.

"I got it, I got it," Capri said. She had managed to take her phone out just in time to catch what just happened.

"Oh my God, you have to send that to me," Camilla said.

"Me too."

"I'm so posting this on Facebook," Capri said.

The night continued with Troy presenting Camilla with a custom made K U cake, which stood for Kean University, and he brought her a Harry Winston 15.2 carat diamond bracelet link watch. It was beautiful. She really deserved every carat in that watch. She worked so hard and even with all the bullshit that revolved around her life, she still stuck in there and finished. If there was one person I looked up to that would be Camilla. She was like a big sister. She also opened the gift Roberta had given her. It was a Pandora charm of a graduation hat. That was really nice of her.

It was about 2:30 in the morning when everyone decided to start leaving to go home. Knight told me that I should suggest that Tiffany stay in our guest bedroom until she's able to get on her feet. I wasn't too sure how I felt about it but I agreed. After all she was my sister and I couldn't have her staying in a shelter.

"Y'all ready?" Knight said, walking up to us.

"Yeah, I'm sleepy, let's get going," I said grabbing my bag off the grass.

"Oh Blaize, your wallet," Tiffany said handing me a black wallet I had never seen before.

"That's not mine."

"Then whose is it?" she asked. I took the wallet and opened it and looked inside. It was Roberta's. Her driver's license was in the front part of it. I opened it up wider and there was a picture of a baby girl. It looked like an old picture, maybe twenty years old. It was a newborn baby in the picture. I flipped over the picture and it said: *Blaize, one month old*. I had never seen a baby picture of myself so that's why I didn't recognize it. There was another picture behind it of a little girl, maybe eight years old. I flipped the picture over and it said: *Tiffany, seven years old*. I noticed in the picture she had like a white patch of hair in the front of her head.

"Would you look at that? I never even knew she had any pictures of me. She probably got that from my grandmother. Her ass was too damn high to even remember what the hell I looked like," Tiffany said.

"What happened to your little patch of hair?" I asked her.

"I be coloring that shit. It pops up every now and then," Tiffany said.

"Where's your grandmother?" I asked her.

"Well our grandmother now. I would see her a few times and that was when Roberta desperately needed money. When she found out that Roberta was back to doing drugs, she stopped giving her money. That was the last time I saw her," Tiffany said.

"Are these your boys?" I asked, showing her the picture that was in Roberta's wallet.

"Yup, those are my boys. I didn't think she would keep it. I had slipped that picture in her mailbox, but I thought she would throw it out."

"Do you think you can ever forgive her?" I asked.

"Ummm, no, I don't think I can ever forgive her. Maybe if she felt some kind of remorse for what she did then maybe, but you saw it yourself, she doesn't feel the least bit bad for what she did and she can burn in hell for all I care," Tiffany said. Just when I thought my life was actually going to have some normalcy, it goes right back to being chaotic.

Chapter 11

Knight

"Detective Spears, I was actually going to give you a call today," I said answering the phone. I had just come upstairs to my office to call the Vegas Police Department but he ended up calling me instead. I placed the phone on speaker and sat down at the desk.

"Detective Knight, I was calling to inform you that we have Nyshawn White in custody. We caught him trying to board a flight to New York."

"When was he captured exactly, and did you run his prints?" I asked.

"This was about forty-eight hours ago. He was brought in by the authorities and his fingerprints were taken. AFIS is down right now so we had to run it the old fashion way. We're waiting on the results, but I'm sure this is the guy," Detective Spears said.

"When those prints come in, please be sure to give me a call," I said hanging up with him. I went downstairs to tell Blaize the good news. I was coming down the stairs and turned to walk to our bedroom, and was given the shock of my life. Tiffany came walking out the bathroom in just a tank top and panties and walked into the guest bedroom shutting the door.

I walked into Blaize and my bedroom and closed the door. I heard the shower going so I went into the huge bathroom. Blaize was sitting at the vanity. The light from the vanity illuminated her flawless skin. She had the glow of an angel. All I could think about was seeing her in that white wedding dress.

"Hey you," she said.

"Hey beautiful," I said, walking over to her and sitting behind her on the vanity bench. She started gathering her long hair up onto the top of her head. Some of her hair swiped across her face and smelled like peaches and honey as usual. She placed her hair into one of those sexy, messy buns. She slid her silk robe down off her shoulder; I couldn't help but to kiss her from her shoulder up into the crook of her neck. She laid her back on my shoulder as I kissed from her neck back down to her shoulder, and then down her left arm, lifting it and placing it behind my head. I rubbed on her perfectly round belly. I looked her deep in her eyes through the mirror.

"Let's get married," I said to her.

"I thought I answered that question a few weeks ago," she replied.

"No, I mean like soon. I can't wait until next year. I wanna see you walking down the aisle with this belly and this beautiful glow," I said to her.

"Okay, let's do it." I tilted her head back a little further and kissed her on the lips. I brought my hands up and cupped both of her breasts, using my thumbs to gently rub her already hard nipples. I rubbed down the sides of her soft body until my hands found their way between her legs and into her wetness. She moaned surprising me because she didn't jump from my touch like she would normally do.

"You like that?" I asked her.

"Mm hmm," she responded as I continued to rub on her clit. I inserted two of my fingers inside her again she didn't jump, her body was relaxed and she started grinding her hips on my fingers. My baby was dripping wet. I removed my fingers and placed them both in my mouth, sucking them clean of her juices. She looked up at me.

"Name that taste," she said.

"Chicken of the Sea."

"You's a lie, nigga," she said laughing.

"Honey covered peaches," I said standing up from the bench. I walked around the bench and brought her to the edge. I brought her left leg over the bench and laid her back on the bench. I got down on my knees and was now face to face with that sweet honey maker. It was so pink and pretty. I dived in and started dining on her sweet kitty. She started moaning as I gently licked up and down her clit. I stuck my fingers inside her tightness and started moving them in and out, as I continued to suck her clit. She started contracting her muscles around my fingers and moving her body up and down. I felt her getting extra wet on my finger. I pulled my finger out and I felt a whole bunch of liquid hit me and soak my shirt. I stopped eating her and looked down at my shirt, amazed at what just happened.

"I ain't know you was a squirter," I said looking up at her.

"Me either, I thought I just peed," she said laughing. I was so fascinated that I had to see it again. I stuck my fingers inside her and started licking her clit again, and sure enough it came spraying out of her like her pussy was a water gun. That shit was turning me on so much, I had to feel the inside of her. I stood up and sat on the bench. I slid my shorts down and Man Man sprung out the gate. I reached to pulled her up and sit her on top of me, but she had plans of her own. While straddling the bench, she bent down in my lap and started sucking the skin off my dick.

"Damn baby girl," was all I could say as she had me locked in between her jaws.

"Oohh shit, Blaize," I moaned while holding onto the bench. I felt my toes started to curl and I wasn't having that shit again. I picked her little ass up and gently slid her down on my dick. I wasn't about to have her bitching me for the second time this week. She started to slowly bounce up and down while grinding her waist in a circle. I put my arms up under her thighs and grabbed her by her waist, as I took control of this show. I bounced her up and down at a fast pace. When I felt that familiar wetness, I pulled out of her quick and she started squirting. It was like magic. She had the whole bench wet by this time. I slid back inside her and started giving her the jackhammer and again, I pulled out and she squirted again. It's like it was never going to stop. I wonder if this was just because of the pregnancy. Whether it was or not, I was going to enjoy it for the time being.

I sat her back down on my dick, removing my arms from under her thighs. I wrapped my arms around her waist and just held her close to me as she rode me until we both came. I picked her up and walked her into the shower that's been running for the last hour. Surprisingly the water still had some warmth. I pressed her against the wall and made love to her again against the wall of the shower.

Two hours of shower sex later, we were both sitting on the bed exhausted. I was ready to go to sleep but we had a little shopping to do for the Fourth of July cookout we were hosting next week. I looked over at Blaize who was lying on her side facing me, with her eyes closed.

"Come on, wake up girl," I said swiping at her bottom lip.

"I don't wanna. Nobody told you to do me like that."

"Nobody told you to start squirting, Super Soaker."

She finally sat up and walked inside the closet, and came back out a few seconds later with a long maxi dress on.

"Dressed," she said and dropped back on the bed.

"So you just not gonna put no draws on?" I said to her.

"Nope, it's too hot for all that. My coochie gotta breathe," she said with her eyes still closed. I shook my head at her and got up and started putting on some clothes.

"Before you seduced me, I actually came in the bathroom to talk to you about two things. You hear me?" I asked before I continued on.

"Yeah, what were they?" she asked now looking at me with those beautiful brown eyes. I was so in fucking love with this girl it made no sense. I felt myself getting hard again.

"First, I spoke with Detective Spears this morning and he said they caught Shawn trying to board a plane to New York. He's now in custody and being charged with kidnapping and the murder of the priest."

"Good for him, I hope he becomes somebody's bitch," she said.

"Yeah, I wish I still had some pull, I would get his ass transferred back to Jersey. I know a few people I put away that I could have talked into making his stay pure hell," I said brushing my waves.

"What's the other thing?" she asked.

"As I was coming down from my office, Tiffany was coming out the bathroom in just a tank top and her drawers."

"What?" Blaize said jumping up from the bed and heading to the door. I ran ahead of her and blocked the door so that she couldn't leave out.

"Calm down, girl."

"Move, Knight," she said.

"No, you need to calm down before you go back out there. She didn't know I was up or that I'd even seen her. She's probably not use to being in a house with a man. Maybe you need to go over a few rules with her," I said. Blaize was now she standing there with her eyes squinted, looking at me through her long eyelashes.

"Remember, this was your idea. I'll set a few rules with her and if I find out she still walking around my house in her drawers, sister or no sister, we gon' have some problems. Beat that ass like Diamond did Ebony in *Player's Club*," Blaize said walking back to the bed.

"Damn girl. I'm forbidding you from hanging with Camilla," I said and we both started laughing.

Blaize

Knight, Kaylee and I were sitting downstairs in the kitchen when Tiffany came walking downstairs.

"Good morning."

"Good morning," Kaylee and Knight said. I continued to eat my Apple Jacks. I look up at Knight who was staring me down. I rolled my eyes, put on a fake smile and turned around.

"Good morning little sister, how did you sleep?" I asked.

"Pretty good, thanks for allowing me to stay," she said.

"You're welcome, where are you headed?"

"Oh, I was just going to hop on the bus to the shelter to get the little bit of things I have there before somebody tries and steal it," she said.

"You don't have to take the bus Tiffany, Knight and I can take you."

"No, it's okay, I know y'all had plans today, don't let me interfere. Besides, when I'm done there I have a visit with my boys. DYFS finally granted me a visit," she said excitedly.

"Oh, that's great Tiffany, all the more reason why you should let us take you," I said.

"How about you two go do what y'all gotta do and y'all can also do the shopping for the cookout. I'll give you my card," Knight said.

"That's 'cause ya butt ain't want to go in the first place," I said to him, holding my hand out for the card and he pulled out his wallet and handed me the card. I walked over and placed it in my purse.

"You got it with you?" Knight asked.

"Yes, I always have it, don't worry babe," I said referring to the gun he had giving me for protection. I turned back to Tiffany.

KNIGHT IN CHROME ARMOR 2

"Do you want to eat something before we go?" I asked Tiffany.

"I'll just take a banana," she said taking a banana from the fruit bowl.

"Okay then, I guess I'll see you later," I said turning towards Knight and kissing him on the lips. I got up and kissed Kaylee on the forehead before I grabbed my phone, keys and wallet.

We were cruising down Highway 80 with the sunroof of my BMW open. The day was beautiful, it was at the least eighty degrees out, and it was only 10:30 in the morning.

"It feels beautiful out today," Tiffany said.

"Yes, it's amazing how the weather can change someone's mood. I was actually a little upset earlier because Knight said he was coming down from his office and you were coming out of the bathroom in just your underwear."

"Oh my God, Blaize, I swear I didn't know, I don't know what I was thinking. Why would I do that, I should have known better. I'm really sorry, Blaize, I swear. I promise that won't ever happen again," she said with her hands over her mouth. I could tell she was really sincere about what happened.

We got into downtown Paterson and after circling the block three times, like always, there was no parking. I parked inside the mall's parking lot and we just walked the rest of the way to the shelter. I wondered if Ms. Kensington was there. She was the one who helped me when I ran away from Dex.

We walked into the lobby and I had to sign in. I asked the attendant if Ms. Kensington was in and I was told that she stepped out for lunch. I walked with Tiffany to the elevator and we went up to the third floor. As we were walking to her room, I looked around the facility and it was really nice. They had a play room for the kids and a lounge for the woman. It was like a college campus. There were vending machines, flat screen TVs and people playing Wii.

"Oh hell no," I heard Tiffany say, bringing me out my daze. She started speed walking down the hallway.

"Bitch, that's my shit," Tiffany yelled at the woman coming out of a room with an arm full of stuff. Tiffany went to reach for the items and pull them out of this woman's hand, but the other woman was not releasing. She was giving Tiffany the struggle of a lifetime for what rightfully belonged to Tiffany. Tiffany stopped struggling and released one hand, and bust the woman dead in her nose, sending the woman flying to the floor. Her nose was now leaking blood all over the carpet.

"You okay?" I asked Tiffany.

"Yeah, I'm good," she said stepping over the woman and walking back to the room. She shook out the items that they were fighting over. It was a Teenage Mutant Ninja Turtle shirt.

"Wait, hold up, you just fought that chick over a Teenage Mutant Ninja Turtle shirt?"

"This belongs to my baby boy. This was his favorite shirt. The day I got out of jail, I went back to the house I was living in and it was empty. Them crackhead and junkies over there had cleaned us out; furniture, food, TVs and clothes, all gone. When I walked in my babies' room, they had dumped all their clothes out the dresser and took the dresser and the bunk beds. I was happy when I found this shirt laying on the floor," she said with a tear rolling down her cheek and folding the shirt up. I reached over and rubbed her back.

We walked into the room and it was a complete wreck.

"Damn sis, they did all this in one night?" I questioned. You would have thought she'd been gone for a week.

"A bunch of fucking savages," she said putting her things inside a bag.

"Leave this shit, take what's important. I have money that I inherited from my foster mom, I'll get you what you need and we'll talk to Camilla about getting you a job," I said.

She started grabbing a few little things, then she went to her small dresser and took the drawer out and flipped it over. She had taped a zip lock bag full of papers under it. She ripped it off and put it in her bag.

"What was that?" I asked curious.

"Me and my sons' birth certificates and social security cards."

We walked out the room and the woman that Tiffany had just punched in the face was standing outside the room with who I recognized to be Ms. Kensington.

"She's right there," the woman said pointing to Tiffany.

"Tiffany, I warned..." she was about to say until she saw me standing there.

"Blaize, oh my God," she said pulling me into a hug.

"I was so concerned about you after that horrible man dragged you out of here. How have you been?" she asked.

"I've been really good and that man is long gone. I have a fiancé now," I said showing her my ring.

"That's wonderful, and you have a bump to go along with that ring, I see," she said, rubbing my protruding belly.

"Yes, I do. He's a wonderful man so you don't have to worry about me anymore."

"I spent many nights praying for your safety. Oh my God, I never realized the resemblance between the two of you until this moment," she said looking between Tiffany and me.

"Yeah, she's my little sister. We actually just met yesterday. Neither one of us knew about the other."

"You just gonna stand here lolly gagging, that bitch broke my nose," the shirt thief said.

"You had no business in her room Kelly, if anybody should be getting put out it's you," Ms. Kensington said. The t-shirt thief stomped off.

We sat there for a bit talking to Ms. Kensington, and come to find out she had connections with people down at DYFS and after she found out that Tiffany was now staying with me and my detective fiancé, she was sure she could get some strings pulled and get Tiffany her boys back. She told Tiffany that it wasn't going to be immediately, but she would have her boys back. I left her my cell phone number and my house number, so she would be able to get in touch with one of us.

We left and made our way to the foster house where Tiffany's boys were staying. The family they were staying with lived out in Teaneck. We got out the car and walked up to the house. The front door was open but the screen door was closed. We were able to look inside and we spotted her boys sitting on the floor in front of the TV. She tapped on the screen.

"Jace, Nico," she called, getting their attention. When they recognized it was her, they jumped off the floor and ran to the door, unlocking the screen.

"Hi my babies," she said, kneeling down to their level. She pulled them both into a hug and kissed all over their faces. They were so cute.

They looked just like Tiffany, or should I say us. They had the tanned skin tone and the light brown eyes and curly hair.

"Hey, I want you boys to meet someone. This is your Aunty Blaize. This is mommy's big sister," Tiffany said. Aunty Blaize... it sounds cool; I could get use to that.

"Nice to meet you boys. Let me guess, you're Nico and you're Jace," I said pointing to one then the other.

"Nooo, I'm Jace, the cute one, and this is Nico, the cry baby."

"Oh right, I'm sorry," I said.

"How's your arm feeling?" Tiffany asked the older boy.

"It hurts really bad," he said.

"Ah baby, why? Did you tell Mr. and Mrs. Collins?"

"Yeah, but they didn't do anything. It hurts because Mrs. Collins pulled on it when I didn't want to wash the dishes."

"She did what?" Tiffany said standing up ready for war. "Where are they?"

"Tiff, I think you should calm down and think about what you're about to do," I said sounding stupid, because if it was Kaylee or Nylah or this baby, for a fact I would have burned the house down.

Tiffany look at me basically telling me to mind my business.

"Okay," I said holding my hands up.

We walked into the house and it was spotless. That's probably because they had these poor kids cleaning.

"Tiffany, you hear that?" I asked her. She stopped moving.

"Oh hell no," she said finally realizing what she was hearing. All you heard was moaning coming from one of the back rooms.

"Here babies, sit right here," she said walking them over to couch.

"No Mommy, we can't sit on the couch. We have to sit on the floor," Nico said.

"No y'all don't, sit right here on this couch," she said sitting them down.

"I'll be right back," she said. She started walking to the back and I followed right behind her. She listened at the doors to determine where the moaning sounds were coming from and when she found the correct door, she kicked the door and it flew open. The scene before us was the funniest, nastiest thing I had seen in my life. Mr. Collins was bent over the bed in a pleather one piece that had the ass cut out, and Mrs. Collins was behind him in a matching pleather short set, with a strap on across her waist. She had the dildo inside Mr. Collin's ass. Tiffany kicking the door in must have scared them, because they both sat there like a deer stuck in headlights. I pulled out my cell phone and started taking pictures and recording the scene. I couldn't wait to tell Knight; he was not going to believe this shit.

"What the fuck you doing in my house? I'm calling the cops," Mrs. Collins said pulling the dildo out of Mr. Collin's ass, and walking towards the dresser to get her cell phone. Tiffany walked further into the room and punched Mrs. Collins in the side of her head, sending her flying into the dresser.

"Bitch, I should be calling the cops on you. What the fuck kind of shit you got going on in here with my boys in the next room? I'm taking those pictures to the state to show them what their trusted foster parents are up to," Tiffany said.

"You better not, you murdering whore. That's why you don't have your boys now and you'll never get them back," she said. I looked at Tiffany and I saw a flash of something in her eyes, and it was nothing good. That's when Tiffany snapped and started beating Mrs. Collins' head into the dresser. I wanted to go stop her, but the way Tiffany was wildly swinging, I was for sure she would hit me in my stomach and then it would have been me and her fighting.

"Tiffany, stop," I said but she just kept on going.

"Tiffany!" I yelled, this time louder, and she stopped. Mrs. Collins fell to the floor in a bloody mess.

"You stupid bitch," I heard behind me. I turned just in time to see Mr. Collins finally getting up off all fours and about to run towards Tiffany. I reached in my purse and pulled out the little gun that Knight had got me to carry around. I aimed it at him and he stopped moving.

"Here's what's going to happen. We're going to take those boys with us out of this disturbed house, and we are reporting this shit to the authorities, so call the cops all you want. I have proof of the kind of people you are, and a kid that's willing to testify that you're the reason why he's in that cast. Now Tiff, go get your boys so we can get up out of here," I said, still holding the gun up. Tiffany left out the room and I heard her telling the boys to go sit outside on the steps. She came back inside the room.

"Come on Blaize, let's get out of here," Tiffany said.

Tiffany

I was sitting in the emergency room with Jace, waiting on the doctor to come back inside the room. They had removed the cast from his arm and gave him another X-ray. I sat there daydreaming, thinking about the outcome of what happened today. I was scared that they were going to arrest me for kidnapping, or take my kids away for good. I wasn't sure what was going to happen, but I know it wasn't going to be good. There was a knock at the door and the doctor came into the room.

"Okay, so I have the X-rays back and it seems like young Jace here is going to have to keep this cast on for a little longer. There's some swelling, but nothing to be concerned about. He's going to experience a little pain for a few days, so I'm going to prescribe him something for the pain. He's to come back in two weeks so that I can examine it," the doctor said.

"Great, thank you so much, doctor," I said, shaking his hand. I helped Jace down off the exam table and we walked back out to the waiting room where Blaize, Nico and the DYFS representative were waiting. I had called them to let them know what was going on and that I had the boys at the emergency room. I figured this would get me some kind of credit with them. I also planned to give her a piece of my mind for placing my kids with them psycho people.

"Ms. O'Brian," the lady stood up as I walked into the room.

"Brenda," I said back to her, matching what I thought was an attitude.

"Ms. O'Brian, I would like to apologize on the behalf of the State of New Jersey. We ran background checks on the family and everything came back clean. I'm not sure if something could have slipped through the cracks, but we had no idea the kind of people they were. The fact that your kid was hurt under their supervision is a failure on the state's part. We will find another family for your children to go," she said reaching for Jace's hand.

"No you will not. Why, so that something else can happen to my boys? That's not happening. My sons are leaving with me or I will sue the State of New Jersey for negligence. So I suggest you call your supervisor and do what you gotta do because I know one of the best lawyers in town," I said staring her down.

"I'll see what I can do for the moment," Brenda, the DYFs representative said, taking out her phone and walking away. I went and sat down next to Blaize and Nico.

Minutes later, Brenda came walking back.

"Ms. O'Brian, this is against protocol, but my supervisor is willing to allow your boys to stay with you upon my approval of your residence," she said.

"So all you have to do is approve the home that she's staying in and they get to stay with her permanently?" Blaize asked.

"Yes, that's what I'm saying," Brenda said.

"Okay, let's go then, 'cause I'm hungry," Blaize said. I was overly excited. I was afraid to ask Blaize because she might say no, but she spoke up and volunteered her and Knights' home to me and my boys. I owe her for this one.

Gold Car

I sat outside and watched from my car, as Blaize got out the passenger side of the car and walked to the back door and opened it for two little boys. Then the driver's side door opened up and...

"Wait, what?" I said out loud as I looked through the binoculars. I thought I was seeing things when I saw a pregnant Blaize get out the driver's side of the car. *When did there become two of them?* I thought to myself. The one I tried to run over at the mall was pregnant so I'm guessing the driver was Blaize.

"Shit, I guess I'll just kill them both," I said as I sat there and watched them walk into the house, with another woman following close behind them.

Once they were in the house, I started my car and pulled off.

Chapter 12

Fourth of July

Knight

The cookout was on and popping. The backyard was filled with people from family to friends, to some of the officers from the department. I also had some of the people from the club here. We had the DJ from Troy's club here spinning some of that good music, we had bouncy houses up for the kids and some of the bartenders from the club mixing drinks for the crowd. Tiffany was also working as one of the bartenders as well. She said she needed to make money to pay Blaize and me back for taking her and the boys in. I told her not to worry about paying Blaize and I back, to just save up all her money so that she could provide for her boys. It actually felt good having the boys around. I was sick of being the only male in a room full of girls. I realized I was the only male in their lives as well, so I tried to do things with them like take them to play ball with Troy and Malachi, or take them to the park and teach them how to pick up girls. Jace was already a little mack daddy, so I ain't really need to show him much. That kid was the definition of funny. I was enjoying the life of Uncle Knight.

Kaylee was now out playing around with the other kids. She had helped Blaize cook some of the food that was here. I had to give it to my baby, she did her thing. Nobody knew that she cooked it until after Blaize made the announcement about Kaylee cooking the food. Everyone was shocked that a nine year old cooked the food there. I broke down and told her I would pay for her cooking classes.

My baby, Blaize was making her way through the crowd, greeting all of our guests and making sure they were all good. She was working the room like a true Queen. It's amazing how much her confidence has grown since I started visiting her in the hospital. Even with her being kidnapped by her stalker, she still walked around with her head held high. I was a lucky man, I swear.

"Look at ya ass, sitting here all in love and shit," Troy said coming up behind me.

"Nigga, shut yo' ass up. There are plenty of times I caught ya ass looking like a love struck teenager over Camilla's ass, so cut the shit."

"I can do that, that's my wife."

"Yeah, well soon come, real soon come."

"Check that out, looks like Swift got his eyes on lil sis," Troy said referring to Swift over at the bar flirting with Tiffany.

"He's a good guy, though. I actually thought he was gay because I never saw him with a woman or even looking at any of the women walking around the fight club."

"Hell, they both killers so they make a good couple."

"Now you know you wrong for that," I said to Troy.

"Speaking of wrong, I suggest you get down there before shit goes completely wrong," Troy said, pointing to Blaize staring Sessay up and down.

"Fuck," I said running down the stairs. I made my way up to them.

"What the hell you doing here Sessay?" I asked, coming up behind Blaize.

"Oh, I was just letting your little girlfriend here know about our little exchange we had a few weeks ago." I stood there stunned. I can't believe she was really about to pull this shit. "What the hell are you talking about? What exchange?" I asked her.

"Oh, you don't remember our passionate night of lovemaking we had, or the fact that I'm pregnant with your baby?" she said.

"Whose baby? 'Cause you ain't pregnant with my baby."

Blaize finally turned around to me and looked me deep in my eyes with her brown eyes.

"Is this true, Knight?" she asked.

"No, she's not pregnant with my baby. I haven't had sex with her since before we got together, Blaize, baby, I swear. She just gave me head a few months ago thinking she would get her job back, but it didn't work," I said. By now all the attention was on us.

"You's a fucking lie, Knight," Sessay said, now attempting to walk up on me like she was about to get in my face. Out of nowhere, Blaize's elbow went flying across Sessay's face, knocking her down to the ground. Sessay laid on the ground crying with blood leaking from her mouth. Blaize stood there staring at me.

"Blaize, baby, I swear..."

"I believe you," she said, but I could tell she wanted to say more. I noticed moving behind her. Sessay was getting off the ground. She started heading towards Blaize.

I grabbed Blaize and pulled her behind me. Sessay came up to me and started beating on my chest and slapping me. I was busy trying to keep Blaize from coming from behind me that I was taking blow after blow from Sessay. Tiffany stepped from out the crowd and punched Sessay in the side of the head. Sessay stumbled into the pool.

"Damnnn, that's wifey right there," Swift said referring to Tiffany.

Sessay swam to the other side of the pool and got out, looking like a wet dog.

"You bitches will pay for this," she said walking towards the side gate to leave.

I signaled the DJ to cut the music back on so everyone could get back to the party and stop staring at me. I felt Blaize snatch away from me and start walking away. I ran after her.

"Blaize, baby, you said you believed me. Why are you walking away from me? Let's talk," I said.

"Let's talk, Knight? You lied to me. I asked you if there was anything going on between the two of you and you sat there and lied straight in my face, Knight. How could you?" she said walking away. I was gonna go after her until I felt someone grab onto my arm.

"Maybe you should just give her some time," Camilla said.

"I swear Camilla, I don't know what that girl talking about, she's not pregnant by me. I only got head from the girl and I was drunk and tripping because I couldn't find Blaize," I said.

"Knight, that's not the point. The point is that you lied about it after she asked you. If we're asking you, it's not because we want to know, but because we already assume and we are just looking for confirmation, or looking to be wrong. A woman is not going to ask you something she doesn't want to know the answer to. Sometimes the truth will really set you free. Ask your cousin about Kayla. I had him shitting his pants for weeks. I'll go talk to Blaize," she said patting me on the shoulder and walking towards the house.

Blaize

I was upstairs sitting on the bed, thinking how Knight had deceived me. I wasn't mad at his action, but more so mad at the fact that he lied to me when I asked him about it. I already knew something was up when I first noticed the chick had been texting and calling his phone. If he had just told me the truth, I wouldn't have been blindsided by what just happened, and I hate being blindsided.

I grabbed on to my elbow, realizing how much pain it was in. I think it was from it hitting her teeth. I'm surprised she wasn't missing any. I know she was definitely about to be dealing with some ringing in her ear from the way Tiffany molly whopped her ass from the side. There was a knock at the door and Camilla came walking in.

"Hey girl."

"Hey," I responded.

"How you feeling?" she asked.

"Embarrassed, I really don't want to even look at Knight."

"I understand, he was just down there trying to plead his case to me," she said.

"Yeah, well he can save it. He should have been pleading his case to me when I asked him about the chick a few months back," I said getting up off the bed and walking to the closet. I grabbed my overnight bag and started throwing clothes inside.

"If this was Troy, would you had forgiven him?"

"Yup, but I wouldn't have told him that. I would let him sweat it out. Teach his ass a little lesson. But I wouldn't leave him because you giving that chick exactly what she wants, your man. Yeah, he fucked up and lied, but Knight's a great man and he worships the ground your yellow ass walks on," Camilla said making me laugh.

"You sound like G-Ma."

"Yeah, the old hag is rubbing off on me," she said.

"So what should I do?" I asked Camilla.

"It seems like you have your mind made up already. You're in here packing a bag," she said.

"I think I might just go stay at a hotel for a few days. I just need time to think about it and get over this embarrassment, and at the same time make his black ass sweat," I said. Camilla laughed.

"Okay, crazy lady," Camilla said.

"How's the remodeling of the house going?"

"It's good, it's actually finished. I just have to furnish it," Camilla said.

"Damn, I wish I had met you when I was trying to run from Dex. You're like Mother Theresa. What are you getting out of this anyway?" I asked her.

"Initially this was out of the goodness of my heart. When I met Tiffany in the county she grew on me, and I wanted to help her. When I first saw you at my wedding, I actually thought you were Tiffany and I had to do a double take. It's kind of funny that I never put two and two together until my graduation cookout that you two could actually pass for twin sisters. I genuinely wanted to help Tiffany, but once she's able to get on her feet and get her own place, I want to make that house into a safe house for women of abuse and woman of abuse with children. I'm thinking I could get some funding from the state, you know."

"That sounds great, Camilla. I'm willing to invest my little bit of money into helping. This is a great cause."

"Thanks, so you're really going to do this?" she asked me.

"Yup," I said zipping up my overnight bag.

"Are you going to tell Knight?" she asked.

"I'll text him from the car. That's why I need you to go out there before he comes up here looking for me," I said, picking up my bag.

"Alright then," she said as we both walked out the bedroom door.

"Wait, if I'm not mistaking, I ain't see yo' nasty ass pack no underwear either."

"Girl, that's because I don't wear any, I have an excuse, I'm pregnant, and my baby needs to breathe," I said.

"You're so dumb," she said. We hugged and she walked out the back door, and I walked out the front door to my car. I got in the car and pulled off. I waited until I was a few blocks from the house and sent Knight a text.

Knight

I was sitting in the backyard getting cursed out by the family, and I just sat there and took all the name calling from dumb ass to dumb black ass. I deserved it. I was just giving Blaize a little more time before I went up there and tried to plead my case again. My phone vibrated and it was Sessay, saying she was pressing charges on those two twin bitches. I deleted the message and put the phone inside my pocket. It vibrated again and I assumed it was Sessay again, so I didn't even bother to look at.

"Yo, Camilla, what did she say?" I asked her.

"She needs time Knight, you lied to her. You know better than anyone the kind of relationship she was in, and for you to lie over something so simple, it scares her. Give her time and maybe an upgrade on the rock," Camilla said.

"The hell, it don't get no bigger than that."

"Oh yes it does," she started, until her phone started to ring and she walked away. I looked up at the house, contemplating on whether I wanted to go up there or not.

Gold Car

I noticed Blaize's white BMW leaving out the gate of the house. I been watching her for a while, and I knew she was the only one who drove her car. I pulled off behind the car and followed the car wherever it was going. I finally had her alone and I wasn't going to miss out on this opportunity. I followed the car down the highway until the car took an exit to a road that was lined with nothing but warehouses. It was dark and deserted at the moment. Thinking I had the upper hand, I continued to follow the car down the road until it came to a stop and just sat there. Something didn't feel right. I put the car in reverse and tried to back off, that's when the BMW made a U-turn and was now driving really fast towards me.

MYIESHA

I hit the gas as hard as I could, but this car wasn't moving as fast as the BMW heading directly towards me. The car ran into the front of mine and was now pushing my car back directly into the wall of a warehouse. I tried to turn the wheel but that did nothing. I tried to press on the brakes, but that didn't do anything either. My car was going so fast into the wall that I knew this wasn't going to end good for me. The BMW pushed my car one last time and my car went smashing into the wall, driver's side first. I banged my head on the window or should I say the wall, so I thought I was tripping when I saw the window roll down and it was Blaize behind the wheel. Thank God the passenger side window didn't break, so she was unable to see who I was. I heard sirens and Blaize pulled off, just as I passed out from the impact of my head slamming into the wall.

Blaize

I sat behind the wheel with my hands trembling and not from being scared, but it was from the adrenaline of what I'd just done.

After I sent Knight the text telling him I needed time to myself and that I would be okay, I set my phone down on the passenger seat and got on Highway 21 to Newark to go get a room at the Comfort Suites. I looked in my rearview mirror and noticed the Gold car that tried to run me over at the mall the other day, following me. I grabbed my phone and my instincts were to call Knight, but I decided against it. I called Camilla.

"Cami, I think I'm being followed."

"By who?" she asked.

"That gold car that tried to run me over at the mall," I said.

"Alright, I'm getting Knight."

"No Cami, don't get Knight. I want you to tell me what to do?" I said.

"What you mean? I don't know what to do," she said.

"Cami, you always know what to do. You're like fucking Build it Bob or Siri's little sister. You always know, Camilla," I said.

"Bitch, did you just call me Siri's little sister?"

"Yes, now what should I do?" I said.

"Alright, where are you?" she asked.

"I'm on 21 headed to Newark. By exit nine," I said.

"Alright, go to exit seven and take that exit. When you get off the exit, make a left at the light. There should be nothing but warehouses. It's late so they should be closed."

I did as she said and I took the exit and turned left at the light. I looked through the mirror and the gold car was still right behind me. Whoever it was, was bold because they weren't even trying to be discreet. Whoever these fuckers were, they tried to kill my ass at the mall so I wanted payback.

"Alright, now what, Camilla?" I asked.

"You have the gun Knight gave you?" she asked.

"Yeah, always."

"Good, now drive all the way to the middle of the block and stop in the middle of the street. You need to catch them off guard. Wait a few. If they see you just sitting there, then they are going to know that you're on to them. Either they're going to get scared and try and back away or they'll get bold and try something stupid. Let's hope they get scared," Camilla said.

I did as she said and I just waited there until they made the first move. We were sitting there for a while and just like Camilla said, the car started to back up down the block.

"Oh hell no," I said out loud.

"Oh hell no what? Camilla said.

"Blaize!" she called through the phone.

"Blaize!!" she yelled this time. I wasn't listening, I was too focused on that wall that I was driving straight towards. I gave the car another push and pushed on my brakes, stopping my car. The other car went sliding into the wall. I don't know what kind of windows those were on that car, but the fact that the passenger side or windshield didn't shatter, puzzled me. I was two seconds from taking my gun out and shooting the windows out, until I heard sirens. I rolled up my window turned my car around and pulled off.

The whole drive from the warehouses, my hands were shaking. I see why Camilla was always craving for her adrenaline fix. I sat on the phone with Camilla the whole way to the hotel, listening to her rant about Knight killing her if he found out. I don't see how he was going to find out.

Chapter 13

Tiffany

It had been about three weeks since Blaize walked out on Knight. No one has seen her but she would text every now and then to let everyone know she was okay. Knight was walking around the house depressed, like he had just lost his best friend. I guess you can kinda say he did. I've been cooking and cleaning since Blaize has been gone so that it didn't seem like much of a void. The boys and I were moving out today. Camilla said the house had been ready for us to move in for two weeks now, but I didn't want to leave Knight alone. If it wasn't for me, he would forget to eat something. I had spoken to Blaize and she was meeting us at the new house. She begged me not to tell Knight she was going to be there. I told her I wouldn't tell him, but I had a few choice words for her ass.

I walked upstairs to Knight's office, where he had been keeping himself prisoner. I knocked on the door and waited for him to invite me in.

"Come in," he said in a low raspy tone.

"Hey Anne Frank," I said walking into his little man cave.

"I just came to bring you something to eat and tell you that the boys and I are off. Is there anything you need me to do before we go?" I asked him.

"Nah, don't worry about me, I'll be fine. I really appreciate everything you've done. I owe you lil' sis."

"No you don't, I'll be stopping by to check on you. Make sure you ain't rot away up here," I said walking towards the door. I turned back around.

"She'll be back, Knight, she's just being stubborn. How about instead of you sitting here sulking, you go find her and bring her home," I said before walking out the door.

I got outside and Camilla already had the boys in the car. I got in the passenger seat and put my seatbelt on.

"How is he?" Camilla asked.

"Pitiful, I almost feel bad for the kid but he dug his own grave. I was ten seconds from telling him where Blaize was. I'm over both of them. She's just as miserable as he is," I said.

"Word. Blaize got one more time to call me at two in the morning talking about a damn basketball game," Camilla said.

"You too? The chick called me one night asking me to play her live in Call of Duty. I hung up on her ass. She looks up to you, you need to talk to her," I said to her.

Blaize

I was sitting outside Knight's old house which was now where Tiffany was going to be staying, but the house technically belonged to Camilla now. It's been three weeks since I left the house. I had to admit I was missing my baby so much. Keeping myself from going back has been torture. I know Camilla and Tiffany were getting tired of me blowing their phone up late at night. But I was used to sitting up with Knight all times of night just watching TV or playing the Xbox, and then it would turn into hot, steamy sex. Gosh I missed the sex. I was taking out of my daydream by my cell phone ringing. It was an unknown number and I answered it.

"Hello?" I answered. There was no one there. Or at least it appeared to be no one there until I heard someone breathing on the other end of the phone.

"Hello," I said again. Same thing, no one said anything.

"Who the fuck is this?" I asked and still nothing, just breathing. I hung up the phone. A white Jeep pulled up behind me and I was able to see directly into the car; it was Swift. He and Tiffany had been getting really close the last few weeks. I was okay with it because Swift was actually a really decent guy. Everyone was shocked to find out that he actually had a Bachelor's degree in Computer Forensics which I found to be freaking amazing. My nephews love him which was also a plus. They needed a positive male role model in their lives. I asked Swift why he did underground fights if he held such a degree. He said he only did this for fun. He was a mixed martial arts instructor so that's why he was always beating ass in the ring. I beeped the horn and waved at him. He got out his car and started walking towards car.

"Hey sis," he said walking up to my window.

"Hey hun, what's going on with you?" I asked him.

"Nada, just trying to convince ya sister to be my shawty already, but she keeps playing with the kid's emotions, know what I'm saying," he said.

"Yeah, I get it. But you also have to understand her past. She'll come around sooner or

later. She likes you, she's just a little timid about giving herself to another man," I said.

"Look at you giving relationship advice, when you got my boss sitting up in the house down and out like his puppy died or some shit," Swift said. My phone started ringing again and it was another unknown number.

"Hello?" I answered again. Once again, nothing but heavy breathing.

"Listen, I don't know who the hell this is or why you're even calling me, but you need to stop calling before I get the cops involved," I said hanging up the phone.

"Who was that, sis?" Swift asked.

"I don't even know, they just keep calling my phone and not saying anything," I said.

"Well you got the right guy. Later before I leave, I'm going to take your phone information down and see what I can do," he said just as Camilla, Tiffany and the boys came pulling into the driveway of the house. I got out the car and started wobbling my way up to the house. Tiffany came walking up to me and gave me a hug, then slapped me on the butt.

"Will you stop torturing my brother-in-law like this? He misses you, sis, and I'm concerned about him. He doesn't eat unless I take his plate up to his office for him," Tiffany said.

"Yeah, I'll think about it. Speaking of relationships, what's up with you and Mr. Swift over there?" I whispered to her.

"Nothing, we're cool," Tiffany said.

"Just cool, huh? That man is feeling you hard, stop playing and get you some of that," I said to her walking away, leaving her standing there staring at Swift, who was now playing in the yard with Jace, Nico and Malachi.

"What up, fat ass?" Camilla said to me as I came walking up to the car. She had the nerve to be calling me fat when her ass was only a half of pound behind me.

"Shiiddd, what's up with you, heffa," I said to her.

"Nothing, just thinking about registration day, you still helping out, right?"

"Yes I am, what about Pri, she still coming?" I asked.

"So she says."

"How she doing since the whole supermarket thing?" I asked.

"Pretty good, actually. Troy had hired a nanny and got her some calendars, and helped her come up with a schedule that she could stick to," Camilla said.

"That's so good. I'm happy for her."

"Look at them two, they're just too cute. I hate to break that up but... Swift, come grab some bags!" Camilla yelled across the lawn to him. He had Tiffany up in the air before Camilla called him.

Knight

I had been sitting in the house for damn near a month, waiting on Blaize to bring her ass back home. I guess I had to take Tiffany's advice and go get my girl and bring her home. Today was registration day at Camilla's daycare, and I remembered Blaize volunteering to help her out. I also had some business things to handle with Troy. I got up and finally decided to wash my ass. When I was done, I got dressed so that I could go to my barber, so that he could hook me up real quick. I was wolfing. Although a nigga still looked good, I know Blaize liked to see me with a fresh cut.

I gathered all of my dirty clothes and walked down to the washing machine, putting in a load. I walked over to the remaining boxes we had yet to unpack. I opened up the box with the paperwork from Renee's case. I started reading over the papers again, for the twentieth time. I picked up the autopsy photos and started looking through them. I looked all over the pictures. I went back into the box and started looking for the little magnifying glass I usually used to look over abuse cases. I looked at the close up of Renee's photo, noticing what seemed like a pair of earrings had been snatched out of her ears. The hole to her piercing was stretched, like someone had ripped a pair of earrings right out of her ears. I don't know why I never realize that before.

I was also curious as to who would have a car in my ex-wife's name. As far as I knew, she only had one car in her name and that was a silver Acura. I brought the box over to the table and poured out everything. I was looking for an inventory list of the items that were found with her. I searched through the tons of paperwork until I found what I was looking for. Everything was there except her driver's licenses, insurances cards, and the copies of her birth certificates and social security card. She always kept a copy of important documents just in case of an emergency, and they weren't there. Whoever was driving that gold car that tried to kill my baby, had the answers I was looking for. I placed all the things back inside the box. I grabbed my keys, jewelry boxes and the roses, and left.

Chapter 14

Knight

I was coming out of the barbershop and I was texting Tiffany. She was telling me that her and Blaize had just got to the daycare. Not looking where I was going, I bumped into someone.

"Oh my fault, I apologize," I said to this person. I reached down to pick up her purse and looked into the face of Chyna. She had been a little quiet since Blaize whopped her ass.

"Oh, what up Chyna?"

"Nothing at all, let me go before ya psycho bitch pop out that sewer," she said as she walked away. I noticed her walk was a little different, like her hip was dislocated or something. I turned and headed to my car and drove away to pick up another gift I had for Blaize.

I pulled up to the daycare, grabbed the flowers, and got out the car and went into the daycare.

"Hey Knight," Capri said getting up from the desk and hugging me.

"Hey Pri, how you feeling?"

"I'm doing pretty good, I can't complain. Are those roses for me?" she asked.

"Uh, here," I said taking one of the roses out the two dozen and handing it to Pri.

"Awe Knight, I was just joking around."

"I'm sure Blaize won't notice one is missing. Where's Jamari?" I asked her. I know she was probably tired of people asking her that question, but since she left Jamari in the supermarket that day, she can't blame us for being concerned.

"Camilla has him in the back somewhere," she said.

"Okay, cool. I'll see him before I leave. Where's Blaize?"

"She's in the back mingling with the parents. Go on back there and get your woman and take her home with you, 'cause she got one more time to call me about some damn Call of Duty," Pri said making me laugh. Blaize was worse than me when it came to that game. She was an addict. I walked to the back and found her playing with the kids. I watched her for a minute. For some reason, lately I have just been mesmerized by her beauty. Maybe it was the pregnancy. Blaize was a beautiful girl before the pregnancy, but now she just had this glowing filter to her skin.

"Uncle Knight," Nico said, running up to me and jumping into my arms.

"Hey buddy, what's going on?" I asked, picking him up. "You being good for your mommy?"

"Yes, Swift brought me a toy," he said.

"He did? Did you say thank you?" I asked.

"No, he didn't," Tiffany said coming over to me giving me a hug. Nico jumped down and ran back over to the jungle gym to play. I looked over at Blaize who was now standing there staring at me. I waved for her to come over to me. She hesitated for a while then started walking over to me.

"Hey, beautiful."

"Hey," she said. I handed her the pink roses and she smiled.

"Thank you, these are beautiful."

"Can you come outside, I have something else for you and I want to talk," I said.

"Yeah, sure." We walked back out to the front where Capri was sitting.

"Oh no you didn't give this heffa one of my roses," Blaize said.

"Oh yes he did, don't hate," Pri said, picking the rose up and sniffing it. We walked out the door and to my car. I opened my driver's side door so that she could sit down.

"How's the baby?" I asked her.

"Fine, making mommy fat, do you see my feet? I'm not supposed to swell like this until I'm at least eight months. I'm only seven months."

"That's because it's twins in there. You keep thinking I'm lying. I had a dream about it being twins," I said.

"Ain't no twins up in here. The sonogram says it all. Uno baby up in here," she said holding up her hand.

"Uh shit Blaize, why you ain't go get this shit cut off," I said examining her swollen hand and the fact that her engagement ring was damn near embedded in her skin.

"No, I'm not getting my ring cut off, I can't even feel it," she said.

"That's because this shit is cutting off the circulation in your hand. You need to go to the emergency room and get this shit off," I said trying to adjust the ring. I didn't think about how she would swell when she started getting bigger.

"Wait, hold up," I said going around to the passenger side and getting the lotion I had in the glove compartment. I squirted it on her finger and started twisting the ring in a circular motion around her finger.

"Knight, it's fine," she said.

"No it's not, your finger is damn near blue," I said still fumbling with the ring until it slid off her finger.

"Give me my ring. So I can't wear my ring until I give birth?" she said.

"Yup, why you wanna wear it anyway?" I asked her holding the ring up.

"What you mean why I wanna wear my ring?" she asked reaching for the ring.

"You left me, you don't wanna be my baby anymore," I said.

"Shut up and give me my damn ring," she said snatching it out of my hand and putting it on her pinky.

"I left you because you lied to me. I needed to teach yo' black ass a lesson. I don't know why you felt like you had to lie to me. Of course I would have been upset, mad and pissed off, but I would have respected the fact that you had the balls to tell me the truth," she said fumbling with the ring.

"Here, I got something for that," I said reaching over and grabbing the bag with the Harry Winston jewelry boxes inside of it. I took the first box out and opened it, taking out the round diamond solitaire pendant and took the ring off her finger and placed it on the chain of the pendant.

"Turn around," I told her and she did as she was told. I placed the chain around her neck and latched it.

"You protect this with your life. That's at least a half of a million dollars around your neck," I said.

"Yeah, I won't be wearing this outside," she said. "What else do you have for me?" she asked excitedly.

"What make you think I have something else for you?" I said standing there with my hands in my pocket.

"Because you messed up buddy boy and you know you did, so that's how I know I have something else, now hand it over." I pulled out another box and handed it to her. She started opening the box.

"Aww this is cute," she said taking out the charm bracelet.

"Every one of these charms means something. This charm with the letter N is for Nyla, and this mom charm is for your foster mother who passed. I even had them engrave the initials EB on the back of it. I also got a knight charm for myself because I will always be here to protect you from harm and I got the initials BK for Blaize Knight for when we get married because you are marrying me woman, I don't care how mad you are. If I have to drag you down that aisle, then that's what I'm going to do," I said. She started tearing up and tears dropped down her face.

"This is so sweet, Knight. This means so much to me right now," she said holding the bracelet close to her heart. She looked at it again.

"So why did you get a dog charm?" she asked me.

I walked around to the back of the truck and opened the hatch. I grabbed the sleeping snow white puppy and brought it to the front of the truck to her.

"For this," I said handing her the puppy. Her eyes lit up with joy. I don't know how I was able to get so lucky to find a blue nose white pit bull.

"He's beautiful," she said rubbing her nose against his.

"Thank you, babe," she said kissing me on the lips. I pulled her closer because I missed the feel of her lips on mine. I thought she was going to pull back but she didn't, she continued to kiss me with the same amount of intensity that I was giving. *Yeah, she missed me just as much as I missed her.*

Blaize

I walked back into the daycare, smiling from ear to ear with my new puppy, my roses and my charm bracelet, ready to show off.

"Oh hell no, no pets allowed in the daycare," Camilla said. I walked straight by her smiling hard.

"Really Pri, it's a puppy," I said, referring to Pri sitting there with her feet up on the desk.

"Nope, don't play with them creatures. Tell her Troy," Pri said. Troy was now sitting there laughing so hard, he had all of us wondering what the hell was going on in his head.

"Yo, this shit is funny. So when Pri and I were younger, Aunt Viv had this dog. I don't even know what the hell kind of breed the damn dog was. It was mixed with like Chihuahua and reindeer or something, right. When I tell you this dog was retarded, I'm not lying. So one day I was outside playing with the dog, and Capri was playing in the grass with her dolls. So I was throwing rocks and bones and all kinds of shit at the dog, because it literally would just sit and not move. I picked up an empty plastic soda bottle and tossed it at the dog and for the first time, I heard the dog growl so I became excited. Capri got scared and got up off the ground at the same time I was in the process of throwing something else at it. I threw the stick at the dog and it took off chasing both me and Capri. Capri had them little ass plastic jelly shoes on at the time, but that didn't stop her.

So the retarded dog chased us down the block, and I hopped up on a car not even thinking that this left Pri. Pri kept on running and the dog kept on chasing her. She was crying now and somehow missing all her barrettes. Before we started running, she had a head full of barrettes and after I jumped on the car she had one. So the dog chased her all the way down the block, caught up to her and bit her on the ankle. But she kept on running. There was a school across the street so she ran up to the gate and hopped up so high on the gate. I had never seen Capri move so fast. Since then, she has never liked dogs." That story had all of us laughing so hard.

"Dammnn, poor Pri was traumatized," Camilla said.

"Well, my new baby won't do that, will you Kash," I said kissing his little wet nose.

"So, I guess yo' ass going home?" Camilla asked.

"Who said I was going home? He can't buy me," I said failing to hide my blushing face.

"Shit, he could buy me. I'll take him if you don't want him," Shaia, one of the teachers Camilla hired, said.

"Don't get ya tongue cut out sweetie," I said to her with a smile.

"He asked me to come home but I told him I would think about it," I said.

"Yea, whatever. Knight gonna have ya pregnant ass in the air tonight," Camilla said.

"Alright, I think I heard enough," Troy said getting up to leave.

"Baby, call me when you're on your way home," Troy said leaving out the daycare.

After Troy left, we started cleaning up as the last few parents were leaving. My throat started to get dry and there weren't any more waters left in the playroom. I went to Camilla's office to get water from her refrigerator. As I was going in, Shaia was coming out of her office. She looked a little nervous.

"Hey, you okay?" I asked her.

"Oh yeah, was just bringing some of the papers back to Camilla's office," she said.

"Okay," I said walking into the office and getting water out of the refrigerator. I opened it and took a sip and walked out the office to find Tiffany.

"Hey sis, you ready to go?" I asked her.

"Yup, let me go get the boys and we can go. It's getting dark out anyway," she said, walking away to the playroom. She came back and we said goodbye to Camilla and Pri.

We got back to Tiffany's house and I helped her get the boys ready for bed. I had been staying with her for the last few days to help her get settled in. It felt weird being back in this house after all the shit Shawn was able to do in here. I was happy he was in jail. I went upstairs to the room that I had been staying in for the last couple of days. I sat on the bed, contemplating what I wanted to do. It didn't take me long to come up with the conclusion. I missed my man so I was taking my ass home.

I got up from the bed and started packing my bag. When I was done, I started dragging my bag to the stairs.

"Aye, hold up, sis," Swift said running up the stairs to get my bag. I went back to the room to get my puppy and walked downstairs.

"You made up your mind, sista girl?" Tiffany asked from the couch.

"Yeah, I did. I miss my baby daddy," I said.

"Good, now I don't have to worry about him," she said. I walked over to her and gave her a hug.

"Thank you so much for watching over him," I said to her. I walked over to Jace and Nico who were sitting on the floor watching TV. They were so used to doing that at their foster home that it was a habit now. I reached down and gave them a hug.

"Bye Aunty babies, I'll see y'all later," I said to them.

Swift walked me outside to my car and put my bags in the car.

"You ready for the fight tomorrow?" I asked him.

"Yeah, you think Tiffany will come?" he asked.

"If you ask, I'm sure she'll come. She likes you, make that move potna," I said nudging him with my elbow.

"Alright, I'll do that. Get home safe. Give your sister a call when you get home, I'm not leaving until we hear from you," I he said.

"Okay, and don't be using me as an excuse to get you some. She has a curfew; you better be gone by eleven young man," I said joking around with him as I pulled out the driveway.

I got home around nine and Troy's car was there. I grabbed Kash and put my bag down on the ground, and rolled it to the door. I unlocked the door and walked in. I missed my house. I threw my keys on the table and walked the rest of the way in. Knight and Troy were sitting on the couch looking at me.

"If I was an intruder y'all would be dead," I said. Knight jumped up and over the couch and came over to me.

"You going to help me upstairs or just stand there looking at me?" I asked him. He grabbed my bag and walked it upstairs. I sat Kash down on the floor and followed Knight upstairs. As soon as we got in the room, we were all over each other, forgetting that Troy was downstairs.

Tiffany

"Alright boys, time for bed," I said as I scurried the boys along. They said goodnight to Swift and ran upstairs to their rooms. I turned the TV off and sat back on the couch next to Swift.

"So, what's your real name?" I asked him because I was curious.

"What makes you think Swift isn't my real name?" he asked.

"I mean it can be your real name, I just figured Swift was a nickname that you were going by."

"It is a nickname. It's Xander Vaughan."

"That's a nice name, why don't you use it?" I asked.

"I don't need people knowing my real name," he said.

"Well you just told me, so now I know."

"You're going to be my wife soon, so you should know," he said making me laugh.

"Your wife? You don't know the first thing about me. I'm a killer," I said and he laughed like I was telling a joke.

"Okay, so tell me about you," he said.

"I just did, I'm a killer. I killed my kids' father not too long ago."

"I'm sure there was a good reason as to why you did it. Is Blaize and the boys the only family you have?" he asked.

"Well, there's the woman whose coochie I came out of but other than that, not anymore I don't think. My grandmother, Evangeline, I haven't really seen her in a long time she might me dead. I know my granddad is, he died while deployed in one of those foreign countries," I said.

"Okay, I can tell you and your mom don't have a great relationship, what about your father?" he asked.

"Don't know him, I just know that his last name is O'Brian."

"Tiffany O'Brian Vaughn, not a bad ring to it."

"You are really running with this wife thing. So tell me about you, do you have any family?"

"Nope, none. I actually belonged to the State of New York. My mother gave up all rights to the state and let them take me away. I was in and out of juvenile detention centers. They helped me get my GED and when I did, they paid for me to go to college. That's how I got that degree. They paid for all four years at John Jay and even helped me get an apartment," he said.

"Wow, that's bad but good at the same time. I would have never imagined you going through that kind of life."

"Well imagine it 'cause it happened, but if I ain't go through that I wouldn't be the person I am today."

"That's true. So why are you single? You're a really handsome man, you're sweet, smart, talented..." I asked him.

"Good guys like me aren't in season. Nowadays, everyone wants a bad boy and I'm not that. Yeah, I can whoop a nigga's ass on the mats but that's from years of training. Why are you single, Tiffany O'Brian?" he asked.

"Because a relationship hasn't really been my focus. My focus has been trying to get out of jail and get my boys home with me," I said.

"Well, you're home now Killer, so let me show you what it's like to have a man really love and take care of you and your boys," Swift said, staring at me with those deep, dark, sexy eyes that you could barely see, because his Brooklyn fitted cap was pulled really low over his eyes and he was biting on his bottom lip. I was never a fan of a man with dreads or braids, but his was giving my coochie life right now. I had to get up because if I stared at that lip and those eyes any longer, there was going to be a puddle right on this couch.

"Where you going?" he asked.

"I have to talk to Mary, 'cause you not playing fair," I said, taking my pre-rolled blunt off the top shelf of the bookcase. He started laughing.

"How you know Mary, girl? That's my bitch," he said taking his hat off and taking his blunt from behind his ear.

"Ayyyee, come on," I said waving him up the stairs.

"Grab your phone, I told your sister to call your cell phone when she made it home and I wasn't leaving here until she did."

"She probably been home already, her and Knight probably in the bed making a baby," I said, grabbing my phone and walking up the stairs.

"How they gon' make a baby if she's already pregnant?" he asked.

"Oh trust, them two freaks will definitely find a way," I said making him laugh.

We sat out on the balcony blazing up, swapping blunts. I don't know what kind of weed he had in his blunt, but that was some good shit. I put mine out and started smoking on his. Twenty minutes in, and I was high as a kite. I sat there reading off the 'hit the blunt' memes while he gave me a foot massage.

"Ha, check this one."

Hits Blunt: Will I die if I get scared half to death twice?

I said reading off the meme. It took a while for it to register then he started laughing, and I started laughing looking for another funny one.

I was looking down in my phone when I felt something funny on my foot. They were already numb from that bomb ass weed, but I felt this. I looked up from my phone and Swift had my big toe in his mouth. At first it felt funny but after a while, I started to enjoy the feeling. I sat back and watched as he sucked each one of my toes, taking his time to make sure each one had equal treatment. He started kissing up my leg and I just sat there, enjoying the way he had my body reacting to his touch. He kissed up until he got to the inside of my thigh, and then he slowly bit down on my thigh making me let out a little moan. He went to the other leg and did the same thing, causing me to let out yet, another moan. He looked up at me with those eyes as, he wrapped his big strong arms around my legs and pulled the chair I was sitting in closer to his.

Not breaking eye contact, he reached under my dress and pulled my panties off. I was so mesmerized with his eyes that I couldn't bring myself to object his advances. He hiked my dress up and put his head between my legs and started eating my cooch out like it was the last supper. I don't think I've ever felt this way sexually, in my entire life. This young man knew exactly what he was doing. He pushed his chair back and smoothly kneeled down in front of me. He placed my legs on top of each shoulder. His hand went under my butt and he lifted it slightly off the chair and into his face. I think I came twice just from that alone. He sat my butt back down on the chair and licked around his mouth, wiping up all my juices.

"How it tastes?" I asked him.

"Like heaven. I had to stop before I started taking it too far," he said grabbing his blunt and sparking it up again. I sat there trying to regain my composure as he smoked on the blunt. He handed it to me and I pulled on it twice before handing it back to him. I stood up and walked over to him and sat on his lap. I lifted my feet up into the chair, and I was now face to face with him.

"How about we give this us thing a trial run," I said to him.

"Oh, now you know a nigga can eat some pussy and you want to be an us? Don't be using me for my mouth, woman."

"Shut up and just say okay," I said to him.

"Okay," he replied, placing his lips on mine and we kissed. I reached down and started unbuckling his pants. I stuck my hand down his pants to see what he was working with. He was rock hard. He had more width the length. He wasn't small nor was he big. He had an average size member that would get the job done. I couldn't even wrap my whole hand around it, that's how much width he had. I pulled it out and started playing with it in my hand, jerking up and down. I locked down on that bottom lip and started kissing and sucking on it.

"What you want to do with that?" he asked.

"I wanna feel it inside me."

"Oh yeah?"

"Mm hmm," I said, grabbing on to his bottom lip again.

He lifted me up gently, and slowly he slid me down on his dick. It's been a really long time since I had sex. The last person I had sex with was my kids' father slash the man who raped me, so when he slid me down on all that width, I felt like I was stretching apart.

"Oh my God," I said enjoying the feeling of having him inside, penetrating a tunnel that has been under reconstruction for months. I started moving myself up and down on his shaft and grinding my hips.

"Ah shit, Tiff," he said dropping his head on my chest. "You so tight, girl."

"Mm hmm," I said grinding and enjoying him.

"You getting extra wet down there, does that mean you like this?" he asked.

"Yeah, it does. How about we take this into the bedroom so we can get really comfortable?" I said.

Just as I said that, Swift lifted me up like I weighed nothing, and walked me into the bedroom while still keeping himself inside of me. He laid me on the bed as he laid on top of me, stroking at my walls. He then pulled my dress up over my head. He placed one of my nipples in his mouth and started gently sucking on it. He did the same to the other one. I took his hat off and I pulled his shirt over his head, and placed the hat back on his head. He pulled out of me and stood up, and his stomach was cut up like cocaine in a crack house. He dropped his pants and I was surprised to see that his dick had grown since I first put my hands down his pants.

"Damn," I said out loud. I couldn't help myself. I crawled over to the edge of the bed and grabbed a hand full of little Swift, and placed it inside my mouth and started sucking him off. I know it's been a long time but damn, I don't remember a dick tasting so good. This turned me on even more and I started deep throating him like I was trying to swallow him whole. He rubbed my little booty then smacked it, turning me on more. He put his finger in his mouth and then inserted it right into my coochie. He started bringing it in and out, and I could hear the wet sound of my cream box.

"Damn girl, you got my finger looking like it was dipped in whipped cream," he said.

"Come here my little cream pie," he said turning me around on the bed on all fours. I looked up at the dresser mirror and I could see him bending over, trying to get a visual picture of all my creaminess. He stood back up and placed his dick inside me, and I winced from the pain. But a few strokes in and a few strokes out, I started throwing it back like a pro. All that could be heard was skin smacking and the moans of ecstasy throughout the whole night.

I woke up the next morning and Swift was gone.

"Just like a man," I said as I picked up my phone and saw that Blaize called like four times last night.

"Oops," I said with a laugh. I knew she was going to have some jokes. I set my phone down and went to wash my ass and get the boys up. When I was done, I brushed out my curly wet hair, threw on some clothes and made my way to my boys' room.

I walked out the room and smelled good cooking. Bacon to be exact. I ran down the stairs and into the kitchen, to find Swift and the boys in there doing what appeared to be cooking.

"And what is going on in here?" I asked as I leaned on the wall looking at all of them.

"Ah, man. Ma, you was supposed to stay in bed so we could bring you breakfast," Jace said.

"I'm sorry baby, I didn't know. But since I'm down here, how about we all sit at the table and eat together?" I said.

"Okay, that'll work," he said, turning back around to put a piece of toast inside the toaster. I walked over to Nico who was sitting on the counter, sticking his finger inside the sugar bowl and eating it.

"And why are you over here eating sugar?" I asked, kissing him on the forehead and closing the sugar bowl, and putting it on top of the fridge.

"Some monitoring you doing," I said walking up to Swift who was frying some bacon. He reached down and kissed me on the lips. I heard Jace over in the corner snickering.

"What? Let him wild out, leave him alone. I used to drink syrup when I was young and look at me now," he said.

"Yeah, a nut case who can get Sumo kicked in the head and jump back up like nothing happened. My kid gets diagnosed with ADHD, I'm blaming you," I said cracking the eggs inside of a bowl and started stirring them.

"You know I thought you left?" I said to him.

"Oh yeah, what you say? Typical Nigga Shit," he said making me laugh.

"Something like that."

"I meant everything I said last night, Tiff. I will never do you foul," he said, never taking his eyes off the stove. I continued to stir the eggs and a smile crept upon my face. *I really hoped he meant it all, because I could see myself giving it all to him*, I thought as I poured the eggs inside the pan.

Chapter 15

Blaize

The doorbell rung and I wobbled down the stairs to answer it. I knew exactly who it was because I had called her over to talk a little more about everything.

"Hey Roberta," I said, opening the door to allow her to come in.

"Hi Blaize, how are you?"

"I'm doing fine, just ready to get this pregnancy over with," I said.

"Don't rush it, baby. Let that bun stay in there and bake a little while longer," she said. I guided her to the couch for her to have a seat, before offering her something to drink.

"First off, I wanted to tell you that Camilla absolutely loved your gift that was really nice of you. And then I wanted to talk more about the past and the whole situation with Tiffany. I know you probably don't want to talk about that, but I do because I want my family. And I want my mom and I want my sister and my nephews. Your mind may be so tainted by the past about Tiffany, in which I think it's just guilt you feel for what you did and you don't know how to handle that guilt when you're staring at it straight in the eye. Mom, Tiffany is an amazing person. She's loveable, she's caring, she's really smart, and I think you would love her if you can deal with what you did and apologize. You were wrong and you know you were, so don't sit here and act like you had no part in what happened. Tiffany is a product of you all those good qualities, that's you, and the bad qualities that was the past you. I spoke to Tiff, too, and she would be willing to forgive you if she thought you were genuinely sorry, and the way you acted the other day, you didn't seem the least bit apologetic." I heard the doorbell ring and I was about to get up and get it, but Knight yelled that he had it.

"Oohh shit, you come switching in here, Swift must've put something swift up in that ass," I heard Knight say and knew it was Tiffany.

"Mind that business big bruh, where my sister?"

"She's in there," he said. Seconds later, they both came into the living room where Roberta and I were. Tiffany came walking in with that 'I just been dicked down' glow.

"What up hot ass? I called you like twelve times last night," I said. She ignored me and just stood there and looked at Roberta.

"We're leaving," she said.

"Tiff, no, please, just sit," I said.

"Nope," she said walking towards the stairs where Knight and the boys were.

"Tiffany, sit ya ass down!!" I yelled. She turned back around and looked at me.

"You lucky you pregnant with my niece and nephew," she said coming to sit down on the chair across from us. I can't believe Knight got everyone thinking I was having twins.

"Now, can you two please have a decent conversation? I just want this to be resolved so I can have my family. All three of us are in this together, we have no one but each other, so let's fix this," I said to the both of them. They both just sat there looking at one another.

"I'll start," Roberta finally said, adjusting herself on the couch.

"Like I stated before, I was pretty messed up in a bad way when you were younger Tiffany, and like I said, I should have given you up, too. But I was being selfish. After giving Blaize away, I wanted to go back and get her but knew the person who had her wouldn't give her back. She was such a beautiful baby with them light brown eyes; it was love at first sight. Then two years later, Tiffany, you were born and once again, another beautiful baby. You two could have easily been mistaken for twins if y'all were raised together. When I laid eyes on Tiffany and that beautiful grey patch of hair mixed with her curly dark hair, I fell in love again. I couldn't give my baby up, not again. Then the crack started kicking in and I started neglecting you. When I would finally come out of my high stage, I would come home and just hold my baby girl and stroke her little patch, and promised I wouldn't do it again. I broke that promise every single time.

One day when you were thirteen, I came home looking for you so that I could lay with you and stroke that cute little grey patch like I always did. I waited for you to come home from school and you finally did, that's when I saw what you had done. You dyed your hair. That white patch was my light and it was dampened when you dyed your hair. I didn't look at you the same anymore. I felt like you weren't that little baby anymore. That wasn't an excuse but the drugs messed me up. I stopped coming home all together for days, sometimes weeks, because I didn't want to look at you. Then when I would see you getting out of cars with these different men, you started to disgust me even more. That's when I came up with the idea to make a profit. All in all, I was jealous of you, Tiffany. Jealous of my own baby girl because she was able to do what I couldn't. I tried selling myself to score some money, but no one wanted a dried up crack head. Then when I saw you making money off a body I birthed, I felt like that money belonged to me," Roberta said getting up and walking over to the couch Tiffany was sitting on. She sat down really close to Tiffany. Tiffany turned away from her.

"Tiffany, baby girl, I'm so sorry for what I did to you eight years ago, and I'm even more sorry for how I treated you recently. You did not deserve any of that and Blaize is right. I reacted out of guilt because I couldn't admit to myself that I was wrong and you were right. I am a hypocrite; everything that happened to you was my fault. We are all we got and I don't want to miss out on any more. I wanna get to know my two grandbabies upstairs, I wanna be here for these two grandbabies in that stomach, I want to meet this man that gave you that glow, and I wanna be sitting front row at your wedding," Roberta said, causing tears to stream from both Tiffany and my face. She reached over and stroked Tiffany's hair. Tiffany turned towards her and they hugged. I heard a squeaking noise come from by the stairs, and I looked up at Knight who was sitting there. His eyes looked a little watery.

"You crying?" I asked him.

"Oh nah, ummmm, I was just up there playing with the boys and I was hit in the eye and it turned red and the stinging is making my eyes leak a little... you know what, I'm just gonna go back upstairs," he said walking up the stairs. I shook my head and we all laughed at his silliness. I heard my phone ringing from in the kitchen and I went and got it. It was Capri.

"Hey Pri," I said walking back into the living room. The boys had come downstairs and they were standing around Roberta.

MYIESHA

"Wait, what happened?" I asked, yelling into the phone getting everyone in the room attention.

"What happened?" Knight asked, as I took the phone from my ear and hung it up with tears flowing down my face.

"Camilla lost the baby last night," I said to everyone.

Chapter 16

Two months later...

Knight

"Come on baby," I said helping Blaize down off the table. We were at the doctors getting the baby checked up on because she's been complaining of having really bad stomach pains, dizziness and headaches. She was way overdue, the baby should have been here, but the doctor said the baby don't want to come out. Blaize wasn't dilating or anything.

After Camilla had lost the baby, Blaize and Mrs. Baxter has been stepping in and running the daycare. I told Blaize she needed to take it easy and allow Mrs. Baxter to do it. But Mrs. Baxter hasn't been looking good herself. I had spoken to Troy and he said they were back, so I told Blaize that she had to stay in the house for the next few days, with her feet up. The doctor said for her to drink plenty of water to help with dizziness, and Blaize swore up and down she was drinking a lot of water. She said she had to replace everything in Camilla's office refrigerator because she ate and drank most of it.

"Here baby, finish this water," I said handing her the water.

"No, it's hot. I need a cold one."

"You forever wasting water. That's probably why you have to replace Camilla's fridge 'cause she take two sips of water and throw the rest out," I said.

"That's because I can't drink water unless it's cold. Warm water makes me sleepy."

I pulled up to the house and walked Blaize in, and straight upstairs to the bed.

"Where you going?" she asked.

"To meet up with my father. I have to talk to him about a few things but then I'm coming right back."

"Don't you wanna come over here and break my water baby," she said, lying across the bed looking like a sexy female Winnie the Pooh, with her big belly. I laughed.

"No, I don't want to poke my babies in the head. I could cause some kind of brain damage or something," I said.

"No you won't, they're protected. Come on, come help me out," she said with a cute little pout on her face.

"I'll be back later. I'll see what I can do, okay?"

"Okay then," she said laying her head back on the pillow. I walked over to her and kissed her on the lips, and left out the room.

I pulled up to my parents' block and for some reason, it was packed on the block. There were no parking spots at all. I couldn't pull into the driveway because but my parents' cars were there. I circled around the block two times before someone was coming out of a parking spot in front of Chyna's house. I waited for them to pull out and then parked my truck. I got out and walked around to the other side of the truck to check my tires, because my car had been riding a little funny on the way here. When I was done checking the tires, I looked into Chyna's backyard and there was a car back there covered up. I thought I was bugging when I saw the gold bumper sticking out from under the tarp that was covering it.

"Nah," I said out loud as I looked at this gold car. I looked around to see if anyone was outside. It was clear. I walked up the stairs to the backyard and up to the car. I pulled the tarp up and sure enough, the license plate matched the one that Blaize had given me from the car that tried to run her over. The same car that was registered to Renee.

"No," I said backing away from the car. I had been going over everything in my head for the last few weeks and came to the conclusion that whoever was the driver of that car had something to do with Renee's death. Then it hit me. The earrings I saw in Chyna's ears the last time I was over at her place, and the autopsy pictures that showed someone had ripped her earrings right from her ears.

"No," I said again as I backed away from the car. I walked out the backyard in shock. This whole time I had been sleeping with the woman who may have murdered my ex -wife. I walked across the street to my parents' house and walked in. My father was sitting in the living room. I sat down on the couch while still consumed by my thoughts, until I was hit in the head with a pillow. I snapped out my thoughts.

"Oh my bad, what's up Pops," I said and went right back to thinking about what I had just discovered. If there was one person I could talk to about this with, it was my father.

"What's going on with you, son?" he asked.

"Where's Ma?" I asked.

"She's up there clipping her coupons, you know how she is," he said.

"Remember I told you about someone trying to run Blaize over at the mall a few months ago?" I asked him.

"Yeah, why? You found out who it was?" he asked.

"I think I did. I think it was Chyna," I said to him.

"Why you think that?"

"Because just now as I was parking my truck, I spotted a gold car in her backyard. I couldn't really see it because it was covered by a tarp. So I walked into the backyard and lifted the tarp up, and the license plate matched that of the car that tried to run Blaize over. I never told you, but I ran the license plate in the police database and it came back as being registered to Renee. The last time I went over there to Chyna's house, she had on some earrings that looked exactly like earrings I had bought for Renee. I think she had something to do with Renee's death," I said to him. He looked at me.

"I wouldn't put it past that crazy bitch. So what you going to do?" he asked me.

"I don't know Pops, but it's not going to be good," I said.

"Whatever you do decide to do, be safe and don't get caught. Speaking of that, I spoke with the Captain and he said he offered you your job back, but you turned it down."

"Yeah, that's not for me anymore. I was only doing that as a cover-up for the club," I said.

"I respect it, son. But why don't you feel like you still need to cover the money up?" he asked.

"Because I've been investing it, and Troy found some investors and business people and promoters to help us make the club legal and bring in a lot more money," I said.

"Cool, cool, I should be able to come to the next fight. Your mom is going out of town so she won't be around being nosy," he said.

"Alright, no doubt Pops."

"How's Swift? I can't afford to lose no money," he said.

"He's good. Just been hard trying to pry his little ass off Tiffany. She got that man sprung. I guess I can relate because Blaize has me the same way," I said.

"Ha, have you seen their momma, I don't blame y'all."

"Alright now Pops, I'll hurt you, you play my momma out," I said. He just stared at me for a while before he spoke.

"Son, I'm going to share this with you, okay. You tell me everything and I feel like you should know. I don't want you to feel any type of way or look at me or ya momma any differently. We're still your parents," he said.

"Okay, what?" I asked.

"Twenty-nine years ago, your mother, my wife had an affair, and not just any ol' affair. It was with your uncle, Joseph. We weren't really getting along back then so we kind of did our own thing. I was messing with Troy's aunt, Sabrina, who's Capri's mother. Your momma had gotten pregnant around this time. The pregnancy had brought us together again, but it still lurked in the back of my mind whether you were mine or Joseph's. When you were born, we had you tested and it came back that you were mine and I was excited. You wouldn't remember but after those results came back, it straightened my ass right on up, and ya momma too. Me and your uncle Joseph ain't speak for a few years, but we soon got over that. I ain't gonna lie, I look here and there, but my pimping days are over," he said.

"Damn, that's crazy, Pops. I can't believe Ma was getting down like that," I said.

"We were enjoying life. Now I'll enjoy life from a distance," he said. I took my phone out my pocket and didn't realize I had a missed call from Capri. I called her back.

"Yo Pri, what up?"

"You know your little prisoner escaped lock down," she said.

"She so damn hardheaded, where she at?"

"Sitting here looking like her water just broke."

"That's because it did," I heard Blaize say in the background.

"Knight, meet us at the hospital," Pri said hanging up. I hung up and me, my dad and my mother rushed out the house.

"Oh, hold on," I said jumping in the car and pulling out my phone and calling Pri back.

"Yea Knight, what happened?" Pri said and I could hear Blaize in the background.

"Don't let Camilla drive," I said to her.

"Bye Knight." I heard them telling her to drink water then the phone hung up.

I raced to the hospital and got there at the same time Camilla was pulling up.

"I thought I told them not to let that psycho drive my babies," I said getting out the car.

I ran to the car and helped Blaize out the car. She wobbled into the hospital.

"My chest is starting to tighten, get my water," she said, and Pri handed her the water. My dad came running out with a wheelchair and moved out the way for me to push Blaize. The whole time she complained her chest was hurting. I figured it was from the labor pains.

While in the delivery room, they hooked her up to all these different machines and every now and then, her heart rate would spike really high and go back to normal. The doctor said it was nothing to be concerned about, that it was probably due to the labor, the reason for her heart rate spiking the way it was. I was still a little concerned but he was the doctor.

Blaize started to scream, alarming us that something was happening. The doctor checked her and he said that she was crowning. He gave her instructions to push when he gave her the cue. He counted to three and Blaize pushed. He counted again and Blaize pushed again, giving birth to a baby boy.

"Dad, would you like to cut the umbilical cord?" the doctor asked.

"Yeah," I said walking over to the doctor and my new baby boy. I cut the umbilical cord and the doctor handed him to the nurses and they started cleaning him off and then the doctor went back under the gown and started cleaning Blaize up.

"You did good baby," I said walking back to Blaize kissing her on her sweaty forehead.

"I'm not having no more babies," she said.

"Yes you are, we having at least eight more," I said.

"Hold up," the doctor said getting my attention.

"Hold up what?" Blaize said.

"There's another one," he said, moving the stool out of his way. He pushed Blaize's legs back a little further. He sticks his hand inside her and she loudly screamed. I ran over and grabbed her hand.

"Come on Ms. Francis, I need you to push," the doctor said. He counted to three and she pushed.

"One more time," he said and she pushed again.

"Here we go," he said pulling out another baby and I smiled so hard.

"I told you," I said smiling at Blaize.

"You set me up," she said out of breath.

"It's a girl," the doctor said handing her over to the nurse.

"Dad," she said, calling me over to go cut the umbilical cord.

After they were all cleaned up, Blaize and I came up with the names, Bryce and Pryce Knight. I went out to the waiting room where the families were sitting. I waved them all in to come meet the baby. I didn't tell them what we had; I wanted them to see for themselves because I told all of them we were having twins.

As we were walking to the back, there were a bunch of nurses running in and out of one of the rooms.

"Whatever is going on down there it doesn't look good," Capri said.

"That's Blaize room," I said as I ran down the hallway to see what was going on. I walked into the room and they were prepping her for the defibrillator.

"What's going on?" I asked.

"Sir, we need you to step out the room," the nurse said.

"What's going on, I was just in here and she was fine," I said.

"Once again, the nurse asked me to leave out the room. Troy and my father came in and had to manually pull me out that room because I refused to leave. Once they had me outside the room, I heard the doctor say clear, and Blaize's body came up off the bed and dropped back down. I heard the doctor say clear again, and once again, Blaize's body was shocked off the bed, dropping back on the bed. The nurse closed the door in my face and I became enraged. I pushed the door open, damn near taking it off the hinges.

"What the fuck is wrong with her?" I asked walking up in the room. I lost Renee, I wasn't about to lose Blaize.

"Sir, she's having heart failure, we need you to leave the room so we can work on her," the doctor said.

"You said she was fine," I said with tears in my eyes now.

"I know, sir, I was unaware of the seriousness of these heart pains she was complaining about," the doctor said as he charged up the machine one more time and placed it on Blaize's chest.

"Clear," he called and shocked Blaize again, and this time we heard a beeping sound.

"She's back," he said. He started calling out orders for the nurses to run all these different tests.

"Sir, please leave the room or we're going to have to call security," they said.

My dad and Troy were back pulling me out the door. I started breathing heavily; this was becoming too much for me. I had to get out and get some air. I walked away from everyone and walked outside to get some fresh air.

Sessay

"Bryce and Pryce Knight," I said as I read off the names. I looked down at the two babies as that slept peacefully in the little bed, right next to each other. I was standing there trying to decide whether I wanted a boy or a girl.

A little girl that I can dress like me, or a little boy that I can go to his football and basketball game.

MYIESHA

"Decisions, decisions," I said out loud. One of these babies was about to be mine. Bitch want to embarrass me, I got something for their asses.

I guess I'll go with the little girl. Her little grey patch was to die for, I couldn't pass that up.

As I was reaching down into the bed to pick up the little girl, I heard someone tap on the window. I turned around and there was a woman who I recognized from the Fourth of July cookout standing there. I almost forgot that I had on a nurse uniform. She didn't recognize me so I started to play the role. She started pointing at the two babies. I was about to pick up the babies when I heard someone ask who was I. I looked up at the nurse and told her I was training and didn't see anyone, so I figured I would show them the baby. She told me she had it and I backed off from the babies and walked out the room.

Chapter 17

Knight

I had just got off the phone with Troy when he was telling me about his club being robbed the night Blaize went in to labor. He said he had gotten the person who did it on camera and he wanted me to come take a look at something. Blaize has been in a coma for a week now. The doctor said he wasn't sure how long she may be in a coma that it was a good chance that she may come out of it. I called and asked Tiffany to come sit with Blaize until I came back. I didn't want her to wake up and no one be here. My mom and Roberta had all five of the kids today at Chucky E Cheese. They had been kicking it a lot lately, which was cool with me because once me and Blaize got married they were practically going to be family.

"Hey big bra. Sorry I'm late the bus was stuck in traffic" Tiffany said coming in the door.

"Where's Swift?"

"He's home, he wanted to get some rest and relax before the fight tonight" she said,

"Oh, if I knew he wasn't around I wouldn't have asked you to come all the way up here"

"It's ok, I don't mine"

"Well I do, if you ain't gonna let Swift buy you a car, at least let me buy you a little hoopty or something. I can't have you relying on buses to get around" I said.

"Knight, don't worry about me. I'm good. Besides I think it's safe for everyone if I stay off the roads." She said.

"Nah, we getting you a car" I said getting up to leave. I walked over to the bed and kissed Blaize on the top of her forehead before leaving out the room. I jumped in my car and headed over to Troy's club.

When I got there the place was empty except for a few of the bartenders and dancers. I walked in and started to the elevator for

Troy's office and was stopped by Devil the dancer that was trying to push up on me a while ago.

"Hey sexy Knight" she said.

"What's up Lucifer"

"It's Devil and wait up, what's the rush?"

"You stopping me from handling my business so that I can get back to my fiancé and our kids" I said.

"Damn, all I wanted to do was talk to you"

"Well he ain't trying to talk to yo ass now keep it moving or you gonna be looking for another job in a minute" Camilla said coming out of nowhere. The Devil girl backed off.

"Hey Knight, any changes with Blaize yet?"

"Nah, no changes but I feel like she'll be waking up soon"

"Cool, well Troy is up there waiting on you" she said pointing up. She walked with me to the elevator and used her key to let me on.

When I got upstairs Troy was sitting at his desk. He got up and gave me dap.

"So what's going on cuz?" I asked.

"Shit nigga, when the last time you slept" he asked.

"I don't even know. I'm scared if I sleep she's going to wake up"

"Nigga you need some sleep. How useful are you going to be when she wakes up and can you can barely keep your eyes open to enjoy the moment. Shit we got all this family with nothing else to do during day, somebody will sit up there with you while you got some sleep" Troy said.

"Yea I know, Tiffany up there now, I might just go try and get a nap before I go back up there"

"Alright, so I'm going to make this quick. Check this out" he said turning his computer monitor towards me and pressed play. I watch the whole video not seeing why he wanted me to watch the video. That was until someone with all black and a mask on came walking out the elevator dragging Manny Troy's manager out the elevator. This guy had a limp in his walk, like something was wrong with his left leg. My mind started racing,

"What just came to mind when you seen that limp?" he asked.

"Fucking Kool-Aid. Man I should have just let you kill his ass when you had the chance" I said sitting back in my chair.

I'm happy you said that, because that's exactly what's going to happen. He's a dead man" Troy said.

"Do what you gotta do then cuz" I said. We sat there talking more and I was telling him about his little hell's angel downstairs about to get fired. He wasn't having that. He called Camilla and told her to slow her role. That Devil brought in the big bucks and she better not fire her. Camilla hung the phone up on him. I laughed my ass off because Troy swore up and down he ran their relationship. I stayed a little bit longer before I decided to get up and leave so I can go home and take a quick nap.

I walked into the house and was about to go up to our bedroom when I started smelling shit. I followed my nose which led me right to it. I had completely forgotten about Kash. No one has been here to feed or walk him. I know Blaize would kick my ass if I let her dog die. I grabbed his leash and hooked it on to his collar. I opened the door and walked him around the block so that he could get a little fresh air and exercise.

Blaize

I opened my eyes and the vision before me was blurry, and it seemed to be spinning. I felt myself start to get nauseous. I tried to lift my head but it felt heavy.

"Where the hell am I?" I asked.

A dark vision came into sight but I couldn't tell what or who it was. I heard a noise and it sounded distant. I felt something touch my face and that's when my vision started to clear up.

"Knight," I said.

"Yeah baby, it's me," he responded.

"Where am I?" I asked.

"You're in the hospital."

I felt my stomach and there was no stomach. I jumped up remembering that I had given birth.

"Where's my babies?" I asked Knight.

MYIESHA

"They're fine. Roberta and Tiffany just took them down for a ride in the strollers because they were crying," Knight said.

"Call them back, I need to see my babies," I said.

"Alright, but first let me get a nurse to come check on you," he said. He walked to the door and called for a nurse. One came walking in and gave Knight a look that was about to get her killed.

"Biitcch, you suicidal?" I asked the nurse. She just looked around the room.

"Yeah I'm talking to you, yo' ass ain't expect me to be sitting up."

"Nurse, can you just check her please," Knight said. The nurse came over and started checking my vitals and said everything seemed good, and that she would send a doctor in.

Knight came and sat down on the bed with me once she was completely out of the room. He pulled me in a tight hug.

"Don't scare me like that again," he said kissing me on the forehead.

"What happened?"

"You were poisoned."

"What? How?" he asked. He got up and shut the door.

"The chick Shaia that worked at the daycare was trying to poison Camilla. She spiked all the waters that were in Camilla's office refrigerator. You were sipping on them the whole time Camilla was on vacation, and you drank almost the whole bottle when you came in to have the babies. That GHB and the stress from the labor sent your heart into overdrive. You were having heart failure, but they were able to get your heart pumping again. You were under for so long that your brain wasn't receiving enough oxygen and they placed you in a coma," Knight said.

"Oh wow, so how long was I in a coma?"

"Two weeks," he said.

"I'm going to kill that bitch," I said.

"Too late, Camilla and Troy got to her when she tried to tie Camilla up and kill her.

"Damn, she always has all the fun," I said. There was a knock on the door and Swift came walking in with a bouquet of flowers.

"Oh shit, sis, you up," Swift said.

"Yup, I'm up. Those for me?"

"Nah, for Tiff."

"What the... I'm the one in a coma and I can't get a flower. Damn, sis must be laying it on you," I said.

"You know I gotta keep the romance alive. I bought you flowers the other day," he said pointing to the flowers I didn't realize were sitting on the dresser next to me.

"Oh hey, thank you," I said smiling at the flowers.

"Yeah, Tiff got jealous so I had to buy her some," he said.

"What you get me, where my push gift, actually two push gifts because I pushed out two?" I asked Knight. He pointed to my finger. I was thrown aback by the gigantic pink rock on my finger.

"Babe, I appreciate this but somebody see this big ass rock, I'm bound to get robbed." Just as I was saying that, the door came open and in walked Tiff and Roberta with my babies.

"Blaize, Tiff" said running toward me and hugging me.

"Hey sissy," I said. Roberta came over next and gave me a big hug.

"I believe these little beauties belong to you," Roberta said picking up Bryce and handing him to me.

"Yes he does... hi mommy's man. It's nice to meet you," I said kissing him on the lip.

"And here's the princess," Tiff said picking up Pryce and handing her to me. I gasped.

"OMG Tiff," I said surprisingly.

"Yup, that's Aunty little baby right there," she said flipping the straight hair over and showing off her grey patch. Pryce had the exact same patch in her head.

"Hi lil' momma," I said kissing her, while tears welded up in my eyes.

"They're so beautiful," I said as the tears now rolled down my cheeks.

"Yes, they are, thanks to you," Knight said.

MYIESHA

I sat there the whole night holding my babies. I had missed two weeks already. The doctor gave me the okay to go home in two days and I couldn't wait.

Tiffany

Redd and I was out getting things set for the surprise baby shower we had planned for Blaize and Knight. We were in Target getting the ribbons and the paper goods. We had everything else it was the little things that we had forgotten about.

"Aww look at these I need to get these for my niecey pooh" I said placing the outfit in the cart.

"That is cute, but we ain't come here for that" Redd said.

"Aww and look at this for Bryce"

"I still can't believe Knight was right about the twins. It's like he planned that shit. Redd said.

"Exactly"

I was looking through the baby clothes because they had such a cute selection and they were cheap. I felt Redd elbowing me.

"Girl what is you doing?" I asked

"Look, ain't that chick from the cookout that you molly whopped?" I looked in the direction of where she was pointing.

"Hell yea that's her. I should go knock that ass out again. Talking about she's pregnant. Knight stupid but he ain't that stupid"

"Well you don't know that for sure"

"You right, so let's go and find out then"

"Hold up, keep a eye on her and I'll be right back" Redd said running back in the other direction.

I watched as the chick sashayed through the aisle. *Who wears heels to Target? Skanks that's who.* Seconds later Redd big was came running back out of breath.

"Where the hell did you go?"

"I went to get this" she said out of breath and handing me a home pregnancy test.

"Look at you being proactive, that's why you my bitch"

"You go get her, I'll sit right here until I catch my breath" she said plopping down on a bean bag chair"

I ducked in and out of the aisle so that she wouldn't see me. I figured I would wait until she got closer to the bathroom where I could pull her in. I followed her until we ended up right back where Redd and I started. Redd big ass was still sitting right where I left her, just chillin.

"I thought you were supposed to be catching your breath, how the hell you end up with Cheetos and a Pepsi?" I asked.

"I needed some energy, I'm coming now" I shook my head at her.

"What you doing back here anyway? Where the chick go?" Redd asked.

"She over there looking at baby clothes"

"Why would she be looking at baby clothes if she's not pregnant" Redd asked giving me a look that said the chick might be telling the truth about being pregnant.

"Same reason we were over there looking at baby clothes, maybe it's for someone"

"Yea ok, Knight ain't as innocent as you want to think. I use to catch him checking me out. He wanted some of this" Redd said.

"Look at all that ass you got, that thing will make any man look. Shit I be looking sometimes"

We sat there and watched as she picked up boy and girl clothes like she was contemplating which one she wanted to get. She finally walked away with the pink clothes. We got closer to the bathroom and that was our chance. She walked into the aisle next to the bathroom. I told Redd to stay here and I went around the other way. I met the chick right at the other end of the aisle surprising the shit out of her.

"Hey bitch" I said.

"What are you doing here?"

"Shopping what you think"

"Leave me alone or I'm calling the cops" she said.

"I don't care, I been to jail before and I ain't scare to go back" I said as I pushed the cart out my way so that I could get closer to her. When

I did that the chick reached for the air fresher and sprayed it in my face. She took off down the aisle, all I could hear were her heels clicking down the aisle.

I rubbed my eyes clear of the spray *where the hell is Redd* I thought as I picked up a roll of tissue and launched it at the chick head and I missed. I picked up another one and threw it and popped her in the back of the head. She stumbled but kept on running. Redd finally stepped in the aisle blocking the entrance.

"You ain't got nowhere to go" Redd said moving back and forth across the entrance so the chick couldn't pass. I picked up another roll of tissue and threw it and again it popped her in the head and she stumbled into the shelf. Redd grabbed her in a bear hug. She was about start screaming but I covered her mouth with my hand. I looked out the aisle into the rest of the store to make sure it was clear and it was. We made a beeline to the bathroom with Redd dragging the chick with us. Thank God the bathroom was empty. We went into the big stall and Redd let her go.

"What the hell do y'all want?" the chick asked.

"All we wanna know is if you're pregnant or not?" I said.

"Yup so piss bitch" Redd said throwing the pregnancy test at her.

"I don't need this, I'm not pregnant"

"Well we want proof, now piss"

The chick opened the box and took the pregnancy test out. She pulled her pants down and did a squat over the toilet, started pissing and placed the stick in the piss and held it there for a few seconds. When she was done she pulled her pants up grabbed her purse and throw the piss stick at me and walked out the stall. I stood there in shocked that the bold bitch just hit me in the chest with a pissy pregnancy test.

"Did you just see that?" Redd asked.

"Yea, I should go smack her ass for throwing that shit at me"

"No, not that, that was funny though but, I'm talking about the nasty bitch ain't even wipe her ass"

I grabbed a piece of tissue and picked the test up off the floor. I turned it around and it was only one pink line which meant she wasn't pregnant. I threw it inside the trash and we walked out. As we left the bathroom we were met by the store manager and security who had escorted us out. Not before making us pay for the pregnancy test, the Pepsi and the Cheetos.

Blaize

I was finally able to leave the hospital and I super excited. We pulled up to the house and Knight helped me out. I used my key to unlock the door and I was taking by surprise when I walked into my house and it was decorated in blue and pink baby themed decorations. The girls had thrown me and Knight a surprised baby shower. I was wondering how they were able to get in and decorate without Knight knowing but I forgot Tiffany still had a key. It was really beautiful. Everything was pink and blue from the candy on the candy table to the cake. They even had everyone wear either pink or blue. There were so many gifts for such a small crowd of people. I pretty much had a good idea who was responsible for it, Ms.Pam. She had been beasting for another grand baby. I was grateful though because I had only prepared for one baby so most of this stuff would come in handy. I noticed my mom and Ms. Pam were new besties and I couldn't help but to notice Frank checking my mother out every time she walked by.

"Baby you better get your daddy. He over there checking my momma out" I said to Knight.

"Yea, he told me the thinks your mom look good."

"And you're ok with that?" I asked

"I mean hey, there's nothing wrong with looking as long as he doesn't touch" Knight said.

"Yea ok, Ms. Pam will put a beat down on him when she catches him"

The day went on and I was really enjoying myself. We played some baby shower games such as pin the sperm on the egg, bobbing for nipples and bottle chug. I had to record the men playing bob for nipples. It was too funny.

It was a great night. My babies were being adored by everyone but my arms were starting to miss them. I was ready for everyone to leave so that I could have my man and my babies to myself.

Knight and I had cut the cake and was unwrapping the gifts. Camilla and Troy had gotten us two 4moms Origami strollers. I was looking to get one but when I seen the price tag of it I changed my mind quick. No stroller is worth a thousand dollars. Nope. Ms. Pam had at least ten boxes of diapers in every size, tow bassinets, two bouncer, two high chairs, two play pins and two plastic storage tubs full of baby clothes. When we were done Knight stood up like he had something to say.

"Hey can I have everyone's attention" he said. Everyone looked at him.

"So before all the drama started happening. Back in August Blaize and I spoke about pushing up our wedding date to September but that didn't happen because of the craziness with Joseph. Yesterday while sitting in the hospital with Blaize I realized I didn't want to go any longer without her as my wife. So we decided that we're going to do this marriage thing in two weeks on December twenty fourth and we want you all to be a part of it"

Everyone started to become excited, clapping; cheering and all the girls ran over to me and started hugging me. I was more than excited. I had already had the wedding planned out in my head. I want it to be like we were in a snow globe and I wanted all the girls in red dresses and I wanted to get Kaylee and Pryce some a cute red dresses and dress Bryce in a little tux. It was going to be magical.

As the night started to come to an end, Tiffany and Redd started telling me about their little run in with Sessay at Target. I couldn't help but laugh at Tiffany getting sprayed in the face with air freshener. I thought that was hilarious but what really had me about to piss was Sessay hitting Tiff in the chest with the pissy pregnancy test, that was a bold move. I would have had her head in the toilet bowl if that was me. But all in all I was happy that they went to those lengths for me and even happier that the bitch was lying. Although I already believed my man when he said he didn't have sex with her.

Chapter 18

Knight

I was pulling up at the stop light right outside the warehouse entrance when I noticed Troy pull into the lot from the opposite direction. I was happy he was here on time because I wanted to talk to him about the whole Chyna shit that had my head all fucked up. I was taking out of my thoughts by a horn blowing from behind me. I looked up and the light had turned green. I pulled off from the light and was about to enter the parking lot when I noticed Kool-Aid truck pulling into the lot. He wouldn't have known it was me because he didn't know of my new truck, he just knew my Jeep and my Porsche. I pulled in behind him and something told me he was up to no good. For one he wasn't welcomed here anymore and two he was following behind Troy on some low key one hundred feet kind of shit.

The gates to the garage were lifted and Troy drove in and Kool-Aid right behind him then I came in. I notice Kool aid circle around the lot one time then he pulled up next to Troy. I heard a boom and my suspicions of Kool aid were right. What Kool aid didn't know was that all Troy's cars were bulletproof. I pulled up next to Kool aid and I took out my gun. I rolled the windows down aimed my gun at him. I beep the horn once getting his attention and fired one straight throw his window slumping him. I looked over at a surprised Troy who just gave a head nod.

The whole night I was feeling like shit and I knew I shouldn't have because Kool Aid had turned snake on me. He was my best friend and he betrayed me. Then tried to play and kill my cousin. He deserved everything that he got.

Tiffany

I was getting dress and waiting on Camilla to come pick me up. It was Friday night and Swift was scheduled for a fight. He had asked me to come to one of his games and I told him that I would but didn't say which one. I figured I would get out and have some fun since Roberta wanted to play grandma with the boys tonight. Since our whole little come together we had her, Blaize and I, things were really good and I hope it stayed this way. Not only that, Swift and I have been official for two months now. He has been amazing, almost too amazing. I was always waiting for the other shoe to drop it. Swift was very laid back and humble but he had that aggressive side that I loved. He was great with the boys and they loved him. I didn't see why he didn't have any kids. Just the thought of that very question sadden me. Two weeks ago I did something that I knew I shouldn't have done without confiding with Swift first. The first time Swift and I had sex. We didn't use any protection and I wasn't on any birth control because I wasn't having sex before that time. But since that first night we had been fucking like rabbits and I mean every night, every morning, in the car, everywhere. I just couldn't get enough of that dick, I was addicted. But my ass got pregnant. I wasn't ready for another baby and I wasn't sure if he even wanted any so I had Tata take me to Englewood to get an abortion. I felt terrible but I knew this was right for the both of us. I just hoped Tata ass ain't go running her big mouth to people and it got back to Swift. He was amazing and I wasn't ready to lose him.

After I had just got done blow drying my hair when I received a text from Camilla saying she was downstairs. I grabbed my phone, my clutch and my keys and went downstairs.

We pulled up to the club and I damn near jumped out the car while it was still moving.

"Bitch you are fucking crazy" I said as I hurried out the car with Camilla bat out of hell driving ass.

"But did you die?" the bitch had the nerve to ask me.

"Heffa, I could have"

"But did you" she stood there still trying to prove a nonexistent point. I walked passed the deranged woman and up to the door of the club. Camilla knocked two times and someone slid the spot in the middle of the door open to see who we were. He closed it back and started to unlock the door.

"What's up Camilla" the big buff bouncer asked Camilla.

"What's up Bruski, this is Tiffany, Swift girl. You gonna be seeing her around here a lot more now, so get to know her face."

"Damn I thought she was Blaize for a minute" he said.

"Yea everyone does, that's my sister" I said.

"Damn, if y'all two look like this I wanna see what the momma looking like" Bruno said. I shook my head and walked into the club. The place was packed with mostly men, but there were a few women in here. They didn't look like any ole hood girls either. They were more along the preppy black girls who family had money to waste side. I looked around for Swift but I couldn't find him. We walked over to the bar where there was some chick giving Camilla a nasty look behind it. She was definitely about to get pounced on.

"Cam you got beef?" I asked her.

"Girl I got beef everywhere be more specific"

I pointed over to the bar at the chick.

"Oh that one. No we don't have beef, she just got this thing for Troy and I had to let the bitch know Smith and Wesson wasn't having that. So she's a little salty" Camilla said loud enough so the bar chick could hear her.

After we got our drinks we went upstairs to the VIP section above the club. When we got up their Troy and Knight was already up here talking to a group of white men I expensive suit. I wonder if these were the new partners that Knight had been ranting and raving about.

"There go your man girl" Camilla said pointing to Swift who had just come out of the back room in his black shorts and his dreads hanging long. He started walking towards the mat but was stopped by a preppy black girl who grabbed him by the arm to get his attention and was now feeling on his chest.

"Oh hell no" I said standing up, placing my drink on the table and about to take my ass down there. That was until I seen Swift remove the girl's hands from his chest and walk away.

"Oh, alright" I said picking my drink back up and sitting down next to Camilla who was laughing her ass off at me about to make a fool of myself.

"Trust your man hun" she said rubbing my back.

The fight started and Swift got off to a great start, I don't know what happened but it started going downhill from there. Danger who was the other fighter started beating my baby down to the ground. This guy was like Godzilla compared to Swift. Everyone started yelling for Swift to get up but he couldn't Danger picked Swift up over his head about to slam him to the ground but Swift did some kind of moved by wrapping his legs around Danger's neck and squeezing tight. Danger still had Swift up in the air until he started to loose consciousness and he let Swift go. Swift never loosened his grip on Dangers neck and so when Danger dropped him, Swift was able to bring Danger to the ground and held on until Danger was no longer conscious. At least that's what I think. I hope he wasn't dead.

Swift had won the fight and made a lot of people happy. As bad as Danger beat Swift down Swift was actually still in decent shape besides the bust lip he had. I stood up and walked down to the mat to where he was. He had a crowd of people standing around him. I made my way through the cheering crowd and up to him. When the path was finally clear I walked up to him and when he noticed me he pulled me into a hug and kissed me hard on the lips. My body started to get hot. I bit down on my bottom lip and looked him straight in the eye. He knew exactly what that meant.

We ditched the celebration and went into his dressing room. He locked the door behind s. By the time he turned back around I had already had half my clothes off. He walked up to me and picked me up and wrapped my legs around his waist.

"Think we can get this quickie before anyone notices we gone?" he asked.

"Yup" I said grabbing on to the back of his neck and kissing him. He broke the kiss and started kissing me down my neck until he reached my breast. He pulled one out of the bra cup and popped it into this mouth and started to suck on my nipples. He did the same to the other one. He unzip my jeans and pulled them right under my butt. He slid my thong to the side and slid his finger inside my wetness, pushing it in and out causing me to moan out loud.

"Ah shit, she's ready for daddy huh?" he asked.

"Yes she is"

While pinning me to the wall with his body, he reached down and pulled his shorts and briefs down to the floor. He placed himself at my opening and slid right in. He started moving in and out me and I don't remember ever feeling this good in my life. He held my hand above my head with one hand while he used the other arm to wrap around my waist so that I wouldn't slide out his grasp.

"Hold up, Come over here" he said pulling me over to the bench where he sat down and pulled me on top of him. Where I rode him until we both came.

"We'll continue this later on?" he asked.

"Your place or mine?"

"Yours is bigger and the boys aren't home so we can play Dora the Explorer" he said.

"You're so dumb; I'm not playing that game with you anymore. You had my ass about to fall over the balcony" I said.

We were freshening up when there was a knock at the door.

"Uh oh, we caught" he said making me laugh. Whoever it was knocked again.

"Hurry y'all nasty assess up" I heard Camilla yell from behind the door. Swift and I both started laughing not caring if she heard us or not.

"We coming" I said.

"Yea I bet you are" Camilla said.

Chapter 19

Knight

    I sat in my car preparing to get the answers I had been longing for. I knew all along that somebody had to be involved in her murder. I just didn't know who. Chyna's dumb ass messed up by trying to run Blaize over. How could she be so stupid to think that no one would see the plates? I was ready to get this shit over with so I could go meet my future wife at G-Ma's house for dinner. It was daytime and I knew no one was usually home during the day except Chyna low life ass. I pulled down my ski mask and exited out of an unmarked car. I ran up the stairs to the backyard and down the stairs to the basement. I juggled the knob and it was locked. I kicked the door in and walked in. Like I thought, she was in here smutting like always. They both detached from each other. I shot dude in the chest and he fell back on the bed. Chyna jumped off the bed and tried to run, but that weird limp was preventing her from doing so. I reached over and grabbed her by her hair, slamming her to the ground. I put my foot in her chest and pulled off my mask.

    "Hey bitch," I said.

    "Oh my God, Knight what are you doing?" she asked.

    "Dumb bitch. You thought you were going to kill Renee and try and run Blaize over and get away with it?"

    "What are you talking about, Knight? That wasn't me," she cried.

    "Then who was it then? Ya dumb ass ain't even try to get rid of the car. Yeah, I saw the car in the backyard that was registered to Renee," I said.

    "I didn't kill Renee, Dex did," she said.

    "How the fuck you know that nigga?"

    "I was messing with him and I told him how much I hated Renee, and he said he would get rid of her for me. I had no idea he was going to kill her," she said. I started putting two and two together. That's how Dex found out where Blaize was. He had to be here the night Blaize said she saw him in the window.

"So how you get her earrings?"

"He gave them to me, I didn't know they were hers. Knight, please don't kill me," she cried.

"Nope, you should have just settled with the fact that I ain't want yo' skank ass, now look at the predicament you're in," I said before I pulled the trigger, putting two in her head. I pulled the ski mask back down over my face and left out the house. I walked back to the unmarked car and once I was far enough, I took off the ski mask. My phone started ringing and I answered.

"Hello?" I said.

"Hello Detective Knight, this is Detective Spears from the Vegas police department. I'm calling because we have some very disturbing news," he said.

"What kind of disturbing news?" I asked.

"The guy we have in custody's prints came back and they don't match those of Nyshawn White," he said.

"Excuse me? You wanna repeat that," I said.

"The guy we arrested at the airport isn't Nyshawn White. His name is Johnathan Daniels. He said that he was paid by a man to use the identification of Nyshawn White to get on a flight to New York. We ran the name Johnathan Daniels and he booked a flight the same day back to Newark Airport, the same time we arrested who we thought was Nyshawn White," Detective Spears said.

"You gotta be shitting me," I said hanging up the phone.

"Shit, so that had to be him that Kaylee saw at the graduation that day," I said.

"Yup, it was me," I heard from behind me. I looked up into the window and he was standing behind me with a gun pointed straight at my head.

"Shit," I said as I heard the gun cock and felt the hotness of the lead enter my body.

Blaize

"Ok little baby," I said laying Bryce down in the bassinet. I just finished washing him so we could go over to G-Ma's house for dinner.

"You alright over there, Ma?" I asked Roberta, who was dressing Pryce in her pretty little dress.

"Yup, I got this. It may have been a long time but I still got it," she said. It felt great to be home with my babies and my fiancé. Roberta had been coming around a lot helping me and Tiffany out when needed. Things seemed to be going great. I really couldn't complain about anything really, except the fact that Capri admitted herself into a psych ward. She didn't belong in there. She belonged here with her family. We were all she needed. She needed to be surrounded by family and friends to keep her sane. I was going to get her ass out tomorrow, even if I had to drag her ass out kicking and screaming.

"Blaize baby, I can't find Pryce's other shoe," Roberta said.

"Oh, she had those on the other day. It's probably in the car," I said.

"Look at you, you losing shoes already?" Roberta asked Pryce as she stroked Pryce's little grey patch in her hair.

"Ma, I'm going to go out and check the car for Pryce's shoe," I said as I ran down the stairs of my house. I grabbed my keys off the table and walked out into the cold air. I walked up to my car and clicked the unlock button, but it didn't unlock.

"What the hell is wrong with this thing?" I asked myself. I walked back in the house to get my spare that I had inside the kitchen drawer. I fumbled around in the drawer, until I found it. I shut the drawer and walked back outside. I pressed the alarm as I walked closer to the car and nothing happened. I got closer to the car and pressed it again, and last thing I remember hearing was a boom and felt myself flying in the air.

To be continued..

Dedications

This book is dedicated to all those who believed in me an encouraged me to keep pushing through.

My daughter whose very existence has been my biggest motivation in everything I do. My family, friends and co-workers who has supported me from the start. To a very special friend of mine who has been my confidant, my advisor and my distraction when I would become overwhelmed and thought about giving up.

To my amazing Publisher, Porscha Sterling, words can't even express how grateful I am for her giving me this opportunity to bring out my creative side and being a great mentor. And last but definitely not least, to my amazingly loyal readers. If it wasn't for their love and dedication to my novels and my characters, I probably wouldn't be releasing my 5th book.

Thank you all for rocking with me, I promise you have yet to see the best of me.

She's just getting started.

With Love,

Myiesha S. Mason

Please leave your reviews on the book. Honestly is always respected.

Also you can follow me on Facebook at

Myiesha Mason

Or Instagram at

_miss_mason

Or contact me through email at

myieshasharaemason@gmail.com

To keep up with the upcoming releases or if you have any questions or if you just want to harass me for the next book.

Looking for a publishing home?

Royalty Publishing House, Where the Royals reside, is accepting submissions for writers in the urban fiction genre. If you're interested, submit the first 3-4 chapters with your synopsis to submissions@royaltypublishinghouse.com.

Check out our website for more information: www.royaltypublishinghouse.com.

Be sure to LIKE our Royalty Publishing House page on Facebook

MYIESHA

SHAHIDAS

FEMMES KAMIKAZES DE PALESTINE

Du MÊME AUTEUR

Terrorisme, Stock, 1986.
Femmes sur tous les fronts, Stock, 1988.
Chassé croisé, Stock, 1990.
La Passion Gédéon, Stock, 1991.
Coriandre, Jean-Claude Lattès, 1993.
Voice of Reason : Hanan Ashrawi and Peace in the Middle East, Harcourt Brace, 1995.
Getting Away With Murder, Simon and Schuster, 1997.
La Dame de Rangoon, Flammarion, 1998.
Le Matignon de Jospin, Flammarion, 1999.
Madonna, Flammarion Québec, 2001.

Barbara VICTOR

SHAHIDAS
FEMMES KAMIKAZES DE PALESTINE

traduit de l'anglais (États-Unis)
par Robert Macia et Florence Bouzinac

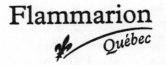

Flammarion
Québec

Données de catalogage avant publication (Canada)
Victor, Barbara

Shahidas : femmes kamikazes de Palestine

Traduit de l'anglais.

ISBN 2-89077-243-8

I. Attentats suicides – Israël. 2. Conflit israélo-arabe. 3. Palestiniennes. 4. Palestine – Histoire – 20e siècle. 5. Israël – Histoire - 1993-   . I. Titre.
DS128.2.V5214 2003   956.94056'4   C2002-941735-X

© 2003, Flammarion Québec pour l'édition canadienne
ISBN : 2-89077-243-8
Dépôt légal : 1er trimestre 2003

À Gérard.

AVANT-PROPOS

En 1982, la chaîne de télévision américaine CBS m'envoya au Liban au moment des massacres des camps de réfugiés de Sabra et Chatila perpétrés par les Phalanges chrétiennes libanaises, assistées des forces tbisraéliennes et de l'armée du Sud-Liban. Quand la presse fut finalement autorisée à pénétrer dans les camps, un événement qui devait me hanter tout au long des années suivantes se produisit. Assise par terre, une femme palestinienne berçait un enfant sans vie dans ses bras, tandis que tout autour d'elle la puanteur de la mort subsistait au milieu des décombres. Je commençai à l'interroger sur ce qu'elle avait ressenti en découvrant qu'elle était la seule survivante de sa famille et, plus important encore, sur la façon dont elle allait vivre le restant de ses jours avec le souvenir de toutes ces victimes. Elle vit tout de suite que j'étais américaine et, sans aucune hésitation, elle me dit dans un anglais étonnamment correct : « Vous autres, Américaines, vous parlez en permanence d'égalité. Eh bien, vous pouvez prendre exemple sur nous. Ici, à Sabra et à Chatila, l'égalité pour les femmes c'est de mourir en nombre égal avec les hommes. »

9

Les années passèrent et, finalement, ce que les plus cyniques considéraient comme une phase de calme sporadique et trompeuse déboucha sur la première vraie conférence de paix entre Israéliens et Palestiniens. En 1994, dans le sillage de cette conférence qui apportait enfin un espoir quant à l'issue du conflit, je publiai une biographie de Hanan Ashrawi[1], porteparole de l'OLP devenue le symbole d'une nouvelle Organisation de libération de la Palestine qui apparaissait désormais comme une véritable entité politique. À partir de la conférence de paix de Madrid en 1991, qui devait aboutir le 13 septembre 1993 à la fameuse poignée de main entre le premier ministre israélien Yitzhak Rabin et Yasser Arafat sur la pelouse de la Maison Blanche et sous le regard radieux de Bill Clinton, Hanan Ashrawi fit passer un subtil message à la communauté internationale : non seulement une femme vivant dans une société arabe dominée par les hommes pouvait devenir la voix de la raison au cœur d'une région lourde de conflits, mais en tant que chrétienne dans une société à prédominance musulmane, elle allait certainement devenir un exemple pour toutes les femmes palestiniennes afin qu'elles participent à la création d'un État indépendant sur un pied d'égalité avec les hommes. Cela semblait augurer d'une nouvelle ère de paix, et l'égalité des sexes paraissait enfin poindre dans cette région du monde.

Le reste appartient à l'histoire. Hanan Ashrawi disparut de la scène politique dans les années qui suivirent et l'influence des groupes islamiques extrémistes

---

1. *Voice of Reason : Hanan Ashrawi and Peace in the Middle East*, Harcourt Brace, New York, 1994.

– pour ne pas dire leur mainmise – sur la population palestinienne à la suite de l'échec des accords de paix d'Oslo ramenèrent les femmes plusieurs siècles en arrière. Tant et si bien que la seconde Intifada, soulèvement de la population palestinienne contre l'occupation israélienne qui éclata en septembre 2000, se distingua ostensiblement de la première – qui avait commencé en décembre 1987 – par une absence des femmes dans la rue pour affronter les soldats.

Mais un autre élément, encore en gestation au cours de la seconde Intifada, allait avoir des répercussions dans le monde entier – plus particulièrement depuis le 11 septembre 2001 quand des terroristes kamikazes firent s'écraser quatre avions contre des cibles américaines : Les attentats suicide en Cisjordanie, à Gaza et en Israël marquèrent le lancement d'une nouvelle arme de terreur, planifiée et mise en œuvre par ces groupes extrémistes recherchant la destruction de l'État d'Israël pour le remplacer par un État islamique. Les attaques suicide devinrent la suprême « bombe intelligente » du pauvre. Efficaces et spectaculaires, elles annulaient le risque de voir leur auteur arrêté et interrogé. Ces actes dits de « martyre » perpétrés par des activistes palestiniens ont coûté la vie à des centaines d'Israéliens, entraînant des représailles de la part de l'armée israélienne qui à son tour tua des centaines de civils palestiniens. Cependant l'afflux d'images de ces attentats à la télévision ou dans les journaux ne montre que les ravages matériels et rarement les effets produits, des semaines ou des mois plus tard, sur ceux qui ont survécu ou qui ont perdu un être cher. En fait, d'une certaine manière,

11

nous étions presque devenus insensibles à ces horreurs. Certains mots faisaient désormais partie de notre vocabulaire, comme ceinture d'explosifs, martyre, Intifada, nous les avions à l'esprit ou les utilisions comme si, au fond, la totalité du champ de leur signification nous échappait. Le 27 janvier 2002, une jeune femme palestinienne de vingt-six ans, Wafa Idris, se fit exploser rue Jaffa à Jérusalem. Ce jour-là, j'eus une sensation épouvantable et familière à la fois : non seulement je réalisai qu'il s'agissait d'un nouvel élément dans le conflit tragique au Proche-Orient mais j'éprouvai en outre une subite impression de déjà-vu. Au-delà de l'honneur contestable de devenir la première « femme martyre » ou *shahida*, Wafa Idris était emblématique d'une crise profonde qui avait brusquement franchi un nouvel échelon dans le cynisme avec lequel on a toujours considéré les femmes.

La suite des événements ne fit que confirmer mes soupçons. Wafa Idris fut imitée par Darine Abou Aïcha, Ayat al-Akhras puis Andalib Souleiman, quatre *shahidas*, toutes de séduisantes et intelligentes jeunes femmes qui choisirent de s'attacher une ceinture d'explosifs autour de la taille et de mourir au nom d'Allah et de la libération de la Palestine. Toutes, à l'exception de Wafa Idris qui ne laissa pas de cassette vidéo derrière elle, furent photographiées parées des symboles trouvés dans le Coran relatifs au martyre ou au désir de mourir sous couvert de délivrer la terre d'Islam et, par là-même, d'atteindre le paradis pour « s'asseoir à la table d'Allah ».

C'est alors que je décidai d'écrire ce livre, pour

comprendre pourquoi des femmes vivant dans une société qui les reléguait à un statut de second rang se retrouvaient élevées au même niveau que les hommes, à condition que ce fût au paradis et après avoir accédé au titre de « martyre ». Je découvris au cours de mon enquête que toutes, y compris la cinquantaine de femmes qui avaient tenté sans succès de commettre un attentat suicide, avaient traversé des tragédies personnelles si graves que leurs conditions de vie étaient devenues intenables au sein de leur propre culture et de leur propre société. J'appris également pendant les nombreux mois que je passai en Cisjordanie, à Gaza et en Israël, que ces femmes avaient toutes, sans exception, été recrutées et formées par des hommes, qu'il s'agisse d'un parent en qui elles avaient confiance, d'un enseignant respecté ou d'un chef religieux estimé. Plus troublant encore était le fait que ces hommes, en vertu de la place déterminante qu'ils avaient prise dans la vie de ces femmes, réussirent à les convaincre qu'en raison des erreurs qu'elles – ou un des membres de leur famille – avaient commises le seul moyen de se racheter et de laver le nom des siens était de mourir en shahida pour la cause palestinienne. Alors seulement elles seraient assurées de jouir d'une vie éternelle dans le respect, la joie et le luxe. Ces jeunes femmes furent trahies sur le plan politique, affectif, religieux et au plus profond de leur existence. Reste que pour prendre toute la mesure de leur impuissance à se dresser contre cet état de fait où l'on attend d'elles qu'elles obéissent à des règles précises édictées par des hommes et où une discrimination de fer sépare les droits des hommes de ceux

13

des femmes, il fallait aller au-delà des conséquences du carnage et de la dévastation causées par un attentat suicide.

En circulant d'une ville à l'autre en Cisjordanie ou à Gaza, je pus recueillir les propos des familles et des amis de ces femmes qui se sacrifièrent mais aussi des jeunes filles ou des femmes ayant échoué. J'interviewai également pour ce livre des dirigeants du Hamas et de l'OLP, des représentants du gouvernement israélien, aussi bien de gauche que de droite, ainsi que des universitaires, des psychiatres, des officiers des services secrets, des historiens, des féministes des deux côtés de la Ligne verte. Et je portai alors tout autant d'intérêt à ces femmes et aux détails de leur vie qui les avaient poussées à prendre la décision de mourir d'une manière si effroyable et si spectaculaire qu'aux justifications et aux arguments donnés par les hommes responsables de leur recrutement. À la fin de mon enquête, il ne fit plus aucun doute dans mon esprit qu'un cancer ronge la société palestinienne : une culture de mort s'est développée qui coûte de nombreuses vies tout en assurant la destruction des générations à venir. Ce qui m'a choquée en discutant avec des centaines de Palestiniens de toutes conditions fut la simplicité avec laquelle ils rendaient compte de la mort de jeunes femmes innocentes. Leur raisonnement réfléchi, sophistiqué et souvent logique, n'en constituait pas moins en définitive un exemple supplémentaire de la violence faite aux femmes, qui, parce qu'elles sont femmes, ne disposent d'aucun recours et n'ont aucun moyen de se protéger.

14

Fondé sur des interviews de première main de toutes les personnes citées et sur mes propres observations au cours de mes déplacements en Cisjordanie, à Gaza et en Israël, ce livre raconte l'histoire de quatre femmes qui moururent pour des raisons qui vont bien au-delà de la lutte pour la libération de la Palestine. À défaut d'autre chose, je souhaite que ce livre apporte une nouvelle illustration de l'exploitation des femmes. On verra qu'elle est ici élevée à un degré sans précédent puisqu'elle conduit à leur sacrifice ultime.

I

« SHAHIDA JUSQU'À JÉRUSALEM ! »

« Le mari de ma fille demanda le divorce parce qu'elle ne pouvait pas avoir d'enfants. Wafa savait qu'elle ne pourrait jamais se remarier parce qu'une femme divorcée est une femme souillée. Peu après, elle fut blessée à la tête par des soldats et mit longtemps à s'en remettre. Deux de mes fils travaillaient comme chauffeurs de taxi et nous aidaient financièrement. Quand un de mes fils fut arrêté par les Israéliens et que l'autre perdit son travail à cause du couvre-feu, ma fille fut désespérée. Elle était jeune, intelligente et belle, mais n'avait plus aucune raison de vivre [1]. »

Le 27 janvier 2002 au matin, plusieurs centaines de femmes palestiniennes vinrent écouter Yasser Arafat dans son camp de Ramallah. Son discours leur était spécialement destiné, à elles, les femmes de Palestine. Sous des tonnerres d'applaudissements et d'acclamations, Arafat souligna l'importance du rôle des

---

1. Interview de Mabrouk Idris, mère de Wafa, réalisée par l'auteur en mai 2002.

17

femmes dans l'Intifada. Entouré comme toujours par sa garde rapprochée et ses fidèles conseillers, il insista sur le fait que les femmes étaient non seulement les bienvenues mais que l'on comptait sur elles pour participer à la résistance armée contre l'occupation israélienne. « Femmes et hommes sont égaux, proclamat-il, les mains levées vers le ciel en signe de victoire. Vous êtes mon armée de roses qui écrasera les tanks israéliens. »

Ferveur et rhétorique habituelles chez Arafat. Mais une phrase allait distinguer ce discours-là de tous les autres et changer pour toujours la nature du conflit. Cette phrase qui allait devenir son leitmotiv dans les semaines et les mois à venir : « Shahida jusqu'à Jérusalem », déclara Arafat, inventant sur le coup le féminin d'un mot arabe, « shahide », ou martyr, qui n'existait jusqu'alors qu'au masculin. Il le répéta, encore et encore, jusqu'à ce que la foule, le poing levé, reprenne en chœur avec lui : « Shahida, Shahida... jusqu'à Jérusalem. »

« Vous toutes, poursuivit-il, balayant d'un geste large la foule des femmes et des jeunes filles, vous représentez l'espoir de la Palestine. C'est vous qui libérerez de l'oppression vos maris, vos pères et vos fils. Vous qui vous sacrifierez comme les femmes se sont toujours sacrifiées pour leur famille. »

Par ce mot créé pour les besoins d'une mission nouvelle qu'il leur confiait, Arafat libérait aussi les femmes de ce qui avait été leur rôle traditionnel dans la société. Pour la première fois depuis des décennies, la femme palestinienne n'était plus seulement la matrice de la nation. Elle devenait un combattant à l'égal des hommes. Mais plus déterminant encore fut l'impact de ces mots, qui retentirent dans toute la Cisjordanie et la bande de Gaza.

Ce même après-midi, Wafa Idris, une Palestinienne de vingt-six ans, commit un attentat suicide dans un centre commercial de Jérusalem, tuant un Israélien et faisant plus de trente blessés. Coïncidence ou acte politique délibéré ? Bien que Wafa Idris ait été la seule kamikaze à n'avoir pas laissé de cassette vidéo de son martyre imminent, la Brigade des martyrs d'Al-Aqsa, le bras armé du Fatah d'Arafat, revendiqua la responsabilité de l'explosion dans les heures qui suivirent l'attentat. En fin de journée, la famille et les proches se réunirent dans la petite maison de Mabrouk Idris, au milieu du camp de réfugiés d'Al-Amari à Ramallah, où des dirigeants d'Al-Aqsa arrivèrent avec des bonbons et des affiches représentant sa fille. Il régnait une atmosphère joyeuse, « un mariage avec l'éternité », comme le décrivit un voisin, tandis que Mabrouk Idris distribuait les sucreries aux enfants du quartier en l'honneur de la mort de sa fille.

Trois mois plus tard, longtemps après la dispersion des proches et le tarissement de l'excitation, Mabrouk Idris, assise dans son modeste salon, pleure son unique fille, une photo toute déchirée d'elle à la main. Elle s'en saisit automatiquement quand un visiteur entre dans sa maison, machinalement peut-être, mais plus sûrement par habitude – car elle est habituée à ce que les dignitaires locaux, les voisins et les amis viennent la voir pour lui rendre hommage. Mme Idris évoque la courte vie de sa fille. Elle raconte que Wafa

19

naquit en 1975 dans le camp de réfugiés d'Al-Amari, soumis à l'occupation israélienne et en proie aux combats de rue. « Nous avions autrefois une maison à Ramlah, près de Tel-Aviv ajoute-t-elle rêveusement, mais en 1948 nous avons été obligés de fuir. Wafa n'a pas connu d'autre maison que celle-ci. » Elle fait un geste de la main, comme pour chasser une image. Mabrouk Idris semble bien plus âgée que ses cinquante-six ans et se sent bien plus vieille encore, avoue-t-elle en évoquant son cœur défaillant. Elle reste silencieuse quelques minutes pendant que trois de ses petits-enfants, les enfants d'un de ses fils, grimpent à côté d'elle sur le canapé. Elle tend une photo de leur tante héroïque et leur demande d'embrasser l'image de Wafa. Puis, de son propre chef, elle apporte une autre pièce au puzzle que constitue la décision de sa fille de mourir : Wafa était devenue une cible constante de moqueries depuis que son mari avait obtenu le divorce.

Comme c'est la coutume dans la société palestinienne et dans d'autres cultures arabes, avant le mariage, le père de la jeune fille paie une dot à la famille du futur marié. Mabrouk Idris explique que les rigueurs de l'occupation israélienne, son état de veuve sans ressources et le fait que ses fils avaient leur propre famille à entretenir la mettaient dans l'impossibilité de réunir une somme suffisante pour assurer à sa fille un mari susceptible de lui offrir une vie confortable. « Nous avons décidé de marier Wafa alors qu'elle était très jeune, poursuit Mabrouk Idris, mais nous n'avions ni argent, ni biens, ni même un animal à offrir. Le seul point qui donnait de la valeur à ma fille, c'était son jeune âge et le temps qu'elle avait devant elle pour avoir des enfants. »

En 1991, à l'âge de seize ans, Wafa Idris épousa son cousin germain Ahmed, qui vivait lui aussi dans le camp et s'occupait d'un modeste élevage de poulets avec son père et son frère aîné. Par chance, selon la mère de Wafa, il s'agissait d'une histoire d'amour, sa fille étant tombée amoureuse d'Ahmed, son aîné de dix ans, dès l'enfance. Mais cette euphorie née du mariage et de l'espoir d'une vie comblée en tant qu'épouse et mère fut balayée quand, neuf ans plus tard, la pression sociale força Ahmed à divorcer. Après des années de tentatives infructueuses, en 1998, Wafa finit par attendre un bébé, mais sept mois plus tard, elle accoucha prématurément d'un enfant mort-né. La famille fut anéantie et Ahmed, d'après le récit qu'il fait lui-même de cette tragédie, se sentit humilié. « Au début, ma famille a rejeté la faute sur Wafa mais ensuite, c'est moi qu'ils ont rendu responsable, raconte-t-il. Ils ont dit que j'étais trop faible pour réussir à lui faire un enfant qui survive dans son ventre. »

Après le traumatisme de cet enfant mort-né, le médecin annonça à Wafa et à son mari, en présence de leurs familles, qu'elle ne pourrait jamais mener une grossesse à terme. Ahmed reste vague et se montre visiblement gêné quand on lui demande des précisions sur le problème médical de sa femme. Il avoue qu'elle n'a consulté ni obstétricien ni expert en fertilité et qu'en fait le diagnostic émanait d'un médecin généraliste et non d'un gynécologue. Elle n'a pas non plus subi d'examens particuliers du type IRM ou échographie, et, selon son ancien mari, il fallut attendre ce drame pour que l'équipe de l'hôpital établisse qu'elle ne pourrait plus jamais avoir d'enfant.

Il y a d'autres questions auxquelles Ahmed se montre incapable de répondre, tout comme le médecin, quand il sera interrogé.

Les choses auraient-elles été différentes si Wafa Idris avait pu avoir accès aux meilleurs traitements médicaux ? Qu'est-il arrivé, en particulier, après la perte de son enfant ? A-t-elle souffert d'une dépression post-partum ? Son jugement en a-t-il été affecté ? Lui a-t-on prescrit quelque chose pour alléger sa souffrance psychique ? Est-elle victime de la pauvreté et de l'ignorance ? La situation de Wafa Idris donne-t-elle seulement un nouvel exemple de la difficulté de vivre sous l'occupation israélienne ?

Il est impossible de répondre à ces questions, et tout aussi périlleux d'établir un diagnostic si longtemps après les faits. Toutefois, Ahmed affirme qu'après la perte de l'enfant elle cessa de s'alimenter et arrêta de parler. Elle restait au lit toute la journée, refusait de se lever pour faire le ménage ou lui préparer à manger. Ahmed reconnaît qu'il était « fou d'inquiétude », et se sentait dépassé par la situation. « J'ai appelé son frère Khalil pour qu'il vienne m'aider, raconte-t-il, mais elle est restée sans réaction. »

Mira Tzoreff est professeur à l'université Ben Gourion et spécialiste de l'étude de l'histoire des femmes au Moyen-Orient sous l'angle socioculturel. Sa thèse de doctorat portait sur les femmes égyptiennes durant l'entre-deux guerres. Elle explique que dans les territoires occupés et dans le monde arabe, une femme n'a pas d'indépendance légale ou sociale. Pour faire ses courses, voyager ou signer un document officiel, elle doit toujours être sous le contrôle et l'autorité de son mari. Dans tous les domaines de la vie, un homme, son père, son frère ou son mari, décide pour elle et prend soin d'elle. « C'est ce qu'on appelle le *Bilâ-Ŭmri*[1], précise Mira Tzoreff. Dans le cas de Wafa Idris, comme son père était mort, c'était le frère aîné qui avait la responsabilité de la vie de sa sœur. »

Après le mariage de Wafa, son mari Ahmed prit le relais de Khalil. La coutume veut que, lorsque survient un problème mettant en danger le mariage, le mari aille consulter le père de sa femme ou, dans le cas présent, son frère aîné. Ahmed alla également chercher conseil auprès de son chef spirituel, qui lui lut un passage du Coran concernant les épouses désobéissantes. « Dans l'institution du mariage, explique Ahmed, le mari est aux commandes. C'est lui qui établit les règles qui guident la famille vers la sérénité et le bonheur. Si un problème se pose, Allah a édicté des lignes de conduite que peut suivre un homme quand une femme fait preuve de désobéissance. »

Ahmed apprit de l'imam qu'il existait deux formes de désobéissance dans le Coran. La rébellion, quand une femme se comporte vraiment mal, ou la simple désobéissance.

Avant qu'Ahmed ne se prononce sur le cas de sa femme, l'imam lui suggéra de regarder la cassette d'une émission de télévision diffusée chaque semaine

1. Au sens littéral : « sans mon très cher ». *(N.d.A.)*

23

en Égypte, où intervenait un certain Mohamed al Hajj, professeur de foi islamique à l'université de Amman.

Selon Ahmed, les critères de désobéissance de la femme sont très clairement établis, de même que les punitions appropriées. Sur la cassette, la possibilité de battre sa femme est évoquée, avec un avertissement précisant que si la femme est masochiste et l'homme sadique, il s'agit alors d'un péché car il procure du plaisir aux deux personnes. Une fois assimilés les différents degrés de désobéissance conjugale, Ahmed fut en mesure d'évaluer le problème en compagnie de Khalil... « Elle ne m'a pas déshonoré en public, elle ne s'est pas non plus déshonorée, ni elle ni le caractère sacré de sa féminité, explique-t-il. Elle m'a simplement désobéi quand je lui ai ordonné de se lever pour s'occuper de la maison, des repas, de ma famille et de mes vêtements. »

Une amie très proche de Wafa Idris, qui n'a accepté de s'exprimer que sous couvert d'anonymat, décrit l'état de complète apathie de Wafa : « Quand elle a perdu son bébé, elle a perdu la volonté de vivre, raconte cette amie. C'était une femme envahie par une immense souffrance et, même si elle n'en a jamais rien dit, je sentais qu'elle n'avait aucun désir de continuer à vivre. »

Israel Orbach, professeur de psychologie à l'université Bar Ilan à Tel-Aviv et spécialiste des comportements suicidaires, soutient que les gens qui veulent mettre fin à leurs jours sont dans une telle détresse qu'ils ne peuvent tout simplement pas supporter leur douleur. « C'est une expérience profondément subjective, explique-t-il, qui rend difficile toute définition objective. Un membre de la famille ou un ami pourra considérer la souffrance de la personne comme marginale ou insignifiante, et pourtant celle-ci éprouve une douleur morale insupportable. Dans le cas de Wafa Idris, il semble que pendant des années elle ait porté en elle-même un tourment intérieur et une peine qui, lorsqu'ils atteignirent leur point culminant à la perte de son enfant, rapprochèrent le processus de sa résolution finale. »

Pour Israel Orbach, dans la plupart des cas de suicide féminin l'idée d'en finir avec la vie survient des années avant le passage à l'acte. Selon lui, ce qui empêche la personne de se tuer pendant la période intermédiaire est l'immense fossé qui existe entre une idée et sa réalisation. « L'instinct de vie est extrêmement puissant, déclare-t-il, et, en général, les derniers mots que les gens prononcent après une tentative de suicide, qu'ils y succombent ou en réchappent, sont : "S'il vous plaît, ne me laissez pas mourir, je ne veux pas mourir." »

Iyad Sarraj, écrivain et psychiatre réputé de Gaza, a également étudié le phénomène du suicide, s'intéressant plus particulièrement aux facteurs culturels qui produisent martyrs et shahidas au sein de la société palestinienne. « Les inhibiteurs au suicide sont très forts, explique-t-il, que ce soient les enfants ou la religion, surtout dans cette culture où il est interdit de s'ôter à soi-même la vie. Il existe pourtant une explication religieuse – et psychologique – à ce mécanisme, car quiconque meurt à cause des ennemis de

25

notre culture devient un martyr – même quelqu'un qui meurt de mort naturelle. Par exemple, une personne arrêtée à un poste de contrôle qui fait une crise cardiaque, un bébé malade que les soldats empêchent de laisser passer pour aller à l'hôpital, ou même un prisonnier libéré qui, des années plus tard, meurt soudainement après avoir mené une vie normale. Ce sont tous des martyrs. Les martyrs sont comme des prophètes dans notre culture, ce sont des saints et non des soldats ordinaires qui combattent pour défendre notre pays. »

Iyad Sarraj explique sans ambiguïté que dans la religion musulmane disposer de sa vie revient à disposer d'une vie qui appartient à Dieu. « Mais si une personne perd la vie en martyr, si elle meurt pour Dieu, c'est tout autre chose. Elle rend à Dieu cette vie qu'il lui a prêtée, ce qui est éminemment glorieux et élève le martyr au statut de prophète. »

Et pourtant le Dr Sarraj n'est pas certain que Wafa Idris ait mis fin à ses jours pour des raisons exclusivement religieuses ou patriotiques. « Je pense qu'une femme qui agit ainsi est une exception à la règle, parce que, fondamentalement, la femme est source de vie, explique-t-il. De plus, les femmes ne portent pas en elles une telle charge d'émotion et de violence, et dans notre culture elles ne sont pas censées prendre un rôle si actif dans la lutte. D'autres phénomènes psychologiques peuvent avoir mené cette femme au suicide. Peut-être était-elle déprimée et, comme le sacrifice représente à la fois une issue et un moyen de libération, que ce sentiment est exacerbé par toutes les humiliations et la violence exercées par les Israéliens, tout cela peut conduire les gens aux pires extrémités. En d'autres termes, les facteurs culturels, religieux, patriotiques et personnels se sont combinés pour lui donner la raison et le courage de mettre fin à sa vie. »

Mira Tzoreff confirme l'analyse d'Iyad Sarraj et la complète par ses propres remarques sur les raisons qui ont amené Wafa Idris à avoir le triste privilège de devenir la première femme shahida. Qui était-elle au juste ? Une jeune femme douée, mariée et divorcée pour cause de stérilité, désespérée parce qu'elle réalisait parfaitement qu'il n'y avait aucun futur pour elle dans aucun secteur de la société palestinienne. Elle savait mieux que personne que le seul moyen dont elle disposait pour sortir de sa situation misérable, c'était de se tuer. « Regardez ses funérailles, et ce que la direction palestinienne a dit d'elle, la qualifiant de "fleur de la nation" et d'"incarnation des femmes palestiniennes". Elle connaissait sa propre société et les limites qui lui étaient imposées, à elle et aux femmes comme elle, et elle savait mieux que quiconque qu'elle n'avait plus rien, aucun espoir, aucun avenir. »

On peut se demander pourquoi Wafa Idris, une jeune femme intelligente et séduisante, qui avait fait des études pour devenir infirmière, n'est pas tout simplement partie. Pourquoi elle ne s'est pas enfuie. Elle aurait pu aller jusqu'à Amman par exemple, chercher du travail dans un hôpital ou dans une maison comme dame de compagnie, ou même un travail temporaire

27

en attendant de trouver quelque chose en rapport avec ses qualifications.

« C'est une question très complexe, répond Mira Tzoreff, qui appelle une réponse complexe. Dans cette société, vous ne pouvez pas vous en aller, quitter votre famille, votre communauté, vos amis, parce que cela revient à vous déshonorer. La charge qui pèse sur vos épaules est encore plus lourde que si vous restez. Le déshonneur qui s'abat sur votre famille est décuplé. »

Quand Wafa Idris, femme divorcée de vingt-six ans, fut rendue à sa famille par son mari, elle devint une charge supplémentaire dans une famille déjà accablée de soucis financiers, avec des enfants en bas âge dont les pères se trouvaient soit en prison soit au chômage. « L'intention de Wafa à ce moment-là importe peu, explique Mira Tzoreff, même si elle fut la première d'une vague de femmes kamikazes. Wafa Idris ne fut pas choisie par erreur. Elle était issue de la classe la plus défavorisée économiquement et socialement de la communauté palestinienne. Elle n'avait plus de père, ce qui voulait dire que c'était Khalil, son frère aîné, qui l'avait à sa charge. Tous ses problèmes de divorce et de stérilité avaient fait d'elle une personne anormale. Elle ne pourrait jamais se remarier et ses chances d'être financièrement indépendante étaient nulles. Ceux qui l'ont choisie, si elle a été choisie, savaient pertinemment qu'elle n'avait aucun avenir. Et je suis tout à fait certaine que les recruteurs se sont demandé quelle serait la réaction de la famille si elle venait à découvrir qu'elle avait été choisie pour être la première femme kamikaze. »

28

Ahmed n'a rien d'un méchant homme. Il est gentil, calme. Et profondément bouleversé par ce qui est arrivé à son ex-femme. Après la mort de leur enfant, quand il rencontra l'imam Wader al-Tamimi, il fut soulagé d'apprendre que la première étape conduisant à la réhabilitation de sa femme consistait juste à la bannir de son lit. Si après plusieurs jours, elle n'arrêtait pas de mener « la famille en enfer », alors seulement il devait passer à la deuxième étape. Pour des raisons évidentes, la bannir de son lit était un problème épineux puisqu'elle était incapable de se déplacer. Elle restait silencieuse, voire amorphe. Elle était devenue émaciée et anémiée, refusant de s'alimenter, et, selon sa mère, elle commençait à perdre ses cheveux. Une semaine plus tard, Ahmed passa à la deuxième étape, qui consistait en une douce admonestation, complétée par une autre cassette vidéo donnée par l'imam qu'il devait montrer à Wafa, sur l'attitude convenable des femmes envers leur mari. S'il avait été riche, raconta Ahmed avec regret, il aurait essayé de la convaincre avec de l'argent ou des cadeaux, mais, bien sûr, il n'en avait pas la possibilité.

Après des semaines de cours intensifs sur le comportement matrimonial correct d'une épouse, l'état de Wafa, au lieu de s'améliorer, empira. Elle pleurait nuit et jour, rien ne pouvait la consoler. La présence réconfortante de sa mère, ses belles-sœurs et amies, n'apaisait en rien son chagrin. La sagesse de l'Islam est immense, déclara l'imam à Ahmed, et puisque sa femme souffrait d'une affection physique, elle se verrait épargner la punition suivante, telle qu'elle a été fixée par le Coran, à savoir être battue avec un gros bâton, mais jamais sur le visage, ni avec une violence telle qu'elle provoque des fractures ou des blessures. À la place, il fut prescrit à Ahmed de lui donner une « gentille correction » avec un mouchoir ou un cure-dent. Mais elle n'allait toujours pas mieux. Il envisagea alors, sur les conseils de sa famille et de son guide spirituel, la possibilité de prendre une autre femme, comme le permet le Coran. Quand il évoqua ce sujet avec Wafa, elle devint hystérique. Transportée par la douleur, elle parla pour la première fois depuis des mois pour lui dire clairement qu'elle l'aimait et n'était en aucun cas disposée à le partager avec une autre femme. D'autres discussions suivirent, mais finalement, après plusieurs semaines, au printemps 2000, à la suite de nombreux efforts déployés pour convaincre Wafa de changer d'avis, Ahmed divorça. Deux semaines plus tard, il épousait une autre femme. Le cœur et l'âme brisés, la santé défaillante, Wafa Idris fut envoyée dans la maison de son enfance. Et c'est là, de la fenêtre de sa chambre, qu'elle vit passer la procession du mariage d'Ahmed dans la rue principale du camp de réfugiés d'Al-Amari. Mais ce qui rendait la situation plus insupportable encore, c'était que tout le monde dans le camp savait pourquoi elle avait été rejetée. Stérile, murmuraient-ils derrière son dos, femme incomplète, incapable d'avoir des enfants, incapable d'engendrer des soldats pour combattre l'occupation israélienne.

Moins d'un an plus tard, la nouvelle femme d'Ahmed lui donnait leur premier enfant, puis un autre, un an plus tard. Après la naissance des enfants, Wafa voulut revenir avec lui, mais Ahmed lui déclara que sa femme actuelle s'y opposait, ayant d'ores et déjà menacé de le quitter et d'emmener les enfants s'il permettait une telle chose.

Wafa devint alors le pire cauchemar de toute famille palestinienne. D'une belle jeune femme en parfaite harmonie avec les usages sociaux et religieux de sa société on avait fait une paria, une femme marginalisée et privée d'avenir. Comme sa propre mère le disait des mois après la mort de sa fille : « Elle était jeune, intelligente et belle mais elle n'avait plus aucune raison de vivre. »

Dans la famille proche de Wafa Idris, personne n'a jamais imaginé qu'elle pouvait ressentir avec une telle violence les rigueurs de l'occupation, même si la plupart de ses amis et relations proposent chacun leur version sur les raisons l'ayant poussée à cet acte d'autodestruction. Bien entendu ils ont déjà plus ou moins réécrit les événements de sa vie et leur ont attribué une motivation profonde justifiant la vague de ferveur et d'admiration que l'on sait : un véritable culte de Wafa s'est en effet répandu au sein de la communauté palestinienne. Sa tante affirme maintenant que Wafa divorça, non pas parce qu'elle ne pouvait pas avoir d'enfants, mais au contraire parce qu'elle n'en voulait pas. « Elle était trop indépendante, explique-t-elle. Elle préférait étudier. Il est faux de croire qu'elle était stérile. Wafa était une combattante animée d'un sens patriotique très fort. Elle était destinée à devenir une martyre. »

Cependant, tous les gens qui l'ont connue s'accordent pour reconnaître que cette belle jeune femme au sourire sensuel, au doux regard noisette, à la noire

31

chevelure ondulée, tira d'énormes satisfactions de son travail de volontaire dans l'organisation du Croissant-Rouge palestinien[1]. Ils s'entendent tous, dans le camp d'Al-Amari, pour dire que son plus grand plaisir dans la vie, mis à part ses nièces et neveux qu'elle adorait et sa mère devenue veuve, c'était de porter secours aux gens tous les vendredis à bord de l'ambulance du Croissant-Rouge. D'après sa mère, Wafa répétait en permanence que son rôle d'infirmière bénévole était la seule chose qui lui donnait une raison de vivre. Hussan Al-Sharqawi, coordinateur du Croissant-Rouge à Ramallah, la connaissait pour être une volontaire dynamique qui évacuait les blessés après les affrontements avec les militaires israéliens. Et le vendredi, son jour de travail, était une journée particulièrement violente : les Palestiniens, adolescents ou adultes, qui sortaient des mosquées après avoir écouté le sermon enflammé d'un imam, brûlaient d'agir contre l'occupant. Selon des membres du Shin Beth, les services secrets israéliens, qui patrouillent régulièrement dans Ramallah et le camp d'Al-Amari, il arrive fréquemment que les ambulances transportent des poseurs de bombe, leur matériel et leurs armes pour leur faire passer les postes de contrôle situés sur le chemin de leurs cibles en Israël. Hussan Al-Sharqawi réfute pourtant formellement tout lien entre le travail de Wafa dans l'organisation et son suicide, expliquant que cette accusation n'est qu'une « tentative désespérée de la part des autorités israéliennes d'établir un profil » susceptible de rendre

---

1. Organisation humanitaire fondée en 1968 et dont le Président d'honneur est le frère de Yasser Arafat. (N.d.A.)

intelligible une vie qui trouverait son aboutissement dans l'honneur suprême de devenir la première shahida. « Le Croissant-Rouge aide tout le monde, affirme Sharqawi, sans distinction de religion, de couleur, de nationalité ou quoi que se soit d'autre. Nos membres sont formés pour sauver des vies et soulager la souffrance. Un tel acte [transporter des armes] serait en contradiction avec nos valeurs qui ne nous empêchent nullement de porter assistance aux soldats et même aux colons, chaque fois que cela se révèle nécessaire. »

Il ne fait aucun doute que Sharqawi ne voulait pas risquer d'impliquer le Croissant-Rouge palestinien, organisation internationale qui dépend de dons venus du monde entier, dans un imbroglio politique. Les motivations de Wafa Idris restent pour lui un mystère déconcertant. Cependant, d'autres personnes qui la connurent plus intimement, comme Raf'ah Abou Hamid, son ami d'enfance, soutiennent qu'avant même de commencer à travailler comme infirmière au Croissant-Rouge, elle avait déjà été plongée dans la violence, celle de la première Intifada, en 1987, lorsque l'un des ses amis proches avait perdu un œil.

En 1987, quand la violence éclata dans toute la Cisjordanie et la bande de Gaza, Wafa avait alors douze ans. Comme des milliers d'autres enfants palestiniens elle fut profondément marquée par cette première vraie manifestation de rébellion et de combat contre l'occupation israélienne. Iyad Sarraj pense qu'il existe un lien capital entre la première Intifada et la vague actuelle de martyrs dans la société palestinienne. « Ces enfants qui ont lancé des pierres et des cocktails Molotov, qui ont affronté les soldats israéliens en 1987, déclare Sarraj, et qui ont vu leur père et les autres hommes de leur famille battus, humiliés par les forces israéliennes, sont devenus les jeunes martyrs d'aujourd'hui. »

D'autres proches de Wafa Idris laissent entendre qu'elle fut davantage motivée par une ferveur nationaliste que par la religion. Bien que musulmane elle n'était pas particulièrement religieuse. Sa belle-sœur, Wissim Idris, qui habite avec son mari et ses enfants le trois pièces où vit sa belle-mère, Mabrouk, et où vécut Wafa, se souvient l'avoir entendu dire une fois qu'elle aimerait être une martyre. « Quand elle a vu à la télévision des images d'une attaque suicide réalisée par un homme, elle a dit qu'elle aurait aimé faire quelque chose de ce genre. »

Wissim Idris raconte aussi qu'elle n'avait jamais vraiment pris sa belle-sœur au sérieux, même si elle estime que celle-ci n'était plus la même depuis son divorce, plusieurs années auparavant. Wafa Idris était connue pour son indépendance d'esprit et son profond sentiment d'animosité contre l'occupant, mais dans le même temps, elle avait la réputation d'être une jeune femme à l'esprit troublé, sujette à des crises de mélancolie et de dépression. Une femme qui a travaillé de temps en temps avec Wafa au Croissant-Rouge rapporte un fait intéressant à son sujet : « Elle n'était jamais triste pendant le travail. Au contraire, elle se montrait très encourageante et très optimiste avec tous ceux dont elle s'occupait. Je ne l'ai jamais entendue parler de vengeance violente ou de haine. C'est seulement lorsque nous étions au bureau à attendre un appel qu'elle avait l'air déprimée. Une fois, elle feuilletait un vieux magazine et m'a dit combien elle aimerait pouvoir s'acheter tous les jolis vêtements dont elle avait envie. » La femme hausse les épaules. « Qui ne le souhaite pas ? »

Après la mort de Wafa Idris, il semble que tout arriva davantage comme une réaction à l'événement qu'avec un caractère prémédité. Dans les heures qui suivirent sa mort, des tracts indiquant que la Brigade des martyrs d'Al-Aqsa revendiquait la responsabilité de l'attentat, commencèrent à circuler dans le camp d'Al-Amari. À la tombée de la nuit, des affiches se mirent à apparaître à Ramallah qui montraient une photo retouchée de Wafa Idris portant une kalachnikov et un bandeau vert sur le front disant « Allah est la réponse », le tout devant le drapeau islamique où figurent les mots « Allah Akbar » ou « Allah est plus grand que les autres dieux ». Tout de suite après, Wissim, sa belle-sœur, parla au nom de Wafa, disant que celle-ci lui avait souvent déclaré qu'il valait mieux mourir en martyr que vivre dans l'humiliation. De même, la première réaction de Mabrouk Idris, emplie de joie et de fierté, se transforma et devint plus politique que religieuse quand elle apprit que sa fille était devenue la première femme kamikaze. Selon sa mère, en se portant au secours des blessés lors des derniers affrontements, Wafa avait vu des choses traumatisantes, notamment, la semaine précédant sa mort, un garçon de quinze ans qui avait reçu deux balles dans la tête lors d'une manifestation. « Mais ce qui l'a mise encore plus en colère, c'est d'avoir été elle-même blessée par les soldats », se rappelle Mabrouk Idris.

35

Wafa fut-elle plus affectée qu'on ne l'a cru lorsqu'une balle en caoutchouc israélienne la blessa ? Sharqawi ne saurait le dire. Pas plus qu'une autre amie d'enfance qui fit avec elle, chaque mois, le long trajet pour aller voir leurs frères incarcérés dans les prisons israéliennes au début des années 90.

En 1985, Khalil, le frère bien aimé de Wafa, fut arrêté et condamné à huit ans de prison car il appartenait au Fatah. Itimad Abou Libdeh et Wafa étaient camarades de classe et leurs frères étaient emprisonnés en Israël à la même époque. Elles faisaient ensemble le voyage tous les mois pour leur rendre visite dans le nord d'Israël. Aujourd'hui, la seule chose dont Abou Libdeh est sûre, c'est que son amie n'aurait jamais pu projeter et exécuter seule une mission suicide. « Elle a dû y être aidée par quelqu'un, déclare-t-elle. Comment aurait-elle pu se procurer une bombe ? Comment aurait-elle su la faire exploser ? Cela ne s'apprend pas à la télévision ou dans la rue. »

Toute la question est là.

Pionnière des femmes kamikazes, Wafa Idris est également une femme qui brisa les règles de la société dans laquelle elle vivait, attitude déterminante dans le concept de femme martyre. Selon les déclarations du cheikh Ahmed Yassine, guide spirituel du Hamas, au cours d'une interview réalisée à son domicile de Sabra, dans les faubourgs de Gaza, juste après la mort de Wafa Idris, « une femme martyre pose problème dans une société musulmane. Fondamentalement, explique-t-il, un homme qui recrute une femme viole la loi islamique. Il prend une jeune fille ou une femme sans l'autorisation de son père, son frère ou son mari, et, par conséquent, la famille de la jeune fille se retrouve face à un problème encore plus grave puisque cet homme dispose sur elle d'un plus grand pouvoir qu'eux, en choisissant le jour où elle remettra sa vie à Allah. »

Pourtant, dans le cas de Wafa Idris, ce dilemme religieux ne s'est pas posé. À l'époque de la mort de Wafa, Khalil Idris était recherché par les autorités israéliennes. Il affirma au cours d'une interview réalisée clandestinement au domicile d'un haut responsable du Fatah qu'il avait persuadé la Brigade des martyrs d'Al-Aqsa de permettre à sa sœur d'avoir l'honneur d'être la première femme shahida. D'après Khalil, sa sœur l'avait supplié pendant des mois pour qu'il la mette en contact avec des personnes susceptibles de la former à une telle action. « Elle était désespérée à force de voir tous ces enfants blessés et tués par les soldats israéliens en travaillant avec le Croissant-Rouge palestinien », assura Khalil.

Deux semaines avant sa mort, Khalil l'emmena dans la maison d'un autre membre actif important du Fatah à Ramallah où il affirme que Wafa fut informée qu'elle avait été choisie parmi toutes les femmes du camp de réfugiés et de tous les territoires occupés pour devenir la première shahida. « Elle avait fait preuve de courage et de résistance face à la brutalité des soldats israéliens pendant ses tournées en ambulance, ramassant les corps disloqués des jeunes combattants blessés lors d'actions de résistance aux forces d'occupation, elle avait souvent émis le désir de contribuer au combat palestinien, et enfin elle était

37

une enfant née après la seconde *Naqba* (ou « Catastrophe »), l'humiliante défaite des armées arabes pendant la guerre des Six-Jours en 1967 », explique Khalil.

Quatre mois après la mort de Wafa Idris, au cours d'une réunion en compagnie de ce même dirigeant du Fatah, qui parle sous couvert d'anonymat, l'histoire de son recrutement se modifia légèrement. « C'est vrai que Wafa Idris nous a suppliés de la laisser être une martyre, de mourir pour la Palestine. Mais Wafa n'a pas été choisie pour être martyre, explique-t-il. Elle a été choisie pour aider son frère à passer le poste de contrôle entre Ramallah et Jérusalem. Notre plan reposait sur le fait que, vêtue à l'occidentale et portant un sac à dos contenant une bombe, Wafa ne serait ni arrêtée ni fouillée. »

Selon un autre membre du Fatah, qui souhaite rester anonyme, la façon dont Wafa Idris est morte, volontairement ou accidentellement, importe peu car la situation a changé du simple fait de la réaction extraordinairement positive de toute la Cisjordanie et de Gaza. « Les gens croient ce qu'ils veulent bien croire, et ils étaient prêts pour une telle glorification. »

Cela ne fait aucun doute. Il aurait certainement été difficile pour Khalil, dirigeant connu du Fatah dans le camp d'Al-Amari, déjà recherché par les autorités israéliennes après avoir passé huit ans dans leurs prisons, de franchir le poste de contrôle, d'autant plus que les jeunes Palestiniens, considérés comme potentiellement à hauts risques, sont systématiquement contrôlés et fouillés par les militaires israéliens. Et si Khalil avait emprunté des chemins détournés et avait été surpris en possession de la bombe, il aurait non seulement été arrêté, mais, selon toutes probabilités, la maison de sa mère aurait été détruite par les Israéliens. Des mois plus tard, après avoir été incarcéré comme complice de l'attentat suicide de sa sœur, Khalil modifia lui aussi son histoire au cours d'une interview réalisée dans sa cellule de prison. « J'étais destiné à être le martyr, a-t-il déclaré. Ma sœur, comme toutes les femmes, était là pour m'aider, moi et tous les autres shahides, à mourir pour la Palestine et pour Allah. »

Peu après cette interview de Khalil Idris réalisée en prison, Abdel Aziz al-Rantissi, dirigeant charismatique et commandant en second du mouvement du Hamas, aborda le sujet chez lui à Gaza. Bien que refusant de commenter les différentes versions de Khalil sur les événements, il affirma que non seulement Wafa Idris, mais aussi des centaines de femmes, avaient demandé à être kamikazes, qu'elles soient membres actifs d'Al-Aqsa, considéré comme l'organisation militaire la plus laïque, ou qu'elles cherchent à rejoindre le Hamas. « Tous les jours, des femmes, même des femmes mariées, veulent devenir shahida. Nous leur disons qu'elles ont des choses à apporter dans des domaines autres que le domaine spécifiquement militaire. Mais il est difficile de les dissuader. Rien qu'à Bethléem, il y a deux cents jeunes filles tout à fait décidées à se sacrifier pour la Palestine. Compte tenu du fait qu'il est plus facile pour une femme de passer les postes de contrôle dans la mesure où elles éveillent moins les soupçons, nous aurons à mon avis sous peu besoin de ces femmes. Ainsi, à Ramallah et à Naplouse, autant de femmes que d'hommes sont

39

prêts à agir et parmi les femmes – au nombre desquelles on compte beaucoup d'épouses, de mères ou d'étudiantes – certaines ont déjà été formées au maniement des armes. »

Ehud Yaari, journaliste à la télévision israélienne, spécialiste du terrorisme, soutient qu'Al-Aqsa et le Fatah, dirigé par Yasser Arafat, essayèrent de convaincre la famille de Wafa Idris de ne pas rendre publique son appartenance à une organisation de femmes appelée les « Mères du Fatah ». « Au tout début, explique Ehud Yaari, le Fatah était embarrassé par l'utilisation des femmes dans de telles actions. Mais en voyant la réaction des gens dans la rue, ils se sont rendu compte que l'approbation était unanime. C'est alors qu'ils ont demandé à la famille de ne pas exprimer de peine ou de chagrin, mais plutôt de se réjouir de ce que leur fille était morte au nom de la Palestine et avait ainsi donné un exemple aux autres femmes. »

La presse arabe, par contraste, se lança spontanément dans une glorification démesurée de Wafa Idris. Yasser El-Zaatra écrivit dans le quotidien jordanien *Al Dustour* : « ... son sac d'explosif est la plus belle récompense qu'une femme puisse recevoir, son âme enrageait, son cœur était rempli de colère, son esprit ne se laissait pas convaincre par la propagande vantant la coexistence... ». L'hebdomadaire d'opposition égyptien *Al Usbu Nagwa Tatav* compara Wafa aux filles de George W. Bush. « Bush, qui dirige une société tyrannique, croit qu'il peut éduquer le monde alors qu'il ne parvient même pas à éduquer ses propres filles. Regardez la différence entre notre culture, fondée sur des valeurs nobles et belles, ainsi que sur la valeur du martyre, et la culture matérialiste occidentale. C'est bien la preuve que, quoi qu'il arrive, la victoire sera nôtre, parce que nous possédons culture et valeurs. »

Pour sa part, Adel Sadew, psychiatre à la tête du département de psychiatrie de l'université du Caire, la compare ouvertement à Jésus-Christ quand il écrit : « Peut-être êtes-vous nés dans la même ville, dans le même quartier et dans la même maison. Peut-être avez-vous mangé dans la même assiette ou bu dans le même récipient l'eau qui coule dans les veines de la Ville sainte et qui déposa un enfant dans le ventre de Marie. Peut-être le même Esprit saint déposa la martyre Wafa et enveloppa son corps pur de dynamite. Des entrailles de Marie naquit ce martyr qui triompha de l'oppression, tandis que le corps de Wafa devint une bombe qui mit fin à la désolation et ranima l'espoir. »

Et l'Autorité palestinienne d'annoncer avec fierté conjointement avec les dirigeants du Fatah du camp de réfugiées d'Al-Amari sur les tracts et les affiches qui apparurent dans toute la région le lendemain de la mort de Wafa : « Wafa Idris, la première héroïne à réaliser une opération martyre dans l'entité sioniste. » Ou plus simplement, glissé dans un éditorial écrit par Halim Qandil, le rédacteur en chef adjoint de l'hebdomadaire *Al-Arabi*, partisan de Nasser : « C'est tout à la fois Jeanne d'Arc, Jésus-Christ et Mona Lisa... »

Le jour de sa mort, un dimanche après-midi, le 27 janvier 2002, Wafa Idris se leva tôt, s'habilla, apporta un verre de jus de fruit à une de ses nièces et

41

réveilla sa mère pour lui dire au revoir. Elle lui expliqua qu'elle était pressée parce qu'elle allait arriver en retard au Croissant-Rouge. Mais Idris ne s'y est jamais rendue et Hussan el Sharqawi affirme qu'elle n'était pas censée travailler ce jour-là puisqu'elle ne venait que le vendredi. Au lieu de cela, nous le savons aujourd'hui, elle effectua le trajet de Ramallah à Jérusalem sans incident.

Habitant le village de Beit Iksa dans la région de Ramallah, Mohammed Hababa, agent du Tanzim (la branche militaire du Fatah d'Arafat) et ambulancier pour le Croissant-Rouge, dit être l'un de ceux qui préparèrent l'attentat au cours duquel Wafa Idris fut tuée. Ce qui rend son aveu intéressant, bien qu'il s'agisse de l'une des nombreuses versions de cette histoire, c'est que son complice, nommé Munzar Noor et vivant à Anabta près de Tulkarem, faisait aussi partie du Croissant-Rouge à Ramallah. Interrogé par les autorités israéliennes, Hababa affirma que Wafa Idris franchit le poste de contrôle entre Ramallah et Jérusalem dans une ambulance. À ce jour, rien ne prouve que son trajet jusqu'à la rue Jaffa eut bien lieu de cette manière. Quoi qu'il en soit, les autorités israéliennes soutiennent, à travers le porte-parole de la police des frontières Liat Pearl interviewée par la suite, qu'avant même l'action de Wafa, ils avaient déjà surpris et arrêté plusieurs agents connus du Hamas utilisant des ambulances pour acheminer leurs militants vers le lieu de leurs opérations en Israël ainsi que pour transporter des armes. En octobre dernier par exemple, à Qalkilia, Nidal Nazal, membre du Hamas et frère de Natzar Nazal, l'un des dirigeants du même groupe, travaillait comme ambulancier pour le Croissant-Rouge. Lorsqu'il fut arrêté, Nazal reconnut que grâce à son métier, il servait aussi de messager entre les quartiers généraux du Hamas dans différentes villes de Cisjordanie et de Gaza, faisant transiter à la fois de l'argent et des armes.

Vêtue d'un élégant manteau à la mode occidentale, une écharpe enroulée autour du cou, Wafa, avec ses yeux de biche noisette, ses longs cheveux ondulés et son doux sourire, parfaitement maquillée et manucurée, ne suscita que des regards approbateurs et admiratifs en entrant dans un magasin de chaussures rue Jaffa. Personne n'aurait pu imaginer qu'elle transportait dans son sac à dos dix kilos d'explosifs entourés de clous pour rendre l'explosion encore plus mortelle. Selon Sarah Ben Ami, une vendeuse du magasin, Wafa Idris semblait préoccupée et nerveuse pendant qu'elle parcourait les rayons. Elle aurait certainement aimé faire du shopping à Jérusalem, essayer des tenues et des chaussures élégantes, avoir les moyens de s'offrir ce qu'elle avait toujours admiré dans les vieux magazines qu'elle lisait tous les vendredis au Croissant-Rouge, attendant l'inévitable appel qui les porterait au secours de victimes palestiniennes blessées ou mourantes, avant de rentrer chez elle auprès de son mari et de ses enfants. Mais le destin en avait décidé autrement pour Wafa Idris. Un autre client, qui fut gravement blessé dans l'explosion, raconte qu'Idris fit brusquement demi-tour et se précipita vers la porte, s'arrêta et fouilla dans son sac à dos pour en retirer un tube de rouge à lèvres et un poudrier. Mais, tandis qu'elle s'efforçait de maintenir la porte ouverte avec le pied, tenant le miroir dans une main pour pouvoir se maquiller de l'autre, le sac à dos se coinça. Elle tenta de le dégager mais il explosa, la tuant instantanément ainsi qu'un Israélien de quatre-vingt-un ans.

Les heures passaient et Wafa ne rentrait pas à la maison. Alors sa mère commença à s'affoler. La nouvelle de l'attentat de Jaffa Road se répandit dans le camp d'Al-Amari, précisant que cet attentat suicide avait été réalisé par une femme. Mabrouk Idris se souvient : « Mon cœur commença à battre plus vite. J'avais peur que ce soit elle. »

Au début, la poseuse de bombe fut identifiée à tort par la chaîne de télévision du Hezbollah comme étant Shahanaz Al Amouri, de l'université d'Al Najar de Naplouse. La presse internationale reprit ce nom après confirmation publiée par les forces de sécurité israéliennes précisant qu'Al Najar était un « foyer » de kamikazes. Alors que le conseil des étudiants de l'université d'Al Najar est en fait contrôlé par la branche militaire du Hamas (le groupe islamique fondamentaliste), Mahmoud Al Wahar, le dirigeant du Hamas à Gaza, se refusa à préciser si son groupe était ou non à l'origine de l'attentat. Cela n'avait rien d'étonnant puisque le Hamas et le Jihad islamique n'avaient pas encore émis de *fatwa* [1] autorisant les femmes à participer à des attentats suicide. Cela ne viendrait que par la suite, comme une conséquence du retentissement politique de l'action de Wafa Idris qui se répercuta à travers les territoires de Cisjordanie et de Gaza.

---

1. Décret religieux édicté par un imam. *(N.d.A.)*

Cette même nuit, quand les autorités palestiniennes se présentèrent à sa porte pour lui annoncer la nouvelle, toutes les pires craintes de Mabrouk Idris devinrent réalité. Pour la population palestinienne, c'était une héroïne. Pour Yasser Arafat, c'était la première shahida. Mais pour sa mère, c'était une enfant qui ne rentrerait jamais à la maison.

Mabrouk Idris est une femme simple dont le visage porte des stigmates de souffrance, de peine et de désarroi. Comme elle évoquait cette journée, elle entama tout d'abord un discours bien rodé, brandissant consciencieusement une affiche représentant sa fille. « C'est à cause de tout ce qu'elle a vu pendant son travail, tous ces gens blessés et tués par les Israéliens. Mon cœur est rempli de fierté. »

Au bout d'une heure, elle était en larmes. « Si j'avais su ce qu'elle allait faire, je l'en aurais empêchée, dit-elle. Je pleure ma fille. »

Wissim Idris, sa belle-sœur, n'est pas non plus tout à fait convaincue que Wafa aurait aimé devenir un exemple pour les autres femmes qui tentèrent de l'imiter. « Parfois, je me demande si elle a vraiment voulu mourir », déclare Wissim. Ou s'il ne s'agit pas d'une grossière erreur. »

Il est facile de dire que Wafa n'avait aucune raison précise de se tuer même si Mme Idris reconnaît que son divorce et la mort de son bébé lui avaient brisé le cœur. Mais l'amie d'enfance de Wafa, Abou Libdeh, illustrant ainsi la volonté de réécrire l'histoire après les faits, n'est pas d'accord : « Son amour pour sa patrie et son amour du martyre étaient tels que je ne crois pas que, si elle avait eu des enfants, elle aurait changé d'avis pour autant. Elle était volontaire et active, toujours prête à participer aux manifestations. Elle répétait à l'envi qu'elle aimerait pouvoir se sacrifier pour son pays. »

Il n'y a pas de réponses définitives à ces interrogations. Wafa Idris n'est plus là pour donner toutes les raisons qui la conduisirent à commettre cet acte si terrifiant et si violent en janvier dernier. Ceux qui connurent bien Wafa Idris, les rares personnes avec lesquelles elle partagea ses sentiments, ne purent éclairer que quelques facettes de son existence. Le reste, tout comme les autres raisons susceptibles d'étayer ses motivations, fait maintenant partie de l'histoire des Palestiniens sous l'occupation israélienne. Pourtant ceux qui souffrent dans les camps de réfugiés ou qui sont soumis à l'influence des responsables palestiniens ne réagissent pas tous de la même manière. Et les autres femmes qui ont tenté sans succès de suivre l'exemple de Wafa n'ont pas toutes justifié leur acte de la même façon.

Paradoxalement, la mort de Wafa, coïncidant avec l'appel de Yasser Arafat au martyre des femmes, ne laissa pas le temps au dirigeant palestinien de mesurer l'impact émotionnel et politique de son discours sur la population palestinienne. Par un hasard macabre, l'effet de ses paroles sur son peuple alla bien au-delà de ses intentions ou de ses prévisions.

En Israël, quand un kamikaze palestinien meurt ou est tué au cours d'un acte de terrorisme à l'encontre de civils ou de militaires à l'intérieur du territoire israélien, son corps n'est jamais rendu à sa famille. Il est enterré dans une sépulture anonyme au cœur d'un immense cimetière au nord d'Israël. Dès le début de l'interview, Mabrouk Idris voulut savoir s'il y avait moyen de récupérer le corps de sa fille.

On ne rend la dépouille d'un shahide ou d'une shahida aux siens que lorsque celui-ci ou celle-ci meurt dans les territoires occupés ou à Gaza. Dans ce cas-là seulement il est possible de pratiquer un enterrement conforme au rituel musulman et de recevoir des funérailles de martyr, le cercueil traversant les rues de la ville ou du village, suivi par des milliers de personnes armées de fusils ou de revolvers tirant en l'air.

Un mois après la mort de sa fille, Mabrouk Idris en fut réduite à enterrer une caisse en pin vide. Une procession d'au moins deux mille Palestiniens marcha dans les rues de Ramallah derrière le cercueil vide recouvert d'un drapeau palestinien et de photos de Wafa, chantant, brandissant d'autres drapeaux en signe de joie et de fierté. Des cérémonies en son honneur eurent lieu dans toute la Cisjordanie et la bande de Gaza. Une immense photographie d'elle fut disposée bien en évidence sur la place principale de Ramallah où elle se trouve encore aujourd'hui.

Dans tout le monde arabe, les enfants des écoles primaires et les adolescents scandèrent le nom de Wafa chaque matin avant le début des cours, et différentes organisations sociales et religieuses firent publier des encarts dans les journaux, louant sa bravoure et la glorifiant comme exemple de la « nouvelle race de femmes palestiniennes ». « Wafa, on t'aime », chantaient sur la route de l'école un groupe d'adolescents d'une quinzaine d'années.

Au cours des funérailles symboliques de Wafa orga-

47

nisées par le Fatah, l'un des membres de son conseil en fit ainsi l'éloge : « Le martyre de Wafa a remis à l'honneur le rôle national de la femme palestinienne, figurant parmi les plus remarquables exemples d'héroïsme dans la longue lutte pour la libération nationale. Elle a achevé le chemin de la martyre Dalal al-Maghribi[1] et de ses camarades. »

Pour sa part Fatuh, productrice à la télévision égyptienne, célébra Wafa sur un autre registre. Dans un article intitulé « À celle qui a reçu un oscar » paru dans le quotidien d'opposition *Al Wafd*, elle écrivit : « il ne s'agit pas d'un film ordinaire, car l'héroïne, c'est la belle et pure jeune femme palestinienne Wafa Idris, débordante de vie. Je ne vois personne qui la surpasse et je ne trouve aucun film plus merveilleux que celui qui vient de transpercer le cœur d'Israël. Du paradis où elle se trouve maintenant, elle crie de toutes ses forces la glorification des morts ; les victoires de vos ancêtres en leur temps ont assez été célébrées, maintenant, c'est votre tour. »

L'élan populaire visant à élever Wafa Idris au statut de martyre commença immédiatement après sa mort, et, en quelques heures, devint un phénomène d'une telle ampleur qu'il fit s'unir le mouvement laïque du Fatah à l'organisation religieuse du Hamas dans tous les territoires occupés et à Gaza. Quant à Yasser Arafat, l'épisode le sauva d'une défaite politique qui aurait pu lui coûter sa fierté, voire peut-être sa vie.

---

1. Membre du Fatah de Yasser Arafat, Dalal al-Maghribi organisa une attaque suicide à l'encontre d'un bus israélien le 11 mars 1978, devenant la première femme à mener ce type de mission dans le conflit Israélo-Palestinien. *(N.d.A.)*

C'est seulement à partir de ce moment-là que les chefs religieux émirent une *fatwa* qui définit le cadre et les conditions dans lesquelles les femmes pouvaient participer aux attentats suicide. Peu après la mort de Wafa Idris, le cheikh Ahmed Yassine déclara dans une autre interview réalisée à son domicile à Gaza : « Conformément à notre religion, une femme musulmane est autorisée à mener le jihad [« effort suprême », guerre sainte] et à combattre l'ennemi qui envahit la terre sacrée. Le Prophète tirera au sort parmi les femmes qui veulent participer au jihad. Le Prophète a toujours souligné le droit de la femme à mener cette guerre. »

Jusqu'à Saddam Hussein qui appela à l'édification d'un monument commémoratif en l'honneur de la première femme kamikaze sur l'une des principales places de Bagdad.

Wafa Idris fut également honorée à titre posthume par une unité de femmes combattantes portant le nom de Shawada El-Aqsa, « celles qui sont prêtes à mourir pour Allah ». Seules les femmes ayant été blessées directement ou indirectement par les soldats israéliens peuvent en faire partie. Le 28 février 2002, un mois après la mort de Wafa, El-Aqsa mit officiellement sur pied une unité de femmes kamikazes qui prit le nom de Wafa Idris et une cassette commença à circuler dans les territoires occupés et à Gaza. Une femme voilée, de telle sorte qu'on ne voyait pas son visage et qu'il était impossible de l'identifier, parlait du rôle des femmes shahidas et racontait comment une femme devait être équipée et préparée pour participer aux attentats suicide. À la fin de son discours, elle avertissait que ce n'était qu'un début et que les femmes allaient maintenant prendre une part importante dans le combat contre l'occupation. « Nous sommes prêtes à mourir à égalité avec les hommes », déclarait-elle.

Bien que Wafa Idris n'ait pu être la femme apparaissant sur cette cassette, le film était en tout cas réalisé de manière à créer le doute, comme s'il s'agissait d'un substitut à la vidéo d'adieux qu'Idris ne fit jamais, mais que tous les autres shahides et shahidas laissèrent derrière eux avant de partir vers la mort dans un attentat suicide.

Ahmed, l'ancien mari de Wafa, se rendit récemment chez Mabrouk Idris. Il expliqua qu'il essayait de rester proche de la famille parce que, étrangement, il pensait que s'il n'avait pas pris une autre femme et fondé une famille, Wafa serait toujours vivante. « Je pense tout le temps à elle, disait-il à travers ses larmes, je l'aimerai toujours. »

Les motivations profondes de Wafa Idris explosant en janvier dernier avec la bombe qu'elle portait sur elle dans le magasin de chaussures du 11, Jaffa Road à Jérusalem demeurent obscures. Ce qu'on sait avec certitude, c'est que depuis lors, elle a servi d'exemple à des dizaines d'autres femmes en Cisjordanie et à Gaza, qui ont essayé, que l'attentat ait réussi ou non, de devenir shahida au nom d'un État palestinien indépendant.

Mabrouk Idris a toujours cru que mettre fin à sa vie était interdit par la religion musulmane, sauf dans une circonstance exceptionnelle : mourir au nom de la défense de l'Islam et d'Allah. À son grand déses-

50

poir, sa fille, la jeune femme destinée à devenir la première femme martyre, se servit de cette unique exception pour en finir avec la vie.

Parfois, Mabrouk Idris arrive à se convaincre que la mort de sa fille a un sens, puisque le cri de bataille des troupes de choc de l'Islam, comme le cri des kamikazes quand ils attaquent est « Allah Akbar ». Elle essaie de justifier la mort de sa fille en en faisant un acte de défense du seul vrai Dieu et de la seule religion authentique, de même qu'elle tente de se réconforter en pensant que sa fille est maintenant révérée et admirée comme la première femme ayant combattu et tué l'ennemi sur un pied d'égalité avec les hommes.

La plupart du temps elle pleure. « On appelle ça un martyre, soupire-t-elle avec un haussement d'épaules, pas un suicide. Mais quelle différence ? Ma fille est morte. »

II

COMBATTANTES POUR LA LIBERTÉ

Les attaques suicide ne sont pas un phénomène nouveau. Elles remontent aux intégristes juifs du premier siècle après Jésus-Christ et aux Hachachin (la secte des Assassins) musulmans au XIᵉ siècle. Au cours du XXᵉ siècle, les plus célèbres missions suicide furent réalisées durant la Seconde Guerre mondiale par les pilotes de l'armée de l'air japonaise, qui lançaient leurs avions sur des cibles, en sachant qu'ils trouveraient la mort pendant leur mission. Au début des années 60, et ce jusqu'au retrait définitif des troupes américaines du Vietnam en 1975, les moines bouddhistes, en signe de protestation contre la guerre et les profondes incursions des forces étrangères à l'intérieur du Cambodge, s'immolèrent par le feu devant des installations américaines et d'autres bâtiments abritant le gouvernement et les services publics. Il fallut attendre la fin des années 70 pour que certains groupes iraniens, syriens et palestiniens modifient les attentats suicide au Liban, et fassent du sacrifice de soi une arme dirigée aussi bien contre des infrastructures militaires que contre des civils. Les attentats suicide qui ont lieu aujourd'hui en Israël, en

53

Cisjordanie et à Gaza, relèvent de cette mutation dont l'origine se trouve dans la Russie d'avant la Révolution bolchevique puis chez certains groupes terroristes asiatiques qui, fait significatif, parmi toutes les organisations terroristes de l'histoire, sont les seuls à avoir compté des femmes kamikazes dans leurs rangs.

Les Tigres tamouls du TLET[1] se battent pour un État tamoul indépendant au Sri Lanka. Le TLET a mis au point un entraînement spécifique des plus sophistiqués qui dure environ un an. Les kamikazes sont non seulement formés, mais l'organisation teste ses explosifs sur des chiens ou des chèvres pour s'assurer du succès de la mission.

Les Tigres tamouls commencèrent à organiser des attaques suicide en 1987 et en ont perpétré environ deux cents à ce jour. Ces attentats furent particulièrement meurtriers, causant des centaines de morts et de blessés. Leurs cibles privilégiées sont les responsables politiques et militaires du Sri Lanka et ils ont à leur actif l'assassinat de deux chefs d'État. Une attaque suicide tua l'ancien Premier ministre indien Rajiv Ghandi le 21 mai 1991 en pleine campagne électorale à Madras et un autre fit vingt-deux victimes dont le président du Sri Lanka, Ramasinghe Premadasa, en mai 1993. Le 17 décembre 1999, l'organisation tenta d'assassiner son successeur, Chandrika Kumaratunga, au cours d'un meeting électoral. La bombe tua le terroriste mais le Président ne fut que blessé.

Les groupes kamikazes du TLET sont animés par un puissant sentiment nationaliste et ont à leur tête

---

1. Tigres pour la Libération des Tamouls au Sri Lanka. (*N.d.A.*)

un dirigeant charismatique, Parabakan. Ce qui fait du TLET une organisation clé pour comprendre les attentats dans les territoires occupés, la bande de Gaza et Israël, c'est qu'elle considère les femmes comme les meilleurs kamikazes, parce qu'elles réussissent mieux que les hommes à déjouer les mesures de sécurité et à atteindre leur cible. Les attentats qui visaient Rajiv Gandhi, le président Premadasa et son successeur furent tous les trois perpétrés par des femmes. Des femmes qui avaient chacune de bonnes raisons de rejoindre le TLET et de mourir en martyre politique. Dhanui, qui portait sous sa robe la bombe qui devait tuer Rajiv Ghandi, était enceinte hors des liens du mariage au moment de l'attentat. D'après le témoignage de son frère, qui vit à Bombay, sa famille lui avait laissé le choix entre mourir de la main des siens ou se faire tuer pour la cause politique nationale.

Amy Knight, auteur d'un article intitulé « Les femmes terroristes dans la révolution bolchevique » publié dans la *Revue russe* en 1999, met en lumière l'existence de femmes terroristes à la fin du XIXᵉ siècle et au début du XXᵉ en Russie. En 1878, Vera Zassoulitch fut la première femme à s'engager dans cette voie en commettant un attentat contre le gouverneur de Saint-Pétersbourg. L'année suivante, lors de sa création, le parti terroriste « La Volonté du peuple », ne comptait pas moins de dix femmes sur un total de vingt-neuf membres dans son bureau exécutif, dont une large majorité d'éléments féminins extrémistes. Dans les années 1880, les femmes de « La Volonté du peuple » furent directement impliquées dans toutes les actions violentes menées par l'organisation, partageant les mêmes responsabilités et encourant les mêmes risques que leurs homologues masculins. Après environ dix ans de calme relatif, la Russie connut dans les premières années du XXe siècle un regain de violences terroristes, cette fois-ci organisées par le Parti socialiste révolutionnaire et commises par certains membres femmes.

Au cours de ses recherches, Amy Knight a pu constater que, contrairement à ce qui se passe aujourd'hui où les femmes terroristes sont considérées comme de dangereuses fanatiques, les femmes russes du début du XXe siècle étaient quant à elles plutôt perçues comme des idéalistes, peut-être dévoyées, mais en tout cas menant un combat héroïque contre le régime despotique du tsar. Ces femmes engagées dans l'action violente recevaient des témoignages de solidarité et de soutien à la fois de la part des libéraux russes mais aussi des populations d'Europe occidentale et d'Amérique. Les autres femmes qui combattirent au XIXe siècle le régime tsariste, telles Sofia Perovskaïa et Vera Figner devinrent de véritables légendes, auréolées de romantisme et à l'abri de la critique.

Il est intéressant de noter que les femmes russes qui se lançaient dans l'action terroriste ne semblaient pas uniquement motivées par des questions politiques. D'après les recherches d'Amy Knight et les interviews de Sergei Jarvis, professeur à l'université Columbia de New York et spécialiste d'histoire russe et du rôle des femmes dans la révolution de 1917, le phénomène est autrement plus complexe. L'action de ces femmes révolutionnaires trouve ses racines dans l'interaction

56

entre des facteurs sentimentaux, psychologiques et sociaux. Pour la plupart, ces femmes russes, qui furent les premières adeptes d'une radicalisation du mouvement féministe en choisissant de participer à des actions terroristes, ne recherchaient pas uniquement une indépendance personnelle mais aussi, de façon délibérée, à briser par ces actes le stéréotype de la femme épouse et mère. En entrant en contact avec la révolte étudiante, avec les masses auxquelles elles apportaient leur concours culturel, juridique ou médical, elles purent se rendre compte de l'inégalité de leur condition par rapport aux hommes en même temps qu'elles ressentaient l'urgence de démontrer l'utilité de leur rôle dans la société. Tout comme les femmes palestiniennes qui vivent aujourd'hui sous l'occupation et se trouvent soumises à un gouvernement non démocratique, les femmes russes du début du siècle voyaient leur liberté bafouée tant par le régime politique que par les codes socioculturels et moraux en vigueur.

Les recherches conduites par Amy Knight sur Bitsenko, la femme qui assassina le général Sakharov en 1905, révèlent qu'elle est née dans une famille paysanne mais qu'elle a suivi des études pour devenir institutrice. Pour la majorité des observateurs, il s'agit du cas typique d'une femme jeune, motivée et sûre d'elle basculant dans la terreur après avoir constaté la grande solitude dans laquelle elle se trouvait et le peu de débouchés offerts à ses qualités intellectuelles par la société. Dans les secteurs où les femmes pouvaient espérer trouver un emploi, en tant qu'institutrices, sages-femmes ou infirmières, elles se trouvaient là souvent confrontées à l'injustice et à l'inégalité la société tsariste, ce qui leur causait d'amères désillusions. Le point commun le plus frappant entre ces femmes de l'ère pré-soviétique et celles qui choisissent aujourd'hui de mourir pour la libération de la Palestine réside sans doute dans ce sentiment d'exclusion, à l'intérieur même de la société dans laquelle elles vivent. C'est ainsi qu'Amy Knight constate dans son étude que sur quarante-quatre femmes membres du Parti socialiste révolutionnaire, trente avaient précédemment apporté le déshonneur dans leur famille, selon les critères de bonne conduite en vigueur. On a vu que Bitsenko avait eu un enfant hors des liens du mariage ; Mariia Benevskaia qui, en 1906, aida à la préparation des bombes devant servir dans l'attentat contre le gouverneur général Doubasov avait eu diverses liaisons sans suite avec des hommes mariés, dont un ami proche de la famille. Après l'explosion accidentelle de la bombe qui lui fit perdre une main, elle fut condamnée à dix ans de travaux forcés. Selon Amy Knight, elle tint en prison un journal dans lequel elle expliquait en détail le « caractère louable » de son engagement dans des actions révolutionnaires violentes. Citons pour finir le cas de Dora Brilliant, la fille d'un riche marchand juif de Kherson, qui avait été recrutée dans la Brigade terroriste en 1904 sur la recommandation de son amant, une des figures de proue du mouvement. Elle racontera dans les lettres écrites à sa famille depuis sa cellule qu'elle avait voulu lui « prouver son amour ».

Une étude portant sur le rôle des femmes palestiniennes dans la société de 1987 à 2001 et menée par

58

Tal Winkler et Gilat Yadin, deux femmes enseignant à l'université Bar Ilan de Tel-Aviv, fut publiée en 2002 sous le titre *Derrière le voile*. Cette étude révèle que les Palestiniennes participèrent en nombre croissant à la première Intifada, en 1987. Au début, seules quelques femmes tentèrent de poignarder ou de lapider les soldats israéliens au cours d'« attaques d'initiative personnelle », ou *Jihad Fardi* en arabe. Elles furent de plus en plus nombreuses dans les phases suivantes à s'en prendre aux militaires et aux civils israéliens. Les interviews menées pour cette étude mettent en évidence que les raisons socioculturelles (être sur un pied d'égalité avec les hommes) sont toujours plus invoquées par ces femmes que les motifs nationaliste, patriotique et religieux, qui sont, pour leur part, immanquablement avancés par les hommes. Cette étude montre également que beaucoup de femmes engagées dans des actions militaires en 1987 et qui, par voie de conséquence, avaient goûté à l'indépendance, se retrouvèrent obligées d'épouser un homme choisi par leurs parents, conformément aux règles sociales, religieuses et familiales auxquelles elles étaient soumises. « Ce sont précisément ces femmes-là qui avaient estimé qu'il valait mieux être emprisonnées ou mourir d'une mort héroïque, comme les hommes, qu'être condamnées à vivre une vie de frustration dans un mariage sans amour, explique Tal Winkler. D'autres femmes qui avaient du mal à vivre selon les règles de la société préférèrent aussi la mort à la vie humiliante et dégradante (qui leur était réservée) dans leur propre culture. Curieusement, ces femmes se sentaient en sécurité au sein

59

du système carcéral israélien, elles savaient que les hommes de leur famille ne pourraient pas venir les prendre et les tuer pour avoir déshonoré la famille. »

Au cours d'une interview réalisée dans une prison israélienne en juillet 2002, Fatma el Said donna les raisons qui l'avaient poussée à poignarder deux soldats israéliens au plus fort de l'Intifada de 1987. « C'était un acte contre l'occupation, mais c'était aussi pour moi un moyen de prouver à ma famille que je valais autant que mes frères, qui, eux, avaient le droit d'aller à l'université tandis que cela m'était interdit. »

Au Proche-Orient, les premières attaques suicide impliquant des femmes étaient dues pour la plupart à des organisations palestiniennes plutôt situées à gauche, voire communistes. Selon Shalom Harrari, ancien officier des services secrets militaires israéliens qui fut pendant vingt ans en charge des territoires occupés, ces attaques se distinguent des attentats suicide organisés aujourd'hui : « Au début des années 70, les hommes traversaient le Jourdain le Coran dans une main, un pistolet ou un couteau dans l'autre. Ils n'avaient rien à perdre et attaquaient les postes israéliens, réussissant en général à tuer un ou deux soldats avant d'être eux-mêmes atteints par une balle. À la fin des années 80, beaucoup de ces attaques d'initiative personnelle, qui ne se limitaient pas aux rives du Jourdain mais touchaient aussi l'intérieur d'Israël, étaient perpétrées par des femmes, qui agissaient sans le soutien d'une quelconque organisation. Elles avaient pris seules la décision de réaliser un attentat, risquant leur vie pour des raisons essentiellement personnelles. »

Peu à peu, de la fin des années 70 au début des années 80, certaines factions palestiniennes imprégnées des théories marxistes et communistes commencèrent à utiliser des femmes triées sur le volet pour mener des actions plus spectaculaires comme des détournements d'avions occidentaux. L'une de ces femmes allait devenir une héroïne dans tout le monde arabe.

Le Front populaire de libération de la Palestine (FPLP), groupe d'inspiration communiste fondé en décembre 1967 par le Dr Georges Habache, était issu du Mouvement nationaliste arabe (MNA), également fondé par lui à Beyrouth en 1949. Le mouvement plaidait pour l'unité arabe comme préalable à la libération de la Palestine. Cependant, la raison déterminante de la création du FPLP était de mettre en place une alternative au Fatah dirigé par Yasser Arafat qui avait une grande influence parmi les populations arabes et palestiniennes. Mais alors que le Fatah, constitué à l'origine à l'université du Caire par Arafat en 1952 sous le nom de « Union des étudiants palestiniens », était affilié aux Frères musulmans égyptiens et se trouvait donc contraint de faire des concessions à certains interdits islamiques posés par ces derniers, le FPLP, sous l'influence des mouvements mondiaux de libération nationale, adopta pour rallier certains membres une idéologie marxiste-léniniste peu soumise, par définition, à la pression des religieux.

Le 6 septembre 1970, le FPLP détourna quatre avions. Deux d'entre eux, un américain et un suisse, furent contraints d'atterrir sur Dawson's Field, un terrain d'aviation abandonné près de Zarka, en Jordanie, et baptisé ainsi par la Royal Air Force britannique pendant la Seconde Guerre mondiale. Là, dans la chaleur du désert, passagers et équipages furent retenus en otage quatre jours durant à l'intérieur des appareils. Pendant ce temps, un autre avion américain détourné se posait à l'aéroport du Caire, où les pirates de l'air libérèrent l'équipage et les passagers avant de faire exploser l'appareil. Le quatrième avion était israélien et faisait la liaison Tel-Aviv-Londres. Le responsable du détournement était une femme, Leïla Khaled, qui demeure aujourd'hui encore la figure emblématique de la « combattante pour la liberté » et une héroïne dans le monde arabe. Pour le détournement du vol d'El Al, elle était secondée par un homme originaire de San Francisco, Patrick Arguello. Cette stupéfiante jeune femme de vingt-cinq ans environ, une perruque blonde sur la tête, embarqua dans l'avion avec deux bombes dans son soutien-gorge. Il est certain qu'en tant que femme, il lui fut plus facile qu'à un homme de tromper la vigilance, pourtant acérée, de la sécurité israélienne et de monter à bord. La tentative de détournement échoua. L'agent de sécurité israélien qui se trouvait à bord tua Arguello et maîtrisa Leïla Khaled. Mais avant de mourir, Arguello avait eu le temps de tirer sur l'agent. Tentant de sauver le blessé, le pilote décida de poursuivre sa route vers Londres plutôt que de faire demi-tour vers Israël, qui se trouvait alors à une plus grande distance. Malgré ses efforts, l'homme mourut pendant le trajet et Leïla Khaled fut arrêtée par la police britannique à son arrivée à Londres.

Le 9 septembre, un avion britannique qui effectuait

un vol au départ de Bahreïn fut à son tour détourné et le pilote dut, sous la contrainte, rejoindre les deux autres avions sur le terrain de Dawson's Field. Le FPLP demanda la libération de ses membres emprisonnés, trois en Allemagne de l'Ouest, trois en Suisse qui avaient tué un pilote israélien, et Leïla Khaled en Grande-Bretagne. Si ces exigences n'étaient pas satisfaites, il menaçait de faire exploser tous les avions de Dawson's Field à trois heures du matin le lendemain. Il réclamait également la libération des fedayins, combattants palestiniens pour la liberté détenus dans les prisons israéliennes. Les Israéliens refusèrent de négocier, mais les gouvernements britannique, allemand et suisse cédèrent. Bien qu'Israël ait refusé de négocier, les terroristes libérèrent la plupart des passagers à l'exception de quarante personnes, qui furent emmenées dans un camp de réfugiés et emprisonnées. Puis l'armée jordanienne assista, impuissante, à l'explosion des avions. Leïla Khaled, détenue à Londres fut libérée après quelques semaines d'incarcération. Elle retourna en Syrie.

Âgée aujourd'hui de cinquante-six ans, elle est toujours un membre actif du comité central du FPLP. Le 7 mars 1988, elle déclara que « les femmes doivent devenir une force de combat à égalité avec les hommes pour libérer la Palestine ». En mai 2002, évoquant les kamikazes au cours d'une interview à Amman, elle réaffirma sa position concernant le rôle des femmes : « Je continue à penser que la seule façon de revendiquer notre terre passe par la lutte armée. Les hommes et les femmes doivent se battre à égalité pour notre patrie parce que nous souffrons à égalité sous l'occupation. »

Pendant cette période des années 70 qui a vu Leïla Khaled prendre une part active à la lutte palestinienne sous les auspices du FPLP, il n'est pas étonnant que le Fatah, pour ne pas se laisser distancer dans la course au soutien des masses populaires, et parce que les femmes trompaient les services de sécurité plus facilement que les hommes, décida de ne pas être en reste et sortit de sa manche sa propre héroïne de la cause. Aujourd'hui chef du contingent féminin des forces de police pour l'Autorité palestinienne à Gaza, nommée par Yasser Arafat, Fatma Barnawi atteignit la gloire en 1967 en déposant une bombe dans un cinéma de Jérusalem. Bien que l'engin ait été découvert et désamorcé avant qu'il n'explose, Barnawi, comme Khaled, devint une héroïne de la cause palestinienne. Après plus de dix années passées dans les prisons israéliennes, elle fut libérée dans le cadre d'un échange de prisonniers en 1988. Soutien fidèle d'Arafat et du Fatah, elle devint un de ses proches conseillers et sa confidente au cours des années suivantes, quand l'OLP se retrouva exilé au Liban puis en Tunisie.

LES FEMMES SYMBOLES DE LA LUTTE

Avant la première Intifada qui dura de 1987 à 1993, les femmes à Gaza et en Cisjordanie avaient commencé à raccourcir leurs jupes, à porter des pantalons et à sortir tête découverte. Pendant cette période, Hanan Ashrawi, la porte-parole de l'Organisation de libération de la Palestine lors de la première conférence de paix à Madrid en 1991, tenta d'organiser un Parlement des femmes pour contrecarrer l'influence grandissante de l'Islam radical.

Après une vingtaine d'années de résignation, la population palestinienne décida de passer à l'action pour mettre fin à l'occupation israélienne en Cisjordanie et dans la bande de Gaza. Le 11 décembre 1987 commença la première Intifada, soulèvement fortement teinté d'un symbolisme à la fois hérité du passé et porteur d'espoirs pour l'avenir. Les pierres et les drapeaux, les discours et les silences, l'action ou l'immobilisme, tout prenait une signification qui allait bien au-delà du sens premier de chaque symbole. La vision de ces tout jeunes Palestiniens lançant des pierres contre les soldats et les véhicules blindés de l'armée israélienne – évocation pour le moins ironique du combat de David contre Goliath – restera comme l'un des souvenirs les plus marquants de cette Intifada.

Dès 1987, alors que les femmes devenaient l'un des plus importants symboles de la lutte, des centaines d'entre elles, accusées de subversion, de sabotage ou de terrorisme, furent incarcérées dans les prisons israéliennes. Elles prirent une part prépondérante dans le conflit : rédigeant et distribuant des tracts, participant à des manifestations ou les organisant même, couvrant les murs de slogans, brandissant le drapeau palestinien, donnant leur sang, violant le couvre-feu pour mettre sur pied un système d'éducation parallèle. Elles refusèrent le blocus imposé par l'armée israélienne sur la production agricole des Palestiniens. Elles s'opposèrent, y compris physiquement, à l'arrestation des hommes ou des enfants. « Regardez nos femmes, proclamait un tract, elles constituent une force de combat comparable à celle des hommes. Un pas de géant vient d'être franchi dans la lutte pour l'égalité des femmes palestiniennes. »

Tamar Meir, universitaire établie à Londres, a également synthétisé toute une série de recherches sur « les femmes arabes sous l'occupation israélienne ». Ses conclusions, publiées à Londres dans *The Observer* en 2001, soulignent qu'en 1987 les femmes étaient devenues le symbole de la révolution et l'incarnation de l'Intifada. Ainsi, le rôle de mère évolua : il s'agissait non plus d'élever ses enfants mais de les suivre dans la rue pour les protéger contre les ripostes des soldats sur lesquels ils jetaient des pierres ou des cocktails Molotov. Des reportages diffusés sur les chaînes de télévision internationales montrent aussi les mères derrière leurs enfants, leur faisant passer les projectiles qu'ils lançaient sur les militaires israéliens, ou s'interposant férocement entre les soldats et leurs fils ou leur mari quand ils venaient les arrêter. Elles devenaient alors, le temps de leur emprisonnement, le nouveau chef de famille. Leur rôle ne fut pas très différent de celui que toutes les femmes jouent pendant les guerres, lorsque les hommes sont au combat : elles durent se charger de l'éducation des enfants, travailler les champs, s'occuper des affaires de la famille. Et même quand les hommes finissaient par être relâchés, avec le couvre-feu qui les mettait dans l'impossibilité de se rendre au travail, les femmes palestiniennes continuaient de gérer les autres aspects de la vie quotidienne.

Winkler et Yadin citent dans leur étude le témoignage d'un colonel israélien en service à Bethléem qui avait constaté en juillet 1989 que les femmes étaient plus nombreuses que les hommes à s'en prendre à ses soldats. Il avait aussi remarqué qu'il était plus facile pour une femme que pour un homme de cacher un couteau sous ses longues robes, les soldats hommes n'ayant en outre pas le droit de fouiller une femme. Au début de la première Intifada, l'armée israélienne ne savait pas bien quelle attitude adopter vis-à-vis de ces femmes qui représentaient une menace en puissance pour la sécurité du pays, ni comment réagir devant ces enfants qui les attaquaient à coup de pierres. « Le rôle de l'armée était très limité, déclare ce colonel israélien. En fait, si on touchait une femme pour la fouiller, on attentait à son honneur, ce qui, par suite, impliquait sa famille, et au bout du compte tout le village se sentait investi de la responsabilité de défendre l'honneur de cette femme. À la fin, les soldats se sont retrouvés confrontés à de violentes réactions de la part de la population. »

C'est à ce moment-là que, d'après Winkler, « la lumière se fit ». « Non seulement les femmes se rendirent compte qu'elles avaient trouvé leur forme de féminisme et de lutte pour l'égalité des droits, mais leurs dirigeants s'aperçurent aussi qu'elles pourraient être très utiles pour déjouer les dispositifs de sécurité et pour transporter des armes. »

Dans un tract distribué dans toute la Cisjordanie et

à Gaza en décembre 1988 par le Front démocratique de libération de la Palestine (FDLP), groupe pro-syrien dissident du Fatah fondé par Nayef Hawatmé, on lisait que « le rôle des femmes palestiniennes a changé, elles sont passées du rôle de matrice de la Nation, à celui de combattantes aux côtés des hommes de leur famille. En rompant les chaînes de l'occupation, les femmes ont aussi brisé les entraves de leur propre existence. »

La fraction la plus libérale et intellectuelle de la société palestinienne crut naturellement que la parti-cipation des femmes à l'Intifada constituerait un pro-grès important vers leur libération et leur égalité. Effectivement, les Palestiniennes incarnèrent à l'époque l'espoir qu'avaient toutes les femmes du monde arabe d'accéder à l'égalité. Zahira Kamal, féministe palestinienne enseignante et membre du FDLP assure que, en fin de compte, l'Intifada « a non seulement permis d'affronter les Israéliens pour la première fois sans susciter une réprobation internatio-nale, mais a aussi modifié le statut des femmes dans la communauté palestinienne ». Même du côté israélien, une femme pacifiste et féministe telle que Nomi Chazan, membre de la Knesset (le Parlement israé-lien) et très proche de Kamal et Ashrawi au sein du mouvement pour la paix, déclarait : « Plus qu'un pas vers la fin de l'occupation, [l'engagement des femmes] peut être un pas vers la création d'une société démocratique où les femmes seraient égales aux hommes et échapperaient au pouvoir des extré-mistes. »

Pour la direction palestinienne la peur de créer des

divisions entre les diverses factions politiques ou religieuses cohabitant en Cisjordanie et dans la bande de Gaza – qui ne pouvaient que servir la cause des Israéliens – eut pour résultat de souvent subordonner les revendications féministes à la lutte nationaliste. L'influence des organisations islamistes radicales, tels le Hamas ou le Jihad islamique, se renforçait dans les rues, ce qui ne fit en rien progresser le rôle des femmes dans les soulèvements ni avancer leur cause au sein de la société. Même parmi les femmes elles-mêmes, le féminisme eut tendance à s'effacer devant les enjeux de la cause nationale.

D'après Shalom Harrari, les Frères musulmans, par le biais de leur organisation militaire, le Hamas, prirent peu à peu le contrôle des masses populaires et contraignirent les femmes à se vêtir en conformité avec la loi islamique. Pendant un temps, les idées progressistes de Hanan Ashrawi, professeur de littérature anglaise à l'université chrétienne Bir Zeit de Ramallah, gagnèrent du terrain. Mais quand le Hamas finit par prendre le pouvoir au Conseil des étudiants, ces idées disparurent aussi vite de la circulation qu'Hanan Ashrawi, qui avait contribué à occidentaliser l'image de l'OLP.

En 1988, à peine un an après le déclenchement de l'Intifada, il était devenu pratiquement impossible pour une femme de s'aventurer dans la rue sans se couvrir la tête du *hijab*. Peu après, le port du *jilbab*, ces longues robes amples, devint impératif. Pères et frères furent appelés à surveiller et contrôler avec la plus grande rigueur le comportement de leurs filles ou sœurs. « Si nous avions protesté, explique Zahira

Kamel, une éminente féministe palestinienne, le Hamas aurait pris des mesures de rétorsion à notre égard et créé des tensions entre Palestiniens, ce qui aurait rendu la tâche plus facile aux Israéliens pour écraser l'insurrection. »

En participant activement aux débuts de l'Intifada, les femmes en avaient incarné ses deux principaux objectifs : le nationalisme et la libéralisation de la société. La montée de l'islamisme les poussa à se retirer de la lutte active. Ce retrait, résultant de leur emprisonnement, des pressions religieuses ou des contraintes nées de leur tradition culturelle, marqua le déclin de l'Intifada. Les imams n'avaient de cesse de rappeler que la place des femmes était à la maison et non dans la rue. La femme était faite pour enfanter dès que possible. Elles reçurent l'ordre de retourner à leur rôle traditionnel d'épouse, de mère, et de femme au foyer, demande à laquelle elles finirent par obéir. La montée de l'islamisme eut pour conséquence de briser tout espoir pour les femmes de Cisjordanie et de la bande de Gaza d'une quelconque avancée de leurs droits en matière sociale, politique et économique.

Contrairement aux espérances des féministes et des progressistes, le rôle des femmes dans la première Intifada n'a finalement rien changé à leur statut dans la communauté palestinienne. En février 1989, à Naplouse, le Hamas condamna la participation des femmes à toute manifestation ou soulèvement violents. Ce fut un sévère coup d'arrêt porté aux progrès obtenus par les Palestiniennes durant cette période lourde de conflits et d'espoirs, mais qui n'avait rien d'étonnant de la part d'une organisation imprégnée d'une doctrine islamique fondamentaliste. Personne ne s'attendait en revanche, à la déclaration faite par Oum Jihad en mai 1989 ; veuve d'un combattant palestinien, Abou Jihad, qui fut l'un des fondateur de l'OLP et un vieux compagnon d'armes d'Arafat. Elle se prononça sur la délicate question de ce qui était susceptible de menacer l'honneur de la femme. « Il est difficile pour les femmes de prendre une part active aux événements parce qu'il leur est défendu de sortir seules la nuit pour aller manifester ou affronter les soldats. » Elle expliquait ensuite que comme les femmes devaient porter leur traditionnelle longue robe qui entrave leurs mouvements et qu'il leur était formellement interdit de mettre des pantalons ou des vêtements moulants, elles se trouvaient désavantagées. « Mais si les femmes en prennent conscience et veulent s'habiller de façon plus pratique, voilà qui devient dangereux. Elles risquent de finir par s'habiller de façon indécente. Qu'un soldat les voie ainsi et elles feront le déshonneur de leur famille. »

Pourtant, pendant l'Intifada et après la mort de son mari – assassiné en mars 1988 par un commando israélien à leur domicile de Sidi Bou Said en Tunisie –, Oum Jihad était à la tête du Fonds du martyr qui s'occupait des familles des personnes emprisonnées, blessées ou tuées. De plus, elle représentait pour les Palestiniennes un modèle de femme libérée, collaborant avec son mari et prenant part aux combats. Son mari, Abou Jihad, commandant en chef de la branche armée de l'OLP, l'Armée de libération de la Palestine, avait aussi assuré le lien entre les meneurs

71

de l'Intifada et l'OLP. Au cours des quinze années précédant la première Intifada, il avait été le responsable de l'OLP pour les territoires occupés, et s'était trouvé de ce fait mieux que quiconque au sein de la direction à même de percevoir les changements survenus en Cisjordanie et à Gaza, en particulier de mesurer l'influence des groupes islamiques. De son vivant, le succès de ses opérations avait dépendu pour une grande part de la collaboration du Jihad islamique et, plus tard, du Hamas, qui désapprouvaient l'implication des femmes dans les actions violentes. Après sa mort, Oum Jihad, sa veuve, mit un soin particulier à suivre scrupuleusement les directives qu'il avait laissées afin de ne pas compromettre le bon déroulement de l'Intifada. Venue d'une femme tenue pour un trésor national et veuve d'un héros de la patrie, ces déclarations contre la participation des femmes acquéraient un poids et une portée considérables.

La première Intifada, loin de modifier le rôle des femmes ou d'améliorer leur condition sociale ou économique, a plutôt aggravé leur situation. D'après les travaux du Dr Amikam Nachmani et ceux de Winkler et Yadin, « leur rôle en 1987 leur fit espérer qu'elles finiraient par obtenir l'égalité avec les hommes en résistant à l'occupation. Elles eurent l'occasion de goûter à une situation où elles étaient considérées comme des égales, loin de leur rôle traditionnel limité à la cuisine et au ménage, explique le Dr Nachmani. Mais, subitement, la femme palestinienne se rendit compte qu'elle se retrouvait une fois de plus marginalisée et exclue de l'Intifada. Ce fut pour elle une déception cruelle et amère. »

72

Ce rêve d'accéder à l'égalité et à une vie meilleure, brisé en 1988, devait renaître quelques années plus tard lors de la seconde Intifada qui éclata en septembre 2000. Les femmes manifestèrent dès lors en nombre croissant leur détermination à partir bardées d'explosifs comme les hommes pour mourir au nom d'Allah.

« TOUT LE MONDE EST ÉGAL DEVANT LA MORT »

Amikam Nachmani, spécialiste du rôle des femmes dans les sociétés arabes et professeur à l'université Bar Ilan près de Tel-Aviv, a étudié le rôle des Palestiniennes dans la première Intifada de 1987 en le comparant à leur rôle dans le soulèvement en cours depuis septembre 2000. S'appuyant d'une part sur les travaux de l'École des relations internationales de l'université d'Ankara en Turquie et de plusieurs universitaires palestiniens dans les territoires occupés, et d'autre part sur la lecture de multiples documents, discours de propagande, articles de presse, ainsi que bon nombre de déclarations de Yasser Arafat et d'autres dirigeants du Fatah et du FPLP, ses recherches montrent que les femmes jouent un rôle bien moindre dans cette Intifada que lors du déclenchement de celle de 1987 : « Il ne s'agit plus maintenant d'une révolution de masse où les femmes manifestent aux côtés des hommes et affrontent les militaires israéliens, comme ce fut le cas lors de la première Intifada. Au contraire, on voit beaucoup moins de femmes parce les hommes insistent pour qu'elles

73

restent à la maison et ne sortent pas dans les rues pour se battre. Ils ont peur du rôle qu'elles avaient tenu en 1987. »

D'après Amikam Nachmani, si les hommes sont plus réticents à présent et refusent de laisser les femmes se joindre à eux, c'est qu'en 1987, il n'y avait pas d'autres armes que des pierres. « Il est évident que tout cela a changé aujourd'hui avec la création d'une Autorité palestinienne dont la police et les services de sécurité sont autorisés à porter des armes. Cette Intifada est une lutte armée, et les femmes, selon les responsables hommes, ne doivent pas avoir et n'ont pas accès aux fusils. De plus, les groupes extrémistes comme le Hamas et le Jihad islamique, plus influents aujourd'hui qu'en 1987, dénient un rôle quelconque aux femmes, les reléguant à la fonction traditionnelle de mère et d'épouse au service de la famille et du foyer. »

Au printemps 2002, Nadira Kervorkian, chercheuse palestinienne au département de criminologie de l'université hébraïque de Mont Scopus à Jérusalem, mena une étude sur les Palestiniennes considérées comme victimes des deux Intifada, de 1987 et de 2000. « Quand le rôle des femmes diminue au combat, c'est le signe que leur rôle diminue de façon générale dans la société. Quand un homme, et particulièrement un père, voit ses filles arrêtées, fouillées, malmenées par des soldats hommes, cela lui est insupportable. Avec les problèmes économiques qui fragilisent leur statut de chef de famille et l'influence des extrémistes pour qui la femme doit rester dans l'ombre, il est parfaitement logique que les hommes perçoivent encore plus mal l'occupation du fait que les femmes participent à la résistance et se font arrêter. »

Une autre chercheuse palestinienne originaire de Gaza, Na'ala Abdoul, déclara en 2002 que la situation des femmes était pire aujourd'hui qu'en 1987. « Elles sont une nouvelle fois reléguées à leur fonction de machine à faire des enfants, dit-elle. Il ne leur reste aucun espoir de changer de statut. Tous les résultats positifs obtenus en combattant ont été balayés. » Selon des statistiques fournies par l'université Bir Zeit, l'université hébraïque et les Forces armées israéliennes, le taux de natalité dans la communauté palestinienne a crû de 150 % depuis 1987. Et depuis 1999, selon la même étude, la famille moyenne à Gaza est passée de 6,9 à 7,2 personnes.

La première Intifada, qui commença dans les rues et se répandit peu à peu dans la population, compta dès le début des femmes dans ses rangs. L'Intifada actuelle en revanche s'est opposée dès l'origine à leur participation. Nadira Kevorkian déclare que l'exclusion des femmes aujourd'hui était inscrite dès la première Intifada : « Il avait d'ores et déjà été clairement établi que les femmes ne joueraient qu'un rôle limité dans cette nouvelle Intifada. »

Le paradoxe veut que les femmes soient désormais passées du rôle d'observatrices passives à un engagement beaucoup plus spectaculaire. Amikam Nachmani pense que Wafa Idris et celles qui lui ont succédé constituent une avant-garde dans l'Intifada en cours. « Voilà qui change tout, explique-t-il. Si ces femmes incarnent réellement un nouveau phénomène, ce n'est peut-être que le début d'une vague de violence au féminin dans cette lutte, parce que ces femmes, les shahidas, sont les dernières féministes de la société et qu'elles ont gagné le même respect et la même admiration que les hommes dans tout le monde arabe. »

On peut discuter sur le point de savoir si l'utilisation de femmes kamikazes apporte une quelconque amélioration au statut de la femme dans la société, ou bien si cela ne fait que servir le calendrier politique de divers groupes d'opposition dans les territoires occupés. Leïla Khaled ne cache pas son embarras lorsqu'elle déclare qu'elle ressent « une grande peine pour toutes les mères de shahides et shahidas qui ont donné leur vie pour la Palestine », et que, dans le même temps, elle met en doute le fait que les femmes puissent parvenir à l'égalité avec les hommes en commettant des attaques suicide. « Tout le monde est égal devant la mort, déclare Leïla Khaled, sans distinction de sexe ou de classe. Ce qui ne signifie pas que les femmes soient traitées en égales. Personnellement, dans notre culture, je préférerais voir une femme *vivre* à égalité que *mourir* à l'égale de l'homme. »

III

DANS LA FLEUR DE L'ÂGE

« Voici d'un côté une enfant dotée d'un fort sens des valeurs, pleine de compassion pour autrui, qui avait toute la vie devant elle, et de l'autre une enfant qui savait d'où elle venait, mais qu'un homme immonde dans son bureau de Ramallah ou peut-être de Gaza entreprit de manipuler, de programmer et de transformer par tous les moyens à sa disposition en une véritable bombe humaine. »

Arnold et Fremet Roth avaient sept enfants. Aujourd'hui, ils n'en ont plus que six. Malki, quinze ans, était leur quatrième enfant et leur première fille. Grande et mince, douée pour la musique, elle jouait de la flûte et avait appris toute seule le piano et la guitare. Elle savait régler ses problèmes personnels et scolaires sans l'aide de quiconque. Sa mère reconnut, dans un hommage qu'elle écrivit après sa mort, qu'il était rare qu'elle demandât de l'aide. Absorbée par les soins que nécessitait sa dernière fille, née attardée, aveugle et très handicapée physiquement, Fremet Roth n'avait pas beaucoup de temps à consacrer à ses autres enfants. Elle raconte que Malki se débrouillait toute seule quand elle voulait s'acheter des vêtements, qu'elle avait une vie sociale intense à l'école de jeunes filles Horev à Jérusalem, et qu'elle ne ménageait pas ses efforts pour l'assister dans les soins requis par la benjamine. Malki passait des heures auprès de la petite Haya, prenant la relève de sa mère qui pouvait ainsi vaquer à d'autres occupations. Et quand Haya dut être hospitalisée, Malki passa toutes les nuits avec elle. Malgré les épreuves et les responsabilités auxquelles elle devait faire face, Malki était une adolescente saine et équilibrée, qui adorait sa famille et ses amis et éprouvait une grande satisfaction et un immense plaisir à jouer de la musique. Il lui arrivait souvent, dans le bus de ramassage scolaire ou à l'occasion d'une sortie, d'emporter sa guitare et de se mettre à jouer une chanson que les autres reprenaient en chœur. D'après un de ses amis, c'étaient toujours des « chansons sentimentales ». Un peu moins d'un an avant que Malki ne soit tuée, elle et ses amies écrivirent, suivant la proposition de leur monitrice, des lettres à Dieu où elles devaient formuler leurs prières et leurs souhaits pour le nouvel an juif qui approchait. Les lettres ne seraient ouvertes et lues à haute voix que l'année suivante. Pendant la période de deuil, la monitrice apporta la lettre de Malki à sa famille. En la décachetant, ils apprirent que Malki priait pour que ses efforts soient couronnés de succès à l'école et dans ses activités parascolaires, ajoutant qu'elle espérait que sa famille resterait unie et solidaire. Mais ce qui émut le plus ses parents, ce furent les vœux qu'elle formait pour sa petite sœur Haya. Au lieu de demander un miracle, un traitement ou même une amélioration de son état, elle souhaitait simplement que Haya apprenne à exprimer le plaisir ou la douleur que les réactions ou les paroles de ses proches lui procuraient. Enfin, tout en bas de la dernière page, Malki avait écrit : « et que je vive suffisamment pour voir l'arrivée du Messie. »

Malki était très proche d'une jeune fille de son âge, Michal Raziel. Quand la famille Roth arriva en Israël en 1988 après avoir vécu en Australie où Arnold et ses premiers enfants, dont Malki, étaient nés, ils rencontrèrent la famille Raziel qui s'apprêtait à quitter Israël pour passer un an en Angleterre. Par une série d'heureuses coïncidences, les Roth non seulement sous-louèrent aux Raziel leur logement à Ramot, une banlieue au nord de Jérusalem, mais ils devinrent les meilleurs amis du monde. Malki avait deux ans quand les Raziel revinrent de l'étranger. Peu de temps après, les Roth achetèrent un appartement dans la même résidence, à deux immeubles de là, et les deux petites filles ne se quittèrent plus. En grandissant, elles restèrent très liées. Aviva Raziel, la mère de Michal, évoque les relations de sa famille avec les Roth. « Nous étions pareils, ouverts, toujours prêts à aider les autres. »

Deux semaines avant la mort de Malki, la famille se trouvait réunie au grand complet pour la première fois depuis des années. L'aîné rentrait de l'armée, le puîné attendait de partir faire son service, et le plus jeune, qui venait de finir de lycée, préparait ses vacances. Quant aux trois filles, elles habitaient toujours chez leurs parents. Arnold Roth se souvient qu'ils étaient heureux d'être ensemble, vivants et en bonne santé. Malki était tout particulièrement excitée

79

parce qu'elle devait bientôt partir avec Michal en Galilée pour travailler quinze jours comme monitrice dans une colonie de vacances. Pendant les deux semaines qui précédèrent sa disparition, Malki continua à mener une vie des plus tranquilles, passant des heures avec sa petite sœur, rendant visite à ses amis ou faisant des projets pour la prochaine année scolaire. Le plus souvent, elle jouait de la flûte ou de la guitare, s'exerçant afin d'être à même de se joindre aux autres musiciens lors des veillées autour du feu de camp.

Le 9 août 2001, accompagnée de Michal, Malki quitta l'appartement de ses parents à Jérusalem pour se rendre au domicile d'une de leurs amies communes qui rentrait de vacances le lendemain. Elles voulaient lui faire une surprise en décorant sa chambre en signe de bienvenue. Elles devaient ensuite se rendre à une réunion avec les autres moniteurs pour préparer le séjour en Galilée. Avec la vague d'attentats qui sévissait en Israël, Malki avait l'habitude de tenir sa mère très précisément informée de ses projets en l'appelant avec son téléphone portable. Mais ce jour-là, la décision de s'arrêter pour retrouver une troisième amie et manger une pizza à Sbarro, un endroit très fréquenté par les jeunes au centre de Jérusalem, fut prise selon l'inspiration du moment. Malki n'appela pas.

UNE JEUNE FILLE REBELLE

Ahlam Araf Ahmed Tamimi, titulaire du passeport jordanien numéro G052933, est née le 20 janvier

1980 à Amman. C'est une jeune femme séduisante, sociable, intelligente et, comme la décrit un ami, « très indépendante ». Membre d'une famille de douze enfants qui quitta la Palestine pour s'installer en Jordanie peu après la guerre de 1967, Tamimi rencontra de nombreuses difficultés tant à la maison qu'à l'école. À une autre époque et dans un autre lieu, les choses auraient sûrement été différentes. Mais même à Amman, un endroit beaucoup plus cosmopolite que nombre de villes et villages de Cisjordanie ou de la bande de Gaza, une jeune fille issue d'une respectable famille musulmane se devait de suivre les règles établies par son père et les préceptes de la religion. Tamimi se rebella dès l'adolescence. Elle refusait de se couvrir la tête, de porter les longues robes traditionnelles, et affichait l'ambition de devenir grand reporter et ainsi de vivre loin de sa famille. Elle étudia l'anglais à l'université en Jordanie et devint assez forte pour décrocher un petit boulot d'été pour une chaîne de télévision américaine. Lors d'une interview réalisée dans sa cellule de prison, où elle doit encore passer au moins vingt-cinq ans, elle affirma que ses relations avec son père commencèrent à se dégrader sérieusement le jour où elle refusa d'épouser le jeune homme choisi par ses parents. « Les vrais problèmes sont arrivés quand je suis tombée amoureuse d'un garçon originaire d'Égypte, explique-t-elle. Pendant des mois, nous nous sommes vus en cachette, jusqu'à ce qu'un de mes frères me suive à la sortie des cours et nous surprenne dans un café. » Il s'ensuivit un conseil de famille au cours duquel il fut décidé qu'on ne pouvait plus lui faire confiance et qu'il ne fallait plus la laisser sortir seule. Son père refusa qu'elle poursuive ses études et ordonna à sa femme de l'enfermer dans sa chambre jusqu'à ce que l'imam se soit prononcé sur son avenir. Moins d'un mois plus tard, Tamimi s'aperçut qu'elle était enceinte. Terrifiée à l'idée que son père et ses frères ne la tuent s'ils le découvraient, elle décida de cacher son état tant qu'elle le pourrait et de s'organiser pour s'évader et quitter le pays avec le père de son enfant. « Je me suis arrangée pour communiquer avec mon petit ami, par l'intermédiaire d'une de mes copines qui suivait les mêmes cours que lui à l'université. » Elle se met à pleurer. « Mais lorsqu'il a appris que j'étais enceinte, il a eu peur que ma famille s'en prenne à lui. Il a subitement quitté Amman. Personne ne savait où il était parti, moi je pense qu'il est retourné au Caire. »

Tamimi réussit à garder son secret pendant cinq mois, jusqu'à ce que sa mère et ses sœurs s'aperçoivent qu'elle n'avait pas eu ses règles depuis longtemps et qu'elle prenait du poids. De violentes querelles s'ensuivirent qui durèrent plusieurs jours et pendant lesquelles son frère aîné la battit. Tamimi finit par avouer qu'elle était enceinte et révéla l'identité du père. Selon Tamimi, la décision fut prise sur-le-champ. « J'aurais le bébé, raconte-t-elle, mais je devrais rester avec lui dans la maison de mon père. Il me dit que je pouvais m'estimer heureuse de ce que la punition soit si légère. D'autres filles dans mon état auraient déjà été tuées puisqu'il était impossible de retrouver mon petit ami ou sa famille pour l'obliger à m'épouser. » Avec un haussement d'épaules, elle ajoute : « Ma vie était finie. »

Quatre mois plus tard, à la fin du mois d'avril 2001, elle donnait naissance à un garçon au domicile paternel. Malgré la honte attachée à cette naissance, sa mère et ses sœurs se montrèrent pleines d'affection pour le bébé mais elles le lui retirèrent pour le confier à son frère aîné qui vivait avec sa femme et ses propres enfants dans une autre maison. « Il ne me restait rien, déclare Tamimi. Je n'étais même pas autorisée à garder mon bébé avec moi. Il grandirait et serait élevé comme le fils de mon frère. »

Un jeune homme fragile

La famille al-Masri de Cisjordanie, en particulier la branche qui vivait à Naplouse, était considérée comme l'une des familles palestiniennes les plus puissantes de tous les territoires occupés. Elle avait prospéré dans le commerce de marchandises importées de Amman. Son plus illustre représentant, Zafri al-Masri, avait été maire de Naplouse au début des années 80. En février 1986, un an avant que n'éclate la première Intifada, il fut assassiné sur la place principale de Naplouse, alors qu'il se rendait à pied à son bureau, par des extrémistes qui l'accusaient d'être la marionnette de l'administration israélienne. Cet unique soupçon suffit à faire perdre à la famille al-Masri une grande partie du respect et du prestige dont elle jouissait dans la communauté, qu'il lui fallut plusieurs décennies pour regagner.

Shahal al-Masri, cousin du maire assassiné, se souvient de cette époque violente avec tristesse et amertume : « C'était un homme bien, dit-il, Zafri n'était pas du genre à trahir son peuple. Il voulait avant tout que les gens vivent mieux et ce n'est que lorsque les factions militantes de la région décrétèrent qu'il collaborait d'une façon ou d'une autre avec les autorités israéliennes que son arrêt de mort fut signé. » Shahal al-Masri explique aussi que la famille n'avait jamais été très religieuse. Elle était, en fait, considérée comme l'une des plus occidentalisées de la communauté palestinienne. « La montée de l'influence islamique commençait à se ranimer dans toute la région, ce fut naturellement une raison supplémentaire de s'en prendre à Zafri. » Il ajoute après un moment de silence : « Je pense que le problème tenait davantage au fait qu'il réussissait dans les affaires, qu'il était apprécié de la population et qu'il résistait à tout changement dans la société pouvant être assimilé à un retour en arrière. Tout ce qu'il voulait, c'est que les gens de Naplouse vivent dans de bonnes conditions et gagnent décemment leur vie. Il avait compris qu'il fallait éviter les incidents afin que les Israéliens n'interrompent pas le commerce avec la Jordanie et n'empêchent pas les gens d'aller travailler en Israël. »

En 1979 naquit Izzedine, le plus jeune fils de Shahal al-Masri. C'était un enfant fragile, qui ne portait pas un grand intérêt à l'école. Il n'avait que huit ans quand la première Intifada éclata en Cisjordanie. Pourtant, selon plusieurs de ses frères, c'est à ce moment-là qu'il changea et sembla subitement avoir trouvé un but dans la vie. Shahal al-Masri exprime quant à lui une opinion toute différente. « Il ne pouvait pas comprendre la signification du soulèvement parce qu'il n'avait pas subi l'occupation de la même manière que les autres enfants. Pour lui, descendre dans la rue, jeter des pierres et insulter les soldats, c'était comme un jeu auquel il jouait avec les autres, un jeu dangereux mais très amusant et exaltant en même temps. »

Quand Izzedine atteignit l'âge de dix-sept ans, il décida qu'il voulait devenir un « vrai musulman », comme l'explique un de ses amis. « Il se laissa pousser la barbe et se mit à faire régulièrement sa prière aussi bien chez lui qu'à la mosquée. Il commença à parler de plus en plus souvent de chasser les Israéliens de notre terre. » Pour essayer de le faire changer d'opinion et le sortir d'un environnement dont il pressentait qu'il mettait en péril ses études, son avenir et sa vie, son père l'envoya perfectionner son anglais pendant un été aux États-Unis. Là bas, il se lia d'amitié avec un étudiant palestinien et, peu après, ils assistèrent à de nombreux meetings organisés par l'Association islamique pour la Palestine, étroitement liée au Hamas. D'autres amis rapportent qu'au cours de son séjour aux États-Unis, Izzedine visionna des cassettes vidéo de recrutement du Hamas et ne lut que des journaux favorables à cette organisation. De retour à Naplouse, loin de s'être occidentalisé, Izzedine était devenu encore plus militant et religieux. Il commença à parler de *jihad* et du désespoir du peuple palestinien. Il commença à parler de mourir en martyr.

« ENSEMBLE POUR L'ÉTERNITÉ »

L'atmosphère devenait absolument intenable pour Tamimi, et plus le temps passait, plus elle se rebellait. Elle refusait de manger. Elle refusait de prier avec les autres femmes de la famille. Elle refusait de parler. Elle refusait d'aider sa mère et ses sœurs. La maison résonnait de disputes continuelles, si bien que la famille finit par décider, après la grave attaque qui frappa son père, de lui proposer une alternative à sa vie d'enfermement. Selon l'une de ses sœurs, « c'était plutôt parce que la situation était insupportable pour tout le monde. Nous avions compris qu'elle ne changerait jamais, mon père était malade, ma mère vieillissait et ne pouvait tout simplement plus prendre les choses en main. »

Un des frères de Tamimi était en relation avec un cousin qui se trouvait être un membre actif du Tanzim, la branche militaire du Fatah d'Arafat. Le bruit s'était déjà répandu de Amman à Ramallah que la famille avait des problèmes avec sa fille aînée. Début juin 2001, Tamimi eut à faire un choix. Elle n'avait qu'une solution pour assurer son salut et celui de sa famille : quitter Amman pour Ramallah. Si elle était prête à accepter une éventuelle mission, ou même à mourir au nom de la libération de la Palestine, elle serait autorisée à s'inscrire à l'université. Une fois sa mission accomplie, elle serait lavée de la honte qui pesait sur elle et, si elle survivait, elle pourrait mener une existence affranchie de toute contrainte ou sanction. La proposition plut immédiatement à Tamimi. Pour elle, cela signifiait retrouver sa liberté et avoir la chance de se lancer dans une expérience à la fois exaltante et chargée de sens.

Dans les jours qui suivirent, elle fut envoyée à Nabi Salah, un village près de Ramallah, où elle emménagea chez une lointaine cousine dont le mari était également membre actif du Tanzim. Brillante, dynamique et bilingue, Tamimi entra immédiatement à l'université Bir Zeit pour suivre des études de journalisme et de télécommunication. Afin de gagner un peu d'argent, elle servait de guide aux journalistes de la presse internationale qui venaient interviewer les personnalités de Ramallah. Avec son passeport jordanien, Tamimi passait aisément les postes de contrôle et pouvait voyager sans entrave jusqu'à Jérusalem et sur tout le territoire d'Israël. C'est tout naturellement qu'elle reçut l'ordre de récolter des informations pour le mari de sa cousine ou d'autres agents du Tanzim. Selon ses propres dires, elle était chargée de se renseigner sur les moments d'affluence en certains endroits, en particulier aux postes de contrôle, et de repérer les lieux fréquentés par les soldats en permission dans les territoires occupés. Un de ses contacts du Tanzim lui annonça un jour que l'organisation l'estimait prête pour passer à l'action en aidant d'autres femmes à réaliser des attentats en Israël. La première femme qu'elle rencontra s'appelait Iman Aïcha et venait de Naplouse. Conduite par Tamimi, elle devait déposer une bombe dissimulée dans un paquet à un arrêt de bus très fréquenté de Tel-Aviv. Aïcha se fit prendre avant que l'engin n'explose et l'attentat échoua. La seconde femme à faire équipe avec Tamimi s'appelait Abir Hamdan. Elle devait embarquer dans un bus

87

bondé qui reliait Tulkarem à Naplouse avec une bombe cachée dans son sac à provisions. Par chance, la bombe explosa prématurément et personne ne fut blessé à part elle. Ironie du sort, quand celle-ci se réveilla à l'hôpital et vit tous ces gens vêtus de blanc, elle crut avoir réussi sa mission et être arrivée au paradis. Le médecin, pour la convaincre qu'elle se trouvait en réalité dans un hôpital israélien, lui annonça qu'il était juif. « Y a-t-il des Juifs au paradis ? » lui demanda-t-il. « Non », répondit Haman. Cela la persuada qu'elle avait survécu.

Lors de notre première interview, Tamimi, interrogée sur sa vie à l'époque où elle habitait près de Ramallah, fréquentait l'université Bir Zeit et était considérée comme quelqu'un d'important par la branche militaire entièrement masculine du Fatah d'Arafat, répondit avec un certain enthousiasme : « C'était la première fois de ma vie que j'étais libre, que je faisais quelque chose pour moi et que je m'engageais pour une cause politique. Je pouvais étudier sans me préoccuper de ce que les gens pensaient. Mais je pris aussi conscience d'autres difficultés, qui n'avaient rien à voir avec mon père. Les Israéliens rendaient la vie difficile aux Palestiniens. Beaucoup de gens que je connaissais sont morts pendant l'Intifada. » Au début, Tamimi dit avoir été reconnaissante de la possibilité qu'on lui offrait de se racheter. Mais après plus de huit mois d'Intifada, elle avait hâte de montrer sa vraie valeur.

Toutefois le Tanzim n'était pas vraiment impressionné par les actions de Tamimi. À leurs yeux, elle avait échoué à mener à bien les deux attentats à la bombe qui lui avaient été confiés. Peu leur importait qu'elle n'ait pas agi elle-même, qu'elle ait dû compter sur le savoir-faire de deux volontaires ou qu'elle n'ait pas personnellement été impliquée dans la fabrication de la bombe qui avait explosé prématurément. Le Tanzim ne voyait pas Tamimi comme l'un de ses agents les plus efficaces.

Quelques semaines plus tard, vers la fin du mois de juin, Tamimi se lia d'amitié avec un étudiant de Bir Zeit, Mahmoud Douglas, qui lui apprit qu'il était non seulement un membre actif du Hamas mais qu'il appartenait également à la Force 17, une autre branche militaire du Fatah d'Arafat. Il lui expliqua qu'en raison du caractère sensible de son activité, il se faisait appeler « Hassan ». Leur amitié grandissant, il lui confia qu'il était responsable de l'organisation d'attentats suicide en Israël et dans les territoires occupés, et qu'il avait sous ses ordres un des plus remarquables artificiers de l'organisation, un dénommé Bilal Barghouti. D'après Tamimi, ce fut Hassan qui, le premier, sollicita son aide pour accomplir certaines actions terroristes parce qu'elle disposait de papiers lui permettant de franchir aisément les postes de contrôle. « De plus, en tant que femme, il m'était plus facile de m'infiltrer en Israël et de me promener sans me faire remarquer dans Jérusalem ou à Tel-Aviv. »

Hassan lui proposa finalement d'appuyer sa candidature au Hamas, ce qui, d'après ses propres dires, constituait un grand honneur, l'organisation fondamentaliste n'acceptant jamais de femmes. Avant même qu'il ait eu le temps de lui expliquer qu'il devait soumettre sa candidature à ses supérieurs, Tamimi acceptait. « C'était un honneur, je l'ai compris dès le début. Cela ne faisait aucun doute dans mon esprit. Je voulais me joindre à la lutte et tuer nos occupants, même si je devais un jour, au cas où les circonstances l'exigeraient, me faire exploser pour réaliser un attentat. » Elle sourit tristement. « Qu'est-ce que j'avais à perdre ? J'avais déjà perdu mon bébé. »

Les jours suivants, Tamimi harcela Hassan pour savoir s'il avait reçu le feu vert de ses supérieurs. « C'était la chance de ma vie, déclare-t-elle, j'avais hâte de commencer et de faire mes preuves. »

Moins d'une semaine plus tard, Tamimi apprit que sa candidature avait été acceptée. « Hassan était mon parrain, poursuit-elle. Je n'avais d'ordre à recevoir que de lui – s'il lui arrivait quelque chose, j'aurais affaire à un certain Riyad Kasewani qui deviendrait mon nouveau contact au sein de l'organisation. »

Après son admission dans le groupe, Hassan présenta Tamimi au frère de Bilal Barghouti, Abdallah, qui concevait les bombes à partir des explosifs que son frère fabriquait. « Il m'apprit que si cet homme se faisait arrêter ou tuer, un autre viendrait à sa place. Selon lui, la force de l'organisation résidait dans le fait que tout était prévu en cas de mort ou d'arrestation pour trouver des remplaçants dans les plus brefs délais. »

À partir de ce moment-là, Tamimi partagea son existence entre ses cours à Bir Zeit, ses rencontres régulières avec Hassan sur le campus de l'université et d'autres réunions à un niveau supérieur dans un appartement qu'il avait loué en secret à Ramallah pour accueillir les kamikazes qui préparaient un attentat. Tamimi raconte qu'elle ne découvrit que plus tard qu'Hassan était aussi celui qui organisait le transfert des bombes humaines à l'endroit choisi, les cachant, souvent pendant plusieurs jours, jusqu'au moment où il les conduisait jusqu'à leur cible. Suivant les forces de sécurité israéliennes, la cuisine de l'appartement de Ramallah était remplie de matériaux servant à la fabrication de bombes. Elle reconnaît aussi, dans cette même interview, que Hassan et elle étaient tombés amoureux l'un de l'autre. « C'était lui ma source d'inspiration, poursuit-elle. Je n'avais peur de rien et j'ai fini par croire à tout ce qu'il faisait. Il m'a ouvert les yeux sur la vie et sur les avantages que pouvait tirer une femme de sa condition, et ceci même dans un contexte religieux. C'était quelque chose que mon père ne m'avait jamais transmis. Tout à coup, j'avais le choix. »

Si l'amour semble avoir été la raison profonde de l'engagement de Tamimi aux côtés d'Hassan, lui voyait surtout en elle une complice idéale pour détourner l'attention des soldats des postes de contrôle israéliens quand il faisait passer ses kamikazes. Quoi qu'il en soit, Hassan assurait à Tamimi qu'il l'aimait et préparait pour elle un attentat qui lui donnerait, enfin, l'occasion de faire ses preuves. Mais, le 20 juillet, Bilal et Abdallah Barghouti furent arrêtés par l'Autorité palestinienne, à un moment où Arafat se voyait contraint de démontrer tant aux Israéliens qu'aux Américains qu'il était capable de contrôler la violence dans les territoires occupés et qu'il était disposé à tout faire pour éviter de nouveaux attentats suicide. Deux jours plus tard, les deux hommes étaient relâchés « faute de preuves ». Le soir même, lors d'une réunion dans l'appartement de Ramallah en présence des deux frères Barghouti, Hassan révéla à Tamimi l'existence de plusieurs plans, l'un d'entre eux consistant à assassiner un conseiller du Premier ministre Sharon. « À ce moment-là, se rappelle Tamimi, mon objectif était de tuer des civils parce qu'on savait que cela engendrait la terreur au sein de la population israélienne. J'étais prête à faire tout ce qu'il me demanderait car j'étais amoureuse de lui. » Elle se met à pleurer. « Il savait que c'était ma dernière chance, et moi je devais lui prouver que j'étais digne de son amour. »

Le 25 juillet, Tamimi reçut son premier ordre de mission. Elle devait passer un poste de contrôle avec une bombe cachée dans une canette de bière. Pendant la préparation de l'engin, on lui ordonna de se rendre à Jérusalem pour repérer le meilleur emplacement possible, là « où l'explosion ferait un maximum de dégâts ». « Ils m'avaient dit qu'ils voulaient un endroit bondé, et je savais qu'il y avait toujours beaucoup de gens rue Jaffa, c'est pour ça que j'ai retenu ce lieu. »

Le 27 juillet, elle partit pour Jérusalem en compagnie de son neveu Mounir Mahmoud Tamimi. Comme prévu, ils ne rencontrèrent aucun problème au poste de contrôle. Une fois dans la ville, ils se rendirent ensemble à pied rue Jaffa. « Je n'étais pas satisfaite, explique-t-elle, je voulais trouver un coin où la foule était plus dense. J'ai pris la rue King George, cherchant dans le quartier de Mahane Yehuda avant d'opter finalement pour le supermarché Co-op de la rue Jaffa. Nous sommes entrés dans le magasin, où j'ai acheté une bouteille d'eau, me promenant dans les allées jusqu'au rayon des bières. J'étais certaine qu'en cachant une bombe là, l'opération avait toutes les chances de réussir. »

De retour à Ramallah, Tamimi fit son rapport à Hassan de vive voix, car elle avait été mise en garde contre l'utilisation de son téléphone portable, facilement repérable par les forces de sécurité israéliennes. Trois jours plus tard, le 30 juillet à 10 h 30, Hassan rencontra Tamimi à l'université Bir Zeit et l'informa qu'ils se rendraient de Ramallah à Jérusalem par un chemin détourné. Bilal Barghouti les rejoindrait en cours de route pour lui remettre la bombe. Une heure plus tard, Bilal Barghouti les retrouvait sur la route poussiéreuse et déserte où il montra l'engin à Tamimi avant d'y introduire des clous pour causer, lui expliqua-t-il, « plus de dégâts ». Il glissa le tout dans un sac plastique puis dans la canette et lui expliqua le fonctionnement du détonateur. « Tout ce que j'avais à faire, se souvient Tamimi, c'était d'appuyer sur le bouton pour déclencher le compte à rebours. La bombe devait exploser environ une heure après. Le temps suffisant pour m'éloigner. »

Tamimi mit le tout dans son sac et prit un taxi collectif pour gagner la porte de Damas, à Jérusalem-Est, qu'elle franchit à 12 h 15. Une fois sur place, elle se changea et enfila un petit haut à dos nu et un pantalon moulant pour se fondre plus facilement dans la foule. Puis elle se dirigea, la canette piégée au fond de son sac, vers le supermarché Co-op de la rue King George. S'apprêtant à pénétrer dans le magasin, elle vit un vigile qui s'approchait pour la fouiller. Tamimi eut la présence d'esprit de sortir son portable et d'entamer une conversation en anglais. Le vigile la prit pour une touriste américaine et ne la fouilla pas. Tamimi parcourut tranquillement les allées en poussant un caddy avant de rejoindre le rayon des bières. Là, elle déposa la canette piégée sur le devant de l'étagère parmi d'autres canettes de la même marque. Il était exactement 13 h 30 quand elle enclencha le compte à rebours. Elle laissa le caddy vide à l'entrée, sortit du supermarché et se rendit à pied jusqu'à la porte de Jaffa à Jérusalem-Est. Elle se débarrassa de ses vêtements occidentaux et attendit. La bombe explosa à 14 h 10. Une dizaine de minutes plus tard, Tamimi entendit les sirènes des ambulances et de la police se dirigeant à toute vitesse vers le supermarché. « Je savais que tout ça, c'était à cause de moi, raconte-t-elle. J'étais vraiment très heureuse parce que j'avais enfin réussi quelque chose. La bombe avait explosé. Il ne restait plus qu'à compter les morts et les blessés. »

Comme convenu, de retour à Ramallah, Tamimi se rendit directement au centre Internet de Bir Zeit pour retrouver Hassan et suivre avec lui le déroulement des événements. Mais en la voyant débarquer avec un sac de la Co-op à la main, Hassan explosa subitement de rage. Il l'entraîna rapidement dehors et lui ordonna de « détruire le sac, de le déchirer en mille morceaux et de les éparpiller à travers le campus ».

Quand elle rentra chez elle ce soir-là, elle apprit par

la télévision que personne n'avait été tué dans l'atten- tat. « J'étais désespérée, raconte-t-elle. C'était un nou- vel échec. J'appelai Hassan pour m'excuser et lui dire que je n'accepterais une autre mission que si la bombe était parfaitement étudiée pour éviter les ratés, de façon à garantir le succès de l'opération. Si à ma prochaine tentative personne n'était tué, je refuserais de continuer et j'arrêterais tout. Je perdais mon temps et c'était prendre trop de risques pour rien. »

Plus tard dans la soirée, Hassan rappela pour s'ex- cuser à son tour. « Il m'expliqua que ce n'était pas de ma faute. La bombe n'était pas assez puissante. La prochaine fois, promit-il, il s'occuperait personnelle- ment de tout vérifier afin qu'il n'y ait pas de problè- mes. » Tamimi rapporte qu'elle vit très peu Hassan les jours suivants et qu'elle commença à craindre non seulement d'avoir été écartée de la préparation de nouveaux attentats mais aussi d'avoir été tout bonne- ment abandonnée pour une autre. C'est à ce moment-là qu'elle découvrit que Hassan avait une femme et trois enfants à Naplouse. Elle était effon- drée. Il s'ensuivit une scène déchirante au cours de laquelle Hassan lui affirma qu'il l'aimait et qu'il était en outre disposé à la prendre comme seconde épouse à condition d'être certain de son engagement. Pour cela, elle devait faire ses preuves en menant à bien, selon ses propres termes, la plus grosse mission qu'il ait jamais montée depuis qu'il était entré au Hamas. Tamimi raconte qu'elle ne demandait qu'à le croire et que, de toute façon, elle n'était pas en position de prétendre à quoi que ce soit. « Tout le monde connaissait mon histoire et celle de mon bébé, ils

95

savaient pourquoi on m'avait envoyée chez mes cousins. Je voulais simplement lui prouver que je valais mieux que sa femme et que toutes les femmes qu'il avait rencontrées. »

Deux jours plus tard, le 7 août, Hassan déclara à Tamimi qu'il avait achevé avec Bilal Barghouti la fabrication d'une autre bombe, cette fois-ci commandée à distance. Ils comptaient la faire exploser dans un bus de colons juifs près de Naplouse. Ils n'auraient pas besoin d'elle puisque la mission serait confiée à un seul homme qui resterait caché toute la nuit dans un fourré en tenue de camouflage avant de sortir pour mettre la bombe dans le bus. Si l'opération réussissait, et s'il en revenait sain et sauf, elle participerait à l'attentat suivant qu'il annonçait comme encore plus spectaculaire. Tamimi fut à nouveau tourmentée, s'imaginant qu'Hassan avait encore changé d'avis à son sujet. Mais le premier attentat n'eut jamais lieu. Tamimi affirme qu'elle ignore la raison pour laquelle l'opération fut annulée. Peu de temps après, Hassan lui annonça que son heure était venue. Il s'agissait de participer à la plus importante opération qu'il ait jamais montée durant sa carrière au Hamas. Elle devait accompagner un kamikaze de Ramallah à Jérusalem où il se ferait exploser. Elle fut une fois encore chargée de repérer l'endroit où la bombe humaine causerait le plus de victimes. « Il me dit qu'en cas de succès, c'est-à-dire s'il y avait au moins une vingtaine de morts, il me considérerait alors comme quelqu'un de précieux pour l'organisation. » Elle s'interrompt un instant avant de reprendre : « Il a ajouté qu'il se pourrait qu'on m'autorise, si je le désirais, à mener moi-même un attentat suicide. » Elle sourit. « Ç'aurait été la première fois que le Hamas aurait confié cet honneur à une femme. » Tamimi souligne plus loin dans l'interview que permettre à une femme d'accéder au martyre constituait une étape décisive vers l'égalité des sexes dans le monde arabe. « Hassan m'apprit qu'il avait décidé de me suivre au paradis et qu'ainsi nous serions ensemble pour l'éternité. Il me dit qu'il m'aimait et que nous serions unis à jamais dans l'autre vie. »

Le 8 août, Hassan informa Tamimi qu'un membre actif venu de Naplouse allait arriver à Ramallah pour préparer l'attentat.

LE TESTAMENT D'IZZEDINE

Deux semaines avant d'être choisi pour mourir en martyr, Izzedine al-Masri avait dû se soumettre à un examen minutieux, conduit par les activistes du Hamas à Naplouse. Mohammed Abou Haji, dirigeant du Hamas à Jénine, expliqua avant sa mort que tous les candidats kamikazes doivent passer par une phase dite de « cristallisation » au cours de laquelle ils sont placés à dessein dans des situations où leurs vies sont en danger. Les instructeurs guettent et analysent toutes leurs réactions, y compris celles qui se traduisent sur leurs visages ou dans leur gestuelle. Cette épreuve a pour but de s'assurer que le futur kamikaze ne trahira à aucun moment ses intentions ou sa peur. « S'ils échouent, raconte Abou Haji, ils sont renvoyés chez eux sans qu'il leur soit fait le moindre reproche. S'ils réussissent, ils passent à l'étape suivante. »

Al Masri passa les tests sans problème et fut conduit dans un camp d'entraînement secret de la bande de Gaza, qui servait aussi de base opérationnelle. D'après Mohammed Abou Haji, il est formellement interdit à la nouvelle recrue de dire où il va ni ce qu'il va faire à ses proches. Il doit tout simplement disparaître de la circulation. Shahal al-Masri avait déjà eu le temps de se préparer au pire entre le moment où son fils avait quitté la maison dans la soirée, prétendument pour aller prier à la mosquée, et le moment où il réapparut deux semaines plus tard, comme si de rien n'était.

Lors de son séjour au camp clandestin de la bande de Gaza, Izzedine fut soumis à un entraînement intensif. On lui apprit comment activer la charge, comment il devait réagir dans un certain nombre de situations, au milieu d'une foule par exemple, ou s'il était amené à croiser les forces de police ou des agents de sécurité israéliens au cours de son trajet vers sa cible. Quand il fut finalement rendu à la vie civile, il rentra chez lui et fut enjoint de mener une existence normale en attendant d'être contacté pour passer à l'action. Son père se souvient de son attitude à l'époque : « Il était très calme. Il avait l'air en paix avec tout. Il passait beaucoup de temps à prier. Il me répéta à plusieurs reprises que je ne devrais jamais regretter ce que Dieu nous réservait dans la vie. »

Izzedine, comme les autres kamikazes, ne fut jamais informé à l'avance du lieu de l'attentat ni du jour où il serait convoqué. Abdel Aziz al-Rantissi, charismatique commandant en second du Hamas qui vit à Gaza, explique : « C'est non seulement pour des raisons de

98

sécurité, mais également pour éviter que le kamikaze ne vienne repérer l'endroit désigné comme cible et puisse se représenter la réalité une fois que la bombe aura explosé. Tout est fait pour qu'aucune arrière-pensée ne vienne troubler l'esprit du kamikaze. Il s'agit de plus d'une mesure de sécurité, même si les hommes savent mieux que les femmes garder un secret. Il arrive aussi qu'on leur demande de se cacher dans des endroits répugnants, une décharge d'ordures par exemple, en attendant d'être conduits jusqu'à leur cible. »

De retour chez lui, Izzedine entreprit de se purifier, ce processus atteignant son point culminant le jour de l'attentat. Il reçut l'ordre de rédiger son testament, sous la conduite d'un de ses maîtres du Hamas, et d'enregistrer une vidéo dans laquelle non seulement il prenait congé des siens mais où il expliquait en détail les raisons qui l'avaient poussé à entreprendre une telle mission. La cassette serait diffusée par la télévision palestinienne après sa mort. Deux jours avant l'attentat, Izzedine embrassa son père et quitta la maison, cette fois-ci pour ne jamais revenir. « Je savais ce que cela voulait dire, déclare aujourd'hui Shahal al-Masri. Et je savais aussi que je devais éprouver de la joie à l'idée que mon fils deviendrait bientôt un martyr. » Il ajoute après un silence : « Mais j'en étais malade. Cela m'a détruit, moi et toute ma famille. »

Quelques heures après l'enregistrement de la vidéo, Izzedine fut emmené à Ramallah par un groupe du Hamas venu d'une autre ville qui ne savait ni son vrai nom ni qui il était. Selon le Dr al-Rantissi « Jusqu'au dernier moment, tous ceux qui jouent le moindre rôle

99

dans l'attentat ne connaissent que les détails de leur propre mission et n'ont eu aucun contact avec les autres participants. »

PIZZERIA SBARRO...

Tamimi raconte que jamais elle ne rencontra le kamikaze avant le jour de l'attaque suicide. Tout ce que Hassan lui avait dit, c'est qu'elle devait l'accompagner de Ramallah à Jérusalem. Lorsqu'il lui expliqua qu'ils avaient prévu de dissimuler la bombe dans un oud (instrument de musique arabe ressemblant à une guitare), elle refusa. « C'était beaucoup trop voyant, explique-t-elle, de transporter un instrument arabe dans les rues de Jérusalem. J'ai dit à Hassan que nous devrions la mettre dans une guitare classique, qui attirerait moins l'attention. »

Hassan se rendit aux raisons de Tamimi et acheta l'instrument, qu'il apporta à Bilal Barghouti pour qu'il y place la bombe. Il fit aussi l'acquisition d'une carte téléphonique SIM pour Tamimi afin qu'elle puisse l'appeler de Jérusalem en utilisant le réseau téléphonique israélien, procédure qui tend à rendre plus difficile la localisation par le Shin Beth des appels entre portables arabes. Plus tard dans la journée, Hassan l'informa de l'arrivée du martyr qui passerait la nuit dans l'appartement de Ramallah. Dans la soirée, Hassan et Tamimi rencontrèrent Bilal Barghouti, qui leur expliqua les modalités techniques de l'opération. Au cours de la réunion, Hassan précisa à Tamimi qu'elle et le futur shahide seraient habillés à l'occidentale. « La guitare, nos vêtements, le matériel pour fabriquer la bombe, ma carte SIM ainsi que l'argent pour le taxi, explique-t-elle, tout avait été payé par l'argent que Hassan avait reçu du Hamas pour monter l'opération. Hassan devait aussi approuver le choix du futur martyr et décider du jour de l'attentat en fonction de l'importance des mesures de sécurité prises aux postes de contrôle et à Jérusalem. »

Le 8 août 2001, la veille de l'attentat suicide, Izzedine al-Masri se lava entièrement, se rasa la tête et la barbe, comme c'est l'usage pour un futur shahide mais aussi pour éviter de se faire remarquer en se promenant dans Jérusalem en compagnie de Tamimi. Suivant les propos de la jeune femme, cette nuit-là et le lendemain matin Izzedine pria. Tamimi et lui se rencontrèrent enfin le 9 août, le matin même de l'attentat ; elle se souvient que c'était quelqu'un de « calme et très poli ». « Il était très doux, raconte-t-elle. Très jeune aussi ; il ne semblait pas particulièrement désireux d'apprendre quoi que ce soit sur moi. »

Le 9 août à 8 h 30 du matin, Tamimi se rendit seule à Jérusalem pour recenser les cibles potentielles. De retour à Ramallah quelques heures plus tard, elle rapporta à Hassan que les mesures de sécurité semblaient exceptionnellement importantes ce jour-là, mais l'assura qu'avec son dos nu et son pantalon moulant personne ne l'avait remarquée ou fouillée. « J'essayais de ressembler à n'importe quelle jeune Israélienne. J'étais convaincue qu'on ne rencontrerait, moi et mon partenaire, aucun problème à Jérusalem. Il avait l'air d'un gentil petit Israélien. »

Tamimi se rendit au marché de Ramallah en

101

compagnie de Hassan pour retrouver Izzedine al-
Masri. Il portait un jean, un tee-shirt, des lunettes de
soleil et tenait à la main l'étui contenant la guitare
piégée. Tamimi raconte que Hassan lui demanda de
prier Allah pour la réussite de la mission, puis il leur
ordonna de ne pas se parler avant d'avoir franchi le
poste de contrôle et d'être arrivés à Jérusalem. « Il
nous recommanda de faire comme si nous ne nous
connaissions pas, explique-t-elle, afin que, si l'un de
nous était pris, l'autre puisse s'enfuir. » Hassan, après
avoir donné à Tamimi cent shekels pour la course, les
laissa au taxi qui devait les emmener jusqu'à la porte
de Damas à Jérusalem-Est. Tamimi monta à l'avant
à côté du chauffeur tandis qu'Izzedine s'installait sur
la banquette arrière, la guitare sur les genoux. Au
poste de contrôle de Qalandia, près du camp de réfugiés, le chauffeur annonça qu'avec ce taxi il ne pouvait pas passer en Israël et qu'ils devaient tous
descendre et continuer à pied. Tamimi et Izzedine,
ainsi que les six autres passagers, prirent des chemins
de traverse pour rejoindre Aram, un autre poste de
contrôle, où ils montèrent dans un second taxi. Cette
fois-ci, le chauffeur les informa qu'il ne prendrait que
les passagers munis d'une autorisation d'entrée en
Israël. Ceux qui n'avaient pas le précieux document
devaient descendre et passer le poste de contrôle à
pied. Il les récupérerait plus loin pour faire le reste du
trajet jusqu'à Jérusalem-Est. Izzedine confia la guitare
à Tamimi et partit en direction du poste de contrôle
tandis qu'elle restait dans le taxi avec les autres passagers. Une fois en Israël, Izzedine remonta dans le
véhicule. « Oubliant les consignes, nous nous étions

102

mis à bavarder et à plaisanter ensemble », raconte-t-elle.

En arrivant à la porte de Damas, le futur shahide entreprit de porter sa guitare en la tenant devant lui. « C'était ridicule, se souvient Tamimi en riant. Il avait tout faux. Je lui ai dit de la suspendre en bandoulière dans son dos. J'ai ensuite enlevé ma petite veste pour laisser apparaître mon dos nu. Nous avons marché tranquillement sans attirer l'attention jusqu'à la rue Jaffa. Ce qui m'a frappée, c'est qu'il avait l'air très heureux, alors qu'il savait qu'il allait mourir. Je lui ai expliqué que nous étions dans la rue la plus commerçante, où les Juifs venaient faire leurs courses, et qu'au carrefour des rues Jaffa et King George, il y avait quatre feux rouges. Les gens traversent dans tous les sens et c'est toujours bondé. »

La pizzeria Sbarro se trouvait à l'un des angles du carrefour.

Tamimi suggéra d'abord à Izzedine de se poster à un des passages cloutés et d'attendre que le feu passe au rouge. Les piétons se précipiteraient pour traverser et avec un peu de chance il y aurait peut-être aussi un bus arrêté avec les voitures. « Je lui ai dit qu'il pourrait se faire exploser là et ferait probablement beaucoup de victimes, raconte Tamimi. Mais s'il préférait aller ailleurs, ce devait toujours être dans le même secteur, quelque part rue King George par exemple, parce que c'était l'endroit le plus animé. » D'après Tamimi, c'est à ce moment-là qu'Izzedine décida de se faire exploser dans la pizzeria. « Je n'ai pas discuté. Après tout, la décision lui appartenait », ajoute-t-elle.

Ils traversèrent lentement la rue et pénétrèrent

ensemble chez Sbarro. Il y avait beaucoup de clients, surtout des enfants avec leurs parents.

... 15 MORTS, 130 BLESSÉS

Plusieurs témoins qui ont survécu à l'attentat se souviennent que Malki Roth et Michal Raziel se tenaient dans la file d'attente pour commander leurs pizzas en discutant joyeusement de leurs projets pour l'été. D'après un de ces témoins, Malki repéra immédiatement Izzedine. Malgré le climat de terreur permanente qui rendait à l'époque tout paquet, malette ou sac suspect car susceptible de contenir une bombe, Malki ne vit dans le jeune homme à la guitare qu'un musicien comme elle. « Malki ne s'est pas doutée du danger, raconte Arnold Roth. Les gens m'ont dit après qu'elle avait engagé la conversation avec le jeune Palestinien et la jeune fille qui l'accompagnait pendant qu'ils attendaient leurs pizzas. Elle pensait que c'était un être humain. Elle ne se doutait pas le moins du monde que ce n'était rien d'autre qu'un monstre au service d'une société monstrueuse et barbare. »

À 13 h 53, juste deux minutes avant qu'Izzedine ne déclenche l'explosion, Ahlam Tamimi sortit du restaurant. À 13 h 55 exactement, Malki Roth et Michal Raziel moururent sur le coup. Les deux meilleures amies du monde, qui partageaient tout, vêtements, petits et grands secrets, sont aujourd'hui enterrées l'une à côté de l'autre au cimetière Har Tamir de Jérusalem.

Avant même d'avoir eu le temps de rejoindre la

porte de Damas afin de regagner Ramallah en taxi collectif, Tamimi entendit l'explosion et vit les ambulances et la police se précipiter vers le lieu de l'attentat. Elle apprit plus tard qu'il avait fait quinze morts, dont sept enfants, et que plus de cent trente personnes avaient été blessées. La bombe, rapportait-on, pesait dix kilos et était bourrée de clous, de vis et de boulons. Le restaurant était bondé et toutes les voitures qui se trouvaient dans le périmètre furent détruites. Moins d'une heure plus tard, le Hamas et le Jihad islamique revendiquaient conjointement la responsabilité de l'attentat.

Tamimi appela Hassan sur le trajet du retour avec son téléphone portable pour l'informer que l'attentat avait réussi. Il le savait déjà. Ils rirent. Il la félicita au nom d'Allah. Mais le temps qu'elle arrive à Ramallah et se rende à l'appartement près du marché, il avait déjà disparu. Tamimi ne le revit plus jamais.

À aucun moment de son interview dans sa cellule, Tamimi n'afficha le moindre remord. Elle affirma ne pas regretter la mort de tous ces adolescents, de tous ces enfants, de tous ces gens dans la fleur de l'âge, ajoutant qu'ils n'avaient rien à faire là. « Ils auraient dû retourner en Pologne, en Russie ou aux États-Unis, au pays d'où leurs parents sont venus » précisa-t-elle.

SI VOUS CHERCHEZ UNE FILLE DE QUINZE ANS...

Fremet Roth était en train de regarder CNN quand la bombe explosa. Pas un instant elle n'imagina que sa fille pouvait se trouver dans les parages de la pizzeria

105

Sbarro. « Je me suis mise à pleurer et à hurler parce deux autres de mes enfants se trouvaient dehors à ce moment-là et qu'ils n'avaient pas de téléphone portable. J'ai eu peur qu'ils se soient trouvés à proximité du lieu de l'attentat. Je n'ai pas du tout pensé à Malki, car elle me disait toujours où elle allait et n'avait absolument pas mentionné la pizzeria. En fait, je m'inquiétais pour les deux autres. Malki était la seule qui possédait un portable. Alors, j'ai commencé à l'appeler. Mes deux autres enfants ont fini par rentrer à la maison et je les ai serrés dans mes bras, soulagée. Je ne réussissais toujours pas à joindre Malki, ni son amie. Mais je n'étais toujours pas inquiète parce qu'elle m'avait dit précisément où elle allait et qu'il paraît que quand il y a un attentat, les lignes de portables sont souvent perturbées. Quand j'ai appelé la famille de Michal et qu'ils m'ont annoncé qu'eux non plus n'avaient pas réussi à joindre leur fille, j'ai commencé à me faire un peu de souci. Un de mes fils est rentré et il a essayé à son tour de la joindre. Puis nous nous sommes mis à appeler les hôpitaux pour savoir si elle figurait parmi les blessés, mais elle n'était sur aucune liste. » Au bout de plusieurs heures, Fremet Roth et Aviva Raziel, la mère de Michal, décidèrent d'aller faire la tournée des hôpitaux pour voir par elles-mêmes si leurs filles faisaient partie des blessés. Juste avant d'arriver à l'hôpital, Aviva Raziel reçut un appel sur son portable. « Un de ses enfants lui téléphonait pour lui dire que Malki et Michal lui avaient proposé de les rejoindre chez Sbarro. À ce moment-là, j'ai compris. J'ai su qu'il n'y avait plus aucun espoir. »

Le corps de Michal Raziel fut retrouvé et identifié.

106

« Je savais qu'il n'y avait plus rien à espérer, poursuit Fremet Roth, mais je ne voulais pas admettre la réalité, et nous nous accrochions à la moindre lueur d'espoir. » Arnold Roth enchaîne : « Un de nos voisins est médecin et il s'est servi de ses relations pour essayer de savoir s'il n'y avait pas quelqu'un correspondant au signalement de Malki qui serait toujours inconscient et n'aurait pas encore été identifié. Il s'est précipité chez nous à onze heures du soir pour nous annoncer qu'une jeune fille qui pourrait bien être Malki était en train de se faire opérer. En route ! Nous sommes allés à l'hôpital, mais ce n'était pas notre fille. Un médecin a accouru vers nous en disant : "Si vous cherchez une fille de quinze ans, il y en a une qui vient de mourir il y a quelques minutes sur la table d'opération. Allez voir à côté." » Ce n'était pas Malki. « Il faut que vous compreniez à quel point la situation était déchirante, poursuit Arnold Roth, il y avait des dizaines et des dizaines de blessés et de tués, ça ressemblait à la fin du monde, alors quand le médecin nous a parlé de l'autre jeune fille, il faisait simplement ce qu'il pouvait. »

Quand Arnold et Fremet Roth regagnèrent finalement leur domicile, les deux fils aînés proposèrent de se rendre à la morgue de Tel-Aviv. Il avait apparemment fallu de longues heures pour extraire tous les cadavres de la masse des décombres, la plupart des corps avaient été déchiquetés par l'explosion, si bien que les derniers restes des victimes n'arrivèrent pas avant huit heures du soir à la morgue.

Il était deux heures du matin quand les deux frères aînés de Malki appelèrent du laboratoire central pour

107

annoncer à leurs parents : « Nous avons retrouvé notre sœur. Elle est ici. »

Quelques semaines après la mort de Malki, on demanda à son père ce qu'il pensait de la stratégie des attentats suicide. Il répondit : « Quel rapport avec une quelconque stratégie politique ? Il s'agit d'actes de barbarie sans précédent dans l'histoire. Ce ne sont même pas des pilotes kamikazes. Que voulaient-ils faire exploser au juste ? Une enfant qui s'achète une pizza ? »

Tamimi fut condamnée à vingt-cinq ans de prison pour complicité de meurtre lors de l'attentat de la pizzeria Sbarro, tentative de meurtre pour avoir placé une canette piégée dans un supermarché, ainsi que pour avoir pris part à deux attentats manqués en compagnie de deux autres femmes terroristes. Quelques semaines après sa condamnation, ses parents et ses deux frères aînés répondirent à une interview chez eux à Amman. La même question relative à la stratégie des attentats suicide leur fut posée. Le frère aîné s'exprima au nom de toute la famille. « C'est le plus grand honneur qu'un vrai musulman puisse recevoir. C'est un honneur pour nous que notre sœur ait aidé une telle personne à rejoindre le paradis. »

Le père de Tamimi n'était pas en mesure de parler. Il avait eu une seconde attaque en apprenant le sort de sa fille. Quant à la mère, elle pleurait, le bébé de Tamimi dans les bras.

IV

MÈRE DE MARTYR

En Israël, on dit que chaque fois qu'un Israélien civil ou militaire meurt, sa mort « transperce le cœur de la nation ». Ce dicton est incontestablement vrai, tant le pays est petit (il s'étend sur six degrés de latitude) et peu peuplé (six millions d'habitants). Tout le monde connaît toujours quelqu'un qui connaît quelqu'un qui est parent ou ami d'une victime de la guerre ou du terrorisme.

La proximité physique entre Palestiniens et Israéliens, ainsi que les répercussions économiques sur leurs vies respectives de toute décision politique ou action militaire, associe étroitement leurs destins, qu'ils le veuillent ou non. Par exemple, une mère de Gaza qui perd son fils en martyr est à jamais reliée aux victimes de l'attentat qu'il a commis. La mort tisse des liens inextricables entre les familles pour l'éternité, indifférente aux religions ou aux idéaux qui séparent les deux sociétés. Les mères pleurent leurs enfants ; les maris, leur femme et les femmes, leur mari ; les pères, leurs frères et sœurs ; et le cycle continue, se reproduisant tragiquement encore et encore.

Il existe pourtant une contradiction au sein de cette

109

population qui se dispute depuis des siècles le même bout de terre – contradiction que l'on retrouve à la fois chez les Palestiniens et les Israéliens, même au plus fort de la guerre et lorsque ceux qui subissent l'occupation se rebellent contre leurs occupants. Cette contradiction apparaît par exemple de la façon la plus poignante dans les différents hôpitaux de Jérusalem, ville à la fois symbole et enjeu concret de la querelle. Non seulement infirmières et médecins israéliens et palestiniens travaillent côte à côte, en bons professionnels et même parfois en amis, mais dans chaque hôpital, surtout à Jérusalem, ils reçoivent, traitent et soignent indifféremment Palestiniens et Israéliens. Cela s'avère encore plus vrai au cours de cette Intifada où l'on voit des balles israéliennes blesser enfants et adultes palestiniens tandis que des Israéliens meurent victimes des kamikazes.

Dans l'unité de soins intensifs de l'hôpital Hadassah à Jérusalem, un médecin israélien s'entretient avec une infirmière palestinienne au chevet d'un jeune Palestinien grièvement blessé par l'explosion prématurée de la bombe qu'il transportait alors qu'il s'était infiltré dans une colonie juive toute proche. Dans un autre lit, un Israélien blessé lors de cet attentat. Un médecin palestinien discute avec sa collègue israélienne d'un nouveau traitement qui pourrait soulager la douleur du patient. Quand on les interroge sur leurs sentiments à l'égard de ces patients qui luttent pour leur vie, l'infirmière palestinienne et le médecin israélien sourient et donnent la même réponse. Reham, infirmière originaire d'un petit village palestinien proche de Jérusalem, déclare : « Je

110

laisse mes idées politiques à la porte quand je viens travailler. Tout ce que je vois, ce sont des gens qui ont un besoin urgent de mes compétences et de mes soins, que je leur offre sans aucune hésitation. Mon but, c'est de sauver des vies. Mes patients n'ont ni nationalité, ni religion. » Le médecin israélien acquiesce de la tête avant d'ajouter : « Vous voyez, il y a dans ce lit un Palestinien qui souffre d'une grave infection liée à ses blessures, et à côté de lui un Israélien qui a perdu une jambe et risque de perdre la seconde. Peu m'importe de savoir comment ils sont arrivés ici. Tout ce qui compte, c'est qu'ils sortent d'ici vivants. »

L'explication la plus bouleversante à cette attitude humaniste qui transcende les sentiments religieux, politiques et nationalistes et parvient à surmonter ce climat de violence gratuite se trouve sans doute dans le récit de cette femme palestinienne, médecin, qui raconte son intervention lors d'un des nombreux attentats à la bombe. « Je fus appelée aux urgences par les alarmes qui résonnaient dans l'hôpital. J'ai tout de suite compris qu'il y avait eu un attentat. En arrivant, j'ai vu plusieurs femmes, à l'évidence des mères, qui hurlaient et qui se précipitaient sur les brancards amenant leurs enfants blessés. Un de mes collègues me demanda de m'occuper d'un homme extrêmement agité mais qui n'avait reçu aucune blessure. Toute la famille se rendait à une bar-mitsva quand la bombe a explosé et deux de ses filles étaient mortes, mais il l'ignorait encore. Je devais lui annoncer la terrible nouvelle. » Le médecin explique que son nom, à consonance nettement palestinienne ou arabe, était

111

inscrit sur sa blouse. « Je n'y ai même pas pensé, poursuit-elle. Je n'ai pensé qu'à une seule chose, à la façon dont j'allais annoncer à ce pauvre homme qu'il avait perdu deux de ses enfants. » À ce moment-là, sa femme entra dans la salle. Elle non plus ne savait pas que ses filles étaient mortes. « C'était absolument tragique, explique le médecin. Ce type d'événement a d'énormes retentissements sur le plan personnel, les familles sont détruites. Il ne s'agit pas de militaires mais de gens qui se trouvaient par hasard dans le secteur. »

Le médecin emmena les parents dans une petite pièce, les fit s'asseoir et entreprit de les informer avec ménagement du décès de leurs filles. « C'était tout simplement insoutenable de voir ces deux êtres à ce point brisés et ravagés par la douleur. Ils partaient en famille fêter un heureux événement et l'instant d'après, c'était le deuil. » Elle passa plusieurs heures avec eux jusqu'à ce qu'elle doive en définitive les placer sous sédatif dans des lits côte à côte. « En fait, le mari avait lu mon nom sur ma blouse et me demanda si j'étais arabe. Je répondis que j'étais palestinienne. Alors ils se sont mis tous les deux à me frapper et à me tirer les cheveux. Il fallut l'intervention de plusieurs gardes pour les arrêter. J'étais terrorisée. » Après un silence, elle ajoute : « Mais je ne leur en veux pas. Qu'est-ce que j'aurais éprouvé dans la situation inverse, si un médecin israélien m'avait annoncé une pareille nouvelle ? J'ignore si le fait de travailler ici, dans ces conditions, a changé mes opinions politiques, parce que j'essaie toujours de séparer la politique du travail, peu importe que mes patients soient palestiniens, arabes ou juifs. Il est impossible de mêler politique et médecine parce que cela risque de nuire à la qualité des soins que vous apportez à vos patients. Je souffre pour tous les parents qui perdent des enfants et pour tous les enfants qui perdent leurs parents. Il n'existe pas de réponse simple. »

La meilleure amie de ce médecin palestinien est une femme médecin israélienne. C'est elle qui la réconforta après la pénible scène qui eut lieu avec les parents des deux fillettes. Cette femme aussi témoigne des conditions dans lesquelles elle exerce à l'hôpital Hadassah : « Après une explosion, c'est évident, la première chose qui me vient à l'esprit, c'est bien sûr ma famille. Je peux faire abstraction de la nationalité de mes patients mais je ne peux pas oublier les miens. Dans les dix ou quinze minutes qui suivent un attentat, des listes commencent à arriver par fax avec le nom des victimes, blessées ou tuées. Alors, évidemment, je regarde si je connais quelqu'un. Cela ne change rien mais au moins je me suis assurée que je n'étais pas concernée personnellement. » Elle ajoute après un instant. « Du moins, pas cette fois-là. »

LE TUER NE ME RENDRAIT PAS MON FILS

Élie Picard est chirurgien dans un service de pédiatrie à l'hôpital Hadassah à Jérusalem. Petit, souriant, l'air franc et direct, il a quitté la France pour Israël avec sa famille il y a plus de vingt ans. Modeste et peu porté à se mettre en avant, il raconte l'histoire d'un petit Palestinien de six ans à qui il a sauvé la vie.

« Il avait été blessé par des soldats israéliens et plusieurs semaines après mon intervention, il était toujours entre la vie et la mort. Enfin, quand il commença à aller mieux et que je sus qu'il était tiré d'affaire, j'annonçai à son père que le petit allait vivre. » Le Dr Picard sourit tristement. « L'homme a fondu en larmes. » Picard interrompt son récit puis reprend : « Ensuite, il a ouvert sa chemise pour me montrer sa poitrine nue avant de déclarer : "Tuez-moi, vous pouvez me tuer, docteur, si ça soulage votre douleur." » Le Dr Picard sourit à nouveau tristement. « Je lui ai dit d'arrêter ces bêtises. Le tuer ne changerait rien à ma vie. Et, de toute façon, il n'était pas responsable de ce qui était arrivé à mon fils. Le tuer lui ou n'importe quel autre Palestinien ne me rendrait pas mon fils. »

Le jour de l'attentat suicide de la pizzeria Sbarro, le fils d'Élie Picard, dix-neuf ans, ne se trouvait qu'à cinquante mètres du restaurant où il devait retrouver des amis. Quelques secondes plus tard, il appelait son père pour lui annoncer l'attentat et le rassurer. Il était sain et sauf, la bombe ayant explosé avant qu'il ne soit arrivé à son rendez-vous. Ironie du sort, à peine cinq minutes plus tard, le Dr Picard était appelé par l'hôpital pour se rendre immédiatement aux urgences. L'attentat avait fait des dizaines de victimes qui allaient arriver incessamment.

Élie Picard n'eut pas le temps de réfléchir, et se souvient de s'être arrêté une seconde dans l'escalier en descendant de chez lui pour remercier Dieu d'avoir épargné son fils. Quand les premiers survivants de l'explosion commencèrent à arriver à Hadas-

114

sah, Élie oublia tout le reste pour se consacrer aux blessés. « C'était un carnage comme je n'en avais jamais vu », témoigne-t-il. Bon croyant, il effectua le tri des blessés, étanchant des flots de sang en priant Dieu pour que de telles atrocités ne se reproduisent plus jamais. Mais grâce à Dieu, aucun membre de sa famille n'avait été touché. Or trois mois plus tard, la famille Picard allait être à son tour frappée par une terrible tragédie.

C'était un jeudi. Élie Picard, qui pour une fois n'était pas de garde à l'hôpital ni en train de faire ses visites, passait une soirée tranquille en compagnie de sa femme lorsque le téléphone sonna. Son fils aîné, parachutiste dans l'armée israélienne, venait d'apprendre par la radio militaire qu'un jeune Palestinien avait réussi à pénétrer dans une école d'Atsmona avec des armes et des grenades et avait ouvert le feu sur un groupe d'élèves. Le genre d'appel que toute famille vivant dans cette région du monde redoute par-dessus tout de recevoir. Le fils d'Élie Picard, celui qui avait échappé à l'attentat de la pizzeria, était étudiant à Atsmona. On annonça sous peu que le bilan s'élevait à cinq morts et vingt blessées, parmi lesquels figurait le jeune Eyran Picard. Moins d'une heure plus tard, Élie apprit que son fils avait reçu plusieurs balles dans la poitrine et qu'il avait été transféré dans un état critique à l'hôpital Tel Hashomer près de Tel-Aviv. Il s'y précipita en compagnie de sa femme, Tel Hashomer se trouvant à environ une heure de voiture de Jérusalem. Mais lorsqu'ils arrivèrent, leur fils, âgé de dix-neuf ans, avait succombé à ses blessures.

115

Le lendemain, une cassette vidéo était diffusée dans tout le monde arabe.

FÉLICITATIONS, TON FILS EST DEVENU UN MARTYR

Lors d'une visite au domicile de Mahmoud Farhat, l'auteur de l'attentat d'Atsmona dans lequel le fils de d'Élie Picard a trouvé la mort, la mère de Mahmoud explique que cette cassette, qui fit tant de bruit dans tout le Proche-Orient, avait en fait été réalisée chez eux par un autre de ses fils. La vidéo montre le futur shahide avant son départ pour sa mission suicide. Mahmoud y apparaît aux côtés de sa mère, Oum Nidal, dans le jardin de leur maison à Gaza. Il porte un bandeau vert sur le front où sont inscrits les mots « Allah Akbar ». On distingue en arrière-plan des slogans écrits sur les murs en béton et des drapeaux verts. Il serre contre lui une kalachnikov. Oum Nidal prend son fils dans ses bras et l'embrasse tandis qu'une voix off explique qu'elle lui donne sa bénédiction pour aller tuer des Juifs au nom d'Allah et mourir en martyr. Quelques instants plus tard, Mahmoud retire son bandeau vert pour le placer sur la tête de sa mère, en signe de solidarité, révélant ainsi que non seulement elle connaissait ses projets mais aussi qu'elle était fière de sa décision de mourir et l'approuvait.

La deuxième partie du film montre une foule de gens se pressant à l'entrée de la maison de Gaza après le succès de l'attentat suicide. Il y a du monde jusque dans le jardin. Certains tirent en l'air, d'autres jettent

116

des bonbons aux enfants, d'autres encore, en majorité des femmes, crient, gémissent et se bousculent pour essayer de toucher la mère du martyr. Les hommes les plus âgés, ceux qui ne tirent pas en l'air, restent respectueusement en retrait. À un moment, le père de Mahmoud saisit le canon d'un fusil et l'abaisse vers le sol, priant le tireur de renoncer à ce geste de célébration. La caméra passe ensuite à l'intérieur de la maison et l'on aperçoit le corps de Mahmoud étendu à même le sol dans le salon, enveloppé dans un drap blanc. Les blessures qu'il porte à la tête et au visage sont masquées par des pansements ensanglantés. L'excitation grandit à mesure que les gens se pressent pour le toucher. Une de ses belles-sœurs pleure, le visage enfoui dans ses mains, comme si l'émotion autour d'elle et la vue du corps meurtri de son beau-frère étaient plus qu'elle n'en pouvait supporter. Mais le passage le plus intéressant et le plus choquant vient après, lorsqu'on voit Oum Nidal, à genoux près du corps de son fils, embrassant plusieurs fois son visage et ses mains puis se relevant, les lèvres ensanglantées, les bras tendus vers le ciel en un geste à la louange de Dieu.

En juillet 2002, neuf mois après la mort de Mahmoud Farhat, Oum Nidal s'expliqua au cours d'une interview chez elle avec son mari sur ses sentiments et les raisons qui l'avaient poussée à envoyer son fils de dix-neuf ans, le plus jeune de ses douze enfants, mourir en martyr. « Le *jihad* est un commandement qui s'impose à tous, déclara-t-elle pour commencer. Nous devons sauver l'âme de nos fils. Ce que nous voyons tous les jours, les massacres, la destruction des maisons, le meurtre des enfants et des anciens, n'a fait que renforcer ma résolution. » Oum Nidal poursuivit en racontant que, lorsque Mahmoud avait sept ans, Imad Aqi, chef du groupe Izz al-Din, la branche armée du Hamas sur la région d'Al-Quassam, vint chez eux se cacher des Israéliens et partagea pendant quatorze mois la vie de la famille. Pendant cette période, d'autres moudjahidin[1] passaient régulièrement chez eux pour s'entretenir secrètement avec Imad. Oum Nidal se souvient qu'à cette époque Mahmoud était fasciné par Imad Aqi. « Il buvait ses paroles. Il portait des messages pour l'organisation, espionnait le mouvement des soldats israéliens et essayait parfois d'apprendre ce qu'ils projetaient. Mahmoud était le protégé d'Imad. » Oum Nidal pense que c'est à cette époque que Mahmoud décida de mourir un jour en martyr. Ironie du sort, ce fut le cadet, Nidal, qui tenta le premier une opération suicide, mais il fut arrêté par les soldats israéliens. Condamné à onze ans de prison – peine qu'il purge toujours. « Mahmoud baigna toute sa vie dans une atmosphère de piété et d'amour. Il apprit très jeune que la foi d'un homme ne peut atteindre la perfection sans faire le sacrifice de soi. »

Un an plus tard, Mahmoud avait alors huit ans, les soldats israéliens, à la recherche d'Imad Aqi, investirent le domicile familial. Mahmoud ne manifesta aucune peur. Lorsque les soldats abattirent Imad dans le jardin, Mahmoud se coucha sur le corps de son mentor. « Il était déjà prêt à mourir, déclare Oum

---

1. Combattant du Jihad.

Nidal. Mais le moment d'accomplir son destin n'était pas encore venu. »

Dans les années qui suivirent, Mahmoud tenta à plusieurs reprises, toujours selon sa mère, de mourir en martyr. « Il allait souvent sur la route de Muntar (à Gaza, non loin d'une implantation juive), emportant son fusil, puis il revenait se plaindre à moi que la chance n'était pas avec lui. Il rentrait plus enflammé à chaque échec. Brandissant son fusil, et me disant que c'était sa femme. Il adorait son fusil. Chaque fois qu'il partait faire un essai, il me disait que c'était plus fort que lui, qu'il fallait qu'il réussisse. »

Pendant toutes ces années d'échecs successifs, Oum Nidal affirme qu'elle tenta d'apaiser son fils. « Je lui disais que l'occasion finirait bien par se présenter, qu'il devait être patient et bien préparer son opération pour ne pas avoir fait tout ça pour rien. Je lui répétais : "Agis avec ta tête, pas avec tes émotions." »

Le jour de l'attentat d'Atsmona, Mahmoud vint trouver sa mère et lui annonça que le jour auquel il s'était préparé toute sa vie était arrivé. Il avait dix-neuf ans. Son autre garçon proposa de tourner une vidéo afin que sa mère devienne un exemple pour toutes les autres mères de Gaza qui devaient, à son image, soutenir leurs fils dans leur combat.

« Je n'ai jamais vu Mahmoud plus heureux, se souvient-elle. Après l'enregistrement de la vidéo, il est parti très détendu, très calme, ne doutant pas de son succès. Mais j'avais quand même peur qu'il échoue et se fasse arrêter. J'ai prié pour lui quand il a quitté la maison et j'ai demandé à Allah de veiller au bon déroulement de sa mission et de l'accepter comme martyr. Quand il est entré dans la colonie d'Atsmona, ses frères du Hamas m'ont averti qu'il était parvenu à s'infiltrer. Alors, j'ai prié du fond du cœur qu'Allah fasse qu'il aille jusqu'au bout et qu'Il me donne cinq Israéliens contre le sacrifice de Mahmoud. Il a exaucé ma demande et le rêve de mon fils est devenu réalité parce qu'il a tué plus de cinq Israéliens. J'ai poussé des cris de joie. »

Quelques minutes avant d'être abattu, Mahmoud appela sa mère sur son téléphone portable pour lui dire qu'Allah avait exaucé leurs prières.

Après l'attentat, quand les médias israéliens diffusèrent la nouvelle, toute la famille était devant la télévision. Oum Nidal se trouvait dans la cuisine quand le présentateur annonça que le « terroriste avait été abattu après avoir tué cinq Israéliens et en avoir blessé quinze autres ». Quand elle revint dans le salon, son fils aîné se leva pour l'embrasser. « Félicitations, Mère, lui dit-il. Ton fils est devenu un martyr. »

CONTRE LA PROMESSE D'UNE VIE MEILLEURE

D'un point de vue strictement formel, le cas d'Oum Nidal est assez différent de celui des autres femmes qui choisirent le martyre au nom d'Allah. Reste qu'en se donnant en exemple aux autres mères susceptibles d'envoyer leurs fils mourir en martyr, Oum Nidal fut elle aussi considérée comme une pionnière dans la définition du rôle des femmes dans cette Intifada, au même titre que Wafa Idris, promue héroïne de la lutte armée. Abdel Aziz al-Rantissi aborda le sujet de la responsabilité qui incombait aux femmes, et particulièrement aux mères, dans le combat pour la libération de la « terre d'Islam ». Lors d'une interview à son domicile à Gaza, câlinant sa petite-fille de six ans installée sur ses genoux, il évoqua le rôle des enfants, filles ou fils de tout bon musulman, dans la quête de la récompense suprême qui attend *shahide* ou *shahida*. « Le Coran, commence al-Rantissi, a réservé une place aux femmes dans le combat, et nous l'avons compris lorsque notre terre est tombée sous l'occupation et que les ennemis ont envahi la terre d'Islam. Les femmes comme les hommes doivent prendre part à la lutte pour défendre leur terre. La mère de Wafa Idris était fière de sa fille mais elle ignorait ses intentions, tandis que d'autres mères savent à l'avance que leurs fils ou leurs filles se destinent à être *shahide* ou *shahida*. Certaines, comme Oum Nidal, brûlent du désir de défendre notre peuple. Cette femme possède une solide culture islamique et pense que tous les hommes, y compris ses fils, doivent combattre l'ennemi. »

Quand on lui demande s'il souhaiterait voir sa petite-fille chérie se sacrifier, il n'hésite pas une seconde. « C'est le destin. Si Allah la choisit, elle ira. Cela ne dépend pas de moi. » Cependant, malgré cette réponse de circonstance, les trois filles du Dr al-Rantissi et leurs enfants vivent confortablement à l'écart, loin de La Mecque de la révolution. En août 2002, on découvrait à Jénine une cassette enregistrée d'une conversation entre le Dr al-Rantissi et sa femme. Le numéro deux du Hamas laissait entendre qu'il envisageait de sacrifier l'un de ses fils comme *shahide*.

121

Ce n'était pas du tout l'avis de sa femme, qui réagit violemment, déclarant qu'il faudrait « marcher sur son cadavre » pour qu'elle « laisse un de ses fils se faire exploser ».

Pareille réaction n'a rien d'inhabituel. En effet, les enfants des dirigeants ne sont jamais impliqués dans des opérations suicide. Ils sont au contraire envoyés à Amman, en Europe ou aux États-Unis pour poursuivre leurs études, loin des traumatismes et des dangers de l'Intifada.

Mira Tzoreff, universitaire israélienne, pense que des femmes comme Oum Nidal ne sont pas naturellement disposées à offrir leurs enfants en martyrs. « Je ne suis pas d'accord avec la position du Hamas, déclare-t-elle. Ces femmes ne souhaitent pas sacrifier leurs enfants. Ce sont des mères comme celles que nous connaissons dans toutes les autres cultures, les autres pays ou les autres religions. Mais elles évoluent dans un contexte tragique, où le sacrifice est imposé par les dirigeants nationaux, je ne parle pas forcément d'Arafat mais du climat nationaliste qui entoure ces mères. Cette atmosphère peut leur laisser croire qu'elles sont réellement prêtes à sacrifier et à abandonner leurs enfants, comme si, entre elles et eux, il n'existait plus aucun attachement sentimental devant la caméra. Vous savez, ils ne vivent pas dans un environnement très démocratique et le discours véhiculé par ces cassettes est un discours imposé, dicté d'en haut. Elles sacrifient leurs fils contre la promesse d'une vie meilleure pour eux et leurs autres enfants. »

Et de fait, les familles des martyrs reçoivent une

rétribution financière. D'après Abdel Aziz al-Rantissi, l'Irak leur envoie vingt-cinq mille dollars et l'Autorité palestinienne leur verse une pension à vie de quelques centaines de dollars par mois. Mais même dans ce cas-là, il semble que les femmes ne soient pas les égales des hommes. Selon une autre source du Hamas, Mohamed Abou Haji, une opération suicide réalisée par un homme assure à sa famille quatre cents dollars par mois, tandis que pour une femme, il faudra se contenter de deux cents dollars. Seul Saddam Hussein paraît traiter les deux sexes à égalité, du moins en ce qui concerne les kamikazes : homme ou femme, la famille reçoit vingt-cinq mille dollars, somme transférée par le biais de certaines factions pro-irakiennes au sein de l'OLP. Du moins en théorie, car si l'on en croit l'enquête menée par Steve Emerson dans son livre *Jihad in America*[1], le temps que la somme parvienne à destination, après une cascade de virements en chaîne sur le compte de sociétés écran dans le monde entier, de prélèvements effectués par une kyrielle d'intermédiaires et de potentats locaux, il ne reste pas grand-chose aux familles à l'arrivée.

Mira Tzoreff va plus loin encore dans son argumentation, estimant que ces femmes qui revendiquent le sacrifice de leurs fils répondent en fait à une exigence morale, profondément enracinée, qui contredit l'exigence nationaliste et s'oppose directement aux dirigeants palestiniens. D'après elle, les paroles d'Oum Nidal, ou celles de mères d'autres

---

1. Free Press, New York, 2002.

shahides, relèvent du discours imposé plus qu'elles ne reflètent leurs sentiments intimes. « L'occupation est une forme d'oppression venue de l'extérieur, tandis que leurs propres dirigeants les oppriment de l'intérieur, déclare-t-elle. Elles ne peuvent pas dire ce qu'elles pensent et ce qu'elles ressentent. Il leur faut prendre un biais. Elles n'ont pas d'autre choix que de reprendre le credo nationaliste, et donc de désigner Israël et les États-Unis comme l'ennemi suprême. En encourageant les attentats suicide, on donne ainsi l'exemple d'un front uni contre ces deux pouvoirs militaires. » Mira Tzoreff souligne également que la société palestinienne n'est pas, comme les sociétés occidentales, post-moderne et individualiste. « Cette culture nationale est une force réactive, fondée sur une atmosphère collective. On touche à l'opposition frontale qui existe entre nationalisme et post-modernisme. C'est ça qui fait toute la différence. Les gens n'existent pas en eux-mêmes et ne peuvent pas penser individuellement. »

Si Mira Tzoreff a raison, nous sommes davantage en présence d'une majorité *réduite au silence* que devant une majorité *silencieuse*, ce qui n'aurait rien de surprenant étant donné le climat dans lequel évoluent tous ces hommes et femmes, fils ou filles, à la fois soumis à une force d'occupation et à un régime autocratique. Vu le poids de l'influence religieuse, le concept de sacrifice et de martyre est un thème omniprésent dans tous les domaines de la vie.

Nous voulons de vrais fusils

Dès le plus jeune âge, les enfants sont conditionnés à ces notions d'honneur et de cause nationale qui imprègnent toute une société, de telle façon que les recrutements éventuels s'en trouvent facilités. Dès la maternelle, on enseigne le Coran suivant la méthode Da'awa, fondée sur la répétition mécanique excluant toute question ou interprétation. Ironie du sort, les écoles sont placées sous l'égide des Nations-Unies, organisme qui ne peut que s'opposer à ce que l'on enseigne aux enfants, à savoir que le but suprême de leur vie est de mourir pour la libération de la Palestine. Reste que, dans toute la Cisjordanie et à Gaza, l'influence du Hamas et du Jihad islamique est considérable (en plus de leur vocation religieuse, ils fournissent des repas chauds et des vêtements). L'été, ils organisent des camps de vacances en Cisjordanie et sur les plages de la bande de Gaza. Là, assis en tailleur sous des tentes plantées dans le sable ou en pleine campagne, les enfants écoutent leurs moniteurs réciter des passages du Coran à la gloire du martyre, quand ils ne simulent pas des combats ou ne feignent pas d'être des bombes humaines. Tous les enfants, même les filles, sont armés de kalachnikov et de grenades en plastique. Seuls les plus convaincus et les plus enthousiastes se verront récompensés en recevant une ceinture d'explosifs factice et seront incités à suivre une formation puis à mener une attaque suicide. Les enfants comprennent rapidement – même à six ans – que pour gagner l'assentiment de leurs maîtres, il leur faut être le plus engagé, le plus nationaliste et le plus religieux possible.

La notion de martyre est aussi omniprésente dans la vie quotidienne des enfants. Les dessins animés diffusés en matinée mettent en scène des petites filles et des petits garçons qui luttent pour atteindre la mosquée d'Al-Aqsa à Jérusalem, se font tuer par des militaires israéliens et se relèvent encore plus forts, encore plus grands, prêts à poursuivre la bataille pour la libération. À six ans, ce genre de mise en scène n'est encore qu'un jeu, dans la mesure où le concept de mort reste une abstraction. Cependant, lorsqu'on les interroge, une chose paraît parfaitement claire pour ces enfants, même s'ils ne comprennent pas bien les enjeux de ce type de violence, c'est que la mort leur offre une meilleure existence au paradis que celle promise par une vie sans espoirs.

Au cours de l'interview d'Oum Nidal, son petit-fils de huit ans et sa sœur de six ans, assis par terre, regardaient le nez collé à la télévision un dessin animé dont le héros était un enfant de leur âge. Le dôme doré de la mosquée d'Al-Aqsa en arrière-plan, le petit garçon ramassait des pierres et les lançait sur les soldats israéliens, qui finalement lui tiraient dessus et le tuaient. Dans la scène suivante, sur une butte de terre, poussait une petite fleur blanche. Résurrection symbolique du petit garçon, renaissant de la mort plus fort et plus décidé que jamais à lutter contre ses oppresseurs. Le petit garçon sortait ainsi de la fleur portant une pierre énorme, presque aussi grosse que lui, à la main. La voix du narrateur expliquait alors qu'il avait atteint la plénitude en trouvant sa place au paradis à côté

126

d'Allah. Être mort en martyr l'avait rendu plus fort et plus puissant.

Rafi Sourani, directeur du Centre franco-palestinien pour les Droits de l'homme et avocat respecté, raconte une anecdote vécue avec ses jumeaux de huit ans. « Nous menons une vie privilégiée à Gaza, explique-t-il. Notre maison n'est jamais bombardée, nous avons suffisamment à manger et tout le confort nécessaire. Mes enfants vont dans une école privée. Jugez de ma surprise quand ils sont venus me demander de leur acheter des fusils. Quand je les ai emmenés dans un magasin de jouets, ils ont éclaté de rire. "Papa, m'ont-ils dit, nous voulons de vrais fusils, pour défendre notre pays. Nous voulons mourir pour la Palestine." » Sourani hoche la tête. « Si mes gamins, qui ont tout, réagissent ainsi, vous pouvez imaginer à quel point il est facile pour les enfants des camps de réfugiés de vouloir accéder au martyre. »

Dans le camp de vacances, les adolescents comprennent bien que l'entraînement paramilitaire qu'ils suivent là et tout au long de l'année après l'école est à prendre très au sérieux mais savent aussi exactement ce que l'on attend d'eux. Une petite voisine d'Oum Nidal, Tuha Aziz, affirmait ainsi attendre le jour où ses chefs la considéreraient en âge de porter une ceinture d'explosifs. Sa mère, interrogée sur ce qu'elle pensait des activités proposées à sa fille au camp où elle était allée lui rendre visite, répondit : « Je suis fière. Mes plus petites sont trop jeunes pour devenir *shahida*. Elles se feraient prendre avant d'avoir pu accomplir leur acte. Elles ont le temps. Tuha, elle, sera bientôt prête. »

À la télévision, des clips dans le genre de ceux que diffuse MTV, font fureur parmi les adolescents. Mais ici toutes les chansons parlent de ceux qui sont morts en perpétrant un attentat suicide. L'un des clips les plus diffusés évoque le destin de Wafa Idris, « fleur de la féminité ». Pendant que la voix sensuelle de la rock star chante son martyre, la femme kamikaze apparaît sur une série de photographies retraçant sa vie depuis la petite enfance jusqu'à la période où elle travaillait pour le Croissant-Rouge, peu avant sa mort. À la fin du clip, Tuha et ses amies expliquent que lorsqu'elles auront quinze ans, elles pourront rejoindre la « Brigade des femmes martyres Wafa Idris » et devenir shahidas au nom de leur idole.

Si mourir pour la nation de Palestine et « s'asseoir à la table d'Allah » au paradis est devenu pour certains leur vœu le plus cher, la majorité pense que de tels actes sont en tout état de cause dignes de la plus grande admiration. Dans les villes et villages, sur les murs des maisons et des appartements, dans les camps de réfugiés, dans tous les hôpitaux, les bâtiments publics, les écoles et les postes de police trônent les photographies de chaque homme ou femme ayant commis un attentat suicide. Chez Oum Nidal, les murs sont recouverts de portraits des martyrs, dont celui de son fils accroché à côté d'une immense photo d'Imad Aqi, son mentor. Mais cette glorification des shahides et shahidas ne se limite pas aux espaces publics ou aux foyers privés.

Outre ses fonctions à la tête du Croissant-Rouge

128

palestinien, le Dr Fatri Arafat, le frère de Yasser, préside une association pour les enfants handicapés. Tous les objets fabriqués et vendus par les enfants au profit de l'œuvre déclinent le thème du martyre, les plus appréciés étant les tapis brodés à l'image des divers kamikazes brandissant une kalachnikov et les sous-verres ornés du visage des femmes qui se sont fait exploser au nom d'Allah. Pour tous, adultes comme enfants, le message est clair, il faut combattre jusqu'à la mort pour une Palestine islamique, conformément au *jihad*. Même dans le bureau de l'une des plus grandes leaders féministes de Gaza, Andalib Andawan, qui fit énormément progresser les droits des femmes dans l'institution du mariage, trône une photographie d'Andalib Souleiman, autre shahida auteur de l'attentat du 25 avril au marché découvert de Mahane Yehuda à Jérusalem. Lorsqu'on lui demande pourquoi ce portrait dans son bureau, elle répond : « Nous portons le même prénom. »

Dès le plus jeune âge, on apprend aussi à vénérer les frères de ces femmes kamikazes. Si les clips ont fait de Wafa Idris une nouvelle Britney Spears, les hommes de la famille de chaque shahide ou shahida deviennent instantanément des héros célébrés au même titre que des joueurs de football ou des acteurs de cinéma. Il est faux cependant, comme l'ont fait certains journalistes, de rapprocher cette mode dangereuse du martyre de l'usage de certaines drogues dures dans les sociétés occidentales. Contrairement à la toxicomanie, le martyre n'est pas considéré comme un mal rongeant la société ni comme une activité criminelle détruisant de jeunes vies. C'est l'honneur suprême auquel un enfant, un adolescent ou un homme, et maintenant une jeune femme, peut prétendre. Les raisons invoquées par les aspirants kamikazes sont toujours d'ordre religieux ou nationaliste. Rien d'étonnant dès lors à ce que le Coran promette de récompenser largement le martyr au paradis.

Lors d'une récente interview, le grand mufti des forces de police de l'Autorité palestinienne, l'équivalent de nos aumôniers dans l'armée, le cheikh Abd El-Salam Abou Shoukheydem donna la liste des sept récompenses promises au martyr dans la tradition islamique. « Dès la première goutte de sang répandue (par l'ennemi), le martyr ne sent plus la douleur née de ses blessures, et il est absous de toutes ses mauvaises actions ; il voit sa place au paradis ; il est sauvé de la torture de la tombe ; il est sauvé de la peur du jour du Jugement ; il épouse soixante-douze belles femmes aux yeux noirs ; il se fait l'avocat de soixante-dix membres de sa famille qui rejoindront le paradis ; il détient la couronne de la Gloire, dont la pierre précieuse vaut tout ce monde et renferme tout. »

Bassan al Haqawi, l'un des plus éminents psychiatres égyptiens, président de l'association des psychanalystes, déclara récemment au cours de l'émission *Life is sweet* (« La vie est douce »), talk-show diffusé dans tout le monde arabe, que « contrairement à l'idée que se font les Occidentaux, le martyr aime la vie plus que n'importe qui. Cela peut sembler étrange à des gens qui n'ont pas la même conception de l'âme humaine que la majorité des musulmans – pour qui la loyauté, le sacrifice et l'honneur sont les buts ultimes de la vie (ce qui n'est pas le cas dans nombres d'autres cultures). En mourant, le martyr atteint le bonheur suprême. Pour le psychiatre que je suis, ce bonheur suprême survient au terme du compte à rebours, sept, six, cinq, quatre, trois, deux, un, quand le martyr appuie sur le détonateur qui actionne la bombe, la fait exploser puis se sent flotter vers une autre vie avec la certitude de ne pas être mort ».

Avant de rendre le corps de Mahmoud, abattu à Atsmona, à sa famille, les soldats israéliens constatèrent qu'il avait les parties génitales enveloppées dans du papier toilette. Boaz Ganor, spécialiste du phénomène kamikaze à l'Institut du contre-terrorisme de Tel-Aviv, explique qu'il voulait protéger son pénis pour sa vie future.

Oum Nidal précisa au cours de son interview qu'elle était certaine que son fils était resté pur tout au long de sa vie sur terre. « Il savait qu'il allait épouser soixante-douze vierges au paradis, expliqua-t-elle. C'était sa récompense et sa fierté. C'est normal qu'il ait voulu éviter d'être blessé. »

Pour Iyad Sarraj, autre psychiatre réputé, écrivain et éditorialiste de Gaza qui étudie ce phénomène au quotidien dans son cabinet, les mobiles psychologiques qui poussent au martyre sont tout à fait différents de ceux exprimés par Bassan al Haqawi à la télévision. Il pense que « le vrai combat des Palestiniens aujourd'hui, c'est justement d'éviter de devenir kamikaze. Ce qui est plus étonnant à ses yeux ce n'est pas qu'il y ait des attentats suicide mais qu'il y en ait si peu. Je crois que c'est un acte de désespoir absolu qui marque une grave escalade dans ce conflit apparemment sans fin. » Le Dr Sarraj poursuit en expliquant les actes et la réaction d'une mère comme Oum Nidal : « Quand quelqu'un meurt, il y a un sentiment de perte. Il ne fait aucun doute que ces mères qui offrent leurs fils pleurent leurs enfants, mais ensuite un processus psychologique intervient, le déni de la mort. Souvent, elles croient que leur enfant n'est pas mort parce qu'elles ne veulent pas admettre qu'elles l'ont perdu. Elles vivent un certain temps en cultivant la croyance que quiconque meurt en martyr n'est pas vraiment mort, ce qui les aide à nier la réalité de la disparition. Mais allez voir ces mères six mois après et vous constaterez ce qu'on appelle communément une réaction de douleur différée. »

En juillet 2002, quelques mois après la mort de Mahmoud, Oum Nidal ne paraissait pas durant l'interview avoir changé d'avis au sujet de la perte de son fils. « Après son martyre, déclare-t-elle, mon cœur était en paix. Je souhaite que tous mes fils meurent en martyrs et je souhaite moi-même mourir en martyre. J'ai par-dessus tout eu l'honneur de veiller une dernière fois le corps de mon fils *shahide* et de permettre à tous les partisans sincères de venir à nous en grand nombre et de participer à notre joie et à son martyre en venant le voir. » Elle sembla pourtant vaciller en entendant une des dernières questions : « Vous avez porté cet enfant neuf mois dans votre ventre et ensuite vous l'envoyez à la mort. Où avez-vous puisé ce courage et cette foi ? » Un bref instant la douleur se fit jour derrière le vernis religieux et nationaliste, laissant entrevoir ses sentiments véritables. Elle resta silencieuse, le souffle coupé. Des

Mabrook Idris tenant le portrait de sa fille, Wafa. Ramallah, mai 2002.

Cheikh Ahmed Yassine,
leader spirituel du Hamas.

Abdel Aziz al-Rantissi,
haut dirigeant du Hamas.

Yasser Arafat lors de la Conférence
de Ramallah, 27 janvier 2002.

Photo de Wafa Idris utilisée pour
l'affiche de propagande diffusée
après sa mort à Gaza et dans
les territoires occupés.

Ayat al-Akhras
et son fiancé
quelques semaines
avant sa mort.

Photo d'Ayat al-Akhras
utilisée pour une affiche
de propagande.

Ayat al-Akhras durant
la conférence de presse
télévisée de mars 2002.

Andalib Suleiman, avril 2002.

La mère de Darine Abou Aïcha
en compagnie de l'auteur.

Oum Nidal, juillet 2002.

Darine Abou Aïcha.

Shireen Rabiya recrutée par son oncle.

larmes lui montèrent aux yeux et elle se cacha le visage dans ses mains. Plusieurs minutes s'écoulèrent avant qu'elle ne relève la tête. Il lui était impossible de répondre. Silence lourd de significations qui semble accréditer la thèse de Mira Tzoreff. Étrangement, tout au long de l'interview, le mari d'Oum Nidal, le père de Mahmoud, ne prononça pas une parole. Il resta assis à côté d'elle sur le canapé du salon, immobile. Il parut à plusieurs reprises avoir du mal à retenir ses larmes.

Shalfiq Masalqa, autre éminent psychiatre palestinien, a quant à lui étudié la réalité quotidienne des enfants aspirant au martyre. Il explique qu'il est pratiquement impossible de se représenter la vie d'un Palestinien moyen sous l'occupation israélienne. Un embouteillage, explique-t-il, est pour tout un chacun source de stress. Être obligé d'attendre des heures à un poste de contrôle pour pouvoir aller travailler crée une tension énorme qui vire souvent à de violentes explosions de rage. Lui-même subit ces rigueurs aux postes de contrôle chaque fois qu'il fait le trajet entre son domicile à Beit Zafafa, communauté arabe huppée près de Jérusalem, et Ramallah. Mais il reconnaît avoir plus de chance que le Palestinien moyen. Il est instruit, gagne convenablement sa vie, est propriétaire de sa maison et a les moyens de subvenir aux besoins de sa famille. Il a de plus, en tant qu'Arabe israélien, les papiers d'identité et le passeport requis et peut voyager en dehors d'Israël et des territoires occupés sans craindre de ne pouvoir rentrer chez lui. «Pour les adolescents, l'humiliation prend une ampleur très différente et a des répercussions beaucoup plus graves que pour un adulte. Si je me fais arrêter à un poste de contrôle, les soldats ne peuvent pas m'humilier parce que je suis sûr de moi et que je sais qui je suis. Mais si un adolescent de quatorze ou quinze ans se fait humilier, à l'instant précis où il est molesté ou plaqué contre un mur il devient un kamikaze. Voilà ce qui déclenche le processus pathologique. Sans compter que les autres réalités de son existence influent : le lieu où il habite, son foyer, sa vie quotidienne – peut-être – sans éducation, avec un père au chômage, incapable de nourrir les siens ou qu'il a vus se faire maltraiter. Pour lui, l'explication est simple, les soldats des forces de défense Israéliennes sont à ce moment-là les seuls responsables de ce qui lui arrive, à lui et à sa famille. Il est beaucoup plus facile de rejeter tous ses malheurs sur l'occupation. »

Le Dr Masalqa estime également que c'est avant tout dans la religion, et non dans la politique, que des mères comme Oum Nidal puisent les forces nécessaires pour ne pas regarder en face la mort de leur fils. « Nous faisons appel à la religion quand nous avons besoin d'aide, et dans ce cas précis, elle contribue à nier ce qui s'est passé, à se convaincre que l'enfant n'est pas vraiment mort et qu'il est vivant ailleurs. En réalité, la religion – telle qu'elle est utilisée par certains –, décrit la vie après la mort au paradis, qui s'avère très séduisante comparée à la situation sous l'occupation. » Il poursuit en ajoutant que les conditions de vie en Cisjordanie et dans la bande de Gaza, marquées par la récession économique et les privations de toutes sortes, fournissent peut-être la véritable explication au phénomène du martyre. « Ce qui pousse quelqu'un à rechercher le paradis, c'est que son existence sur terre est devenue un enfer. Est-ce que quiconque menant une vie agréable ferait une chose pareille ? Celui qui évolue dans un contexte acceptable, qui va à l'école, ou dispose des moyens de vivre dignement et de gagner sa vie aurait-il la moindre raison de préférer la mort ? » Le Dr Masalqa émet cependant quelques réserves en ce qui concerne Oum Nidal, qui selon lui devrait être suivie sur le plan psychologique et n'est pas représentative de la mère palestinienne. « Il semble que l'on soit ici en présence d'une pathologie individuelle associée à un milieu particulier, et ces deux aspects en se combinant provoquent une situation ou une réaction atypique. » Il tient cependant à souligner le fait que toutes les mères dans tous les pays du monde envoient leurs enfants à la guerre, conscientes qu'ils risquent de mourir. « Le cas des martyrs, poursuit-il, est pourtant différent, car la mort est certaine, il n'y a aucun espoir d'en sortir indemne. Je pense toutefois que ces femmes-là sont des exceptions. Je connais des mères palestiniennes qui ont, pendant les jours terribles de l'Intifada, gardé leurs enfants éveillés toute la nuit, les faisant jouer, étudier, lire ou regarder la télévision, tout simplement pour qu'ils soient épuisés, dorment toute la journée du lendemain et n'aillent pas se battre dans la rue contre les soldats et les tanks. J'ai peur de cette image que l'on donne au monde entier de la mère palestinienne qui ne se soucie pas de ses enfants. Mais lorsqu'une mère se montre effectivement prête à sacrifier son enfant, c'est dans les traumatismes de son

135

enfance qu'il faut aller essayer de comprendre son choix. »

Iyad Sarraj, qui partage cette analyse, ajoute que le concept de martyre est « un ferment de destruction menaçant la totalité de la société palestinienne ». « Pensez à ces mères si fières de voir leurs filles ou leurs fils devenir des bombes humaines. Tout ce qui en résulte, c'est une société suicidaire. Les femmes incarnent l'espoir pour l'avenir. À quoi ressemblera la prochaine génération de mères nées sous l'occupation ? Dans quel climat va-t-elle grandir ? »

Shalfiq Masalqa touche probablement juste quand il déclare que « l'extrémisme dans le domaine religieux ou politique rend les gens aveugles ». Il prend comme exemple Yigal Amir, l'assassin du Premier ministre Yitzhak Rabin, un Juif extrémiste dont l'acte meurtrier fut le point culminant d'une vie nourrie de doctrines radicales débouchant sur un comportement anormal. « La culture arabe n'est pas une culture individualiste comme c'est le cas en Occident. Ceux qui adhèrent aux doctrines extrémistes sont imprégnés inconsciemment de notre esprit de sacrifice de soi à la nation, ce qui démontre que culture et religion sont indissociables. Il n'y a pas de séparation. Les choses autorisées par la religion se répandent dans la société. Elles ne sont pas rejetées, mais sont acceptées comme des vérités éternelles, ce qui est dangereux. La société fait parfois des emprunts à la religion pour son propre compte, ce qui produit des distorsions. » Il estime que les Israéliens devraient tirer des enseignements de ce déferlement d'attentats suicide qui coûtent tant de vies dans les deux camps. « Les conditions de l'occupation sont horribles. Elles engendrent des massacres et des attentats suicide. Quand ils [les Israéliens] changeront, la société palestinienne changera aussi. La situation est abominable depuis des années, et la psychologie de l'enfant est très différente de celle de l'adulte, beaucoup plus malléable. Seule la reprise des négociations de paix peut permettre à nos enfants de connaître une vie normale. »

En apparence, Oum Nidal est une mère et une grand-mère aimante, ainsi qu'une pieuse musulmane. D'après les maigres détails qu'elle a bien voulu confier sur sa vie, elle est née en 1944 à Ramla, et assista à la mort de son père et de sa mère en 1948, quand sa famille dut fuir après la création de l'État hébreu. À cinq ans, elle fut recueillie par des parents et s'installa à Gaza où elle connut les épreuves des trois guerres israélo-arabes : 1956, la guerre du Sinaï ; 1967, la guerre des Six-Jours ; et 1973 la guerre du Kippour. Mais peut-être plus significatives encore furent ces quelques paroles qu'elle laissa échapper peu avant la fin de l'interview alors qu'elle se trouvait dans le jardin à l'endroit exact où elle avait été filmée en compagnie de son fils Mahmoud : « Je n'ai jamais pris une décision par moi-même. Petite fille, Dieu m'enleva mes parents et le destin m'a conduite ici, à Gaza. Mon mariage avec mon mari, un cousin, fut arrangé par ma famille. Les Israéliens m'ont imposé des règles à moi et à mes enfants, sous lesquelles nous avons été obligés de vivre. Ma force vient d'Allah, qu'il soit loué. Quand mon garçon a décidé de se faire *shahide*, son père était contre. J'ai décidé de soutenir la décision de Mahmoud et je l'ai fait seule, sans que ni mon mari ni les Israéliens ne me dictent mon comportement. Quand mon fils est venu me demander de tourner la vidéo, j'ai enfin pu me tenir droite et parler en mon nom, devenir un exemple pour toutes les autres mères qui ont eu la même vie que moi. »

Élie Picard, dont le fils fut l'une des victimes de l'attentat d'Atsmona, est sans amertume. Il choisit soigneusement ses mots : « Quand une mère envoie son fils tuer d'autres enfants, on peut se demander s'il reste le moindre espoir. N'importe quel enfant de dix-neuf ans est facilement influençable. Ce sont de pauvres gamins désespérés auxquels on a promis la récompense du paradis où les attendent soixante-douze vierges. Évidemment, ce qui est terrible, c'est qu'ils ne meurent pas seuls. Il est vrai qu'on ne peut pas transformer l'âme des gens. Mais là où il n'y a plus d'espoir, il n'y a plus de vie. »

V

« AU PARADIS LES FEMMES SONT REINES. »

Les historiens et les psychologues des deux côtés de la Ligne verte[1] sont tous d'accord : la seconde génération de femmes palestiniennes nées sous l'occupation est vouée à une vie sans espoir, indépendamment d'un éventuel succès du processus de paix ou d'une résolution politique du conflit.

Au cours de la dernière décennie, en fait depuis l'échec des accords d'Oslo, le fondamentalisme islamiste a pris la société palestinienne, autrefois riche d'une brillante vie universitaire et intellectuelle, en otage. Aujourd'hui, les femmes de Cisjordanie et de la bande de Gaza sont, dès leur naissance, destinées à devenir les premières victimes des croyances et des valeurs extrémistes qui sèment la terreur non seulement en Occident mais aussi chez tous ceux qui, à l'intérieur du pays, rêvent de créer une nation indépendante, démocratique et laïque.

La vie de la majorité des femmes palestiniennes est

---

1. Ligne imaginaire séparant Israël des territoires occupés qui reprend la frontière établie en 1967.

rythmée par un nouvel ensemble de règles religieuses : si elles regardent un homme, elle risquent l'exclusion ; si elles couchent avec un homme, elle risquent la mort ; si elles sont enceintes en dehors du mariage, elles risquent la mort de la main des hommes de leur famille, déshonorée par cet acte au sein de la communauté. Si elles sont trop instruites, on les tient pour anormales ; si elles refusent de se marier, on les considère comme un danger ou une aberration. Le concept d'honneur est si profondément ancré dans la culture arabe que des crimes sont encore commis en son nom, même par des membres de la population arabe israélienne. Andalib Audawan, dirigeant le centre des Affaires des femmes de Gaza, explique sans détour : « Dans notre culture, quand une femme non mariée tombe enceinte, il y a trois solutions : soit elle épouse son partenaire, soit son père la cache dans la maison, soit les hommes de sa famille la tuent. »

Faut-il chercher dans le poids écrasant de ces normes sociales et culturelles imposées par son propre peuple les raisons qui poussent une femme à devenir kamikaze, idéalisant le concept de paradis et scellant ainsi son destin à travers cette forme ultime de l'exploitation des femmes ? La décision de devenir martyre ou d'envoyer son fils à la mort au nom de Dieu, de la patrie ou de l'honneur doit à mes yeux plutôt être considérée comme une pitoyable et dérisoire mascarade. En fait de libération, l'histoire d'Ahlam Araf Ahmed Tamimi peut se résumer à celle d'une femme ayant enfreint la tradition et qui se voit offrir le moyen de se racheter avant de croupir dans les prisons israéliennes. De même pour Wafa Idris, qui déclara à une amie quelques jours avant son suicide : « Je suis devenue un poids pour ma famille. Ils me disent qu'ils m'aiment et veulent me garder auprès d'eux mais je vois bien dans leur attitude qu'ils souhaitent que je n'aie jamais existé. » Sans oublier Oum Nidal, censée représenter la quintessence de la mère musulmane sacrifiant son fils au nom d'Allah. Si l'on approfondit ses raisons d'agir ainsi, on s'aperçoit qu'en apportant son soutien au martyre de son enfant contre l'avis de son mari, Oum Nidal eut pour la première fois le sentiment d'agir en son nom propre.

Dans un contexte religieux où toute règle édictée s'assimile à la « parole d'Allah », l'idée même de droits des femmes est frappée d'anathème. Quand les Palestiniennes sont forcées de vivre dans une société où tout leur est interdit au risque des plus graves sanctions et n'ont droit à l'égalité et au respect qu'en se sacrifiant pour le bien de la nation, il ne faut pas s'étonner qu'elles soient de plus en plus nombreuses à opter pour la seconde solution. Andalib Audawan ne se montre guère optimiste lorsqu'elle dresse le bilan de la société palestinienne. « La tendance extrémiste de l'Islam a pris le pouvoir dans notre société et, je le dis avec tristesse, c'est d'abord une tragédie pour nous. On trouvera toujours des explications logiques et de bonnes raisons pour justifier l'adoption de cette ligne politique par nos dirigeants, que ce soit pour consolider leur pouvoir ou pour nous soustraire à l'occupation, mais c'est une chose que je n'accepte pas. En vérité, l'explication est simple, les groupes extrémistes ont recours aux kamikazes pour frapper

141

l'opinion et ils utilisent des femmes parce que c'est l'instrument le plus efficace pour faire passer le message. Que Dieu nous vienne à tous en aide si nous ne mettons pas un terme à cette folie le plus rapidement possible. »

Dans la société palestinienne, étudier la réaction de la rue a toujours été la meilleure façon de sonder sa popularité, mais ceci seulement *après* les faits, jamais *avant*. Ehud Yaari, journaliste à la télévision et spécialiste du monde arabe, explique que les responsables ont systématiquement testé leurs nouvelles options politiques en attendant de voir si elles étaient bien reçues dans la société. « La direction [palestinienne] lâche en quelque sorte des ballons d'essai, et si la population les laisse flotter au lieu de les crever, ils en déduisent que la proposition est gagnante. Ainsi le fait que tous les kamikazes laissent une cassette vidéo est devenu une mode, tout comme celui pour les femmes qui se font exploser de porter un bandeau vert frappé des mots "Allah Akbar". »

Dans les semaines qui suivirent la mort de Wafa Idris, en dépit de l'hystérie collective que son acte avait provoquée dans tout le monde arabe, l'utilisation des femmes en première ligne dans le combat contre l'occupant ou en tant que soldat de la lutte terroriste n'en restait pas moins soumise aux dures lois du Coran. On comprend mieux dès lors pourquoi Tamimi éprouva une telle fierté d'entrer au Hamas puis d'être autorisée à seconder un kamikaze pour sa dernière mission sur terre. Elle savait à l'époque et reconnaît volontiers aujourd'hui que, pour elle, c'était le signe que les responsables du Hamas, conscients

142

qu'elle était absolument « indispensable » au succès de la mission, avaient mis de côté leurs préjugés sur le rôle des femmes dans le combat pour la libération de la Palestine.

Après sa mort, Wafa Idris ne fut pas seulement considérée comme une héroïne de la cause palestinienne par le peuple, elle devint aussi un symbole vénéré de la femme dans tout le monde arabe. Restait malgré tout en suspens le problème de la légitimité des martyrs en général au regard des règles religieuses, question qui agita la communauté musulmane avant d'aboutir à une *fatwa* encourageant et bénissant les femmes qui suivraient l'exemple de Wafa.

Une déclaration du grand mufti d'Arabie saoudite, Abdel Aziz Ben Abdallah al-Cheikh, moins d'un mois après la mort de Wafa Idris, devait influencer de façon radicale les autres chefs religieux : « Je n'ai pas connaissance, déclara-t-il, de quoi que ce soit dans la loi religieuse relatif au fait de se tuer soi-même au milieu des rangs ennemis, ou concernant ce que l'on appelle "suicide"... Bien que le Coran permette et même exige de tuer l'ennemi, cela doit se faire d'une manière qui ne contredise pas la charia (la loi islamique)[1] ».

Cinq jours plus tard, il ajoutait dans une autre interview[2] : « Il y a une grande différence entre le martyre, qui est autorisé et même souhaité par l'Islam, et

---

1. Source : Interview du grand mufti parue dans le journal *Al-Sharq Al Awsat* publié à Londres le 15 février 2002. *(N.d.A.)*

2. Interview publiée le 27 février 2002 dans le *Al Hayat Al Jadida*, journal de l'Autorité palestinienne. *(N.d.A.)*

le suicide qui mène aux tourments de l'Enfer au jour du Jugement dernier. »

En réponse, le Dr al-Rantissi précisait : « Le suicide dépend de l'intention. Si le martyr veut se tuer parce qu'il est las de la vie, c'est un suicide. Mais, s'il veut sacrifier son âme pour frapper l'ennemi et être récompensé par Allah, il est considéré comme un martyr [1]. »

Finalement, le 26 février 2002, les « Érudits d'Al-Azhar » et le centre Al-Azhar de recherche islamique émirent leur propre règlement religieux favorable aux attaques suicide. Selon eux, « celui qui se sacrifie donne son âme pour s'approcher d'Allah et préserver les droits, l'honneur et la terre des Musulmans. [...] D'autre part, perd son âme celui qui se suicide parce qu'il se tue lui-même par désespoir [...] et pour fuir la vie, et non pour un but plus élevé, religieux ou national, ou bien au nom de la libération de la terre qui lui a été volée. Quand les Musulmans sont attaqués dans leurs propres maisons et que leur terre leur est enlevée, le Jihad pour Allah devient le devoir de chacun, des hommes comme des femmes. Dans ce cas, les opérations martyre constituent une obligation impérieuse et sont la forme la plus élevée du jihad islamique. »

Le 27 février 2002, Darine Abou Aïcha, brillante étudiante à l'université Al Najar de Naplouse, se faisait exploser au poste de contrôle de Maccabim près de Jérusalem. À la différence de Wafa Idris, elle connut le privilège discutable d'être la première femme kamikaze à laisser derrière elle une cassette

---

1. Source : *Al Ayat*, Londres-Beyrouth, 25 février 2002. *(N.d.A.)*

vidéo. Elle est également jusqu'ici la première et la seule à s'être tuée sous les auspices du Hamas.

UNE BRILLANTE ÉTUDIANTE

Darine grandit avec ses onze frères et sœurs à Beit Wazan, un petit village à la périphérie de la trépidante Naplouse, à l'abri de la pollution et de la surpopulation, loin du sinistre dédale de ruelles et de maisons serrées les unes contre les autres, en un mot loin de tout ce qui caractérise un camp de réfugiés.

La maison de son enfance est grande et confortable. Une magnifique véranda donne sur une luxuriante étendue d'oliveraies et de vergers remplis de pommes, de poires et de prunes. Aux murs, pas la moindre trace des habituels ornements en l'honneur des martyrs de la première ou de la seconde Intifada. En Cisjordanie, la famille Aïcha fait figure de privilégiée et Mohammed, le père de Darine, fut toujours en mesure d'assurer un bon niveau de vie à sa femme et à ses enfants. Travaillant dans le secteur du bâtiment et, en des temps plus calmes, exportant ses olives et ses fruits vers Israël et de l'autre côté du pont Allenby, vers la Jordanie, il n'eut jamais à connaître l'humiliation de ceux qui, obligés de passer en Israël pour travailler, devaient accepter les emplois serviles qu'on réservait aux Palestiniens. À la différence de la majorité des familles palestiniennes déplacées après 1948, puis à nouveau en 1967, Mohammed et sa femme Nabila sont tous les deux originaires de Naplouse, comme leurs parents et leurs grands-

145

parents. Ils sont cousins germains et se marièrent en 1968 pour préserver du démantèlement les vastes domaines des deux familles qui craignaient l'instabilité politique consécutive à la guerre des Six-Jours.

Femme séduisante de cinquante-huit ans, Nabila Aïcha porte un *hidjab* – un foulard qui couvre la tête, le cou et la gorge – d'une blancheur immaculée et un long *jilbab* crème. Ses mains sont douces, signe d'une vie relativement confortable. Ses doigts sont ornés de bagues en or et elle porte à chacun de ses fins poignets de luxueux bracelets. Son mari, de six ans son aîné, souffre d'un grave diabète qui l'a rendu presque aveugle. De grosses lunettes noires protègent ses yeux de la lumière trop intense. Le jour de l'interview, il mentionna qu'il ne pouvait pas se procurer les médicaments dont il avait besoin à cause du couvre-feu imposé par l'armée israélienne aux habitants de Naplouse. Il ajoute, résigné, que si le couvre-feu est levé le lendemain il pourra envoyer quelqu'un à la pharmacie chercher ce qu'il lui faut. Il est toujours difficile de prévoir le nombre de tablettes nécessaires, poursuit-il, parce que le gouvernement militaire décide sans prévenir que les gens doivent rester enfermés chez eux, sans les avertir du moment où la vie reprendra son cours normal.

L'attitude de chacun, père, mère et enfants, était empreinte de tranquille dignité malgré la douleur perceptible sur leurs visages. Étrangement, M. Aïcha resta silencieux pendant tout le reste de l'interview, assis à l'autre bout du canapé où se trouvait sa femme. Il ne prit la parole que lorsqu'elle éclata en sanglots. Puis, ôtant ses lunettes pour essuyer ses yeux baignés de larmes, il désigna sa femme avec un geste d'impuissance : « Qu'est-ce que je peux faire ? Elle pleure tout le temps et je ne peux rien pour la réconforter. » Il ajouta en soupirant : « C'est notre lot maintenant : pleurer notre enfant. Ma femme ne s'en remettra jamais. C'est comme ça. Nos vies ne sont plus remplies que par la douleur d'avoir perdu notre fille. »

Darine Abou Aïcha, la plus jeune fille de Mohammed et Nabila, leur septième enfant, avait vingt ans quand elle est morte. C'était une brillante étudiante en littérature anglaise à l'université Al Najar de Naplouse. Brune aux yeux noirs, elle possédait un sourire espiègle que ses sœurs qualifiaient d'« irrésistible ». Samira, une cousine qui habite la maison voisine, tout aussi cossue que celle de la famille Aïcha, affirme que Darine avait eu de nombreux soupirants et reçu de nombreuses demandes en mariage. « Elle les a toutes refusées. Il n'y avait que les études qui l'intéressaient. » Elle reprend après un silence : « Parfois, les gens la tourmentaient et l'insultaient parce qu'elle refusait de se marier et d'avoir des enfants. Ses parents en souffraient. Maintenant, ils se sentent soulagés parce qu'ils ont compris qu'elle avait d'autres projets beaucoup plus importants. Elle savait que son destin était de devenir l'épouse d'Allah au paradis. »

Pendant le déroulement de l'interview avec Samira, son père, son mari et ses trois petits enfants la rejoignirent dans le salon. C'est alors qu'elle révéla que son propre frère était mort en martyr en se faisant exploser à la gare routière de Jérusalem le

147

16 avril 2001. Elle fouille dans son porte-monnaie et en sort un médaillon portant l'image de son frère martyr d'un côté et un portrait de Darine de l'autre. « J'ai un autre frère qui a voulu mourir en martyr mais qui a échoué. Il est maintenant dans une prison israélienne. Il nous est difficile d'aller le voir à cause du bouclage continuel des territoires. »

Samira raconte que Rachid, celui de ses frères qui survécut à son attaque suicide, fréquentait aussi l'université Al Najar et était proche de Darine : « Ils étaient tous les deux très intelligents, et ils avaient en commun une foi profonde en Allah. » Le père de Samira, Atta, qui est également l'oncle de Darine, explique qu'avant son arrestation, Rachid mit Darine en contact avec plusieurs responsables du Hamas à l'université Al Najar. « Quand mon fils aîné est devenu martyr, mon deuxième fils a voulu suivre son exemple. En attendant que l'occasion se présente, il a décidé d'aider Darine à s'élever elle aussi au rang de martyre. C'est grâce à lui qu'elle a réussi. Même s'il n'est pas parvenu à être lui-même un martyr, il est respecté pour l'aide qu'il a apportée à Darine. »

Al Najar est connu pour être l'établissement d'enseignement supérieur le plus extrémiste de tous les territoires occupés. Sous le contrôle du conseil des étudiants dirigé conjointement par des membres du Jihad islamique et du Hamas, il s'est distingué en fournissant pas moins de quatre-vingt-dix-sept kamikazes depuis le début de cette Intifada. Après l'attentat de la pizzeria Sbarro le 9 août 2001, les étudiants d'Al Najar inaugurèrent le 23 septembre une exposition comprenant, entre autres, une macabre reconstitution de l'attentat, morceaux de cadavres en papier mâché et portions de pizzas éparpillés dans la pièce à l'appui. Rachid, le cousin de Darine, participa à la réalisation de l'exposition. « Elle était dédiée à Izzedine al-Masri, explique Samira, mais mon frère m'a dit qu'elle rendait aussi hommage à Darine. » À la fin de l'interview, elle incita ses deux fils de quatre et dix ans à montrer leur détermination à mourir un jour en martyr. Le plus jeune parvint à répéter les mots que sa mère lui soufflait : « Je veux être un martyr comme mon oncle. » Le plus grand se montra plus réticent, et finit par lancer qu'il voudrait aller à l'université pour devenir « docteur des animaux ». Samira s'excusa pour lui. « Il est trop jeune pour le moment. Il ne comprend pas. Il croit qu'il sait ce qu'il veut. Plus tard, il comprendra qu'il doit suivre l'exemple donné par son oncle et sa tante Darine. »

Les trois sœurs de Darine, même si elles excluent catégoriquement l'idée de devenir kamikazes, sont extrêmement fières d'elle. Elles arborent toutes trois la même tenue : *hidjab* blanc et *jilbab* noir. « L'acte [de Darine] a rendu mes parents malades, raconte l'aînée, Mouna. Si cela ne leur avait pas causé autant de peine, nous aurions fait pareil. » Et pour Mouna il ne fait aucun doute que la décision de Darine ne doit rien à l'influence de son cousin ou de qui que ce soit à l'université Al Najar mais découlait de sa croyance profonde dans les enseignements du Coran : « Elle savait qu'elle irait au paradis et comprenait qu'elle contribuerait à la libération de notre terre en devenant *shahida*. »

Nano Abdul, la meilleure amie de Darine, n'est pas

d'accord. Selon elle, Darine était une jeune fille brillante, douée en mathématiques et qui s'intéressait passionnément à la littérature anglaise. Elle n'avait pas peur de discuter des œuvres de Chaucer ou de *Beowulf* ou encore de l'influence de l'antisémitisme sur l'œuvre de Jean-Paul Sartre. Elle se dit persuadée qu'après son diplôme d'anglais, Darine aurait probablement souhaité enseigner à l'université. « Son acte m'a choquée, déclare Nano, et je suis certaine que tous ceux qui ont connu Darine ont été aussi choqués que moi parce que cela ne correspondait pas à ses désirs. C'était une battante, une féministe, quelqu'un qui ne se laissait pas facilement influencer par les autres, qui défendait ses convictions sans se soucier de l'opinion de ses condisciples. » Quant aux raisons qui auraient pu pousser Darine au bord du désespoir, Nano reste un moment silencieuse avant de répondre presque dans un murmure : « Une énorme pression pesait sur elle pour qu'elle se marie. Ses parents n'étaient pas très contents de ses succès universitaires parce qu'ils avaient cru qu'elle n'irait à l'université que jusqu'au moment de se marier et d'avoir des enfants. Ils furent bouleversés lorsqu'elle leur annonça qu'elle n'avait pas l'intention de se marier un jour parce qu'elle refusait de devenir une esclave. »

UN DESTIN TOUT TRACÉ

Fait encore plus intéressant, Nano révéla que Darine, férue de littérature, alla jusqu'à trouver dans *Le Vieil Homme et la mer* d'Ernest Hemingway un passage qui éclairait sa future décision de se faire martyre. « Elle cita le moment où le vieux pêcheur épuisé, regagnant la rive les mains vides après avoir perdu son combat contre l'espadon géant, se retourne et crache dans la mer avec mépris. Même s'il n'avait pas remporté son trophée, il avait cependant lutté vaillamment et n'avait pas été battu. Pour Darine, la lutte pour la Palestine, tant sur le plan individuel que national, donnait un "véritable sens à sa vie". » Darine poursuivit en expliquant à Nano qu'il n'y avait aucune honte à perdre une bataille, l'essentiel étant de ne pas renoncer... « Dans les limites de mes capacités et de mon éducation, ajouta Darine, j'essaierai de faire tout ce qui est en mon pouvoir pour contribuer à la libération de la Palestine et cela, en retour, me libérera moi-même. » Pour Nano, Darine, bien que brillante, était freinée sur le plan intellectuel ; l'enseignement qu'elle recevait à Al Najar ne parvenait pas à étancher sa soif de connaissances. « En théorie, c'était une jeune femme douée, dynamique, qui avait toutes les raisons de vivre. Elle était issue d'une famille aisée et respectée de tous, qui avait relativement peu souffert des rigueurs de l'occupation. Mais je sentais en Darine une frustration qui allait bien au-delà des petits tracas de tous les jours. Et, plus le temps passait, plus elle comprenait que, quels que soient ses succès universitaires, son destin de femme palestinienne était scellé : mariage arrangé, six ou sept enfants, et un mari qui ne partagerait probablement pas ses attentes ou ses passions. Elle finit par devenir nihiliste. Plus rien n'avait d'importance. Plus rien ne l'enthousiasmait, ne la poussait à progresser.

Elle était allée aussi loin qu'elle le pouvait dans le milieu qui était le sien. » Curieusement, ce ne fut qu'à la toute fin de sa vie que Darine aborda le sujet de son combat personnel, d'abord en tant que fille d'une famille palestinienne fortement imprégnée de tradition, puis en tant que femme aspirant à la liberté au sein d'une société aux multiples interdits culturels. « Et pourtant, poursuit Nano, à aucun moment elle n'a envisagé de se détourner de la religion à cause des contraintes qu'elle faisait peser sur elle. Au contraire, elle était décidée à tout faire dans le cadre de cette religion pour s'imposer, devenir indépendante et faire exception à la règle. »

Mouna, la sœur de Darine, confirme que c'était une jeune fille brillante, mais précise qu'elle était plus attirée par les questions intellectuelles que par la politique. « Elle se disait féministe au sens large du terme. Ma sœur répétait souvent que dans notre société, les relations humaines sont une sorte de moule dans lequel nous avons été coulés par nos parents et dont il est impossible de se libérer tant les règles établies par la tradition sont rigoureuses. » Mouna rapporte que Darine se plaignait amèrement dans les derniers mois de ce que sa « vie était dénuée de sens et sans intérêt ».

Darine partait pour de longues promenades solitaires dans les collines escarpées et les profondes vallées si caractéristiques de la région de Naplouse, s'aventurant même dans des zones dangereuses où les chars israéliens n'hésitaient pas à tirer sur quiconque violait le couvre-feu. Nano raconte qu'elle venait la voir après ces sorties pour lui parler de sa colère et de sa frustration. « Bien sûr elle évoquait l'occupation, mais aussi l'énorme pression que ses parents exerçaient sur elle pour qu'elle se marie et devienne une épouse et une mère soumise, destinée à faire des enfants et à les élever, avec un mari tout-puissant qui aurait sur elle une autorité absolue. Darine résistait de toutes ses forces. Elle me confiait qu'elle préférait mourir. »

Le moment clé qui permit à Darine d'exprimer ce qu'était pour elle le féminisme survint deux mois seulement avant sa mort. En décembre 2001, elle s'inscrivit pour participer à un concours réservé aux étudiantes en littérature anglaise et organisé dans tout le monde arabe (Jordanie, Égypte, Algérie, Maroc, et Syrie). Chaque candidate – il y en avait plus de deux cents – devait rédiger un essai sur le fait d'être femme dans une société musulmane. Darine, qui n'ignorait pas que toutes les participantes n'étaient pas forcément des musulmanes pratiquantes, avait cependant la sensation, selon les dires de Nano, que sa conception du féminisme était autrement plus « pure et véritable » qu'on ne l'imaginait, en particulier parce qu'elle émanait « d'une femme qui se couvrait la tête et le corps ». S'appuyant sur le Coran, Darine rappelait que le livre sacré enseigne que « tous les hommes et les femmes sont égaux, que les individus ne doivent pas être jugés en fonction de leur sexe, de leur beauté, de leur fortune ou des privilèges dont ils jouissent ».

« Seul le caractère rend une personne meilleure qu'une autre, poursuivait Darine. J'ai fait des études supérieures et je suis une femme musulmane qui estime que son corps ne regarde qu'elle. J'affirme qu'en aucune façon ce que l'on pense de ma personne physique ne doit influer sur les rapports sociaux que

153

j'ai avec les autres. Le *hijab* me libère du regard porté sur mon corps. Dès lors que mon apparence n'est plus soumise à un examen, ma beauté ou ma laideur ne font plus partie des sujets dont on peut légitimement débattre... La vraie égalité n'existera que lorsque les femmes n'auront plus à s'exhiber pour attirer l'attention et ne devront plus avoir à justifier leur décision de se réserver leur propre corps. »

Darine ne gagna pas le concours, mais son texte, reproduit sous forme de tract, fut largement diffusé dans les écoles et les universités de toute la Cisjordanie et Gaza. Elle passa à la télévision et devint ainsi une sorte de célébrité locale dans le rôle de la « femme musulmane libérée ». Une semaine plus tard, un incident à un poste de contrôle israélien près de Naplouse devait sceller son destin.

Nabila Aïcha, la mère de Darine, raconte calmement, quoique à travers ses larmes, l'événement qui, selon elle, fut le facteur déterminant qui conduisit sa fille à la mort.

Au poste de contrôle près de Naplouse, il y avait l'habituelle file de Palestiniens qui attendaient de pouvoir passer. Darine était tout près du poste en compagnie de Rachid, son cousin et ami. Une femme se tenait non loin d'eux, son enfant brûlant de fièvre dans les bras. Les soldats refusaient de la laisser passer et franchir la dizaine de mètres la séparant de l'ambulance qui devait la conduire à l'hôpital le plus proche. « Darine me raconta que l'enfant commençait à étouffer et à devenir bleu. Le bébé était en train de mourir, rapporte Nabila. » Malgré les supplications de

154

tous les témoins du drame, les soldats refusaient catégoriquement de faire la moindre exception et conti-
nuèrent à contrôler les papiers. « Ils ne voulurent pas
la laisser passer devant Darine et son cousin qui,
pourtant, les imploraient afin de céder leur place à la
femme. » Darine, qui parlait anglais, se mit à plaider
la cause de la malheureuse. Pour toute réponse, les
soldats échangèrent entre eux quelques mots à voix
basse avant d'éclater de rire. L'un d'eux s'approcha
alors de Darine et lui proposa de laisser passer la
femme avec son bébé mourant si son « compagnon »
(son cousin) l'embrassait sur la bouche. « Ma fille
était horrifiée, explique Nabila. Ce qu'ils lui deman-
daient était contraire à la religion, mais en même
temps, le sort de cet enfant dépendait d'elle. » Darine
essaya d'expliquer aux soldats qu'elle était musulmane et devait rester voilée, que c'était un péché de
permettre à un homme de l'embrasser, sauf s'il s'agissait de son mari, et encore ce n'était pas autorisé en
public. Sans prévenir, un des soldats lui arracha son
hijab. « Elle était profondément humiliée, poursuit
Nabila, le bébé avait cessé de respirer et sa mère criait
de désespoir. » Elle enfouit son visage dans ses mains
et soupire profondément. « Que pouvait faire ma fille ? »

Darine demanda aussitôt à son cousin de l'embrasser sur les lèvres, pour sauver l'enfant. Le jeune
homme obéit, malgré les protestations des témoins de
la scène. Comme promis, les soldats laissèrent passer
la femme et son bébé, qui montèrent dans l'ambulance. « Le lendemain, raconte Nabila, Darine nous

155

réunit pour nous apprendre ce qui s'était passé. Le soir même, Rachid vint nous voir pour demander la main de Darine. »

Le geste du jeune homme était noble et sincère, puisque les deux familles, après avoir eu connaissance de l'incident, le jugèrent suffisamment grave pour estimer que Darine avait compromis ses chances de trouver un homme honnête.

Le traumatisme et l'humiliation infligés par les soldats israéliens furent encore aggravés lorsque Darine apprit que ses parents insistaient pour qu'elle épouse Rachid. Elle refusa. Elle était outrée à l'idée d'être obligée de mettre un terme à ses études pour se marier avec un homme qui, même si c'était un bon camarade, ne figurait pas dans ses projets. Elle se refusait aussi à voir le cours de sa vie bouleversé parce qu'un groupe de soldats israéliens avaient eu une attitude immorale. Selon Nano, Darine fut d'une parfaite honnêteté avec Rachid, qui lui promit de l'aider à trouver une autre solution afin que le déshonneur ne s'abatte pas sur sa famille.

Profondément croyante et avide de connaissances, Darine était au courant du débat qui agitait la Cisjordanie au sujet de la *fatwa* édictée par les chefs religieux autorisant les femmes à participer à des attentats suicide. « Elle nous expliqua qu'elle était une féministe au vrai sens du terme, poursuit Nano, suivant le Coran à la lettre. Le débat sur la *fatwa* lui indiqua le bon choix. »

Pour ses amies d'Al Najar, sa décision de mourir en martyre fut naturellement inspirée « par Allah ». Nayfeh, condisciple de Darine à l'université, explique

156

que « sa lecture littérale du Coran la conduisit à accepter le nouvel édit concernant les femmes. Elle affirmait qu'il était trop facile de changer les règles pour des raisons autres que religieuses, et faisait confiance aux chefs religieux pour interpréter correctement le Coran. »

Elle incarnait la nouvelle arme infaillible du Hamas.

Dotée d'une foi inébranlable, suffisamment intelligente pour comprendre les implications politiques d'un édit religieux qui modifiait brutalement les règles du jeu, déprimée et désespérée à l'idée d'être obligée de se marier mais consciente qu'un refus de sa part attirerait le déshonneur sur sa famille, Darine Abou Aïcha décida, avec le soutien de son cousin Rachid, de devenir la deuxième femme kamikaze de l'histoire de la lutte palestinienne.

Nabila, la mère de Darine, paraît inconsolable quand elle relate la façon dont elle apprit les intentions de sa fille. Quelques minutes avant de faire exploser sa ceinture au poste de contrôle de Maccabim près de Jérusalem, Darine l'appela au téléphone pour s'excuser d'être sortie sans autorisation de la maison et pour lui dire au revoir. Lorsqu'on demande à Nabila si elle a dit quelque chose à sa fille pour tenter de l'arrêter, elle acquiesce, les yeux embués de larmes. « J'ai tout essayé, gémit-elle. Je lui ai dit que je l'aimais, qu'elle allait me tuer, que c'était ma fille préférée, mon plus bel enfant. » Elle s'interrompt un instant pour reprendre sa respiration. « Mais il était trop tard. »

Appeler pour s'excuser d'être sortie sans permission,

ce geste à lui seul démontre à quel point les lois coraniques sont profondément ancrées chez les femmes. Iyad Sarraj est visiblement ému lorsqu'il commente le fait. « Pour elle [Darine], il était plus grave de quitter la maison sans autorisation que d'avoir à annoncer à sa mère qu'elle s'embarquait pour le paradis. Il faut bien comprendre que dans notre religion et dans cette société, le martyre est le plus grand honneur auquel un individu puisse prétendre. »

Plusieurs mois après sa mort, la mère de Darine, complètement brisée, se rendit à Al Najar pour récupérer les diplômes de sa fille. Ils trônent aujourd'hui sur les murs de la maison familiale.

Le jour de la mort de Darine Abou Aïcha, le 27 février, un mois pile après que Wafa Idris fut devenue l'héroïne de la Cisjordanie et de Gaza, le cheikh Ahmed Yassine, guide spirituel du Hamas, et le Dr al-Rantissi annoncèrent précipitamment que rien dans le Coran ni dans la tradition musulmane n'interdisait aux femmes de devenir les égales des hommes dans le combat. En réalité, ils répondaient à la Brigade des martyrs d'Al-Aqsa qui, après avoir revendiqué l'attentat de Wafa Idris, était en train de gagner la faveur de l'opinion dans tous les territoires occupés en édictant une *fatwa* qui autorisait non seulement les femmes à participer à des attentats suicide mais énumérait les récompenses qui les attendaient au paradis après leur martyre.

Dans sa maison de Sabra, à la périphérie de Gaza, le cheikh Ahmed Yassine expliquait dans une récente interview que « les femmes qui commettent un attentat suicide et tuent des Juifs sont récompensées au

158

paradis en devenant encore plus belles que les soixante-douze vierges promises aux hommes mar-tyrs ». Il ajoutait que si la femme est célibataire, elle est assurée d'épouser un homme pur et peut en outre faire entrer au paradis soixante-dix membres de sa famille qui ne souffriront pas des tortures de la tombe. Si la femme est mariée, elle est assurée que son mari la rejoindra au paradis à sa mort, qu'il meure ou non en martyr. « Les femmes, au même titre que tous les musulmans, ont le droit et le devoir de participer à des attentats suicide pour détruire l'ennemi et amener un État islamique dans toute la Palestine. »

Après la promulgation de cette *fatwa* par les res-ponsables musulmans, al-Rantissi s'empressa lui aussi de définir la place des femmes dans le combat et d'énumérer les récompenses qui attendaient les futures shahidas au paradis. Il insista particulièrement sur le fait que le Coran non seulement incitait les femmes à participer à la lutte mais les autorisait à le faire sans la « permission » des « hommes de leur famille ». Quant aux récompenses, il fut on ne peut plus explicite : « Elles gagnent la satisfaction, dit-il. Au paradis, les femmes sont pleinement satisfaites, ce qui est essentiel, parce qu'il n'y a plus de compétition entre hommes et femmes. Tout le monde obtient ce qu'il désire et devient son propre maître. Elles sont comblées après la mort. »

Leïla Khaled, la première pirate de l'air palesti-nienne, devait expliquer en détail la subite volte-face du cheikh Ahmed Yassine et d'al-Rantissi lors de son interview à Amman en ces termes : « Dans notre communauté, il y a une forte tendance religieuse à glorifier les martyrs, et voilà que subitement les docteurs de la loi autorisent les femmes à devenir *shahida*, ce qui augmente la portée des attentats (suicide). Je ne suis pas certaine cependant que cela fasse avancer en quoi que ce soit la cause de l'égalité. »

Le cheikh Ahmed Yassine, s'il affirmait que les femmes étaient les « bienvenues comme martyres », ajoutait pourtant qu'elles étaient moins bien armées psychologiquement et physiquement que les hommes pour mener de telles missions. « Les hommes sont plus efficaces parce qu'ils sont plus doués pour se cacher avec leur bombe une fois qu'ils ont franchi la Ligne verte. Ils sont plus solides psychologiquement que les femmes, qui peuvent se révéler incapables de rester cachées seules dans le noir dans une orangeraie, une décharge à ordures en attendant le moment de l'attentat. » Pressé de donner un exemple, il cita l'attentat suicide survenu au Park Hotel de Netanya, le premier jour de la Pâque juive en mars 2002 où l'action du kamikaze fit plus de cinquante victimes, pour la plupart des personnes âgées venues célébrer le premier Séder juif. « Voilà une opération beaucoup plus réussie que l'attentat de Wafa Idris qui ne tua qu'un Israélien ou que celui de Darine Abou Aïcha qui ne blessa que quelques soldats. » Le cheikh continuait à se féliciter de la collaboration des femmes, tout en ajoutant que « certaines d'entre elles ne supportent pas la vue du sang ». « Toutes les femmes ne sont pas faites pour prendre part au combat. Dans ce cas, d'autres missions aussi importantes les attendent pour délivrer notre terre de l'envahisseur. »

Selon toute évidence, la violence qui prévaut

aujourd'hui fait non seulement couler beaucoup de sang dans les deux camps mais sème la mort à égalité parmi les femmes et les hommes. Quand il s'agit de mourir au nom d'Allah, le Coran est interprété de façon à dégager les hommes kamikazes de toute conscience morale et de tout sentiment de culpabilité normalement associés à l'idée de se tuer ou de tuer des civils. Idem pour les femmes, chez qui le nombre croissant de candidates au martyre a débouché sur une redéfinition des préceptes religieux visant à les libérer, elles aussi, de tous les interdits moraux fixés par la religion musulmane.

Cette unanimité fut rompue par deux intellectuels palestiniens, Sari Nusseibeh et Hanan Ashrawi, auteurs d'une pétition appelant à l'arrêt des attentats suicide. Frêle lueur d'espoir, même si les motifs invoqués ont de quoi surprendre, qui avancent que les attaques suicide ne réussissent qu'à donner un prétexte aux Israéliens pour imposer de nouveau leur présence dans les territoires occupés et fournissent un argument au monde entier pour ranger une fois de plus les Palestiniens dans la catégorie des terroristes. Mais, comme Raji Sourani, avocat des Droits de l'homme, ne manque pas de le souligner : « Nulle part il n'est fait allusion au caractère immoral d'actions qui tuent des civils innocents dans quelque camp que ce soit. »

Paradoxalement, seule la féministe et universitaire israélienne Mira Tzoreff défendit la position de Nusseibeh et Hasrawi en déclarant : « Il fallait du courage pour s'élever contre de tels actes. Je suis persuadée qu'ils redoutaient d'aller plus loin pour ne pas paraître condamner les dirigeants. »

VI

L'EFFROYABLE SURENCHÈRE
DE YASSER ARAFAT

L'union entre le Jihad islamique, le Hamas et le Fatah d'Arafat, bien qu'il s'agisse d'un phénomène relativement récent en Cisjordanie et à Gaza, puise ses racines dans une longue histoire d'alliances croisées entre les groupes palestiniens religieux et politiques qui remonte aux années 70. En étudiant en amont certains événements cruciaux de l'histoire palestinienne, l'utilisation des femmes martyres apparaît dès lors comme une conséquence évidente de ces alliances.

Jusqu'à ce que Wafa Idris devienne la première femme martyre, les attentats suicide étaient le domaine réservé du Hamas et du Jihad islamique, mouvements militants dont les objectifs ont toujours été de créer un État islamique dans toute la Palestine et, par voie de conséquence, d'empêcher Arafat et l'OLP de parvenir à un accord de paix avec Israël. Conformément à la tradition islamique, les bombes humaines ont toujours été des hommes de moins de trente ans, religieux, célibataires, extrêmement engagés politiquement et sans emploi. Ils étaient nombreux à avoir effectué un séjour

163

dans les prisons israéliennes ou à compter dans leur famille un homme ayant été blessé, tué ou emprisonné par les forces israéliennes.

Pour les musulmans en général et les militants islamiques en particulier, l'influence et les enseignements du Coran sont une référence absolue. Au cours des quatorze derniers siècles, il a guidé leur ferveur religieuse et fixé les principes et la morale de leur vie quotidienne. Selon le Coran, les martyrs gagnent la gloire en « mourant pour l'amour d'Allah » et sont récompensés par une vie éternelle au côté de leur Dieu, comme l'indique le verset du Coran qui ouvre toutes les notices nécrologiques consacrées aux femmes et aux hommes martyrs : « Ne considère pas ceux qui sont tombés au service d'Allah comme morts. En vérité, ils vivent auprès de leur Dieu[1]. »

L'idéologie de la guerre sainte (*jihad*), considérée comme le principal objectif menant à une révolution islamique au Moyen-Orient, servit de fondement à une collaboration étroite entre les groupes extrémistes musulmans dans les territoires occupés d'une part et le Fatah de Yasser Arafat d'autre part. Arafat pensait à l'origine que, pour atténuer le pouvoir croissant des activistes du Jihad islamique dans les territoires occupés, qui appelaient à une intensification de la « lutte armée » contre Israël, il devait tenter d'attirer un contingent de jeunes militants religieux issus de leurs rangs dans sa propre organisation. Pour leur part, le Jihad islamique et le Hamas savaient qu'ils avaient besoin des solides infrastructures du Fatah

---

1. Coran Surat al' Imran (3, 169).

dans les territoires occupés, de ses relations en Jordanie et dans les autres pays arabes, et, plus particulièrement, de grosses sommes d'argent pour financer leurs objectifs militaires et politiques.

« On ne peut plus parler de séparation entre le mouvement religieux et le mouvement laïc, estime Mira Tzoreff, même si le Fatah a d'abord été constitué en tant qu'organisation laïque. Nous assistons à un processus d'islamisation du Fatah et de laïcisation du Hamas qui est la base de leur puissance et de leur pouvoir conjoint en Cisjordanie et à Gaza. Le Fatah a besoin du discours islamique pour affermir sa position et être capable d'aller vers les extrémistes religieux en leur disant : « Vous faites partie de nous, vous êtes des nôtres et nous ne pouvons pas nous permettre de vous perdre, ni vous, ni votre soutien, au risque de ne pas atteindre notre objectif nationaliste de créer un État palestinien. » Plus tard, Arafat pourra songer aux moyens d'éviter que la Palestine ne devienne un État islamique, mais il sait pertinemment qu'à cette époque-là, quelqu'un d'autre occupera son poste et que c'est à lui qu'il incombera de régler ce problème. De fait, la seule chose qui l'intéresse, c'est de rester dans les mémoires comme celui qui a accompli la première phase dans la lutte pour l'indépendance.

Le Pr Tzoreff explique que quand Arafat, laïc, parle du Coran, il puise simplement dans son héritage culturel, un peu comme le Président Bush qui, dans ses discours au peuple américain, cite des passages de la Bible ou invoque Dieu. « Arafat doit agir ainsi pour avoir une légitimité auprès de son peuple, il doit leur parler en utilisant un langage et une terminologie qu'ils comprennent. En fin de compte, il transforme les *shahide* ou *shahida* islamiques en notions nationalistes de martyrs pour la nation, plutôt que de martyrs pour Allah. »

Inversement, pour ne pas être marginalisés, les islamistes ont besoin que le Fatah cautionne leurs activités et leur propre forme de nationalisme. « La société palestinienne par essence n'est pas une société religieuse, précise Tzoreff. Tout soutien que les islamistes peuvent obtenir de la frange dite laïque de la société ne fait que les rendre plus forts. »

Mais s'il est avéré que tous les membres du Jihad islamique et du Hamas sont des musulmans pratiquants, ce serait une erreur que de voir dans le Fatah une organisation non religieuse ou laïque. Selon le cheikh Abd El-Salam Abou Shoukheydem, le grand mufti des forces de police de l'Autorité palestinienne : « Aucun Palestinien musulman ne se considère comme laïc. L'Occident estime qu'Al-Aqsa est une organisation laïque mais nous sommes des musulmans pratiquants et convaincus. Nous croyons au paradis et aux récompenses qu'on y reçoit autant que ceux que vous appelez les fondamentalistes. »

Comme l'explique Shalom Harrari (officier des services secrets) : « Chaque document émis par l'Autorité palestinienne commence par la formule "Au Nom d'Allah". Arafat a uni ses forces aux forces religieuses, religion et politique sont désormais indissociables. »

Et, de fait, dans son discours aux femmes du 27 janvier 2002, Arafat déclara tout net : « Israël disparaîtra dans une croisade du même type que celle qui se produisit en l'an 1211. »

Le Jihad islamique, le Hamas et le Fatah sont en tout cas persuadés que la lutte armée constitue le seul moyen de libérer la Palestine. Mais pour Yasser Arafat, la lutte est menée sous la bannière nationaliste et patriotique, tandis que pour les deux autres organisations, libérer la terre d'Islam est un devoir religieux qui incombe à chaque musulman. Même si l'utilisation des femmes dans ce type d'attaques suicide constitue une rupture majeure avec la tradition, l'homme kamikaze « conventionnel » restait une arme rarement utilisée au Moyen-Orient jusque vers la fin des années 70. À cette époque, les guides religieux se référaient encore aux passages du Coran qui « condamnent en tant que péché le fait de s'ôter la vie ». Une nouvelle interprétation, établissant que « le don de sa vie dans un acte de martyre » constituait une responsabilité et un devoir glorifié par Allah et respecté en tant qu'acte suprême de dévotion religieuse par tous Ses disciples, allait pourtant s'imposer dans les années 80.

L'ÉQUILIBRE DES POUVOIRS

Au début des années 70 au Liban, trois organisations islamiques, Al-Tahrir Al-Islami, Al-Jihad et les Frères musulmans se fédérèrent sous le nom de Jihad islamique. (L'organisation des Frères musulmans avait été fondée en 1928 en Égypte par un instituteur,

Hassan Al-Banna, à l'origine pour combattre l'occupation par l'armée britannique.) Le Jihad islamique agissait ouvertement au Liban, puis il gagna peu à peu de l'influence en Jordanie, dans les territoires occupés et à Gaza, en s'y assurant une forte présence. Cependant, malgré leur unité apparente, ces trois organisations étaient en désaccord sur certains points pratiquement depuis le début.

Ainsi, par exemple, Al-Tahrir Al-Islami et Al-Jihad mettaient en avant que le conflit israélo-arabe ne se limitait pas à un problème de territoire mais représentait au fond un conflit religieux dans lequel Israël apparaissait comme le fer de lance de l'Occident au cœur du monde musulman. Ils estimaient que l'élimination d'Israël était le premier pas vers le retour de tous les musulmans dans la foi et vers l'instauration d'un État islamique sur toute la terre arabe, y compris la Palestine.

Les Frères musulmans pour leur part s'occupaient davantage de répandre la culture islamique et les œuvres sociales dans les territoires occupés et à Gaza. Ils soutenaient que le problème palestinien ne trouverait de solution qu'*après* l'instauration d'un État islamique en Palestine, ce qui dépendait de leur capacité à diffuser les enseignements culturels et religieux de l'Islam dans la région. Avant de lancer une lutte armée dans les territoires occupés, les Frères musulmans pensaient qu'ils devaient développer leurs infrastructures dans la bande de Gaza et en Cisjordanie par le biais de l'endoctrinement islamique. Toute évolution vers la violence à ce moment-là risquait de remettre en cause la relative liberté de culte concédée par les forces de sécurité israéliennes.

Ce à quoi Al-Tahrir Al-Islami et Al-Jihad répliquaient que la lutte armée était une obligation divine qui devait commencer sans délai.

Mais le point de désaccord le plus sérieux entre les trois organisations résultait des changements ayant affecté la communauté islamique en 1978, après la révolution iranienne et l'essor du fondamentalisme qui s'étendit de l'Iran vers le Liban et la Syrie. À cette époque Al-Tahrir Al-Islami et Al-Jihad, à la différence des Frères musulmans, prirent comme modèle la révolution conduite en Iran par l'ayatollah Khomeyni. Grâce à l'influence détenue par les mollahs iraniens, le courage du soldat iranien pendant la guerre Iran-Irak devint un symbole pour tout combattant en lutte contre l'occupation israélienne en Cisjordanie et à Gaza. Partout, on vit apparaître des photographies montrant des soldats iraniens qui partaient au combat avec autour du cou la « clé du paradis » au bout d'une chaîne, symbole de leur désir de mourir au nom d'Allah en se battant contre l'« ennemi infidèle ».

D'autres événements vinrent encore modifier l'équilibre des pouvoirs ainsi que l'influence religieuse au Liban, changements qui devaient finalement peser sur l'avenir de Yasser Arafat et de l'OLP.

Le 3 juin 1982 à Londres, l'ambassadeur d'Israël, Shlomo Argov, fut attaqué en pleine rue devant l'hôtel Dorchester. Il survécut malgré une grave blessure à la tête. Trois membres de l'organisation d'Abou Nidal furent arrêtés, traduits en justice et condamnés pour avoir perpétré l'attentat. En représailles, Israël bombarda les bases de l'OLP au Liban. Le 4 juin 1982, l'armée israélienne franchissait sa frontière nord et entrait au Liban pour lancer une offensive militaire de grande envergure baptisée « Paix en Galilée ». L'OLP, qui ne disposait pas de forces aériennes, dut s'en remettre directement à l'aide de la Syrie pour se défendre. Les forces terrestres et aériennes syriennes engagèrent effectivement le combat contre les Israéliens. Mais après la perte par la Syrie de vingt-deux avions dans les trois premiers jours, bientôt suivie de cinquante autres, et la destruction de ses rampes de lancement de missiles sol-air dans la Bekaa, Hafez el-Assad, le dirigeant syrien, décida de se replier. Au cinquième jour, sous l'égide des États-Unis, Assad accepta un cessez-le-feu avec Israël. Du jour au lendemain, on n'entendit plus parler de Jihad ou de nationalisme arabe. L'OLP se retrouva menacée de disparition, dès lors que la Syrie ne manifestait aucune intention de livrer une guerre « sans espoir » à Israël uniquement pour sauver l'organisation d'Arafat. D'ailleurs, aucun autre pays arabe ne s'y serait risqué et très peu auraient regretté la destruction totale de l'OLP. Le silence du monde arabe atteignit évidemment de plein fouet la direction de l'OLP. Finalement, l'émissaire américain, Philip Habib, put négocier un accord entre les Israéliens, le gouvernement libanais et l'ancien Premier ministre du Liban Saeb Salam, portant sur l'expulsion permanente de l'OLP du Liban [1].

Le 21 août 1982, les combattants de l'OLP

1. Source : *The PLO*, de Julian Becker, Weidenfeld and Nicolson, Londres, 1984.

commencèrent à se retirer de leurs bases opération-
nelles au Liban. Environ 6 000 soldats de l'Armée de
libération de la Palestine (ALP) prirent le chemin de
l'exil par l'autoroute qui relie Beyrouth à Damas,
accompagnés de quelque 600 femmes et enfants.
8 000 autres gagnèrent par mer le port de Tartous en
Syrie. D'autres encore partirent en bateau de Beyrouth pour des destinations plus lointaines. En tout,
il fallut douze jours aux combattants palestiniens pour
évacuer le Liban, mais ce départ n'eut rien de désho-
norant. Ils paradèrent dans Beyrouth-Ouest comme
s'ils célébraient une victoire, armes à la main et tirant
frénétiquement en l'air. Arafat se rendit tout d'abord
à Athènes, où il fut chaleureusement reçu avant d'installer son nouveau quartier général à Sidi Bou Saïd
en Tunisie, où le président Bourguiba l'accueillit à
bras ouverts.

Après l'assassinat le 14 septembre 1982 de Béchir
Gemayel, président du Liban, son frère Amine lui
succéda. Le choix paraissait évident dans la mesure
où Habib Chartouni, l'assassin de Béchir, qui avait
posé la bombe à mise à feu électronique de fabrication
japonaise derrière une cloison dans la salle de réunion
de Gemayel, appartenait au parti national social
syrien et parce que les Syriens n'avaient jamais caché
leur préférence pour Amine. À cette époque, les Israéliens exprimèrent leur préoccupation quant aux milliers de Palestiniens restés dans les camps de réfugiés
à Beyrouth-Ouest. Ils demandèrent au gouvernement
libanais « de pénétrer dans Beyrouth-Ouest pour
maintenir l'ordre ». Devant le refus de l'armée libanaise, Israël entra dans Beyrouth-Ouest le 15 sep-

tembre, malgré le souhait contraire exprimé par les États-Unis.

Selon les Israéliens, les camps de Sabra et de Chatila abritaient plus de 2 000 ou 3 000 « terroristes ». Israël avait demandé à plusieurs reprises à l'armée libanaise d'y pénétrer et de les « nettoyer ». Les Libanais avaient chaque fois refusé. Le 16 septembre 1982, les hommes de la milice Kataëb (c'est-à-dire une partie de l'armée des phalanges chrétiennes) entrèrent dans les deux camps et massacrèrent, avec l'aide de forces de défense israéliennes postées sur les toits et éclairant la zone en contrebas, environ trois cents « terroristes » d'après leurs affirmations. Dans la matinée du samedi 18 septembre, il devint évident pour la presse, la Croix-Rouge et les autres observateurs internationaux finalement autorisés à entrer dans les camps qu'un massacre massif (de 800 à 3 000 civils selon les estimations) et combattants avait été perpétré par la milice chrétienne aidée par des forces militaires israéliennes [1].

Les agissements des Israéliens et des Chrétiens libanais provoquèrent un choc au sein de la communauté internationale et les groupes arabes les plus extrémistes en conçurent une détermination sans faille à se venger. Vers la fin de l'année 1982, l'organisation chiite du Hezbollah au Liban reçut la bénédiction des mollahs iraniens pour utiliser ce qu'ils considéraient comme l'arme suprême de destruction, à savoir l'attaque suicide, parfois qualifiée d'« arme

---

1. Notes personnelles de l'auteur lors de la couverture du massacre pour CBS en 1982.

atomique du pauvre », qui fut perfectionnée et améliorée au cours de cette décennie. Le Dr Fathi Chakaki, médecin originaire de Gaza et auteur de *Khomeini, The Alternative and the Islamic Solution* fut le fondateur et le leader du Jihad islamique avec le cheikh Abed al Aziz Ouda qui avait été professeur à Gaza. Le cheikh Ouda fut arrêté en 1984 et condamné à onze mois de prison en Israël. À sa libération, il reprit ses activités avec le Jihad islamique jusqu'à son expulsion définitive d'Israël en compagnie de Fathi Chakaki. Ouda s'installa en Syrie tandis que Chakaki se rendit au Sud-Liban où il entretint de bonnes relations avec le Hezbollah et les milices iraniennes ainsi qu'avec les dirigeants syriens. Le Jihad islamique palestinien, la faction dirigée par le Dr Chakaki, devint l'un des groupes les plus importants du Jihad islamique dans les territoires occupés. Après sa mort en avril 1995, il fut remplacé par Abdallah Ramadane Abdallah Challah qui continue d'assurer la direction des membres du groupe sur le terrain depuis sa base au Sud-Liban, où il recrute des jeunes dans les camps de réfugiés palestiniens et les entraîne à mener des attaques en Israël avec l'appui et l'assistance du Hezbollah.

Sous la direction de Fathi Chakaki, auquel on attribue également le développement du culte du kamikaze dans la culture palestinienne, furent réalisées les premières attaques suicide au Liban, inaugurées à Beyrouth en 1983 avec l'attentat contre l'ambassade américaine qui tua une soixantaine de personnes.

Tout au long de l'année 1983, les attentats aux voitures piégées se multiplièrent au Sud-Liban. L'at-

173

taque la plus spectaculaire fut celle menée avec un camion contre le quartier général des marines américains à Beyrouth le 23 octobre 1983 à 6 h 30 du matin et qui tua plus de 240 soldats et civils. Cet attentat se produisit comme prévu en même temps que celui perpétré contre la base des parachutistes français à quelques kilomètres de là. Il restait pourtant difficile de trouver des volontaires pour s'installer dans des camions bourrés d'explosifs et faire leur ultime voyage vers le paradis. Selon un ancien membre du Jihad islamique, proche collaborateur de Chakaki, qui a quitté l'organisation et vit aujourd'hui au Koweït, il arrivait souvent que l'artificier installe dans les véhicules piégés « deux boutons de commande en affirmant aux conducteurs qu'ils avaient le temps d'actionner le détonateur et de s'enfuir. C'est pourquoi, raconte ce transfuge, on appelait ces premières attaques les attentats « *Park and run* » (« Gare-toi et fuis »). En réalité, on faisait exploser le conducteur avec sa voiture à l'aide d'un détonateur télécommandé, transformant à son insu et contre son gré une victime en martyr [1]. »

Si l'assimilation de la lutte pour l'indépendance de la Palestine à une guerre sainte ou *jihad* n'avait pas suffi à enflammer et radicaliser les esprits, le souvenir humiliant de la défaite puis du départ forcé de l'OLP de Beyrouth en 1982 amena les populations de Cisjordanie et de Gaza à se jurer de ne jamais plus rester passives, la démonstration étant faite qu'elles ne pou-

---

1. Source : interview de l'auteur sous garantie d'anonymat.

vaient pas non plus compter sur leurs frères arabes. Décidés à retrouver leur honneur en combattant leur agresseur au lieu de se soumettre à l'occupation qui faisait d'eux des victimes désarmées aux yeux du monde, les Palestiniens déclenchèrent leur première rébellion ouverte en 1987. Le violent soulèvement que l'on appela Intifada, (« la révolte des pierres »), commença dans les rues et gagna progressivement le sommet de la direction palestinienne quand elle se rendit compte que l'opinion publique dans la presse internationale était favorable à sa cause.

Créé en 1987, le Hamas (mot qui signifie « courage » en arabe et acronyme de Harakat al-Moukawama al-Islamiya – mouvement de résistance islamique) est considéré comme le bras armé de la branche palestinienne des Frères musulmans. Il s'est aussi engagé dans l'action politique, notamment en présentant des candidats aux élections de la Chambre de commerce de Cisjordanie. Fondant leur philosophie sur la doctrine des Frères musulmans, ils pensaient comme eux que la lutte armée pouvait les empêcher de poursuivre l'endoctrinement de leurs membres en Cisjordanie et à Gaza, consistant à leur inculquer une conception ultra-religieuse de l'Islam.

Le déclenchement de l'Intifada à la fin de l'année 1987 et les manifestations massives qui eurent lieu dans les territoires occupés défièrent l'armée et les forces de sécurité israélienne, mais firent également comprendre au Hamas que *ne pas* participer à une lutte armée quand toute une population se soulève risquait de nuire à leur image et de compromettre le soutien dont ils bénéficiaient en Cisjordanie et à

Gaza. Toutes les divergences passées entre le Jihad islamique et les Frères musulmans disparurent quand le Hamas décida de se joindre au mouvement, adoptant par là même tacitement le point de vue du Jihad islamique sur le déclenchement de la guerre sainte, le *jihad*, contre les « infidèles occupant la Terre sainte d'Islam ». Le soulèvement eut des conséquences non seulement dans le champ politique entre les divers groupes militants en concurrence, mais également en faisant, du moins temporairement, évoluer le statut des femmes en Cisjordanie et à Gaza.

Le « petit saladin »

Si c'est bien le Dr Chakaki qui leva l'interdiction du suicide dans la communauté palestinienne au Liban, Saddam Hussein réussit à récupérer la notion de *jihad* pendant la guerre Iran-Irak pour augmenter le prestige de Yasser Arafat aux yeux des Palestiniens. Dans ses discours, Saddam Hussein parlait d'Arafat comme d'un « petit Saladin », un chef qui se battait pour vaincre ceux qui veulent « empêcher la création d'une Palestine islamique ». Non que le problème palestinien ait été pour lui une priorité, mais il avait besoin de contrecarrer la ferveur des soldats iraniens qui voyaient dans la guerre contre l'Irak un combat entre l'Islam et les infidèles. En faisant du conflit israélo-palestinien une lutte sacrée ou une guerre sainte, il espérait obtenir le soutien des communautés islamiques de Cisjordanie, de Gaza et du Liban afin de contrebalancer le soutien massif que les fondamentalistes accordaient à l'Iran.

176

Malgré cette tentative d'« islamiser » Yasser Arafat et son organisation Al Fatah, la coopération entre son organisation et le Jihad islamique se trouva gravement compromise après l'assassinat d'Abou Jihad[1] par les Israéliens le 16 avril 1988, puis après la déclaration d'Arafat du 7 décembre 1988 reconnaissant les résolutions 242 et 338 du Conseil de sécurité des Nations Unies. Debout à la tribune devant l'Assemblée générale des Nations Unies à Genève le 13 décembre 1988, Arafat invita Israël à engager des négociations de paix pour résoudre les points de divergence en suspens. Arafat déclara aux délégués des Nations Unies : « L'OLP recherchera un accord raisonnable entre les parties impliquées dans le conflit israélo-arabe – incluant l'État palestinien, Israël et les pays voisins –, dans le cadre d'une conférence internationale pour la paix au Proche-Orient sur la base des résolutions 242 et 338, de façon à garantir l'égalité et l'équilibre des intérêts de chacun, particulièrement les droits de notre peuple à la liberté, l'indépendance nationale et le droit de tous à vivre dans la paix et la sécurité[2]. »

---

1. Chef du Jihad islamique au sein du Fatah. *(N.d.A.)*

2. Source : Discours de Yasser Arafat à l'assemblée générale Russian Compound des Nations Unies le 13 décembre 1988. Voir également le *New York Times* du 15 décembre 1988 (note : La résolution 242, adoptée après la guerre des Six-Jours en 1967, prévoit le retrait d'Israël des territoires occupés en échange de l'intégralité et de la sécurité de ses frontières. Curieusement, les textes anglais et français présentent une légère divergence. Le texte français stipule que « Israël doit se retirer de tous les territoires », alors que dans le texte anglais, qui est le texte officiel, il est écrit qu'« Israël doit se retirer des territoires ». La résolution 338 fut adoptée après la guerre du Kippour en 1973 et réitère les principes de la résolution 242.) *(N.d.A.)*

L'ALLIANCE SACRILÈGE

Le cheikh Assad al-Tamimi, fils d'une éminente famille de Hébron, fut imam à la mosquée Al-Aqsa de Jérusalem dans les années 60. À la fin de son mandat, il partit ensuite en Cisjordanie avant la guerre des Six-Jours de 1967 et rejoignit les Frères musulmans. Après la révolution iranienne, il quitta le mouvement et commença, avec la bénédiction du gouvernement iranien et du Fatah dirigé par Yasser Arafat, à recruter de jeunes Palestiniens, y compris des membres actifs du Fatah, pour constituer une nouvelle section du Jihad islamique, Belt al-Muqades, basée en Jordanie. Parallèlement, Tamimi organisa certaines cellules du Jihad islamique dans les territoires et en soutint quelques autres déjà constituées. Ainsi la plupart des factions du Jihad dans les territoires occupés se trouvèrent, pendant un temps, soit associées soit subordonnées à Tamimi. Étant donné ses relations étroites avec les Iraniens et le Fatah, al-Tamimi remplaça tout naturellement Abou Jihad comme agent de liaison entre le Fatah et les activistes du Jihad islamique dans les territoires occupés. Al-Tamimi fut ainsi en mesure de redistribuer aux factions du Jihad en Cisjordanie et à Gaza des fonds en provenance d'Iran, du Fatah, d'Arabie Saoudite et d'autres pays arabes.

Quand Arafat accepta les résolutions 242 et 338, le Jihad islamique l'accusa de reconnaître l'existence d'une entité juive, ce qui provoqua la rupture entre les deux mouvements et conduisit le Fatah à mettre fin au soutien financier et à l'assistance apportés aux groupes du Jihad dans les territoires occupés. En réaction, al-Tamimi se rapprocha d'organisations pro-syriennes rivales d'Arafat, comme le FPLP-Commandement général (FPLP-CG) dirigé par Ahmed Jibril. Le front de Jibril mit sa station de radio dans le sud de la Syrie à la disposition du cheikh al-Tamimi qui put ainsi faire connaître les activités du Jihad islamique dans toute la Cisjordanie et à Gaza. Mais au sein de l'organisation d'al-Tamimi, tout le monde ne voyait pas d'un bon œil la rupture avec Arafat et sa nouvelle alliance avec la Syrie et le FPLP-CG.

En septembre 1990, Ibrahim Sabral, l'assistant du cheikh al-Tamimi, se retira de l'organisation en compagnie de plusieurs autres activistes et créa une faction rivale, la Brigade des martyrs d'Al-Aqsa, qui exerça ses activités parrainée et soutenue par le Fatah.

Pendant la guerre du Golfe en 1991, quand Arafat choisit de se ranger aux côtés de Saddam Hussein contre les États-Unis et leurs alliés arabes, le dirigeant irakien affirma qu'Arafat et lui-même se battaient au nom d'Allah contre les États-Unis et leur coalition d'« infidèles » et qu'ils feraient front commun pour rayer Israël de la carte. Il modifia même le drapeau irakien en y inscrivant « Allah Akbar ». Pourtant, si la tentative de Saddam Hussein, en se rapprochant d'Arafat et en réaffirmant son soutien à la lutte des Palestiniens, échoua à faire oublier son invasion du Koweït, il réussit à rappeler aux autres nations arabes à quel point les trente-cinq années d'occupation israélienne en Cisjordanie et à Gaza n'étaient que le signe de leur propre faiblesse. Sous l'impulsion de Saddam Hussein, les Palestiniens, bien décidés à ne pas rester sur la défection de leurs frères arabes, persistèrent dans

179

le choix de la violence comme alternative aux humiliations subies sous l'occupation israélienne.

À la fin de la guerre du Golfe et après la capitula-
tion de Saddam Hussein qui se retrouva marginalisé
dans tout le monde arabe, les factions radicales dans
les territoires occupés et Gaza furent alors suffisamment mobilisées pour exercer une violence quotidienne qui causa de nombreuses pertes dans les deux
camps. En réaction, le Premier ministre Yitzhak
Rabin prit une décision qui allait conduire à une nouvelle forme terriblement efficace de terrorisme à l'intérieur même des frontières israéliennes.

Le 12 décembre 1992, Rabin expulsa des territoires
occupés tous les membres du Hamas vers Marj
Zahour au Sud-Liban, dans une zone surnommée le
« no man's land » en raison de son paysage désolé et
lunaire. Leur sort mobilisa l'attention de la presse
internationale. La décision de Rabin eut pour résultat
l'alliance sacrilège entre le Hamas sunnite et le Hezbollah chiite, Hezbollah qui ne cessa de montrer du
doigt le Hamas pour sa réticence aux attentats suicide
en Israël, dans les territoires occupés et à Gaza.

LE CULTE DE LA MORT

En arrêtant 1 500 membres du Hamas et en en
expulsant plus de 416 à Marj Zahour au Sud-Liban,
Rabin fit en définitive complètement le jeu des mollahs iraniens. Comme l'explique Abdel Aziz al-Rantissi, commandant en second du Hamas qui fut
chassé en 1992 : « Ils [les Israéliens] avaient souvent

180

essayé cette tactique auparavant. Il pensaient assurer le calme en expulsant, blessant, tuant ou mettant en prison tous les membres armés ainsi que tous les dirigeants politiques. Croyez-moi, nous étions alors et nous sommes toujours une organisation dans laquelle le peuple est à la source de toutes les actions politiques ou militaires. Les Palestiniens peuvent mener des opérations militaires sans personne à leur tête. »

Durant le rigoureux hiver 1992-1993, les membres expulsés du Hamas constituèrent un public de choix pour les mollahs fondamentalistes qui les abreuvèrent d'idéologie islamiste radicale. Hani, militant barbu du Hamas de vingt-deux ans qui vit actuellement à Gaza, était encore enfant quand il se retrouva dans cet endroit isolé du Sud-Liban. Aujourd'hui ses voisins disent de lui qu'il est « destiné au martyre ». « On nous a enseigné à l'époque, se souvient-il, et nous comprenons maintenant que [la libération de la Palestine] est une guerre religieuse, qui n'a rien à voir avec la terre. »

Quand l'opinion publique contraint le Premier ministre Rabin à autoriser vers la fin de l'année 1993 le retour dans les territoires occupés des membres du Hamas qui en avaient été chassés, ceux-ci revinrent complètement endoctrinés par leurs guides spirituels du Hezbollah et prêts à commettre des attentats suicide. À cette époque, les membres du Jihad islamique s'étaient regroupés dans tous les territoires occupés et à Gaza en petites sections clandestines qui restèrent en contact avec la haute direction du Jihad en Jordanie. Ce groupe dirigeant, composé en majorité d'anciens membres opérationnels importants du Jihad islamique expulsés d'Israël, guida les activités de ses partisans en faisant connaître ses instructions par différents canaux comme les journaux, la radio et la télévision, en finançant leurs dépenses et en couvrant tous leurs besoins quotidiens. Le succès de la grève générale déclenchée par le Jihad islamique en Cisjordanie et à Gaza le 6 décembre 1992 pour commémorer le cinquième anniversaire de la première Intifada, alors que la date avait été officiellement fixée par l'OLP au 11 décembre, fut un signal de la relative montée en puissance de l'organisation islamiste, et ce même avant le retour des membres du Hamas qui avaient été expulsés.

Le 13 septembre 1993, Yasser Arafat serra la main du Premier ministre israélien Yitzhak Rabin sous les yeux ravis du Président Bill Clinton, au cours d'une cérémonie historique sur la pelouse de la Maison Blanche. C'était l'aboutissement de mois de négociations, qui promettait l'ouverture d'une nouvelle ère de paix. À l'époque, Arafat s'était rendu compte qu'il était dans son intérêt d'emprunter une voie nouvelle, autre que celle de la violence, en vue de créer un État palestinien indépendant. En se fondant sur la réaction positive suscitée par l'Intifada de 1987 à 1993 dans le monde entier, il pensait, non sans raisons, que l'opinion internationale s'était retournée en sa faveur et lui avait donné une victoire morale qui justifiait sa participation à une initiative de paix. Autrement dit, la recherche d'un accord de paix par le biais de la négociation et de la conciliation ne risquait pas d'être imputée à une quelconque position de faiblesse l'ayant contraint au compromis. Mais, si l'on peut porter au crédit de l'Intifada de 1987 cette poignée de main historique sur la pelouse de la Maison Blanche, la réticence du gouvernement israélien à remplir ses engagements concernant son retrait des territoires occupés fit renaître les hostilités et entraîna un regain de violence de la part des Palestiniens.

La période 1993-1995 fut considérée comme les « meilleures années » qui firent suite aux accords d'Oslo. La croissance économique tripla et le taux de chômage descendit pour la première fois au-dessous de 20 %. Selon Boaz Ganor, spécialiste de la question israélo-palestinienne à l'Institut du contre-terrorisme de Tel-Aviv : « En 1995, le Palestinien moyen fidèle à Arafat était opposé à ce genre d'actions (violentes), d'autant qu'Arafat était devenu président de l'Autorité palestinienne et que les Palestiniens voyaient bien qu'ils avaient atteint un certain degré d'autonomie. Il y avait de l'espoir. »

Néanmoins, le climat dans les territoires occupés et à Gaza devint de plus en plus violent et l'influence des islamistes allait croissant. Le Jihad islamique prit le pouvoir dans toutes les universités, y compris les universités chrétiennes comme celle de Bir Zeit à Ramallah dont le Conseil des étudiants tomba sous son contrôle, conjointement avec les Frères musulmans et le Hamas. Comme le déclare Shalom Harrari : « Les principes de l'Islam étaient détournés par environ quarante ou cinquante mille cheikhs des Frères musulmans qui prêchaient la libération de la Palestine et la destruction de l'État hébreu comme une obligation religieuse, nationaliste et morale qui incombait à tous les musulmans. »

Les attaques suicide qui se multiplièrent, commanditées par le Hamas et le Jihad islamique à la fin des années 90, non seulement semèrent la terreur au sein de la population civile israélienne mais eurent aussi pour effet de frapper le monde des affaires lorsque les investisseurs commencèrent à retirer leurs capitaux d'Israël. L'Autorité palestinienne comprit vite que, si le terrorisme et les attentats suicide ébranlaient l'économie d'Israël, les Palestiniens en seraient les premières victimes. Arafat, plus par pragmatisme que par souci de respecter les accords de paix, ne s'impliqua dans aucun attentat perpétré sur le sol israélien jusqu'à ce qu'il devînt clair que le gouvernement israélien n'entendait pas faire respecter le moratoire concernant l'implantation de nouvelles colonies juives, comme cela était pourtant spécifié dans les accords d'Oslo signés en 1993. Après l'élection de Benyamin Netanyahou au poste de Premier ministre en 1998, qui autorisa de nouvelles implantations, les retraits israéliens promis dans les Accords d'Oslo étaient tombés de 10 % à seulement 2,5 % des territoires occupés. C'est alors que le Fatah commença à élargir le champ de ses actions militaires, opérant dans les territoires occupés mais aussi en Israël. Arafat se rendit rapidement compte que les vrais héros de la cause palestinienne étaient maintenant ces hommes qui mouraient dans les attentats suicide sous la bannière du Jihad islamique et du Hamas. Et comme, entre-temps, le contexte politique international avait échoué à instaurer une paix durable, les Palestiniens ne manquèrent pas de bonnes raisons de poursuivre sur la voie de la violence.

D'après le Dr Sarraj, si l'on regarde l'histoire palestinienne depuis 1948 et particulièrement ce qu'ont vécu les gens durant la période qui précède et mène à l'Intifada de 1987 et le processus de paix qui a engendré plus d'humiliation et de désespoir qu'une quelconque solution, il est clair que les enfants exposés à la violence israélienne à l'époque sont devenus les kamikazes d'aujourd'hui. « Le fait de voir sa famille ou ses amis se faire battre ou tuer, et sa maison saccagée, a transformé ces enfants à un point inimaginable. Ils grandissent aujourd'hui dans une culture de mort et forment une génération uniquement préoccupée par la mort et les massacres, ce qui est alarmant. C'est une génération qui est prête et aspire au martyre. Si vous demandez à un enfant de dix ans ce qu'il veut faire plus tard, il vous dira qu'il veut être *shahide*. Cela signifie qu'inconsciemment, il pense que dans dix ans, au lieu d'aller à l'université pour devenir médecin ou avocat, sa vie s'arrêtera. Le combat aujourd'hui, c'est comment *ne pas* devenir un kamikaze, parce que les candidats sont nombreux à vouloir emprunter la route qui mène au paradis. »

En juillet 2000, quand échouèrent les négociations de Camp David entre Yasser Arafat, le Premier ministre israélien Ehoud Barak et Bill Clinton, alors président des États-Unis, le dirigeant palestinien déclara que les accords d'Oslo étaient dans une impasse. C'était inévitable, même si, du point de vue israélien, Barak avait offert « plus que n'importe quel autre dirigeant israélien ». Mais les Palestiniens percevaient que dans la réalité, les 21 % de territoires occupés offerts à Arafat auraient été dispersés de manière à ne pas former un seul morceau de terre

185

mais plutôt une mosaïque éclatée de petites parcelles qui obligerait les Palestiniens à continuer de passer par des postes de contrôle israéliens pour se déplacer, ne serait-ce que de Ramallah jusqu'à Jéricho ou Bethléem [1].

Mais en dépit de la rupture des discussions, les milices du Fatah étaient toujours considérées tant par les Israéliens que par les Palestiniens eux-mêmes comme modérées. Sur le plan idéologique, elles soutenaient les objectifs définis par Arafat jusqu'alors, à savoir l'instauration d'un État palestinien à côté de celui d'Israël. Même le Tanzim, l'aile armée du Fatah, institué en 1995 par l'Autorité palestinienne et la direction du Fatah comme force paramilitaire pour contrebalancer le pouvoir croissant des groupes islamistes, n'apparaissait pas comme une organisation extrémiste. Pas plus que la Brigade des martyrs d'Al-Aqsa.

Malgré un fort courant d'opinion en faveur d'une opposition violente à l'occupation et une profonde désillusion concernant les chances d'un possible accord de paix, Yasser Arafat, sous la pression des États-Unis, fut contraint d'affronter ses deux principaux opposants, le Hamas et le Jihad islamique, en vue de mettre fin à la violence. Sa stature d'« homme d'État », associée à son désir de ne pas s'aliéner la Communauté européenne, le poussa à accéder à la requête américaine. En fait, il réussit un temps à déstabiliser ces deux factions extrémistes, ce qui donna

---

1. Source : interview de l'auteur avec Albert Agazarian, professeur en charge des relations publiques à l'université de Bir Zeit, Ramallah, en mai 2002.

lieu à des combats entre bandes rivales, militants du Hamas et du Jihad islamique d'une part et membres du Fatah d'autre part. Sous l'effet de ces luttes intestines, Arafat se retrouva face à deux ennemis : le Jihad islamique et le Hamas, qui voulaient le renverser de son poste à la tête du peuple palestinien, et Israël qui voulait lui ôter toute crédibilité aux yeux de son peuple. Non seulement la vie des membres du Fatah était menacée par les services secrets israéliens et par les militants extrémistes, mais la situation se dégrada à un tel point que les forces de sécurité d'Arafat, empêchées par les militants, ne purent pas procéder à l'arrestation des membres des Brigades Izz al-Din al-Qassam (la branche militaire du Hamas), ce qui, à son tour, ne fut pas sans répercussions sur l'attitude des militaires israéliens.

Durant l'été 2000, Yasser Arafat, qui sentait son poste de président de l'Autorité palestinienne en danger, prit une décision censée, à terme, consolider et élargir son pouvoir pour mieux affronter l'opposition qu'il rencontrait tant chez lui qu'en Israël. Selon un de ses proches collaborateurs au sein de l'Autorité palestinienne qui a depuis démissionné en raison des désaccords qui l'opposèrent à Yasser Arafat, acculé de toutes parts, ce dernier estima que « pour le bien du peuple à long terme, et pour éviter un régime islamique militant dans la région, il donnerait son accord tacite aux attaques suicide, non seulement pour causer des ravages en Israël mais aussi pour contrôler ses détracteurs et rehausser son prestige au sein de la communauté ». Ce n'était pas la première fois qu'un dirigeant arabe laïc suivait l'exemple d'un parti d'opposition ultra-religieux. En 1985, le président syrien Hafez el-Assad, chrétien alaouite, avait recruté des membres du Parti national socialiste syrien du Liban pour tenter de « laïciser » les attentats suicide et gagner le soutien de la partie non religieuse de la population.

En septembre 2000, lors du déclenchement de l'Intifada actuelle, la Brigade des martyrs d'Al-Aqsa commença à revendiquer des attentats et des attaques suicide au nom d'Allah. Rétrospectivement, c'était un développement logique dans la mesure où l'Intifada, appelée « Intifada Al-Aqsa », était née de la rumeur suivant laquelle Israël projetait de détruire la mosquée d'Al-Aqsa, un des lieux saints de l'Islam. En donnant toute liberté d'action aux Brigade des martyrs d'Al-Aqsa, Yasser Arafat répondait parfaitement à la demande de son peuple de passer des mots à l'action. Mais, tandis que le Hamas et le Jihad islamique trouvaient facilement des hommes prêts à mourir au nom d'Allah, Arafat avait beaucoup de mal à inciter ses loyaux partisans à commettre des actes de martyre.

Pour l'intellectuel palestinien Sari Nusseibeh : « Il y eut des problèmes dès le début de cette Intifada. Elle ne devint jamais un réel soulèvement, parce que l'opération fut déclenchée du sommet vers la base, décidée par la direction et non sur le terrain, par les gens de la rue. »

Pendant des mois, cette nouvelle Intifada a manqué d'assise populaire, et Arafat, à l'encontre de sa stratégie de départ, découvrit qu'il n'était pas capable d'obtenir de la population qu'elle s'engage dans des opérations militaires. « Il y a une contradiction

interne, poursuit Nusseibeh, car, d'une façon générale, la majorité des Palestiniens sont opposés à l'Intifada, mais ils sont assez désespérés pour se livrer à
des actions violentes en réponse aux brutalités de l'occupation. »

Arafat, qui n'avait pas réussi à tenir les promesses
faites aux Palestiniens concernant le périmètre d'un
État futur, apparaissait du coup comme un négocia-
teur trop prompt à faire des concessions à la fois aux
États-Unis et à Israël. Incapable de mobiliser des
martyrs en puissance, incapable de forcer Israël à
démanteler ses anciennes colonies et à arrêter les nouvelles implantations, mal armé pour contrôler l'opinion de la rue toujours plus favorable au Jihad
islamique et au Hamas, Arafat était aussi perçu par la
majorité de la population comme un leader ayant
perdu tout lien avec sa base.

Ce qu'il fallait à Yasser Arafat, c'était une arme
susceptible à la fois d'ébranler ses opposants islamiques et de terroriser l'ennemi israélien. Pour tenter
de raffermir son emprise incertaine sur l'Autorité
palestinienne, il déplaça le point de mire de ses opérations militaires en utilisant un nouveau genre de
kamikaze. Boaz Ganor souligne que : « [Lorsque] la
Brigade d'Al-Aqsa a vu que le Hamas était en train
de prendre la direction de l'Intifada et menaçait sa
position au sein de la population par un déluge d'attentats suicide, ils adoptèrent une stratégie du suicide
encore plus spectaculaire, en se servant de la seule
arme à laquelle les islamistes, conformément au
Coran, ne pouvaient pas avoir recours, à savoir les
femmes et les jeunes filles. »

Les Brigades d'Al-Aqsa ne voulaient pas se laisser distancer dans la course au martyre et se retrouver au second rang derrière le Hamas et le Jihad islamique qui, de leur côté, utilisaient les préceptes religieux fondamentalistes pour former de jeunes hommes aux attentats suicide et les armer. L'utilisation de femmes kamikazes constituait un mouvement tactique de la part des fidèles du Fatah pour augmenter leur prestige et leur popularité dans la rue. La revendication de l'attentat de Wafa Idris par Al-Aqsa arriva à point nommé. En lançant cette nouvelle armée de femmes au cours de l'année 2002, la Brigade des martyrs d'Al-Aqsa a réussi à égaler dans l'opinion ces deux entités politiques et militaires qui n'avaient cessé de mobiliser des partisans pour évincer Arafat du poste de président de l'Autorité palestinienne. Finalement, le Tanzim d'Arafat et la Brigade des martyrs d'Al-Aqsa sont parvenus à récupérer l'étendard du martyre, dont la popularité ne cessait de croître en Cisjordanie et à Gaza.

Ce qui n'empêche pas Yasser Arafat de continuer à tenir un double langage, faisant des déclarations différentes en arabe et en anglais de façon à ménager sa position chez lui et son image à l'étranger. Alors que les chefs du Hamas et du Jihad islamique ne condamnent jamais ces attaques, Arafat les désapprouve systématiquement devant la presse internationale. Cependant, selon le Dr Sarraj, tout le monde dans la rue, y compris les dirigeants, comprend ces subtilités politiques. « Il est obligé de se plier aux exigences du président des États-Unis en condamnant ces attentats. Arafat se trouve confronté à un sérieux problème. Il m'a dit, et vous pouvez le citer, que "ceux qui commettent de tels actes à Tel-Aviv sont des obstacles sur ma route vers Jérusalem mais ils garantissent ma situation à Ramallah." »

Le Dr al-Rantissi semble peu sensible à ces finesses. Il estime que la condamnation des attentats suicide par Arafat pour complaire à l'opinion publique internationale est « mauvaise pour lui au niveau populaire. Je n'aimerais pas être à la place d'Arafat. Il a perdu beaucoup de ses partisans à Gaza ». Il ajoute en haussant les épaules : « Mais l'Autorité palestinienne n'a jamais détenu la moindre souveraineté dans la bande de Gaza. M. Arafat n'a aucun pouvoir ici et il est en train de perdre celui qu'il avait en Cisjordanie lorsqu'il condamne les opérations « martyre », comme le veulent le président américain, les Nations unies ou la Communauté européenne. »

Quant à la question de la participation des femmes et de la tendance dominante à adopter et à suivre les principes du Coran en Cisjordanie et à Gaza, al-Rantissi se montra nettement plus élogieux : « Il ne s'agit pas seulement d'égalité entre les hommes et les femmes, mais aussi de notre objectif de faire de la Palestine un État islamique, ce qui ne doit être ni redouté ni dénigré par le monde occidental. Tout d'abord, qu'est-ce que [la création d'un État palestinien islamique] a de si effroyable ? Les Israéliens pensent qu'un État hébreu est une bonne chose, alors pourquoi pas un État pour les Musulmans ? Si les Juifs doivent avoir un État, pourquoi pas nous ? Si nous réussissons, ce dont je suis convaincu, la création d'un tel pays serait aussi dans l'intérêt des États-

Unis, parce qu'un régime islamique est bien meilleur qu'un régime démocratique. Par exemple, si vous lisez une traduction du Coran, vous verrez que nous devons être justes envers nos ennemis, que nous ne devons pas leur manquer de respect. Notre éthique guide notre façon de traiter nos ennemis, que nous considérons comme des êtres humains. Étant donné cette éthique et les valeurs qu'elle induit, l'islam est une bonne chose pour le monde entier et en particulier pour les femmes qui sont protégées, défendues et révérées par toute la société. »

Quand on l'interroge sur l'idée qu'il existe deux islam, l'un qui enseigne une morale traditionnelle d'humanité, et l'autre qui adhère aux violences commises au nom d'Allah, al-Rantissi marque son désaccord : « L'Occident dit qu'il y a deux islam différents, l'un bon et l'autre qui envoie des bombes humaines sur le World Trade Center. La vérité, c'est qu'il n'y a qu'un islam, et le Hamas, par exemple, combat nos occupants mais ne tue jamais de Juifs en dehors des terres occupées. Nous n'avons pas l'intention de nous battre en dehors de la Palestine ni de prendre pour cible les Américains ou qui que ce soit d'autre dans le monde. »

Pourtant, Iyad Sarraj soutient qu'il est essentiel de procéder à une redéfinition de l'islam qui apporterait à tous les Palestiniens vivant sous l'occupation israélienne un espoir pour l'avenir : « Nous vivons actuellement dans une atmosphère de culte de la mort qui imprègne toute cette génération. Nous ne sommes pas contre l'islam mais nous en demandons une redéfinition qui donnerait à notre peuple un espoir en l'avenir plutôt que du désespoir. Nous voulons un islam conçu en termes humains. Le fait que les Musulmans comme les Juifs soient victimes de leurs leaders extrémistes est un des signes de l'impasse dans laquelle se trouve cette partie du monde. Mais la situation est encore beaucoup plus tragique pour nous, parce que ce qu'on apprend aux enfants dans les mosquées, à la télévision ou à l'école, c'est à mourir. J'ai été élevé ici, à Gaza, où j'ai fait toute ma scolarité, et jamais on ne m'a enseigné la haine. Mais quand vous êtes un petit Palestinien qui grandit tout près d'une colonie juive et que vous voyez les enfants israéliens jouer dans une piscine alors que vous n'avez pas d'eau potable, vous n'apprenez pas à aimer les Juifs. Vous en venez à les envier. Quand des bombes tombent sur votre maison, vous apprenez à haïr, et non à faire la paix. Nul besoin d'un professeur pour cela, parce que le meilleur de tous, c'est Sharon. Peur et paranoïa commencent à s'entrelacer et le projet sioniste a échoué. Il était censé donner aux Juifs un havre de paix, au lieu de quoi il a apporté des effusions de sang permanentes. »

De même qu'il est essentiel de comprendre le raisonnement religieux de ces hommes qui apportent la caution morale permettant d'endoctriner une femme ou une jeune fille au point de la convaincre que la meilleure chose qu'elle puisse faire de sa vie est d'y mettre fin, il est capital de connaître l'environnement politique qui les pousse au bord du désespoir. Car, et c'est la dure réalité dans cette histoire, ce n'est jamais une femme qui les manipule pour qu'elles deviennent des martyres mais toujours, sans exception, un homme en qui elles ont confiance – frère, oncle, fils, ami, professeur ou dirigeant religieux.

Dans un système politique où une seule personne (Yasser Arafat) se trouve responsable de toutes les finances, des banques, des services sociaux, de l'éducation et de l'administration, et où le système judiciaire permet couramment le lynchage des gens soupçonnés de collaboration, toute pensée libre devient aussitôt un danger et une menace pour le pouvoir dictatorial. Or une femme à l'esprit libre et indépendant représente non seulement un danger et une menace mais aussi une honte.

En 1988, Iyad Sarraj, Haidar Abdel Shafi, éminent juriste palestinien, et d'autres intellectuels palestiniens, déposèrent auprès de l'Autorité palestinienne une demande pour faire enregistrer leur parti politique nommé Mouvement de la démocratie. Le ministre adjoint de l'Intérieur leur promit une procédure rapide, selon Sarraj, s'ils consentaient à apporter quelques modifications mineures aux termes de leur demande. « J'étais le responsable, et j'ai très vite donné mon accord sur ces variantes qui n'étaient pas substantielles. Ensuite, le ministre adjoint est devenu difficile à joindre. Puis des semaines ont passé, des mois de fausses promesses jusqu'au rejet de notre requête. On nous répondit que notre droit à constituer un parti politique était dénié par les plus hautes instances, à savoir Yasser Arafat. » En fin de compte,

Sarraj fut arrêté par l'Autorité palestinienne et emprisonné pendant plusieurs semaines.

Qu'une telle aventure puisse arriver à Iyad Sarraj, médecin de notoriété internationale, écrivain et universitaire, qui voyage dans le monde entier pour donner des conférences sur la situation palestinienne sous l'occupation israélienne, laisse clairement entendre que personne, dans cette culture et dans cette société, ne dispose de la liberté de parole. En ce qui concerne les femmes, inutile de préciser que la situation est encore plus contrôlée.

Démocratie ou absence de démocratie mise à part, ce qui semble le plus incompréhensible dans ce culte de la mort qui imprègne la société palestinienne et particulièrement les femmes martyres, c'est la transition que chacune d'entre elles doit opérer de son rôle de source de vie à celui de machine à tuer. Le moment où une jeune femme apparemment normale, avec des projets d'avenir – aller à l'université, se marier, ou simplement s'occuper de sa famille – se transforme en bombe humaine est difficilement concevable. Reste qu'il y a d'autres points communs dans la vie de ces femmes, indépendamment du désespoir ou de l'absence d'avenir, susceptibles d'expliquer pourquoi certaines sont choisies pour mourir en shahida alors que d'autres poursuivent la lutte par d'autres biais, malgré la brutalité des forces d'occupation et la dictature d'un régime corrompu.

Toutes, sans exception, ont été marginalisées au sein de la société palestinienne. Certaines étaient divorcées, humiliées, et sans aucun avenir possible, comme Wafa Idris, d'autres s'étaient retrouvées enceintes sans être mariées, comme Tamimi, ou se voyaient contraintes d'accepter un mariage arrangé comme Darine Abou Aïcha, que son niveau d'études marginalisait un peu plus encore. Plus alarmant encore est le cas de la femme manipulée pour devenir shahida parce qu'un des hommes de sa famille, en général son mari, son père ou son frère, est accusé de collaboration avec l'ennemi et se retrouve privé de sa dignité et de toute possibilité d'avoir sa place dans la société. Notons, à un moindre niveau, que les hommes ont dans chaque famille le privilège de l'éducation. En donnant l'occasion à une femme de se sacrifier pour l'un de ses parents bien-aimés, sachant qu'en devenant kamikaze, elle le lavera de tous les soupçons qui pèsent sur lui et qu'il pourra à nouveau jouir du respect de chacun, il ne fait aucun doute que ce sera pour elle un honneur de mourir pour le bien de sa famille mais aussi au nom de la cause nationale.

Ayat al-Akhras est précisément l'une de ces femmes qui firent le choix de mettre un terme à leur vie en accrochant à leur taille une ceinture d'explosifs.

VII

AU NOM DU PÈRE

Pendant toute son enfance, Ayat al-Akhras entendit parler de l'agression israélienne et de la lutte du peuple palestinien. Sa mère, Khadra Kattous, et son père, Mohammed al-Akhras, furent élevés sous la tente dans des camps de la bande de Gaza où s'étaient réfugiés leurs propres parents après s'être enfuis de leur village arabe proche de Tel-Aviv à la fin de la guerre de 1948. Quand Israël occupa la bande de Gaza après la guerre des Six-Jours, en 1967, Mohammed déménagea dans le camp de Dheishé près de Bethléem, un dédale de bâtiments en parpaings, de voies jonchées d'ordures et d'égouts à ciel ouvert qui accueillait 12 000 Palestiniens. Khadra vint elle aussi s'installer à Dheishé et trois ans plus tard, épousa Mohammed. Ce dernier trouva un travail de chef de chantier dans une entreprise de bâtiment israélienne de la colonie de Betar Ilit, qui construisait des maisons pour les colons Juifs à mesure qu'ils étendaient leur emprise sur les territoires. Grâce à l'argent ainsi gagné, il bâtit sa propre maison en béton à deux étages dans une des ruelles du camp de Dheishé où il éleva ses onze enfants, quatre garçons et sept filles,

197

au milieu de milliers d'autres familles palestiniennes expropriées. Gagnant bien sa vie, il put offrir à sa famille une vie meilleure que celle de la plupart des autres familles du camp.

Lors du déclenchement de la première Intifada, le camp devint un foyer de militantisme. La jeunesse locale se battait dans la rue contre l'armée d'occupation israélienne, tandis qu'amis et voisins commençaient à douter de la loyauté des uns et des autres. Des dizaines d'habitants furent blessés ou tués, souvent lynchés par une foule en colère qui, pendant le soulèvement, tenait tout « conciliateur » pour rien moins qu'un « traître ».

L'aîné des enfants de la famille al-Akhras, Samir, fut emprisonné à deux reprises pour avoir jeté des pierres sur les soldats israéliens. Un autre, Fathi, fut blessé par des balles israéliennes et une des filles fit une fausse-couche parce que les chars avaient investi le camp, empêchant tout accès aux ambulances et aux hôpitaux. Les années passant, Ayat, la plus jeune fille, nourrit une haine croissante envers les Israéliens, une haine accumulée par des mois et des années de violence implacable, même si elle n'exprimait son indignation que verbalement. D'après ses amis, elle était agitée par toutes les questions politiques et l'apathie du monde arabe la rendait furieuse, ainsi que la tendance de certains pays à conclure des alliances financières avec les États-Unis. Élève remarquable, passionnée de littérature, cette jeune fille aux longs cheveux noirs et aux intenses yeux noisette voulait devenir journaliste pour « faire connaître au monde la cause palestinienne », dira sa mère. Avec ses opinions farouchement arrêtées, elle dominait les conversations dans les réunions de famille. « Elle restait sur ses positions même si tout le monde soutenait le contraire », se souvient Mme al-Akhras.

Mais elle avait aussi des côtés plus doux, plus féminins. Elle tapissait les murs de sa chambre d'affiches de vedettes de variété irakiennes et égyptiennes. La grande armoire en bois en face du petit lit où elle dormait était remplie de pulls, de jupes, de chaussures et de piles de foulards. Ayat y conservait aussi ses quelques trésors, son Coran et le *Protocole des sages de Sion*. Pratiquante sans être fanatiquement religieuse, elle se maquillait et portait de jolis vêtements occidentaux pour aller à l'école. À chaque ramadan, Ayat, en compagnie de sa mère, franchissait la Ligne verte pour se rendre à la mosquée d'Al-Aqsa sur le mont du Temple à Jérusalem. C'était pratiquement son unique sortie en dehors du camp. Sa vie était délimitée par sa maison, l'école publique de jeunes filles, le petit local de la mosquée qu'elle fréquentait pendant les vacances et le marché découvert de Bethléem où elle faisait les courses avec sa mère et ses sœurs. Peu après son quinzième anniversaire, ses parents lui présentèrent le fils d'une famille amie, Shadi Abou Laban, un mince jeune homme qui n'avait pas fait d'études pour pouvoir gagner sa vie sans tarder et travaillait comme couvreur. Selon les parents d'Ayat, ils devinrent inséparables. Ils partageaient tout, repas, promenades dans le camp de réfugiés, soirées chez l'un ou chez l'autre en présence de la famille, et même quelques sorties à Jérusalem-Est. À la grande joie des deux familles, ils se fiancèrent en 2001, prévoyant de se marier en juillet 2002. Ce fut Ayat qui insista pour que la fête soit célébrée dans la rue devant leur maison – une journée entière avec abondance de nourriture, de musique et de danse, ouverte à tous les voisins. À l'automne, après son mariage, elle comptait s'inscrire à l'université de Bethléem pour suivre des études de journalisme. Son rêve était de travailler comme correspondante en Cisjordanie pour un journal arabe, et de couvrir les événements de près afin de susciter une mobilisation en faveur de la cause palestinienne. Elle avait la conviction que, sans l'appui du reste du monde musulman, la pression sur les Israéliens et les Américains ne serait jamais assez forte pour imposer une solution au problème de la reconnaissance d'un État palestinien.

Shadi Abou Laban, le fiancé d'Ayat, reconnaît qu'il était bien moins politisé qu'elle et affirme qu'il tenta souvent d'apaiser sa colère en lui démontrant qu'ils faisaient partie des plus chanceux. « Mais Ayat ne se calmait jamais, dit-il tristement. Quand le processus de paix faisait des progrès, elle était écœurée par l'attitude conciliatrice d'Arafat avec les Américains et enrageait de les voir si impliqués dans un conflit qui, pensait-elle, ne concernait que les Musulmans et les Juifs. »

Dès le début de la deuxième Intifada, en septembre 2000, après des années de déception et de colère dues à l'échec du processus de paix et des accords qui s'ensuivirent, de nombreux habitants de Dheishé avaient vu d'un mauvais œil le fait que Mohammed al-Akhras travaille pour une société israélienne. Son statut privilégié devint particulièrement flagrant quand, pendant

200

les nombreux couvre-feux imposés au camp de Dheishé, il fut l'un des rares habitants autorisés à sortir pour aller superviser les différents chantiers de construction dans les colonies juives voisines. Selon Abou Laban, Ayat avait honte de bénéficier grâce au travail et aux relations de son père d'une vie confortable. « Les gens commençaient à avoir faim, explique le jeune homme, et même si la famille se montrait toujours généreuse avec les amis et les voisins, Ayat avait le sentiment qu'il était malvenu de travailler pour les Juifs pendant la révolte. »

Quelques mois à peine avant la mort de sa fille, Mohammed al-Akhras reçut un soir la visite d'un groupe de responsables palestiniens locaux, membres de la Brigade des martyrs d'Al-Aqsa. Ayat se trouvait alors dans le salon en compagnie de son fiancé et de sa mère. Selon Abou Laban, les civilités d'usage furent réduites au minimum, et ils refusèrent même de s'asseoir. Le porte-parole du groupe, entouré de ses acolytes, lança un ultimatum à Mohammed al-Akhras : soit il arrêtait de travailler « pour les Juifs », « supportant les épreuves de l'Intifada comme tous les Palestiniens », soit il en « subirait les conséquences ».

Mohammed al-Akhras est un homme à l'air intrépide, petit et râblé, avec une touffe de cheveux blancs et de vifs yeux marron. Foncièrement affectueux envers les siens, c'est un père peu enclin à se laisser impressionner par l'émotion ou les larmes. Il reste ferme et ne fait aucune exception lorsqu'il pense avoir raison, surtout quand il s'agit du bien-être de sa famille. Il se souvient très précisément de la façon dont il répondit aux membres d'Al-Aqsa venus chez lui le menacer. « La politique est une chose et le travail en est une autre, déclara-t-il. Nous [les Israéliens et lui] travaillons ensemble, mangeons ensemble, vivons ensemble, comme une famille. Je les aime comme mes enfants et ils m'aiment comme une grand frère. Je m'inquiète pour eux [les soldats qui gardent les colonies] comme je m'inquiète pour mes propres fils. J'ai appris à mes enfants à aimer les autres. Nous croyons à la vie. Jamais je n'ai transigé sur mes convictions. » Il hausse les épaules. « De toute façon, voilà presque trente ans que je travaille avec eux. Qu'est-ce que cela pouvait bien changer que je quitte mon travail maintenant ? Il s'agissait tout au plus de jalousie parce que j'étais en mesure de faire vivre ma famille. »

Mais parmi les douze mille habitants du camp de Dheishé, tout le monde ne voyait pas les choses ainsi. Non seulement Mohammed al-Akhras avait un emploi quand d'autres n'avaient même rien à manger, mais de plus, ce travail constituait, aux yeux des dirigeants palestiniens, une aide et un encouragement à l'idéal du « Grand Israël » puisqu'il construisait et entretenait les colonies contestées qui s'étendaient dans toute la Cisjordanie. On commença à murmurer dans le camp et, comme cela arrive toujours au sein d'une petite communauté plongée dans une situation désespérée et soumise à une pression continue de la part d'une force d'occupation extérieure, la réalité des relations de Mohammed al-Akhras avec les Israéliens fut déformée et exagérée. Au début, il était simplement question d'un Palestinien travaillant pour une entreprise de bâtiment israélienne qui aurait dû

202

démissionner par solidarité avec ses camarades palestiniens, puis cela devint l'histoire d'un traître, d'un collaborateur qui avait « vendu son peuple » en échange d'une vie confortable. Des voisins autrefois amicaux commencèrent à éviter la famille et à plusieurs reprises, les murs de leur maison furent recouverts d'odieux graffitis. Les larmes montent aux yeux de Mme al-Akhras lorsqu'elle évoque ces moments pénibles et elle a le sentiment, même si elle ne le dit qu'à moitié, qu'Ayat était plus affectée par cette situation que ses autres enfants. « Elle adorait son père, dit-elle, et en même temps, elle se sentait gênée. Elle me supplia de lui parler. » Avec un hochement de tête elle ajoute : « Mais que pouvais-je faire ? Je n'étais que sa femme. »

Dans la famille, seul Samir, le fils aîné de vingt-sept ans, se rangea du côté de son père. « Cela devenait très difficile pour nous tous dans le camp et nous en parlions tous les soirs à la maison. Ma mère et mes autres frères poussaient mon père à démissionner mais moi j'étais contre. Il nous a toujours appris à refuser le sang et les massacres. C'est un homme honnête. Il nous disait que si nous voulions nous battre, il fallait le faire en tant que soldat ou d'homme à homme. Nous souffrions comme n'importe qui d'autre de l'occupation mais mon père disait toujours que c'étaient les dirigeants qui entretenaient la guerre. Pourquoi des Palestiniens ou des Israéliens innocents devraient-ils payer pour l'orgueil de leurs dirigeants ? »

Alors qu'Ayat avait la réputation d'être la plus franche dans sa famille, elle fit toujours preuve, selon

Samir, du respect qu'on attendait d'elle et ne s'opposa jamais à son père. « Rétrospectivement, déclare-t-il, je trouve étrange qu'elle n'ait jamais donné son opinion sur les problèmes rencontrés par la famille. J'aurais dû remarquer quelque chose, mais je n'ai même pas été étonné par son absence d'émotion. C'était comme si elle se taisait parce qu'elle connaissait la solution à nos problèmes. » Mohammed al-Akhras ajoute : « Nous n'avons rien vu du tout, rien qui aurait pu indiquer ce qu'elle projetait. Si je l'avais su, j'aurais fermé la porte et donné un tour de clé. »

Jamil Qassas, jeune responsable de la Brigade des martyrs d'Al-Aqsa à Bethléem, avait des raisons d'en vouloir à son voisin Mohammed al-Akhras, qui refusait de démissionner. Pendant la première Intifada, il avait vu son petit frère se faire tuer par les soldats israéliens. Ironie du sort, à peu près à l'époque où Mohammed al-Akhras recevait son ultimatum, Ayat se trouvait chez les Qassas, où elle était venue rendre visite à la sœur de Jamil, quand des soldats tirèrent à travers les vitres de la maison, touchant un autre de ses frères. « Ayat fit une crise de nerfs, se souvient Qassas. J'ai ramassé mon frère qui saignait abondamment et j'ai couru en le portant dans mes bras vers l'hôpital le plus proche. Ayat est venue avec moi, criant et pleurant. » Il respire profondément avant d'ajouter : « Mon frère est mort dans mes bras et Ayat s'est effondrée en pleine rue. À l'enterrement, elle s'est approchée de moi et m'a dit que la mort de mon frère avait tout changé pour elle. Elle pensait que c'était un signe d'Allah qui lui montrait qu'elle devait agir de façon significative pour que les gens, et en particulier son père, comprennent que tout contact avec les Juifs ne pouvait que se terminer en bain de sang. J'ai su alors qu'elle était destinée à de grandes actions. Elle était trop bouleversée et emplie de haine pour rester tranquillement assise pendant que notre peuple se faisait massacrer ainsi. »

La situation de Mohammed al-Akhras et de sa famille devint pratiquement insupportable. Ils ne pouvaient plus aller au marché parce que les commerçants refusaient de les servir. Une des sœurs d'Ayat affirme qu'un de ses enfants fut battu à l'école. « Mon père est un homme entêté, déclare Riad. Il refusa de céder. Mais paradoxalement, comme il refusait de céder, il ne pouvait plus sortir de la maison pour aller travailler parce que les voisins bloquaient la porte. Il y avait d'un côté le couvre-feu imposé par les Israéliens et de l'autre l'armée de nos amis et de nos voisins qui nous empêchaient de sortir. La vie était un enfer. »

À l'insu de sa famille, Ayat avait très clairement exprimé ses sentiments et ses intentions. Selon une amie qui témoigne sous condition d'anonymat, Ayat entra en contact avec un des responsables de la Brigade des martyrs d'Al-Aqsa. « Il n'était pas très difficile de savoir où les trouver à Dheishé, déclare la jeune femme. Le Hamas, le Jihad islamique ou Al-Aqsa disposaient tous d'un centre de recrutement ayant pignon sur rue, si bien que personne n'ignorait à qui s'adresser. J'étais probablement la seule à savoir ce qu'Ayat avait en tête. Non qu'au début elle se soit montrée très précise ou qu'elle m'ait raconté dans le détail ce dont il s'agissait, mais elle m'a confié qu'elle

205

avait décidé de faire quelque chose de radical. Je savais ce qu'elle entendait par là. Plus tard, elle m'a tout dit. »

Le cheikh Ahmed Yassine affirme, dans les réserves qu'il exprime concernant la participation des femmes aux opérations suicide, qu'elles sont moins « fiables » que les hommes. Il prétend que les hommes sont plus solides psychologiquement quand il s'agit de rester cachés une nuit entière dans des endroits pour le moins déplaisants, mais avance surtout que les femmes, plus que les hommes, ont une fâcheuse tendance à révéler leurs projets. À l'en croire, rien d'étonnant donc à ce qu'Amir Levy, qui travaille au ministère israélien des Affaires étrangères à Jérusalem où il est chargé d'éplucher les dépêches et les communiqués parus dans la presse arabe au Proche-Orient, rapporte l'histoire suivante : « Environ deux jours avant qu'Ayat al-Akhras ne se fasse exploser à Jérusalem, un de mes amis qui vit dans le camp de Dheishé me déconseilla de me rendre dans les lieux très fréquentés. Il me dit qu'il ne pouvait pas me donner plus de détails mais qu'il savait avec certitude que quelqu'un dans le camp projetait de commettre un attentat suicide et que je devais être prudent. Malheureusement, même avec cet indice, nous fûmes incapables de réunir d'autres informations permettant d'empêcher l'attentat. »

L'amie d'Ayat qui témoigne sous le sceau de l'anonymat déclare qu'elle eut une autre conversation avec la jeune kamikaze le jour précédant l'opération. « Elle m'a dit qu'il n'y avait qu'une solution pour sauver sa famille du déshonneur, c'était qu'elle meure en mar-

206

tyre. Des rumeurs circulaient à l'époque dans le camp qui laissaient entendre que son père allait être lynché et sa maison détruite. La famille était au bord du gouffre. De fait, ils étaient tous prisonniers dans leur maison. Ce n'était plus qu'une question de temps avant que la situation explose. Si les Israéliens pénétraient à nouveau dans le camp avec leurs chars ou tuaient un Palestinien au cours d'un affrontement, la victime toute désignée serait la famille al-Akhras. Ayat le savait et elle m'a affirmé que le seul moyen d'éviter à sa famille d'être déshonorée ou lynchée par une foule en colère était de se sacrifier. Sinon, sa famille était ruinée. Ayat était très calme, elle savait parfaitement de quoi elle parlait et ce que cela signifiait. Elle avait été témoin du meurtre gratuit du frère de Qassas, tranquillement assis chez lui devant la télévision lorsqu'une balle israélienne traversant la fenêtre l'avait tué. Mais je pense que la colère couvait en elle depuis plus longtemps. »

Le vendredi 29 mars, Ayat al-Akhras se faufila hors de sa maison à 7 heures du matin. Si quelqu'un de sa famille s'était aperçu qu'elle ne se faisait pas arrêter comme les autres par les gardes palestiniens en faction devant la maison, peut-être se seraient-ils doutés de quelque chose d'anormal. Mais personne ne savait qu'elle était partie. Toujours d'après la même amie, elle se rendit directement au domicile d'un des responsables de la Brigade des martyrs d'Al-Aqsa où elle enregistra une cassette vidéo recueillant ses dernières volontés qui lui tiendrait lieu de testament. Sur la cassette, elle porte le traditionnel costume, une longue robe et la tête ceinte d'un keffieh à damier, se présente comme membre de la Brigade des martyrs d'Al-Aqsa, et confirme son intention de mourir en martyre. En guise d'explication, elle fustige les dirigeants arabes qui restent « les bras croisés tandis que les femmes palestiniennes se battent pour mettre fin à l'occupation israélienne. »

TRANSPORTEUR DE BOMBES HUMAINES

Dans un pays où l'identité religieuse et ethnique est clairement affichée, la distinction entre ami et ennemi revient souvent à faire la différence entre la vie et la mort. Cependant, les attentats suicide restent des entreprises hautement communautaires. Ils ne sont jamais l'œuvre du seul kamikaze. Selon Ariel Mirari, directeur du Centre de recherche sur la violence politique de Tel-Aviv et spécialiste reconnu du phénomène, il n'est jamais arrivé qu'un Palestinien pris de folie aille de sa propre initiative se procurer une bombe et tuer des Israéliens. Les attentats suicide font l'objet d'une organisation rigoureuse et nécessitent la participation d'une dizaine de personnes au moins, chacune d'entre elles ne connaissant que son supérieur direct et ne disposant d'aucune information sur les autres conspirateurs. « Tout se fait dans le plus grand secret, explique Mirari. Chaque personne ou maillon doit effectuer une tâche précise et ne sait rien de l'opération excepté ce qui la concerne. »

Ibrahim Sarahne a le privilège d'être un des rares Palestiniens à échapper aux définitions et aux étiquettes. Il joua un rôle capital dans quatre attentats suicide où il était chargé d'une mission particulière. Il prenait son travail très au sérieux. En juin 2002, après son arrestation pour son implication dans ces quatre attaques terroristes qui firent plus de cinquante victimes et son inculpation pour complicité de meurtre, Sarahne raconta son histoire dans sa cellule de prison près de Tel-Aviv.

Ibrahim Sarahne est palestinien et vivait dans le camp de réfugiés de Dheishé. Malgré son taxi aux plaques jaunes israéliennes, il n'en apparaissait pas moins immédiatement aux yeux de ses passagers comme une personne digne de confiance. « Un bon Arabe », voilà ce que ses clients disaient de lui. « Un Palestinien avec des papiers d'identité en règle, qui savait comment s'y prendre pour gagner sa vie. » En fait, Sarahne en faisait même trop en vue de se rendre « acceptable », allant jusqu'à posséder de faux papiers le présentant comme un Arabe israélien résidant à Jérusalem.

Il affirme que sa décision de faire « bon usage » de sa capacité à passer les postes de contrôle ne fut pas tant prise pour des raisons politiques, nationalistes ou religieuses que pour prouver au Premier ministre Ariel Sharon que si celui-ci pouvait envoyer des forces israéliennes de l'autre côté de la frontière en Cisjordanie pour blesser et tuer des Palestiniens, il était possible de faire la même chose, à plus petite échelle, « dans l'autre sens ».

Sarahne dit qu'il proposa ses services à la Brigade des martyrs d'Al-Aqsa « pour les aider à réussir des attentats suicide », parce que c'était la plus « laïque » de toutes les organisations. « Dieu n'a joué aucun rôle

209

dans ma décision, soutient-il. Il s'agissait d'un pur rapport de force. Je n'aime pas qu'on me marche sur les pieds. »

Pour la Brigade des martyrs d'Al-Aqsa, Ibrahim Sarahne était l'un de leurs instruments de mort les plus efficaces, contribuant au succès de nombreux attentats suicide perpétrés par l'organisation. Sarahne pouvait se fondre dans la population israélienne tout en allant repérer les endroits faciles d'accès et très fréquentés par les civils. Fait plus précieux encore, Sarahne, en tant que chauffeur d'un taxi possédant des plaques israéliennes, pouvait conduire les kamikazes jusqu'à leur cible sans éveiller de soupçons.

Un an avant son arrestation, Sarahne épousa une chrétienne ukrainienne, Irena Polichik, mais il s'avéra par la suite qu'il avait négligé d'informer sa nouvelle femme qu'il était également marié à une Palestinienne dont il avait quatre enfants. Cette famille-là vivait loin de Bethléem dans un petit village de Gaza. Il apparut plus tard qu'Irena Polichik se souciait peu de la double vie de son mari dans la mesure où ce qui les unissait dans ce mariage sacrilège était le désir commun de tuer des civils israéliens. Finalement, pour faciliter leur collaboration, il lui procura de faux papiers d'identité qui faisaient d'elle une juive russe immigrée du nom de Marina Pinsky. Ce ne fut que bien plus tard, après l'incarcération d'Irena et de Sarahne, que la véritable Marina Pinsky sortit de l'ombre pour nier toute participation à des activités terroristes. Elle reconnut pourtant qu'elle avait omis de signaler la disparition de ses papiers d'identité quand elle s'était aperçue qu'on les lui avait volés plusieurs mois auparavant.

Quant à Irena Polichik, lorsqu'on lui demande pourquoi elle consentait à travailler avec son mari, elle répond : « J'étais d'accord avec tout ce que pensait mon mari. Il a entrepris de démontrer que les Palestiniens peuvent entrer sans problème en Israël, quand ils le veulent, que le pays soit bouclé ou non. » Elle affirme également que la religion n'était pas pour elle le facteur déterminant et nie catégoriquement qu'elle ou son mari aient été forcés d'apporter leur concours ou payés pour le faire. « Je les haïssais [les Israéliens], admet Polichik. Et je n'avais aucun scrupule à tuer des civils, y compris des femmes et des enfants, car ils appartiennent à un peuple dont l'armée tue des civils palestiniens. Moi-même je me suis sentie victime de discrimination dès mon arrivée en Israël. Ils m'ont laissée venir seulement parce que j'ai menti en prétendant que ma mère était juive. Si je ne l'avais pas fait, je serais restée coincée en Ukraine sans espoir d'une vie meilleure. »

Sarahne reconnut, au cours de l'interview effectuée dans sa cellule, qu'en plus des quatre kamikazes conduits à destination, il avait aussi relevé les heures d'affluence dans certains quartiers de Jérusalem. Il faisait son rapport aux hommes chargés de préparer les attentats et de choisir les différentes cibles des kamikazes, et se targue de ce que les opérations les plus réussies, celles qui firent le plus de victimes, furent réalisées grâce à ses enquêtes méticuleuses. « Je prenais mon travail très au sérieux, explique-t-il fièrement, et j'étais très prudent. J'ai toujours réussi à éviter que les autorités ne me soupçonnent. J'avais les papiers requis et je connaissais la mentalité israélienne, celle de ces Israéliens qui prétendent aimer les bons Palestiniens qui ramassent les miettes avec reconnaissance, qui ne se rebellent pas et ne créent pas d'ennuis. »

Ibrahim Sarahne illustre parfaitement ce que le Premier ministre Ariel Sharon décrit comme « un mélange de banalité et de projet barbare : l'infrastructure de la terreur ». Au regard des conséquences dramatiques de ses actions, l'aide qu'il apportait semble tout à fait banale et fastidieuse. Sarahne évoque les contacts secrets qu'il établissait au moyen de codes radio élémentaires et les convois de voitures d'aspect inoffensif escortant la sienne chargée de martyrs potentiels comme s'il s'agissait d'« une journée de travail qui aurait ennuyé la plupart des gens ». « C'est cette organisation très simple qui a permis ce genre d'attentats. Mais une fois que j'avais déposé le kamikaze, quand j'entendais les sirènes des ambulances et que je savais que tout s'était passé comme prévu, en partie grâce à moi, je ne peux pas décrire le sentiment de joie pure qui m'envahissait. »

Sur les quatre bombes humaines qu'Ibrahim Sarahne conduisit à leurs cibles, la première et la dernière étaient des femmes dont les histoires révèlent de façon déchirante à quel point elles furent manipulées.

Pour sa dernière opération terroriste, le 22 mai 2002, Sarahne emmena avec lui sa femme ukrainienne et leur petite fille de dix-huit mois dans son pick-up Toyota rouge. Ils suivirent une autre voiture qui transportait deux adolescents kamikazes, une

212

jeune fille de quinze ans et son compagnon de quatorze ans, à Rishon Letzion près de Tel-Aviv. C'était Sarahne qui avait repéré le site deux jours plus tôt, signalant qu'on y trouvait, outre des dizaines de soldats rentrant à leur base, des femmes et des enfants faisant des courses dans le centre commercial voisin. Alors qu'ils arrivaient près du poste de contrôle, les responsables de l'opération dans la voiture de tête entrèrent en communication avec Sarahne sur son émetteur-récepteur en utilisant un code sommaire. L'idée était de transférer les jeunes bombes humaines dans le pick-up de Sarahne juste avant que le convoi n'atteigne le poste de contrôle, qui les emmènerait ensuite jusqu'à leur cible.

Arine Abou Said, la candidate shahida, avait rejoint un programme d'échange et faisait partie de Peace Now, une organisation politique israélienne de gauche qui lutte pour la paix. Arabe israélienne, elle avait appris l'hébreu petite et, à peine un an auparavant, avait participé à des groupes de discussion dans un kibboutz en Galilée pour « tenter de trouver une solution au conflit ». Quand son petit ami, Jad, fut tué à l'âge de vingt ans par des soldats israéliens pendant le siège de l'église de la Nativité à Bethléem, Arine décida de « le suivre au paradis ». Avant sa mort, Jad, qui était un membre actif de la branche du Tanzim à Bethléem, avait présenté Arine à ses camarades. Quand elle annonça son intention de devenir martyre, les anciens camarades de Jad organisèrent l'attentant suicide au cours duquel elle et un jeune garçon de quatorze ans, Mahmoud, devaient se faire exploser à un arrêt de bus de Rishon Letzion. Selon Arine, ils lui racontèrent qu'il y avait « sept marches pour atteindre le paradis, si tu tues un Juif, ça compte pour une marche, si tu commets un attentat suicide, tu arrives à la septième marche sans devoir gravir les six autres ». « Il m'ont dit que je trouverai Jad qui m'attendait au paradis, explique-t-elle aujourd'hui, en larmes, dans sa cellule provisoire située dans une prison du quartier russe de Jérusalem. »

Il était prévu que Mahmoud se fasse exploser en premier et, au moment où l'affolement serait à son comble, Arine déclencherait à son tour sa ceinture d'explosifs pour faire le maximum de victimes. Mais en arrivant à Rishon Letzion, ils changèrent tous les deux d'avis. Arine affirma qu'en voyant les femmes et les enfants, elle ne put se décider à les tuer. « Je croyais qu'il n'y aurait que des soldats », disait-elle. Tandis qu'elle restait ferme sur son refus, ceux qui les encadraient réussirent à convaincre Mahmoud de réaliser l'attentat.

Sarahne remarqua que lorsque Arine monta avec Mahmoud dans son pick-up Toyota, elle était extrêmement agitée. Quand ils atteignirent enfin leur cible, Arine commença à le supplier de la laisser descendre de voiture. « Elle m'implorait de la laisser rentrer chez elle. Elle menaçait de se mettre à hurler et de trahir toute l'opération si elle ne pouvait pas partir. Mahmoud était moins nerveux. Il avait l'air de la soutenir. Quand j'ai dit à Arine qu'elle n'avait aucun moyen de rentrer, elle m'a répondu qu'elle pouvait tout simplement appeler un taxi. Elle m'a dit qu'elle ne voulait pas mourir. » Finalement, ils persuadèrent Mahmoud d'aller jusqu'au bout.

Arine confirme la version des événements donnée par Sarahne et ajoute qu'Irena Polichik, sa femme, se mit à l'insulter lorsqu'elle fit marche arrière à la dernière minute. Les responsables acceptèrent de la laisser renoncer, pensant qu'il valait mieux réussir avec un seul kamikaze que pas du tout. Après l'attentat suicide de Mahmoud, qui tua plus d'une quinzaine d'Israéliens, Sarahne et Polichik reprirent la direction de Bethléem, Arine assise à l'arrière. « Durant tout le trajet de retour, raconte-t-elle, Polichik ne cessa de crier et de me tirer les cheveux. Elle me crachait dessus, me traitait de morveuse, de lâche, de bébé, de honte pour toutes les femmes palestiniennes. » Elle ajoute après un silence : « Elle était plus fâchée par ma dérobade qu'Ibrahim qui, lui, essayait de la calmer. Elle était comme folle. »

Sarahne, qui admet avoir été déçu qu'Arine refuse de mourir – le seul échec de sa carrière – n'en exprime pas moins sa joie que Mahmoud, en dépit de cette défection, ait tué tant de monde. « Grâce à moi, soutient-il, l'opération fut une réussite. »

Ce soir-là, en arrivant chez sa tante Nadja, chez qui elle vivait depuis la mort de ses parents des années plus tôt, Arine savait que son arrestation « n'était qu'une question de temps ». Selon Arine, Nadja s'emporta contre elle à son retour, l'accusant de mentir quand elle justifia son absence par une « visite à une amie qui venait d'avoir un enfant ». « Elle pensait que j'étais sortie avec un garçon », dit-elle.

Quand la police se présenta finalement à son domicile pour emmener Arine, Nadja fondit en larmes. « Si tu avais fait les bons choix, dit-elle à sa nièce, ta vie

215

serait meilleure. » Lorsque le ministre israélien de la Défense vint la voir en prison pour tenter de comprendre pourquoi elle avait changé d'avis et quelles avaient été ses motivations à l'origine, Arine lui rapporta les paroles de Nadja. « Je me suis dit à ce moment-là que je faisais bel et bien le bon choix en décidant de ne pas me tuer, ni moi ni beaucoup de gens innocents. »

Trois semaines plus tard, en juin, Ibrahim Sarahne et sa femme furent arrêtés, après des aveux d'Arine les mettant en cause. C'est pendant son interrogatoire et au cours de deux interviews accordées pour ce livre qu'il raconta son attentat suicide le plus spectaculaire, impliquant une jeune fille de dix-sept ans qui vivait à deux pas de chez lui dans le camp de Dheishé. D'après Sarahne, c'était la première fois qu'il aidait un candidat shahide ou shahida à s'infiltrer en Israël même pour tuer.

Le jeudi 28 mars 2002, Ibrahim Sarahne reçut sur son émetteur-récepteur les instructions d'un homme connu pour recruter et entraîner des femmes kamikazes. Il devait prendre Ayat al-Akhras le lendemain matin dans le camp de Dheishé à un endroit qui lui était précisé et la conduire jusqu'à sa cible dans Jérusalem. Sarahne admet qu'il la connaissait vaguement pour l'avoir vue dans les environs, et quand il découvrit que c'était elle son précieux passager, il ne fut pas étonné. « La vie était un enfer pour sa famille, déclare Sarahne. Il fallait que l'un d'eux se fasse exploser sous peu. Mais je dois dire que j'ai été surpris que ce soit une fille, et pas un de ses frères. » Sarahne raconte que pour la première fois, ce fut lui qui choisit la cible, l'endroit où Ayat mourrait : le magasin d'alimentation Supersol, à Kiryat Yovel dans la banlieue de Jérusalem. « J'y avais travaillé un temps comme emballeur, alors je connaissais précisément les heures d'affluence, pendant lesquelles le seul vigile n'était pas toujours en mesure de contrôler tout le monde. Le meilleur moment c'était le vendredi après-midi, quand les Juifs faisaient leurs courses pour le sabbat. »

Ils passèrent ensemble le poste de contrôle en voiture, la bombe dans un sac posé aux pieds d'Ayat, à côté de son sac à dos. En chemin, Sarahne lui proposa de lancer lui-même la bombe, ce qui aurait permis à Ayat de rentrer chez elle saine et sauve. « Elle refusa, disant : "Je n'ai pas peur. Je veux tuer des gens." »

COMME DEUX SŒURS...

Dans leurs univers respectifs, Ayat al-Akhras et Rachel Levy étaient des adolescentes typiques. Mais alors qu'Ayat était animée d'une profonde conscience politique à cause de tout ce qu'elle voyait autour d'elle, la colère, les fusillades, un contexte éminemment anti-israélien, Rachel fit de son mieux pour chasser de son esprit la violence et prétendre qu'Israël était un pays normal.

En 1985, Avigail Levy, en compagnie de son mari Amos et de leur fils de trois ans Guy, quitta Jérusalem pour Los Angeles où elle travailla avec sa sœur dans une petite entreprise de confection. Deux mois après leur déménagement, Avigail donna naissance à une fille qu'elle prénomma Rachel. En 1993, après huit ans passés aux États-Unis, ils durent rentrer à Jérusalem pour raisons de famille. En 1997, Avigail eut son troisième enfant, Kobi, un garçon. Un an plus tard, le couple se séparait et Avigail partit s'installer avec ses enfants dans un petit appartement du quartier de Ramat Sharett au sud de Jérusalem, morne succession de grands immeubles à deux pas du centre commercial. Des trois enfants, ce fut Rachel qui eut le plus de mal à faire la transition entre les États-Unis et Israël. Son frère aîné, Guy, qui était né à Jérusalem, avait conservé des amis d'enfance, tandis que son petit frère Kobi n'avait connu que la vie en Israël. Rachel trouvait les Israéliens arrogants et ne cachait pas qu'elle n'était pas heureuse. Elle refusa même pendant un temps de parler l'hébreu. Elle dit à sa mère qu'elle était plus à l'aise en anglais. Mais, après un séjour en Californie durant l'été 2001, Rachel revint convaincue que sa place était en Israël. Elle dit à sa mère : « Je me sens chez moi ici. C'est là que je dois être. »

Avigail était ravie de voir sa seule fille vivre enfin comme toutes les adolescentes, se tracasser à propos de l'écartement de ses dents et faire tout un drame de ses rondeurs. Comme la plupart des jeunes filles, elle remplissait son journal de poèmes sur l'amour et la mort, dont quelques citations du *Cantique des Cantiques* et des *Psaumes*. Pour rester mince, elle se contentait en général du même repas : une salade, un Pepsi allégé, une sucette et des pickles. Sa mère dit d'elle : « Elle ne sortait jamais sans s'être soigneusement lavée et habillée. Elle sentait toujours le parfum et les crèmes. Elle était impeccable, toujours bien

coiffée. » Après un instant de silence, elle poursuit :
« Même maintenant, je sens toujours l'odeur de
Rachel qui subsiste dans sa chambre, sa penderie, ses
tiroirs. Elle imprègne tout ce qu'elle a touché. Je ne
supporte pas de faire le ménage dans sa chambre ou
de manipuler ses vêtements. Ils sont exactement
comme elle les a laissés quand elle est sortie ce vendredi-là. »

Bien que le soulèvement palestinien ait assombri la
vie de tout un chacun en Israël (trois jours auparavant, un kamikaze avait fait trois morts dans un café
du centre-ville où Rachel et ses amis avaient l'habitude de se rencontrer), Rachel demeurait apolitique
et indifférente, absorbée par les habituelles passions
de l'adolescence. Elle écoutait les Pink Floyd et
Christina Aguilera, aimait les films comme *Pretty
Woman* ou *Titanic*, retrouvait des amis au centre
commercial de Jérusalem. « Elle n'avait pas peur des
bombes, se souvient un de ses amis. Quand je lui
demandais si elle n'était pas effrayée de sortir et de
continuer de faire comme si de rien n'était, elle me
répondait toujours que non. Elle était fataliste. »

Avigail soutient que Rachel ne discutait jamais de
la situation politique avec sa famille et préférait l'ignorer, vu qu'elle était souvent terrifiante. « Si jamais
j'écoutais les informations parce qu'il y avait eu un
attentat, raconte Avigail, dès que Rachel rentrait, elle
éteignait le poste. Elle ne voulait tout simplement pas
savoir. »

Néanmoins Avigail, comme tous les parents, s'in-
quiétait systématiquement pour ses enfants quand ils
sortaient. À chaque attentat, elle appelait sa famille

pour vérifier que tout le monde allait bien et, seulement une fois qu'elle s'en était assurée, « la vie reprenait son cours normal ».

Le jeudi 28 mars, la veille de la mort de sa fille, Avigail Levy passa une nuit agitée. Elle était seule à la maison avec Rachel. Elle se réveilla et se rendit dans la chambre de sa fille pour lui demander si elle pouvait se coucher auprès d'elle. « J'ai peur, dit-elle à Rachel, une peur inexplicable... » L'adolescente refusa, lui tourna le dos et sombra de nouveau dans le sommeil. Avigail alla dans le salon et alluma la télévision jusqu'à ce qu'elle s'endorme aux environs de trois heures du matin. Elle se réveilla à huit heures en se souvenant du rêve qu'elle avait fait. « J'étais seule. Rachel n'était pas là. Il n'y avait que moi, moi seule. » Paniquée, elle téléphona à sa sœur qui avait gardé son plus jeune fils pour la nuit. Rassurée après avoir appris qu'il était sain et sauf, elle retourna se coucher et, pour la première fois de sa vie, dormit jusqu'à midi. « Quand je me levai, Rachel était dans la cuisine et préparait du thé, se souvient Avigail. Ce n'était pas un jour comme les autres parce que le vendredi avait toujours été notre journée à nous. Nous étions seules. Elle n'avait pas école et moi, c'était mon jour de congé. Ce vendredi-là, Rachel dit que la maison était propre. Il n'y avait rien à faire, alors elle proposa de sortir. » Mais pour une raison quelconque, Avigail n'en avait pas envie. Elle était encore secouée par son rêve et redoutait quelque chose sans pouvoir l'expliquer. « Rachel se plaignit qu'elle ne voulait pas de poulet pour dîner, explique Avigail, parce qu'elle avait déjà mangé de la viande cette semaine à cause des fêtes de Pessah [la Pâque juive]. Elle était toujours très stricte avec son régime. Elle voulait du poisson. » Avigail lui répondit que, dans ce cas, il fallait qu'elle aille faire des courses. Toutefois elle supplia sa fille de descendre à la petite épicerie en bas de chez eux. « Il y avait eu ce terrible attentat le premier soir de Pessah, se souvient Avigail, et tout le monde était encore sous le choc. » Rachel refusa. Elle voulait aller au supermarché où il y avait plus de choix. « Elle a quitté la maison à 13 h 20, et à 14 h 10, j'ai entendu les sirènes des ambulances et de la police. Je les ai entendues s'approcher puis s'arrêter du côté du supermarché. J'ai su à ce moment-là qu'il était arrivé quelque chose à ma fille. »

C'était un vendredi après-midi comme les autres au Supersol. Les clients poussaient leurs caddies dans les rayons où, en raison des fêtes de la Pâque juive qui durent une semaine en Israël, il n'y avait pas le moindre morceau de pain. Silvan Peretz, un caissier qui travaillait d'habitude à l'avant du magasin, se trouvait exceptionnellement dans le fond en train de mettre des escalopes de poulet sous plastique quand l'attentat se produisit à l'entrée du supermarché. À la porte, un vigile vérifiait consciencieusement les sacs et les paquets. À 13 h 49 exactement, Rachel Levy, qui venait de descendre du bus qui l'avait amenée de son appartement tout proche, pénétra dans le magasin, ses longs cheveux bruns lâchés. Au même instant, une autre jeune fille, extraordinairement séduisante, elle aussi avec de longs cheveux bruns et d'intenses yeux noisette, se dirigeait vers les doubles portes de l'entrée. Elle portait autour de la taille une ceinture composée de dix kilos d'explosifs, de clous et de boulons. Les deux adolescentes se frôlèrent à l'entrée tandis que le vigile tendait le bras pour attraper la jeune fille aux yeux noisette dont l'accoutrement avait dû éveiller ses soupçons. « Un instant », cria-t-il. Une fraction de seconde plus tard, une puissante explosion ravageait le supermarché, saccageant les rayons et envoyant voler les corps. Quand la fumée se dissipa et que les cris d'angoisse se turent, les deux adolescentes et le garde étaient morts. Quelques heures plus tard, des témoins se souvinrent que la jeune fille, identifiée comme étant Ayat al-Akhras, avait remarqué, au moment où elle allait pénétrer dans le magasin, deux femmes arabes vendant des herbes assises sur le trottoir. Elle s'était arrêtée et leur avait murmuré quelque chose. Quelques secondes plus tard, elles avaient fui les lieux.

Cinq minutes après avoir déposé la jeune fille près du supermarché à Jérusalem, Ibrahim Sarahne entendit les sirènes et régla sa radio sur la fréquence de l'armée israélienne. « J'étais heureux qu'elle ait réussi, dit-il. Parce que ce jour-là, les Israéliens avaient déployé mille cinq cents policiers dans la rue pour empêcher un attentat et qu'ils avaient échoué. » Plus tard, tout en retournant à Bethléem, Sarahne s'aperçut qu'Ayat avait laissé son sac à dos dans sa voiture. À son arrivée au camp de Dheishé, il le déposa chez son père sans un mot.

Quand Avigail appela sa propre mère, tout le monde savait déjà qu'il y avait eu un attentat au supermarché. Toute la famille se mobilisa en un quart d'heure, ses sept frères et sœurs coururent les hôpitaux, ratissèrent les environs, avant de conduire finalement Avigail au supermarché à la recherche de Rachel. « Ils n'ont pas voulu me laisser entrer dans le magasin, se souvient Avigail, mais ils m'ont assurée qu'il n'y avait que deux morts. Le vigile et la femme qui s'était fait exploser. »

L'attente fut un supplice. Rachel appelait toujours. Rachel était une fille incroyablement responsable. Et voilà que maintenant, plus de trois heures après être sortie faire des courses, elle ne s'était toujours pas manifestée. Elle avait disparu. Une heure plus tard, la police téléphona et s'entretint avec une des sœurs et un frère d'Avigail. Sans donner d'explication, ceux-ci se précipitèrent au poste de police. On leur demanda de décrire les vêtements que portait Rachel. À leur retour, Avigail était au bord de la crise de nerfs. « Je m'étais aperçue, en regardant les informations et en découvrant la photographie de la kamikaze, qu'elle ressemblait à ma fille. J'ai compris qu'ils avaient dû confondre Rachel avec l'autre adolescente et que le corps qu'ils avaient était celui de mon enfant. »

Au même moment, les policiers réalisaient qu'ils s'étaient trompés en identifiant la bombe humaine. Le corps d'Ayat avait été tellement déchiqueté par la puissance de l'explosion qu'il allait falloir plusieurs jours pour en réunir tous les morceaux éparpillés dans le supermarché. « Je suis allée à la morgue, poursuit Avigail, impassible. Rien ne m'y obligeait mais je voulais la voir. On m'a dit qu'elle était morte sur le coup. »

Plus tard, Avigail apprit de plusieurs témoins oculaires que Rachel était entrée dans le magasin exactement au même moment qu'Ayat, qui portait une ceinture d'explosifs. « Des gens m'ont raconté qu'en les voyant l'une à côté de l'autre, si ressemblantes avec leur teint mat et leurs longs cheveux bruns, ils les avaient prises pour deux sœurs venues faire des courses. » Elle reprend après un silence : « L'autre jeune fille aussi était belle, comme ma Rachel. »

Ce soir-là, un groupe de militants de la Brigade des martyrs d'Al-Aqsa se présenta au domicile de Mohammed al-Akhras, tirant en l'air avec leurs kalachnikovs et distribuant des bonbons aux enfants qui s'étaient regroupés là en curieux. Quelques heures plus tôt, quand les parents d'Ayat allumèrent la télévision et virent le visage d'Ayat à l'écran, ils comprirent que leur fille et la jeune femme qui s'était tuée en faisant deux autres victimes et une trentaine de blessés n'étaient qu'une seule et même personne. Mohammed al-Akhras et sa femme reconnaissent ne pas avoir été préparés à la célébration qui eut lieu ensuite. Les gens arrivaient en foule dans la maison pour présenter leurs félicitations, quelques-uns proches de l'hystérie car ils se trouvaient dans la maison de la famille d'un martyre. L'une des sœurs d'Ayat, anéantie par la douleur, dut être emmenée hors de la pièce par trois de ses frères. M. et Mme al-Akhras, en apprenant qu'Ayat était morte dans une opération martyre, étaient eux aussi effondrés. La mère d'Ayat, les yeux rougis par les larmes, se tenait assise sur un canapé dans sa maison impeccablement tenue, secouant la tête en signe de dénégation. « Pendant des mois, j'ai préparé le mariage de ma fille, disait-elle. Aujourd'hui, je ne peux même pas organiser ses funérailles car les Israéliens ne rendront pas son corps. »

L'esprit désorienté et accablé par la douleur, les parents d'Ayat gardent secrètement espoir que leur fille ait été mal identifiée ou victime d'une autre personne cherchant à mourir en martyr. En dépit de la cassette vidéo laissée par la jeune fille où elle expose clairement ses raisons de mourir en causant la mort du plus grand nombre d'Israéliens possible, sa famille n'arrive toujours pas à croire qu'elle ait réellement commis un tel acte. Pour leur défense, les parents affirment n'avoir jamais vu la vidéo. Au cours de l'entretien qu'elle m'a accordée, Mme al-Akhras exhiba le sac à dos de sa fille déposé par Ibrahim Sarahne après qu'il eut conduit la jeune fille à la mort. En le vidant de son contenu, elle me demanda : « Le Coran et une tablette de chocolat. Est-ce que c'est ce qu'emporterait une jeune fille qui se destine à mourir ? »

Le soir même, Avigail ouvrit le journal de Rachel. La veille de sa mort, la jeune fille y avait consigné des pensées sur l'amour et la mort. « Elle se demandait ce qui venait après la mort, dit-elle tristement. Je crois qu'elle l'a découvert. »

Jamil Qassas, le voisin d'Ayat dont le frère avait été tué par des soldats israéliens, ne cache pas sa fierté. « Combien d'enfants et d'innocents ont été tués par les Israéliens ? demande-t-il. Ce qui s'est produit est normal. L'équation marche dans les deux sens. »

Quatre mois après la mort d'Ayat en juillet 2002, Mohammed al-Akhras, assis dans le salon, fume cigarette sur cigarette. Sa femme se tient à côté de lui. Il explique que, bien que la Brigade des martyrs d'Al-Aqsa l'ait lavé de toute accusation de collaboration avec les Israéliens, il ne ressent au fond de lui que peine et culpabilité quand les gens insinuent que la mort d'Ayat lui garantit la respectabilité. « Où est la différence ? demande-t-il, les yeux embués de larmes. Les Israéliens m'ont licencié parce que ma fille est une *shahida* et les gens du camp ici nous traitent en héros. Ils sont en colère contre nous parce que je refuse de prendre leur argent, qui récompense le père d'une martyre. » Il regarde avec mépris son fils aîné. « Lui pense que je devrais accepter l'argent. Mais je ne le ferai jamais. Pour moi, c'est le prix du sang. Le prix du sang de ma fille. »

La sœur aînée d'Ayat prie sur un petit tapis par terre dans la chambre d'Ayat. Les affiches et les photographies des vedettes de chanson qui décoraient autrefois les murs ont été remplacées par un grand portrait d'Ayat dont le visage apparaît dans tout le camp de réfugiés de Dheishé en hommage à son geste ultime de shahida.

VIII

UNE NOUVELLE FORME DE TERREUR

Le terrorisme a toujours recherché des cibles faciles, des civils qui vaquent à leurs occupations sans savoir qu'un attentat est sur le point d'être commis. La menace accrue d'opérations suicide au niveau mondial représente une évolution naturelle pour les plus innovantes des organisations terroristes à mesure qu'elles améliorent l'efficacité de leurs opérations. Utiliser des femmes et des jeunes filles comme bombes humaines augmente les chances de réussite de l'attaque car elles déjouent plus facilement les dispositifs de sécurité. Alors que le contrôle des hommes palestiniens entre autres aux barrages routiers a toujours été rigoureux, il l'était beaucoup moins pour les femmes, jusqu'à une époque récente, en raison du caractère extrêmement délicat d'une fouille.

Gideon Ezra, ministre adjoint de la Sécurité en Israël, souligne la gravité de la situation : « Le recours aux femmes change le visage du terrorisme dans le monde entier. Nous faisons face aujourd'hui à la plus grande menace qui puisse exister : des femmes déjouant les mesures de sécurité pour tuer. »

Selon Liat Pearl, porte-parole de la police des frontières israélienne, depuis le mois de septembre 2000, date qui marqua le début de la reprise de la résistance palestinienne à l'occupation israélienne, il y a eu plus de cinquante cas où des femmes ont été utilisées et poussées à des actes de martyre pour la libération de la Palestine. Quatre ont réussi. En réaction, le gouvernement israélien a modifié ses procédures pour faire face à ce nouveau danger. Alors qu'autrefois on considérait comme un châtiment cruel et inutile compte tenu du code de pudeur des femmes arabes de les soumettre à une fouille corporelle, de nouvelles mesures de sécurité ont été établies par l'armée israélienne pour repérer toute jeune femme pouvant acheminer une bombe ou porter une ceinture d'explosifs. « Nous n'avons pas le choix, explique Liat Pearl, car sous prétexte de ménager les susceptibilités, nous courons le risque de les laisser atteindre Tel-Aviv ou Jérusalem où elles se feront exploser. Mais nous sommes toujours conscients qu'il y a une limite à ne pas franchir entre contrôle efficace et humiliation. Par exemple, dans la mesure du possible, elles sont fouillées par des éléments féminins de l'armée et de la police et dans un endroit à l'écart afin qu'elles ne soient pas humiliées devant tout le monde. Sinon, si la femme paraît suspecte ou si nous disposons d'informations concernant l'infiltration d'une femme kamikaze en Israël, nous privilégions toujours la sécurité de la population civile. » Selon Liat Pearl, un certain nombre de procédures ont été établies : « Si elle semble suspecte parce qu'elle refuse de coopérer et abandonne le lourd sac qu'elle transporte, ou qu'un renflement paraît visible sous sa robe, nous passons en état d'alerte maximale. Nous soupesons son honneur à l'aune des vies à sauver, explique-t-elle. La règle n'est pas tant : jusqu'à quel point nous est-il possible de fouiller une femme, ou un homme, d'ailleurs, mais bien *dans quelle mesure* avons-nous besoin de les fouiller en fonction des circonstances. Chaque cas est différent. »

La police des frontières est entraînée à reconnaître certains signes révélateurs. Liat Pearl raconte qu'en général quiconque porte une bombe ou une ceinture d'explosifs transpire, se montre nerveux et incapable de regarder l'agent de sécurité dans les yeux. « Nos membres hommes ou femmes sont formés à repérer les moindres gestes, les expressions inhabituelles, les tics, la démarche, tout ce qui peut paraître anormal. Il est impossible à quelqu'un qui va se faire exploser d'avoir l'air banal », soutient-elle.

En matière de sécurité, il incombe aussi aux citoyens de signaler tout individu d'allure suspecte, bien que Liat Pearl prenne soin d'expliquer qu'elle ne peut donner trop de précisions sur les signes que la police des frontières et l'armée sont censés relever pour ne pas risquer d'alerter l'« ennemi », qui modifierait les consignes données à ses membres. « Prenons l'exemple de Darine Abou Aïcha. À partir du moment où elle est descendue de la voiture à Maccabim, elle a parcouru environ quinze mètres en direction du poste de contrôle. Quand les soldats lui ont demandé de s'arrêter, elle s'est mise à courir. Il est évident que lorsqu'un agent de sécurité voit quelqu'un agir ainsi, il ne dispose que d'un temps limité pour prendre la décision de tirer ou pas, et c'est là que la préparation entre en jeu. Darine Abou Aïcha a avancé encore de six mètres avant que les soldats n'ouvrent le feu, et à ce moment-là elle a fait exploser sa bombe. Heureusement qu'elle ne s'est pas approchée plus, sinon elle aurait tué des gens. Elle a quand même gravement blessé deux soldats. L'autre problème, c'est que les soldats ou les policiers n'ont souvent pas le temps d'éloigner les civils avant de se mettre à tirer. Deux de nos agents de la police des frontières sont morts parce qu'ils s'étaient précipités sur un suspect quand celui-ci se fit exploser. Durant l'entraînement, on prescrit de tenir en joue le suspect, tout en lui demandant de s'arrêter et de garder ses mains loin de son corps. Tout est fait pour que le soldat reste suffisamment à distance de la personne. Ce qui nous permet en outre de voir si celle-ci coopère et n'a rien à se reprocher. Pour ne pas tirer sur un innocent, nous lui donnons la possibilité de s'arrêter et de lever les mains en l'air. La règle impose en général de ne pas s'approcher à plus de quinze mètres du suspect. C'est la limite requise si la personne transporte une bombe de dix kilos. Sinon, on risque d'être blessé ou tué. Évidemment, on ne sait jamais s'il s'agit d'une bombe de dix ou de cinquante kilos. »

Ce qui rend les attaques suicide si spectaculaires et si efficaces, c'est qu'à quelques exceptions près la mort certaine et préméditée du kamikaze est la condition sur laquelle repose le succès de l'attentat. Boaz Ganor, directeur exécutif de l'Institut du contre-terrorisme de Tel-Aviv déclare : « C'est vraiment très élémentaire : si le kamikaze n'appuie pas sur le bouton, l'attentat n'a pas lieu. La réussite de l'entreprise dépend de sa détermination à mourir. »

Il présente l'attaque suicide comme la forme d'attentat à la fois la plus primitive et la plus élaborée jamais conçue à jour. « Il s'agit d'un système primitif parce que d'un point de vue technologique, le mécanisme est des plus simples. Il vous faut une personne prête à se tuer, dix kilos d'explosifs, des clous pour faire plus de dégâts, quelques connaissances en électronique et la capacité d'utiliser un interrupteur. Mais il est aussi très élaboré parce que par rapport à une opération classique où l'on dépose une bombe quelque part en déployant ensuite des trésors d'ingéniosité pour la faire exploser au meilleur moment là où il y a le plus de monde, une bombe humaine offre de nombreux avantages pratiques. Par exemple, avec un kamikaze, vous disposez d'une intelligence active qui va vérifier dans les faits si sa cible est effectivement fréquentée ou, si ce n'est pas le cas, qui peut se déplacer vers une zone plus peuplée. Et le taux de réussite est pratiquement de cent pour cent. Même si le kamikaze ne parvient pas à atteindre son objectif, il peut toujours déclencher l'explosion et tuer un ou deux soldats ou les policiers qui auront tenté de l'arrêter. »

Le kamikaze choisit donc le lieu et l'heure de l'explosion en fonction des circonstances, de manière à provoquer le maximum de dégâts. Par essence, il s'agit du modèle le plus perfectionné de « bombe intelligente », dans la mesure où il connaît son chemin, se déplace de façon autonome, peut choisir sa cible et déjouer un grand nombre de pièges placés sur

231

sa route. « La partie la plus délicate de toute action terroriste consiste à organiser la fuite après l'attentat pour ne pas être arrêté et échapper à un interrogatoire, poursuit le Dr Ganor. Dans le cas d'un attentat suicide, il n'est plus question de fuite puisque l'issue c'est le paradis, et encore moins d'interrogatoire puisque le kamikaze est mort. »

Au fond, la bombe humaine est un ordinateur perfectionné dont le logiciel est installé dans la tête de celui qui la transporte et le disque dur attaché autour de sa taille, dans un sac à dos, ou dissimulé dans une voiture ou un camion.

Si le mécanisme de l'opération est relativement simple, les raisons du recrutement et de l'entraînement de jeunes femmes afin d'en faire des martyres sont nettement plus subtiles.

L'utilisation des femmes a suscité un débat non seulement parmi les responsables religieux de la communauté musulmane mais aussi parmi les féministes en Israël.

Alice Chalvi est professeur émérite de littérature anglaise à l'université hébraïque de Jérusalem. Elle est aussi la présidente et la fondatrice de Women's Network, une association de défense des droits des femmes.

Au cours des « bonnes » années du processus de paix, Chalvi et d'autres féministes israéliennes se réunirent régulièrement avec leurs homologues palestiniennes dans le but d'instaurer une paix et une compréhension durables entre les deux peuples. « Ce que nous avions en commun, déclare Chalvi, c'est que nous travaillions ensemble à la paix, à la compréhension mutuelle et à la tolérance. Le contact existe toujours entre les femmes israéliennes et palestiniennes bien qu'il leur soit plus difficile maintenant de franchir librement la Ligne verte. Mais il est toujours encourageant de constater que la majorité des gens qui prennent une part active dans le mouvement pour la paix sont des femmes. »

L'utilisation des femmes comme bombes humaine sous couvert d'égalité et de libération la fait réfléchir. « Si une société place plus haut que tout le fait d'être prêt à se battre pour son pays, et s'il s'agit à ce point d'un critère d'excellence, vous ne pouvez pas exclure les femmes simplement parce que ce sont des femmes. Il ne paraît pas juste de les empêcher d'atteindre une telle gloire. On peut même soutenir de façon perverse que tous les choix doivent être ouverts aux femmes et que si cela inclut de mourir ou de se tuer en combattant, il faut aussi l'accepter. »

Andalib Audawan, féministe de Gaza, partage le même avis : « Je pense que les actions suicide sont le fruit du désespoir. Et les femmes sont aussi désespérées que les hommes, alors pourquoi les écarter de telles opérations simplement parce que ce sont des femmes ? Il ne devrait y avoir aucune différence ni aucune loi empêchant les femmes d'agir comme les hommes. »

Alice Chalvi est d'accord sur l'essentiel avec Andalib Audawan et ne fait pas mystère de l'effroi que lui inspire la profondeur du « désespoir » qui pousse les Palestiniens à de telles extrémités. « Il me semble que le désespoir des Palestiniens est devenu si grand qu'ils éprouvent une sorte de réconfort à tuer ceux de l'autre camp – c'est-à-dire, à nous faire ce que nous leur avons fait. Il entre dans ce sentiment quelque chose comme de la fierté ou une sorte de soulagement, ce qui me semble terrifiant. Le peuple palestinien doit avoir atteint le fond du gouffre pour en arriver à se tuer ou à glorifier la mort de ses enfants. Mais malheureusement, depuis les temps de Spartes ou des Romains, la mort sur le champ de bataille a toujours été valorisée. »

Iyad Sarraj explique que, lorsqu'un garçon part à la guerre défendre son pays, il sait qu'il a une chance d'en revenir. Un *shahide*, lui, sait qu'il n'a aucune chance de survivre, pourtant au lieu de penser qu'il va mourir, il imagine tout simplement qu'il va poursuivre son existence dans un monde meilleur. « D'habitude, les soldats ne croient pas à ce genre d'histoires. La distinction entre la vie et la mort est plus nettement tranchée dans les autres cultures et ne laisse pas de place à cette suggestion d'une autre vie qui signifie que le *shahide* ne perd rien en commettant son acte de martyre. Un combattant musulman croit qu'il va continuer à vivre de toute façon ; pour lui la mort n'existe pas lorsqu'il s'agit de se battre contre l'ennemi. »

Contrairement à l'opinion courante, Iyad Sarraj affirme, en s'appuyant sur ses recherches concernant les hommes kamikazes, que tous ceux qui ont commis ces actes étaient « à l'apogée de leur vie, conscients, actifs, euphoriques ». « Mais pour les femmes, évidemment, c'est une autre histoire. Les femmes ont un avenir très limité dans cette société où devenir une

234

martyre est le seul moyen dont elles disposent pour être considérées avec un tant soit peu de respect. »

Alice Chalvi, qui est en contact permanent avec les femmes palestiniennes, estime que les actions suicide devraient « susciter un débat moral dans la communauté palestinienne sur l'avenir de la société au sens large ». « Le choix de ces femmes et de ces jeunes filles de devenir des martyres, motivé par le constat qu'elles ont échoué à vivre selon les normes établies par une société régie par des édits islamiques rigoureux qui traitent les femmes en citoyennes de second ordre, est immoral. »

Dalai Samaleh, femme politique de Naplouse et militante féministe, n'est pas du tout d'accord avec Alice Chalvi : « C'est [...] une réaction de la part de toutes les femmes palestiniennes pour dire qu'il s'agit de leur propre guerre contre les Israéliens et l'Amérique. »

Vera Bakoun, doyen de l'université de Bethléem, abonde dans le même sens : « Ce n'est que le début. D'autres femmes feront pareil [...] C'est notre droit et notre devoir de combattre avec tous les moyens dont nous disposons et avec tous ceux qu'utilisent les hommes. Il ne devrait y avoir aucune différence. Nous sommes tous victimes de la même force d'occupation. »

Ghassan Khatieb, célèbre commentateur palestinien, pense que depuis que les femmes sont passées à l'acte, les Palestiniens sont plus nombreux à vouloir se tuer ; elles sont devenues un exemple qui, en faisant « honte » aux hommes, les pousse à agir. « Cet [engagement des femmes] va aussi encourager d'autres personnes : si les hommes voient que les femmes sont prêtes à aller jusque-là, ils vont être plus enclins à s'engager. » Khatieb soutient également que les femmes ont par ailleurs profondément perturbé les dispositifs de sécurité mis en place par l'armée israélienne.

Gideon Ezra, ministre adjoint de la Sécurité, le confirme : « Si les femmes sont maintenant prêtes à mourir, les capacités de recrutement des groupes terroristes dépassent de loin nos estimations. Cela risque de nous prendre un certain temps pour trouver la solution à ce problème. »

Pendant que des féministes débattent de la question de part et d'autre de la ligne verte, que les dirigeants politiques et religieux du côté palestinien justifient la participation des femmes et que les responsables israéliens de la sécurité s'évertuent à découvrir les moyens de combattre cette menace, quelques psychiatres se sont penchés sur la « pathologie » des victimes qui se suicident.

Israel Orbach, professeur de psychologie et spécialiste des comportements suicidaires, estime que les raisons expliquant la vague de kamikazes, et en particulier les kamikazes femmes, sont profondément liées à des facteurs psycho-environnementaux qui se combinent et engendrent un « comportement aberrant ». « Il n'y a pas de personnalité-type susceptible de tenter ou de réussir un suicide. Beaucoup de chemins mènent au désir de mourir ; beaucoup de raisons, de processus différents, ainsi que des problèmes personnels peuvent pousser au suicide. Mais aucun de ces facteurs ne fonctionne seul. Il faut qu'ils agissent ensemble pour aboutir à un suicide réussi. En d'autres termes, à un certain moment critique de la vie, une constellation d'éléments font pencher la balance non du côté de la vie mais du côté de la mort. Nommons ce phénomène une conspiration, qui peut mettre en jeu aussi bien la maladie que des facteurs biologiques, des expériences personnelles, des sentiments intimes d'angoisse, de désespoir, d'humiliation, de culpabilité, le tout conduisant à l'autodestruction. C'est un processus de longue haleine. »

Si pour le Dr Orbach la principale cause de suicide est une « souffrance intolérable », il ajoute qu'il faut prendre en compte deux autres facteurs. « Chez le patient suicidaire, il existe un déséquilibre qui rend cette souffrance insupportable. Il ou elle ne sait pas comment faire face à la douleur et connaît une détresse morale insoutenable qui mêle dépression, anxiété, peur et désespoir. L'individu se sent pris dans une situation sans issue et sombre dans une grave dépression chronique. Les raisons qui peuvent hâter le suicide et amener le patient au point de non-retour sont d'ordre environnemental ou culturel, et permettent au processus d'autodestruction de passer plus rapidement de la théorie à la pratique. »

Le Dr Orbach estime que les bombes humaines bénéficient dans la société palestinienne de « normes » religieuses créant une inclination naturelle vers la mort. « Par rapport aux autres personnes présentant ces mêmes symptômes, poursuit-il, la bombe humaine croit que la mort amène une autre vie. Ils se sentent en outre soutenus par les textes du Coran et les enseignements d'Allah et reçoivent, dans leur propre société et leur propre culture, l'appui de leurs pairs et de leurs aînés pour qui le martyre est un honneur. »

S'il a constaté au cours de ses recherches que les hommes kamikazes étaient tous « à l'apogée de leur vie » le docteur Sarraj tient à préciser : « Ce que ces hommes s'apprêtent à faire est courageux de leur point de vue, c'est l'épreuve suprême de courage et de foi. Les hommes et les femmes ordinaires n'ont pas cette capacité de disposer de leur vie, en l'occurrence de remettre ainsi leur vie à Dieu tout en tuant des ennemis. Tout le monde n'est pas digne de passer cette épreuve et ceux qui la passent agissent avec assurance et animés par la croyance qu'il le font pour Dieu. »

Israel Orbach a étudié les liens entre les symptômes classiques du suicidaire moyen et les raisons politiques externes susceptibles d'expliquer le phénomène kamikaze. Selon lui, quand un individu, dans le cas présent un Palestinien, sent qu'il ne peut plus maîtriser sa vie ou en changer, que sa volonté est impuissante et qu'il se retrouve hanté par ses propres conflits et souffrances intimes, il présente les symptômes classiques d'une dépression associée à tout suicide type.

Toujours suivant le Dr Orbach, les hommes s'inventent des rêves et conforment leur vie à ces rêves. « Le rêve commence dès la naissance. Chaque personne a son propre rêve et, instinctivement, inconsciemment, elle intériorise des expériences qui ultérieurement feront du rêve un objectif à atteindre. »

L'espoir donne à chacun le pouvoir et le désir de continuer à vivre, et même si l'individu moyen sait que les rêves peuvent se briser, il sait aussi, ou veut croire, que d'autres rêves viendront les remplacer. « Mais si un rêve se brise, dit-il, et qu'il n'y a rien pour le remplacer et donner de l'espoir à cette personne, c'est alors que la souffrance devient intolérable. »

Les Dr Orbach et Sarraj s'accordent pour penser que le suicide est le fruit d'un long processus qui naît d'une série d'échecs et de déceptions.

Ce qui n'est pas sans rappeler le cas de Darine Abou Aïcha, dont l'amie et la sœur rapportaient qu'elle était devenue presque nihiliste, que plus rien ne lui importait. « Elle ne trouvait plus aucun sens à la vie, poursuit le Dr Sarraj, elle n'éprouvait plus aucun sentiment, même négatif, ne percevait plus le sens des choses. Darine est devenue apathique sur le plan affectif et émotionnel. Mais comme ce stratagème a échoué et que la douleur n'a pas disparu, la souffrance a explosé et Darine a dû trouver une autre voie pour échapper à cette douleur insupportable. Elle a choisi la mort. »

Iyad Sarraj explique aussi que, pour une personne comme Ayat al-Akhras, qui voyait souffrir son père et anticipait les souffrances de sa famille, la source de sa propre souffrance était aggravée par un sentiment de perte de soi. « Ayat perdit ses repères, explique-t-il. Elle perdit la notion de soi. La perte peut avoir différentes significations, matérielle, sentimentale ou spirituelle – très importante pour les Palestiniens – perte d'une personne aimée ou perte de soi-même. Dans le cas d'Ayat, il s'agit de la perte de la dignité et du respect. Elle savait que son père avait travaillé très dur pour arriver à quelque chose au sein de la communauté et pour le bien de sa famille, et elle anticipait la perte à venir, ce qui créa un vide en elle qui modifia radicalement ses réactions. »

Israel Orbach souligne que la perte peut affecter tous les domaines de l'existence et survenir soudainement en ruinant des vies, comme ce fut le cas pour Fremet et Arnold Roth qui perdirent leur fille Malki dans l'attentat de la pizzeria Sbarro, ou bien se manifester progressivement comme ce fut le cas pour les Palestiniens pendant des décennies. « Chaque personne réagit de façon différente, explique-t-il. Le regard que nous portons sur le monde et sur notre vie engendre souvent douleur, désespoir, anxiété, perte de contrôle, et s'accompagne du sentiment que tout empire. Puis soudain, une puissante tempête intérieure nous paralyse. La souffrance fait partie de la vie quotidienne et même les gens heureux souffrent car il s'agit d'un sentiment normal. Ce qui fait du suicide une chose à part, c'est que la souffrance prend le dessus sur tous les autres aspects de la vie et devient l'unique raison de vivre. »

Le Dr Saraj met en parallèle ce sentiment de souffrance dominant « tous les autres aspects de la vie » avec le fait que « tout Palestinien souffre quotidiennement en raison de circonstances qui échappent à son contrôle ». « Sa vie ne lui procure aucun plaisir, explique-t-il. Tout se retourne contre lui. Il est impossible de passer les postes de contrôle, d'acheter de la nourriture, d'aller à l'école, de travailler, d'aller voir des amis ou de la famille dans d'autres villes. Nous sommes humiliés, battus, bloqués, contrôlés, menottés et arrêtés, nous vivons dans la peur de voir notre maison détruite dans une opération de punition collective. En termes psychologiques, nous n'avons aucun projet de vie pour l'avenir. Chaque aspect de notre existence est négatif. Tout optimisme est banni ainsi que toute appréhension normale du temps, avec ses moments de détente et de plaisir. Rien n'y fait. La valeur d'un homme se définit par ce qu'il accomplit. Celui dont la vie est comblée a beaucoup à perdre en se tuant. À quelqu'un comme Wafa Idris, dont l'existence était vide de sens, le concept de vie après la mort offrait un rêve. Elle n'avait rien à perdre et tout à gagner en mourant et en rejoignant un endroit meilleur. De plus, l'identification à la nation est plus forte que la conscience individuelle. Heureusement pour Wafa Idris, elle fut dédouanée par sa mort, qu'elle ait été ou non intentionnelle. Les femmes qui sont marginalisées ont le sentiment qu'il existe et qu'il a toujours existé un fossé entre leur vie et le reste de la société. »

À la différence des suicidés ordinaires qui laissent une lettre expliquant les raisons de leur décision, Ayat al-Akras et Darine Abou Aïcha ont laissé des cassettes vidéo dans lesquelles elles opèrent le transfert de leurs sentiments de souffrance sur la gloire de la nation. Andalib Souleiman, la quatrième femme kamikaze, n'a connu, du moins en apparence, aucun des malheurs qui affectèrent ses devancières, pas plus que Shirine Rabiya qui tenta sans succès de mourir en

241

martyre. Leurs histoires n'en sont peut-être que plus pathétiques parce qu'elles révèlent de façon flagrante l'attitude à la fois lamentable et impitoyable de ces hommes qui les manipulent à des fins d'avancement politique ou pour flatter leur vanité.

UNE QUESTION D'HONNEUR

Le clan des Takatka vient des villages aux environs de Hébron en Cisjordanie. Ils sont nombreux, puissants et très attachés à leur terre, porteurs d'une morale archaïque et des valeurs traditionnelles que l'on trouve dans une famille dont l'existence repose sur les notions religieuses d'honneur et de dignité. Dans la plupart des familles du clan, les mariages se sont faits entre cousins afin, selon les aînés, de conserver leur pouvoir. « Mélanger le sang, déclare Hussein Takatka, c'est affaiblir la force et la détermination. »

Fahti Takatka, l'un des plus anciens de la famille, est considéré comme un « hakim » (un homme sage) en raison des nombreuses légendes familiales évoquant son courage face à l'armée israélienne et l'intrépidité dont il fit preuve en sauvant la vie de jeunes garçons et d'hommes blessés au cours de la première Intifada. Selon lui : « Rien n'est plus beau en ce monde que de mourir en martyr. C'est la seule chose que les Israéliens comprennent car, pour eux plus que pour aucun autre peuple, la vie est le plus précieux de tous les trésors. »

Le 6 avril 2002, ses deux petites-nièces, Iman Takatka, dix-sept ans, et sa sœur, Samia Takatka, vingt et un ans, toutes deux originaires du village de Beit Jala près de Hébron, furent capturées par les forces de sécurité israéliennes au moment où elles s'apprêtaient à commettre un attentat suicide au marché Mahane Yehuda de Jérusalem. Bien que Fahti Takatka affirme n'avoir pas été au courant des intentions des deux jeunes filles avant leur arrestation, leur audace « [l']emplit de fierté ». « Mon neveu, leur père, vint me trouver pour s'excuser de leur échec. Son plus grand chagrin, c'est de les savoir entre les mains des Juifs et non entre celles de notre Prophète. »

Beaucoup d'hommes du clan Takatka ont été tués ou arrêtés par les autorités israéliennes et trois d'entre eux ont réussi un attentat suicide, mais jusqu'alors aucune femme n'avait osé prétendre à cet honneur. La tentative ratée d'Iman et Samia fit prendre conscience aux femmes du clan que l'heure était venue de se sacrifier à égalité avec les hommes.

Andalib Souleiman, membre du clan par sa mère et également originaire du village de Beit Jala, avait vingt et un ans, des « yeux noirs pétillants », un visage poupin et un goût prononcé pour les « farces ». Son grand-oncle Fahti raconte qu'elle était comme « un jeune cheval sauvage, tirant sur le mors pour être la meilleure en toutes choses. »

Le 12 avril, contrairement à ses cousines, elle réussit à se faire exploser à un arrêt de bus de la rue Jaffa, juste à côté du grand marché découvert Mahane Jehuda de Jérusalem. Six personnes furent tuées, sept en comptant Souleiman, et plus de quarante autres furent blessées.

243

L'histoire d'Andalib Souleiman est sans doute la plus tragique car, plus que n'importe quelle autre femme ayant choisi de s'attacher une ceinture d'explosifs autour de la taille, sa fascination grandissante pour les femmes kamikazes en fit une proie facile pour les prédateurs cherchant des jeunes filles influençables pour les utiliser à leurs propres fins. Si elle n'était pas tombée sous la coupe de tels hommes, elle serait peut-être encore vivante aujourd'hui. Il est curieux de constater que, des quatre femmes kamikazes, Andalib Souleiman est la seule à n'avoir pas fait l'objet d'interminables articles de presse. Peut-être parce que, contrairement aux autres, elle n'avait pas de raison particulière de se tuer, relevant d'une faute morale entachant sa réputation ou celle d'un membre de sa famille. Andalib Souleiman n'était qu'une jeune femme vulnérable victime de ses propres rêves. À l'évidence, elle n'avait pas les moyens ni la force de caractère de dire simplement « non ». Si elle avait vécu dans une autre société, elle aurait pu tomber entre de mauvaises mains comme d'innombrables jeunes femmes et finir droguée, sans abri ou prostituée. Ou bien elle aurait été sauvée par la perspicacité d'un enseignant ou d'un membre de sa famille qui l'aurait envoyée trouver de l'aide auprès d'un psychiatre ou d'un conseiller d'éducation. Mais pour Andalib Souleiman, qui vivait dans le village reculé de Beit Jala où il n'y a pas de médecin et encore moins de psychiatre, tomber sous l'influence pernicieuse de gens sans scrupules devait lui coûter le prix maximal – sa propre vie.

Peu après sa mort, la foule ne manqua pas d'affluer

chez ses parents pour « célébrer » son martyre, mais sa mère, Rashaya, fut blâmée par les autres femmes parce qu'elle pleurait sa fille. « Je ne ressens aucune joie, se lamentait-elle. Ma fille est tombée sous l'influence d'hommes mauvais. Si seulement j'avais su, nous aurions pu l'aider. »

Quand ses cousines furent arrêtées après leur tentative d'attentat suicide, Andalib fut, selon sa mère, à la fois remplie d'admiration et en même temps blessée. « Elle se demandait pourquoi elles ne s'étaient pas confiées à elle, explique Rashaya. Elles étaient très proches et nous vivons si près les uns des autres que ma fille pensait qu'elles auraient dû lui faire confiance. » La famille Takatka, dont les filles ont tenté sans succès de se faire exploser, fut durement châtiée par les forces israéliennes. Leur maison fut dynamitée, et Andalib assista à cette destruction en compagnie des membres de sa famille et d'autres voisins. Selon Rashaya, ces derniers les accueillirent chez eux et peu après sa fille commença à émettre le désir de « venger le nom de la famille ». « Elle fut très affectée par ce qui était arrivé à ses cousines, déclare Rashaya. C'était la première fois qu'un événement aussi terrible frappait notre famille depuis qu'Andalib et les autres enfants étaient en âge de comprendre. Nous avons souffert sous l'occupation comme tous les Palestiniens mais jamais les enfants n'ont eu d'ennuis avec les soldats, n'ont été arrêtés ou blessés. Andalib était une jeune fille normale, poursuit sa mère. Elle allait à l'école, rentrait à la maison, voyait ses amies de temps en temps et était toujours disponible pour nous aider, moi et ses sœurs. Les week-ends, elle restait toujours avec ses sœurs et moi. Elle ne sortait jamais seule et ne faisait jamais rien qui ne soit pas absolument conforme aux traditions et aux valeurs de notre famille. Mais c'étaient ses cousines, elles avaient grandi ensembles et se voyaient tout le temps. C'était sa famille. »

Rashaya Souleiman et son mari Rachid furent tous les deux élevés en Jordanie avant de retourner sur les terres familiales à Beit Jala peu après la guerre de 1973. En des temps meilleurs, Rashaya travaillait comme infirmière et son mari enseignait les mathématiques dans un lycée de jeunes filles. Ils eurent quatre enfants, deux garçons et deux filles. Andalib était la plus jeune et, selon sa mère, la plus « sensible », même si elle s'empresse d'ajouter que ce n'était pas une élève brillante et qu'elle n'avait pas vraiment d'autre ambition que de se marier un jour et d'avoir des enfants. « Je suis très fière de tous mes enfants, dit Rashaya. Andalib se montrait toujours très affectueuse envers les enfants. Elle adorait tous ses petits neveux et nièces. Ils voulaient toujours rester avec elle. Andalib était spontanément maternelle. Elle les lavait, les nourrissait, les câlinait. Cela faisait plaisir à voir. »

Avant l'arrestation de ses cousines, Andalib avait une autre passion en plus des enfants : elle s'achetait des magazines de cinéma publiés en Égypte ou au Liban, dont les portraits de stars et leurs histoires la faisaient rêver. « Elle découpait leurs photos et en tapissait les murs de sa chambre, raconte sa mère. Quand elle recevait un peu d'argent, pour un anniversaire ou une occasion spéciale, elle ne voulait rien d'autre que des magazines de cinéma. »

Pour la plupart des Palestiniens qui peuvent se l'offrir, une antenne parabolique et un magnétoscope constituent l'équipement indispensable, non seulement pour se distraire pendant les mois où ils n'ont pas le droit de sortir de chez eux mais aussi pour rester en contact avec le reste du monde arabe et savoir ce qui se passe dans leurs villes et villages en Cisjordanie et à Gaza ainsi que les réactions de la population. Selon Rashaya Souleiman, sa fille regardait des cassettes vidéo chaque fois qu'on l'y autorisait. Toutefois les choses changèrent radicalement quand, après l'arrestation de ses cousines, l'armée israélienne qui avait déjà rasé la maison familiale vint régulièrement en tournée d'inspection à Beit Jala. « Parfois, ils alignaient les hommes debout dehors, ou les faisaient asseoir par terre pendant des heures sans bouger, raconte Rashaya. C'était la première fois que je voyais Andalib hurler. Nous devions la maîtriser physiquement pour l'empêcher de se précipiter dehors pour s'en prendre aux soldats. Elle ne supportait pas de voir son père et ses frères humiliés de cette façon. » Peu de temps après, Andalib enleva les photos des stars de cinéma qui ornaient sa chambre et les remplaça progressivement par des portraits de martyrs masculins. « Elle accrocha une photo de Wafa Idris au centre, la même que celle qui se trouve sur la place principale de Ramallah, rapporte sa mère. Lorsqu'une femme commet de tels actes, c'est encore plus choquant, mais Andalib était fascinée par Wafa Idris. Elle

247

disait toujours qu'elle aurait aimé être la première femme à l'avoir fait. »

Le tournant dans la vie d'Andalib Souleiman se produisit peu de temps après la mort d'Ayat al-Akhras. À l'instigation de Fahti Takatka, toutes les femmes de la famille firent le voyage de Beit Jala jusqu'au camp de Dheishé près de Bethléem pour présenter leurs respects à la famille al-Akhras. Là, dans cette maison, Andalib fit la connaissance de Youssef Moughrabi, chef du Tanzim à Bethléem. Une de ses sœurs se souvient parfaitement de ce moment : « Quand Andalib a appris qui était cet homme, elle est allée le trouver et lui a dit qu'elle voulait faire la même chose que Wafa Idris et Ayat. Elle n'avait pas peur. »

Chez des gens qu'elle connaissait à peine, dans un village loin de chez elle, dans une atmosphère de douleur mêlée à une ambiance macabre de « célébration », Andalib Souleiman aborda cet étranger et offrit de se sacrifier pour la cause palestinienne. Elle fut très surprise, en lui racontant qu'elle venait de Beit Jala, d'apprendre qu'il connaissait ses deux cousines Takatka. Sa sœur se souvient des paroles d'Andalib affirmant que c'était pour elle une question d'honneur de réussir là où ses cousines avaient échoué. Pour toute réponse, Moughrabi se contenta de sourire et partit dans un autre coin de la pièce. Pendant le trajet de retour vers Beit Jala, sa mère et ses sœurs lui demandèrent si elle avait parlé sérieusement, ce à quoi Andalib répliqua : « C'est à Allah de décider s'il me choisit. »

Mouatz Mohammed Abdallah Himouni, habitant

248

Mazrouk, près de Hébron, fut arrêté pendant l'incursion israélienne en Cisjordanie dans le cadre de l'opération « Mur de protection », durant laquelle l'armée frappa villes et villages pour en débusquer les extrémistes. Pendant son interrogatoire, il reconnut avoir organisé et dirigé l'attentat suicide du 12 avril au marché Mahane Yehuda de Jérusalem au cours duquel Andalib Souleiman trouva la mort. Selon lui, Yossef Moughrabi lui avait fait savoir qu'en allant présenter ses condoléances à la famille al-Akhras il avait rencontré une jeune fille, Andalib Souleiman, qui avait manifesté le désir de suivre l'exemple d'Ayat. Il décida de créer une cellule du Tanzim à Beit Jala dans le dessein de la recruter, d'autant que la famille Takatka était connue et peu suspecte de collaboration après la tentative ratée des deux cousines Takatka. Plus tard, après la mort d'Andalib, Rashaya Souleiman affirme que certaines personnes lui racontèrent que sa fille avait rejoint les rangs des Brigades des martyrs d'Al-Aqsa à Hébron pour devenir kamikaze. « Jusqu'à sa mort, raconte-t-elle, je ne me doutais pas qu'elle menait une double vie. Je ne pensais pas qu'elle était vraiment sérieuse. »

Himouni fut mis en relation avec un homme du nom de Taleb Amr, plus connu sous son nom de guerre « Abou Ali », autre activiste du Tanzim, chargé de fournir les armes et la ceinture d'explosifs à Andalib. Himouni raconte de la cellule de sa prison : « Abou Ali me mit en contact avec Marouan Saloum, chef opérationnel du Tanzim qui eut la responsabilité de la formation d'Andalib. » Quelque temps après l'attentat, Marouan Saloum fut tué par les soldats israéliens à Hébron. Les détails qui suivent sur le recrutement et l'entraînement d'Andalib ont été rapportés par Himouni, seule personne actuellement en captivité à avoir reconnu son implication dans l'attentat. Selon lui, Marouan Saloum soumit la jeune fille à un étrange programme de formation qui commença par un interrogatoire sur le sérieux de ses intentions. « Il lui demanda si elle était sûre de vouloir être une *shahida* et elle répondit que oui. Il voulut ensuite connaître trois raisons, alors elle lui dit qu'elle voulait venger tous les massacres de femmes et d'enfants commis par les Israéliens, prouver au monde arabe que les femmes étaient plus braves et plus fortes que leurs meilleurs combattants et montrer aux Palestiniens que le clan Takatka était farouche et résolu dans la résistance à l'occupation. » Himouni expliqua ensuite que quand une jeune fille est choisie, elle passe des tests psychologiques et est instruite des récompenses qu'elle recevra au paradis. « Les responsables cherchent pour devenir martyre une jeune femme ou une jeune fille consciencieuse, déterminée, équilibrée et prête à agir, explique-t-il. En ce qui concerne les femmes, nous les mettons même plus durement à l'épreuve pour être bien sûrs qu'elles sont sérieuses et préparées à toutes les éventualités afin de ne pas courir le risque de les voir abandonner ou paniquer. Nous essayons de nous assurer que les motifs qui les poussent à agir et ce que nous avons appris à leur sujet garantissent le succès de la mission. »

C'est ainsi que, sans exception, chaque femme martyre est très soigneusement triée sur le volet par les responsables grâce à des informations recueillies auprès de ses professeurs, de sa famille, ses amis et ses voisins, souvent à son insu mais toujours efficacement.

La mère d'Andalib dit avoir appris plus tard d'amis de sa fille que Saloum mit longtemps à déterminer s'il allait accepter Andalib. « Ses amis m'ont raconté qu'elle n'arrêtait pas de lui demander quand il comptait se décider et il lui répondait que cela pouvait prendre une semaine, un mois ou un an. Le plus important, c'était qu'elle soit prête sur le plan psychologique. »

Selon Himouni, Saloum lui ordonna de mener une enquête en profondeur sur la vie d'Andalib : ses amies, ses activités, ses anciennes relations, ses passe-temps, ce qu'elle aimait et ce qu'elle détestait. « C'était la routine pour s'assurer qu'elle n'avait en aucune façon été envoyée par le Shin Beth pour les conduire à la cellule du Tanzim. Himouni déclare ensuite que Saloum, après avoir acquis la certitude qu'elle était sincère et qu'elle avait été parfaitement honnête avec lui, lui fit subir une des dernières épreuves. « Il vint la prendre chez ses parents un soir tard et l'emmena dans un endroit isolé à Beit Jala. Là, il lui dit de creuser une tombe. Quand elle eut fini, il lui ordonna de s'allonger dans la tombe. Il voulait qu'elle s'habitue à l'idée de sa propre mort. Elle passa le test sans aucun problème. »

La semaine précédant sa mort, tandis qu'Andalib atteignait la fin de son entraînement, une de ses amies raconte que, bien qu'elles n'aient jamais été proches, elle fut elle-même abordée par plusieurs hommes qui cherchaient à vérifier la sincérité et la fermeté d'Andalib. « Je ne connaissais pas ces hommes, explique cette amie, mais je savais qu'ils étaient du Tanzim. Ils voulaient savoir si on pouvait faire confiance à Andalib, si elle avait des amis israéliens ou si ses parents fréquentaient des Israéliens. Ils m'ont posé beaucoup de questions intimes sur elle et se montraient très durs (tenaces mêmes) pour obtenir des réponses. Ils m'ont dit qu'il valait mieux pour moi que je dise la vérité, que sinon je le regretterais. Quand j'ai raconté à Andalib que j'avais été interrogée, elle a eu l'air contente. Selon elle, cela voulait dire qu'ils la prenaient au sérieux. »

La veille de l'attentat, Himouni filma Andalib avec une caméra vidéo portative. Vêtue de noir, un exemplaire du Coran à la main, elle récitait un texte qu'on avait écrit pour elle, dans lequel elle affirmait être membre de la Brigade des martyrs d'Al-Aqsa et expliquait qu'elle s'apprêtait à mourir en symbole de la lutte des femmes contre l'occupation. Elle déclarait aussi qu'elle désirait terminer le travail commencé par ses deux cousines et honorer la mémoire de Wafa Idris et d'Ayat al-Akhras. Après l'enregistrement de la vidéo, Himouni demanda à une cousine de surveiller la « purification » d'Andalib. « Elle se baigna, récita ses prières et jeûna », explique Himouni.

Quelques heures avant de se mettre en route pour perpétrer l'attentat, Himouni et Saloum vinrent trouver Andalib pour lui expliquer comment activer la bombe. Au lieu d'une ceinture, ils avaient fabriqué trois tubes de plastique remplis d'explosifs et de clous reliés à une batterie et dissimulés dans un sac à main noir qu'elle portait sur l'épaule.

Le 12 avril, un vendredi, Andalib fut conduite à Abou Dis, où elle prit un taxi pour Jérusalem. Selon Himouni, il lui avait donné pour instruction de se rendre soit rue Jaffa soit au marché Mahane Yehuda, et de choisir l'endroit où il y aurait le plus de monde. Andalib Souleiman se décida pour le marché Mahane Yehuda qui, en fin d'après-midi le vendredi, juste avant le coucher du soleil qui marque le début du sabbat, est bondé de clients de dernière minute. En fait, la majorité des gens qui vont au marché juste avant la fermeture sont en général pauvres et espèrent obtenir des prix intéressants sur les marchandises invendues.

Parmi ceux qui s'y rendirent tard ce jour-là, trois Chinois venus en Israël comme ouvriers du bâtiment pour gagner l'argent qu'ils envoyaient ensuite à leurs familles en Chine. Quand ils furent amenés avec les autres blessés au centre médical Shaare Zedek de Jérusalem, Rachel Adatto Levy, un des médecins de garde ce jour-là et directrice adjointe de l'hôpital, reconnaît avoir été plus émue par ces trois Chinois que par certains autres blessés. « Deux d'entre eux sont morts, rapporte-t-elle, et le troisième était très gravement blessé. Il a perdu une main. C'était vraiment tragique. Voilà trois personnes venues en Israël pour travailler parce qu'ils étaient trop pauvres et n'arrivaient pas à faire vivre leur famille, des gens qui n'ont rien à voir avec notre situation politique dans cette partie du monde, et deux d'entre eux sont morts

253

et le troisième va rentrer en Chine en ayant perdu une main. »

À l'hôpital, l'homme, assis sur une chaise roulante, le corps couvert de plaies causées par les clous projetés durant l'explosion et privé d'une main, est dérouté par ce qui lui est arrivé. Interrogé, il répond qu'il ne sait rien du conflit israélo-palestinien, qu'il n'a pas d'opinion politique, pas idée du désespoir et de l'humiliation des Palestiniens ni de la terreur qui règne du côté israélien, qui lui coûtèrent sa main et sans aucun doute sa capacité à travailler sur les chantiers. En attendant, il est soigné à l'hôpital aux frais de l'État d'Israël jusqu'à ce qu'il soit suffisamment remis pour être rapatrié dans le petit village du nord de la Chine où sa famille attend son retour, aussi déconcertée que lui par la guerre et l'horreur qui font rage au Proche-Orient.

Beaucoup de blessés ayant survécu sont à ce point mutilés qu'ils ne pourront jamais reprendre une vie normale. Un homme de soixante-six ans a perdu une jambe et l'usage de l'autre, une jeune femme de trente ans originaire de Chicago dans l'Illinois, fut principalement touchée au visage par l'explosion. Quand elle se couvrit instinctivement avec ses mains, elle dévoila de graves blessures et six doigts en moins.

Deux des blessés se donnèrent la mort.

Au cours d'une interview avec Rashaya Souleiman après la mort de sa fille, elle analyse les raisons susceptibles d'avoir poussé Andalib à commettre un acte aussi épouvantable. « Ma fille n'avait pas de but, dit-elle doucement. Elle était jolie mais pas particulièrement douée, c'est pour cette raison que nous voulions qu'elle se marie le plus tôt possible. Nous avons toujours eu peur qu'elle soit poussée à commettre un acte immoral, qu'un jeune homme profite d'elle. Je suis fière qu'elle ne l'ait jamais fait. » Elle s'arrête pour essuyer une larme. « Nous n'avons jamais envisagé qu'elle pourrait faire quelque chose de cet ordre, se tuer au nom d'Allah. Nous n'avons jamais pensé qu'elle pourrait concevoir un tel acte. »

UNE ALTERNATIVE À UNE EXISTENCE SANS AVENIR

Il est déjà pénible d'être abandonnée par son mari, tournée en ridicule et méprisée à cause de la mauvaise réputation liée au fait d'avoir connu plusieurs hommes, ou bien d'être considérée comme souillée par la responsabilité de devoir élever seule un enfant. Mais lorsque, dans tous les autres domaines de sa vie et parce qu'elle s'est retrouvée dans une de ces situations, une jeune femme ne trouve que portes closes, n'a pas d'amis pour lui apporter un soutien affectif ni de perspectives professionnelles pour lui procurer un sentiment de fierté et d'indépendance, et constate l'absence de structures sociales susceptibles de l'aider à se charger d'un enfant sans père, il est compréhensible, même dans une société libérée, qu'elle pense au suicide. Et si on ajoute à cela que ces femmes qui ont souffert et se sont retrouvées privées de leur dignité et de tout espoir de nouveau départ vivent dans un environnement où la mort est présentée comme une alternative légitime à une existence sans avenir, il n'est plus seulement compréhensible mais presque logique qu'elles optent pour cette solution qui leur apparaît comme la seule issue possible pour mettre un terme à leurs souffrances.

La banalité du raisonnement d'Andalib Souleiman apporte peut-être un éclairage encore plus effrayant sur la question de savoir pourquoi les femmes entreprennent des missions suicide. Il est dès lors imprudent d'ignorer la pathologie personnelle d'une personne telle que Souleiman, de même qu'il serait trop simpliste de considérer que sa souffrance sous l'occupation rend seule compte de son horrible décision.

Le Dr Israel Orbach estime que les Palestiniens ont finalement découvert dans ce pouvoir de mourir en entraînant avec eux des civils israéliens leur « seule source de liberté et d'indépendance ». « Je ne pense pas, à ce stade, que le suicide d'un *shahide* palestinien soit une expression de désespoir, même politique, explique-t-il. C'était peut-être vrai il y a vingt ans mais aujourd'hui ils ont un tel sens du sacrifice que chacun est entraîné dans ce courant qui a permis aux gens d'avoir à nouveau prise sur leur vie et leur mort. » Cependant, Orbarch souligne que « dans toute société, il existe des criminels et des névropathes ». « Dans des circonstances normales, poursuit-il, à savoir en l'absence d'occupation, on trouve des fous, et même des mères qui font du mal à leurs enfants. N'oublions pas que le suicide et le meurtre ici ne constituent qu'un échantillon de ce qui se passe partout ailleurs. Il s'agit d'une amplification de ce principe général, d'un comportement criminel qui s'oppose complètement au sentiment d'humanité. »

256

Shalfiq Masalqa, psychiatre palestinien, estime que l'atmosphère qui s'est « emparée de la Cisjordanie et Gaza » concourt « à la vogue actuelle du suicide ». Pourtant, prévient-il, c'est une idée générale qui ne saurait expliquer les cas particuliers. Par exemple, en temps de guerre, on constate moins de cas de schizophrénie et de dépression. Quand une nation est en guerre, la santé mentale de la population s'améliore globalement. Dans notre société, à ce stade de la guerre, le climat général est saturé de désespoir et à mon avis c'est l'occupation, situation différente d'une guerre classique, qui pousse les gens à penser à la mort plutôt qu'à la vie. Ce contexte, et non des raisons religieuses, politiques ou nationalistes, constitue le principal stimulant. »

Malgré tout, Masalqa estime que, à partir du moment où cette « culture de mort » a envahi une société, peu importe que le *shahide* soit un homme ou une femme. « il y a deux dynamiques distinctes, explique-t-il. L'humiliation subie par un adolescent à un poste de contrôle israélien engendre à ce moment-là un kamikaze. Dans mes recherches portant sur trois cents enfants de onze ans, je n'ai noté aucune différence entre garçons et filles, tous formulant la même idée que mourir en martyr constitue le plus grand honneur qu'ils puissent atteindre. Et pourtant, quand une femme devient *shahida*, il convient de rechercher des causes plus profondément enfouies. Il y a de toute évidence des cas où la maladie mentale entre en jeu si l'on considère que toutes les femmes marginalisées dans la société palestinienne ne se suicident pas. L'aspect pathologique est prépondérant dans ces cas-là.

257

Ceux qui tentent de se tuer et de tuer d'autres personnes ne sont pas tous désespérés au point de ne
plus pouvoir supporter leur douleur. »

Depuis le mois de janvier 2002, selon Liat Pearl,
dix-huit femmes ayant eu l'intention de commettre
un attentat suicide ont été arrêtées par les forces de
sécurité de l'État hébreu, soit alors qu'elles se diri-
geaient vers leur cible, soit avant même d'avoir eu le
temps d'attacher leur ceinture d'explosifs. Deux de
ces femmes reconnurent avoir déjà perpétré un
meurtre avant de prendre cette ultime décision de
mourir en shahida.

TUEURS NÉS

Le 17 janvier 2002, Amna'a Mouna, journaliste et
activiste du Fatah à Ramallah, entama sous le pseu-
donyme de « Sally » une correspondance avec un adolescent israélien, Ofir Rahum, sur un forum de
discussion en ligne. Six mois plus tard, le 20 juillet,
le jeune garçon accepta finalement de la rencontrer à
la gare routière de Jérusalem, la jeune fille lui ayant
promis de l'emmener dans son appartement pour
avoir des rapports sexuels. Au lieu de cela, Mouna fit
monter Rahum dans sa voiture et le conduisit dans
un lieu désert entre Jérusalem et Ramallah. Deux
complices, des hommes appartenant aussi au Fatah,
les attendaient là et tuèrent le garçon de dix-huit
rafales tirées par deux kalachnikov au visage, à la tête,
et à la poitrine. Deux semaines plus tard, le 3 août,
Amna'a Mouna fut arrêtée par la police des frontières

israélienne alors qu'elle se dirigeait vers la colonie israélienne d'Ofra. Elle transportait deux pistolets et trois grenades à main. Elle reconnut au cours de son interrogatoire avoir eu l'intention de commettre un attentat suicide à Ofra et avoua également le meurtre d'Ofir Rahum. Des tests psychologiques révélèrent que Mouna était atteinte d'une forme de schizophrénie paranoïaque et, de fait, lors de son incarcération dans une prison pour femmes près de Tel-Aviv, elle fut placée en cellule isolée. Le 15 août, Amna'a Mouna poignarda une de ses codétenues palestinienne parce que celle-ci avait refusé de lui donner son dessert. Les autorités pénitentiaires affirment que Mouna a fait régner la terreur dans le quartier des femmes et qu'elle a été choisie pour devenir leur « chef », non seulement à cause de la peur qu'elle inspirait mais aussi parce que la direction du Fatah avait estimé qu'elle était la plus qualifiée pour surveiller ses codétenues.

Le 11 août, le lendemain du jour où les forces de défense Israéliennes se retirèrent de Tulkarem, Shefa'a Alkudsi, membre opérationnel du Tanzim âgée de vingt-six ans et mère divorcée d'une petite fille de six ans, était arrêtée dans l'appartement de ses parents. Interrogée, elle reconnut qu'elle préparait un attentat suicide déguisée en femme enceinte. Elle avoua également avoir tiré et tué au hasard un motard israélien qui roulait non loin de Maale Adumin, une colonie israélienne près de Jérusalem. Des amis de Shefa'a à Jérusalem-Est affirment qu'elle aimait torturer les animaux et qu'une fois elle avait écorché vif le chat des voisins.

Selon eux, Alkudsi avait connu une série d'aventures désastreuses, dont une avec un professeur marié de l'université Bir Zeit. Lorsqu'il l'avait repoussée, elle l'avait poignardé à coups de ciseau.

LE PRIX A PAYER

L'histoire de Shirine Rabiya, kamikaze qui tenta sans succès de se faire exploser, est l'une des plus navrantes de toutes. Shirine, jeune fille de quinze ans qui rencontrait des problèmes chez elle et à l'école, fut recrutée par son oncle, directeur de son école. L'homme, interviewé en prison près de Tel-Aviv, reconnut que, lors de l'entraînement de Shirine, il l'avait convaincue qu'au paradis elle serait belle, intelligente et aimée de ses amis et de sa famille. « Sa vie sur terre ne valait rien, déclara-t-il, et il ne faisait pour moi aucun doute qu'elle aurait une existence plus gratifiante dans la vie future. »

Interrogée à ce propos après qu'elle fut autorisée à rentrer chez elle, Shirine devait expliquer que son oncle lui avait promis qu'elle ne serait plus jamais tournée en ridicule ou exclue une fois admise à la « table d'Allah ».

Dans une autre société, Shirine Rabiya, belle jeune fille aux longues jambes dotée de tous les attributs et de la grâce d'un mannequin, aurait pu trouver sa voie, devenant une autre Claudia Schiffer ou Cindy Crawford. Mais dans son univers culturel, dans une société où une jeune fille est raillée quand elle est trop séduisante et où elle doit faire attention à toutes ses paroles

260

et à tous ses gestes, Shirine s'était retrouvée sans amis.

Au tout début de l'entrevue avec Shirine et sa famille, chez eux près de Bethléem, son père désigna le tas de gravats qui se trouvait à côté de l'immeuble de deux étages où vivait maintenant la famille : « J'avais construit cette maison de mes propres mains, déclara-t-il, et après des années de problèmes avec les autorités israéliennes pour le permis de construire, ils sont arrivés un soir et ils l'ont entièrement détruite. Ils ont aussi abattu toutes mes bêtes. »

D'après M. Rabiya, la famille vécut sur ces mêmes décombres, sous une tente, pendant des années, avant de pouvoir enfin construire à côté un petit immeuble où ses seize enfants, y compris leurs femmes et leurs enfants, vivent sur trois niveaux. M. Rabiya affirme pourtant que Shirine était trop jeune pour se souvenir des tourments endurés par la famille. « C'est la plus jeune, explique-t-il, elle a été épargnée. Elle n'a jamais souffert ou manqué de quoi que ce soit. »

Plus révélatrice est l'ambiance qui règne pendant l'entretien et l'attitude de ses parents quand le sujet des raisons l'ayant poussée à devenir shahida fut abordé et qu'elle fut autorisée à en parler. Shirine hausse les épaules. « Je ne sais pas, répond-elle. Ça avait l'air amusant. Cela avait l'air vraiment amusant, et puis beaucoup de gens avaient essayé ou réussi avant moi alors je me suis dit : "pourquoi pas moi ?" »

Mais s'était-elle rendu compte que devenir une shahida impliquait de mourir ? « Évidemment », déclare-t-elle calmement. Concernant ce qui devait arriver après cela, elle ajoute : « Je devais aller au paradis et je devais vivre heureuse pour l'éternité. » Elle pouffe de rire et accepte sans hésitation de montrer sa chambre. Assise devant sa coiffeuse, Shirine peigne ses longs cheveux bruns puis commence à se maquiller. Elle est à l'évidence captivée par sa propre image et sait qu'elle est belle. « C'était une mauvaise idée », reconnaît-elle finalement avant de se remettre à pouffer.

Devant la caméra, sa mère et son père rient avec elle en évoquant la position « ridicule » dans laquelle elle se trouvait lors de son arrestation. Comme si cette tentative de se donner la mort en tuant d'autres gens n'était rien de plus qu'un épisode de l'adolescence, à peu près du même ordre que de chaparder dans un magasin ou fumer de la marijuana en Occident. Madame Rabiya se montra pourtant ennuyée quand on l'interrogea sur son frère, l'oncle de Shirine qui l'avait recrutée : « Il n'avait aucun droit d'impliquer ma fille, déclara-t-elle. Il a ses propres enfants. La seule raison pour laquelle il a choisi Shirine, c'est qu'elle était la seule à ne pas être mariée. J'ai seize enfants, Shirine est la benjamine. J'aurais préféré qu'un de mes fils soit *shahide*, pas une de mes filles. »

Le fait qu'une famille préfère sacrifier une fille ou un fils est un sujet débattu par les psychiatres et les universitaires palestiniens et israéliens, qui doit cependant être appréhendé dans le contexte global de la société palestinienne. Mira Tzoreff estime qu'une fille est plus facilement « sacrifiable » qu'un fils. « Des contraintes pèsent encore qui obligent les musulmans religieux à garder leurs filles à la maison. De toute façon, sacrifier un fils est un immense honneur même si une mère reste une mère et que les manifestations de joie ne sont que de façade. »

Israel Orbach soulève une objection : « Ce n'est tout de même pas normal, dit-il. Nous apprenons à protéger notre corps et notre âme par le toucher, en particulier entre une mère et son enfant. Élever son enfant en lui disant ou en lui faisant comprendre qu'il doit mourir est une chose contre nature, c'est prouvé scientifiquement. »

Mme Rabiya explique ensuite que ni elle ni son mari n'ont puni Shirine pour avoir ne serait-ce qu'envisagé un tel acte, mais qu'ils ont décidé, une fois l'épreuve passée, qu'elle devait se marier le plus rapidement possible. Shirine approuve tout en câlinant une de ses nièces. « Bien sûr que je veux me marier et avoir des enfants. C'est ce que j'ai toujours voulu faire de ma vie. Je n'ai jamais voulu mourir. Les choses sont arrivées si vite que je ne me suis pas un instant rendu compte de ce que je faisais quand j'ai accepté le projet proposé par mon oncle... »

Le prix à payer quand on est une jeune femme influençable dans un environnement brutal et oppressant est souvent la mort. De même, ne pas se conformer aux règles imposées aux femmes par les chefs religieux et puisées dans le Coran ou les traditions socioculturelles peut conduire à une issue fatale. Mais s'il s'agit bien d'une question de vie ou de mort, psychiatres et historiens des deux côtés de la Ligne verte craignent que la prochaine génération de femmes palestiniennes, celles nées dans cette atmosphère de mort, ne soit irrémédiablement condamnée, même si l'on parvient à une solution politique du conflit.

Il ne suffit pas de rendre compte des conséquences d'une attaque suicide, du carnage, de la destruction, de la douleur qui imprègnent l'espace et détruit pour toujours les vies de ceux qui y ont été mêlés. Comprendre les facteurs religieux, politiques et sociaux qui contribuent au succès de ce phénomène, c'est comprendre que le kamikaze est aussi une victime de cette nouvelle forme de terreur. Faire croire à une jeune fille ou à une jeune femme endoctrinée, menacée, contrainte ou poussée à s'attacher une ceinture d'explosifs autour de la taille, qu'elle accède à l'égalité ou qu'elle ou sa famille se trouvera réhabilitée peut être assimilé à une des formes ultimes de l'exploitation des femmes dans le monde contemporain.

CONCLUSION

Les attentats suicide sont devenus l'arme la plus dévastatrice de la vengeance palestinienne contre l'occupation israélienne et ont, par là-même, modifié la nature du conflit israélo-palestinien. La quête palestinienne pour l'indépendance, qui fut d'abord celle d'un mouvement révolutionnaire revendiquant la création d'un État palestinien avant de devenir une entité politique prônant la reconnaissance des droits du peuple palestinien à vivre sur un territoire autonome, a aujourd'hui pris la forme, avec les attentats suicide, d'une mode meurtrière ayant pour cible la jeunesse. Des dirigeants palestiniens cyniques, en tramant un voyage merveilleux au paradis pour échapper à la honte et à l'humiliation de l'occupation israélienne, ont détourné et dévoyé des sentiments authentiques de désespoir et de désolation pour recruter des martyrs et les transformer en bombes humaines. Ceux qui encouragent les attentats suicide font appel aux plus dangereuses passions humaines : la soif de vengeance, le désir de pureté religieuse, l'aspiration à la gloire terrestre et au salut éternel. Pour ces femmes recrutées et formées en vue de devenir des bombes

265

humaines, ces mêmes dirigeants ont ajouté une raison nouvelle et fort séduisante afin de les inciter à participer : l'idée d'égalité, dans une société qui les a toujours reléguées à un statut de second rang.

Les attentats suicide ne constituent donc pas simplement un moyen tactique dans une guerre plus générale, ils font disparaître les buts politiques qu'ils étaient censés servir. En engendrant leur propre logique, ils transforment la culture de ceux qui y ont recours et, par là-même, détruisent toute une génération qui ne vit que dévorée par le désir de mourir. Selon un grand nombre de dirigeants, d'universitaires et de psychiatres palestiniens, il y a plus de volontaires pour ces missions mortelles qu'il n'y a de moyens matériels et de cibles pour les satisfaire. Abdel Aziz al-Rantissi affirme que « l'utilisation de femmes est compatible avec les principes du Coran. Beaucoup d'hommes se portent volontaires pour cet honneur, mais il a été prouvé qu'il était plus efficace d'utiliser des femmes. » De son côté le cheikh Yassine ajoute : « Il n'existe aucun homme, aucune femme ou aucun enfant qui n'aspire à libérer la terre sainte d'Islam en donnant sa vie pour cette cause. »

Alors que le mystère et la peur de la mort ont toujours été le principal dilemme existentiel du monde chrétien, les musulmans ne partagent pas complètement cette crainte du grand inconnu. Ils croient fermement savoir ce qui vient après la mort parce que leur livre saint en donne une description détaillée. Comme l'explique le psychiatre Iyad Sarraj : « Deux concepts sont essentiels pour recruter une bombe humaine. Premièrement, que la vie sur terre est pure-

266

ment et simplement une préparation à une vie meilleure au paradis et, deuxièmement, que la vie sous
l'occupation, avec son lot d'humiliations et de violences, n'est pas une vie. Dans le cas des femmes, il
existe certainement d'autres facteurs psychologiques
qui les poussent à cette extrémité. »

Alors que la majorité des musulmans sont prêts à
laisser Allah décider de la date de leur mort, ils sont
quelques-uns à avoir transformé cette croyance en un
appel aux attaques suicide qui assurent non seulement les mêmes récompenses mais, en outre, trans-
percent le cœur de toute nation non musulmane.
Selon le cheikh Yassine : « Les Israéliens accordent
plus qu'à toute autre chose une valeur à cette vie sur
terre parce que, à la différence des musulmans, ils
n'ont aucune assurance d'avoir une vie meilleure au
paradis. En outre, utiliser des femmes rend ces missions plus faciles à réaliser dans la mesure où il existe,
étant donné les codes de pudeur, une réticence fon-
cière à les fouiller. »

Quand l'ambition pousse les dirigeants politiques
et religieux à encourager le culte de la mort pour servir leurs propres desseins, on aboutit à un abandon
fondamental des limites telles qu'elles sont définies
dans la pensée démocratique et, plus tragique encore,
à la victimisation du peuple palestinien à la fois par
ses occupants et par ses dirigeants. Le plus immoral
de tous est peut-être Yasser Arafat, qui fut salué par le
monde entier comme un « homme de paix ». « *Shahida*
jusqu'à Jérusalem » : afin d'assurer sa propre survie
politique, Arafat a pourtant envoyé à son peuple le
message de mort désignant les attentats suicide

comme l'arme décisive dans une guerre qui oppose l'aspiration d'Israël à la sécurité et celle des Palestiniens à un État. Enfin, plus que tout autre dirigeant, il a transformé la justification religieuse du martyre en un avantage social et culturel pour les femmes. C'est un jeu dangereux qui, selon toutes probabilités, n'assurera pas à Arafat une place honorable dans les annales de l'Histoire. Il subsiste malgré tout en Cisjordanie et à Gaza des personnalités qui, en dépit de leur tristesse et leur frustration, restent optimistes. Iyad Sarraj est l'un de ceux-là. « Je crois en la vie, dit-il, et je pense que les gens y croient aussi. Le problème, c'est que ces enfants palestiniens n'ont pas d'enfance. Pour que les enfants changent, il faut que leur environnement change. Arafat est arrivé au pouvoir il y a huit ans et n'a rien fait pour rendre la vie meilleure. À Gaza, la situation est même pire, et ce à tous les niveaux. D'un autre côté, la politique de Sharon consiste à tuer tout espoir au sein de la population palestinienne. Le résultat, c'est une corruption morale dans les deux camps en conflit. Sharon réduit l'espoir en miettes, mais Arafat ne donne pas l'exemple en encourageant les hommes, et à présent les femmes, à mourir : cela représente au contraire un échec total sur le plan moral. »

Beaucoup d'autres experts politiques et spécialistes du Proche-Orient dans le monde estiment, surtout depuis le 11 septembre 2001, que les terroristes ont finalement trouvé une arme stratégique capable de mettre à genoux une société démocratique libre. Leur efficacité a été prouvée, à la fois en Israël et partout où se trouvent des cibles occidentales vulnérables. Il apparaît que les attentats suicide sont faciles à mettre en place là où le conflit politique est alimenté par des croyances religieuses extrémistes. Cependant ceux qui sont oppressés, manipulés et poussés au sacrifice de leur vie s'avèrent être, au bout du compte, victimes de leurs propres dirigeants autant, sinon plus, que de leurs ennemis.

Pour ce qui est des femmes dans les territoires occupés, la tendance à faire d'elles des victimes va encore plus loin.

Quand on crée des conditions qui contraignent les femmes à payer très cher la moindre transgression, qu'on les isole de la société par des règles discriminatoires édictées par des hommes prétendant être en relation directe avec Dieu, qu'on attend des mères qu'elles se réjouissent de la perte d'un enfant mort en martyr, qu'on récompense la famille des bombes humaines à la fois financièrement et moralement, et qu'on prive les enfants d'avenir, on atteint au comble du cynisme politique. En pervertissant les enseignements de l'Islam, on a voué les femmes, depuis leur naissance, à devenir les premières victimes d'un régime extrémiste qui croit avoir trouvé l'arme suprême pour défier Israël et, en définitive, tous les systèmes de sécurité occidentaux.

Autre conséquence dangereuse, bien que moins meurtrière, de cette vague d'attentats suicide en Cisjordanie, à Gaza, et en Israël pendant ces deux dernières années : la dépolitisation des Israéliens et la politisation des Palestiniens.

Par le passé, des frontières politiques nettes séparaient la droite conservatrice, représentée par le

269

Likoud et divers partis ultra religieux, du Parti travailliste et des autres mouvements de gauche. Toute action ou réaction adoptée par le gouvernement israélien conjointement avec l'armée suscitait toujours des opinions divergentes de l'un ou l'autre bord de l'éventail politique. Quand les partis de droite et les groupes ultra orthodoxes applaudissaient à la construction de nouvelles implantations dans les territoires occupés en accord avec le rêve sioniste du « Grand Israël », les travaillistes et les partis de gauche s'y opposaient, du moins en théorie, voyant là un obstacle au processus de paix. Les assassinats en masse de Palestiniens, les punitions collectives, les destructions de maisons, les contrôles aux frontières pointilleux et humiliants, la manière forte incluant des raids nocturnes sur des villages pour débusquer des suspects militants et terroristes n'attiraient pas seulement la réprobation internationale mais entraînaient aussi de vifs débats à la Knesset et dans la rue où les gens manifestaient en masse pour ou contre ces pratiques.

Une plaisanterie circulait en Israël : « Si vous demandez à cinq Israéliens leur opinion sur la politique, vous obtiendrez six avis différents. » Aujourd'hui en Israël, la peur a réuni des gens que la politique autrefois séparait. Interrogez n'importe qui en Israël pour savoir ce qu'il pense de la réaction du Premier ministre Sharon aux attentats suicide, la réponse sera pratiquement unanime. Le ministre des Affaires étrangères Shimon Peres déclare participer au gouvernement d'Ariel Sharon pour « lui donner un caractère humanitaire afin d'éviter la mort du processus de paix ». Et pourtant, il ne s'oppose pas à la riposte militaire de son gouvernement aux attentats suicide. « Nous devons à notre peuple d'éradiquer les agresseurs et de protéger la population », affirme-t-il.

Un chauffeur de taxi de Herziliya qui servit dans l'armée au Liban pendant l'incursion israélienne et qui manifesta contre cette guerre impopulaire alors qu'il était encore sous les drapeaux, m'a confié : « La seule chose qui compte, c'est de protéger les gens. La manière dont le gouvernement s'y prend ne compte pas dès qu'il s'agit de sauver des vies israéliennes. »

Roni Shaked, journaliste à *Yediot Ahranot*, quotidien politiquement au centre, ajoute : « Nous voulons le divorce. Nous et les Palestiniens avons dormi dans le même lit pendant des années sans jamais nous adresser la parole. Il est temps maintenant de faire chambre à part. »

Interrogez une mère qui manifesta pour la paix en des jours meilleurs, ou bien un commerçant qui allait régulièrement en Cisjordanie voir des amis palestiniens, ou encore le propriétaire du Memento Café à Jérusalem détruit par l'attentat suicide d'un kamikaze qui se fit exploser à la porte d'entrée, causant des dizaines de victimes, tous diront la même chose, même si les mots sont différents : « Quoi qu'il en coûte de sauver des vies, c'est la politique qu'il faut adopter. Construisons un mur de séparation autour d'Israël. La haine des Palestiniens à notre égard est allée au-delà de l'irréparable. »

Cette peur unanime qui imprègne la population israélienne a nourri des leaders messianiques d'extrême droite tels que l'ancien général Effie Eytam. Aujourd'hui membre de la Knesset, il déclare : « Les

271

Palestiniens ont besoin d'une terre et nous n'avons pas de terre à leur donner. Nous devons leur dire la vérité. La seule solution à leur problème, c'est le désert du Sinaï. Nous [les Israéliens et les autres nations arabes] devrions nous associer pour donner le Sinaï aux Palestiniens afin qu'il aient un endroit où vivre. C'est la seule solution pour que notre terre ne soit plus un enjeu. »

Au cours des trente-cinq dernières années, depuis qu'Israël est devenu une force d'occupation en Cisjordanie et à Gaza, les Palestiniens ne se sont jamais rassemblés autour d'un quelconque projet politique autre que de regagner leur terre perdue. Quand chaque moment de leur vie quotidienne sous l'occupation supposait de batailler contre la bureaucratie et les privations, la politique était un luxe qui n'avait aucune place face à leur volonté de survivre envers et contre tout. Même quand le processus de paix fut engagé en 1991 à Madrid, les Palestiniens étaient soudés par le sentiment que la négociation finirait par mener à la réconciliation et à la naissance de leur nation. Pour le Palestinien moyen qui vivait « à l'intérieur » du pays, la politique était quelque chose qui se jouait entre grandes puissances au cours de conférences de paix se déroulant dans des villes étrangères, loin de La Mecque de la révolution. Avec l'échec du processus de paix après l'assassinat de Yitzhak Rabin et l'élection de Benyamin Netanyahou, suivie par celle d'Ariel Sharon, la Cisjordanie et Gaza constituèrent un terrain fertile pour les dirigeants politiques ambitieux voulant capter l'attention de la population. Car les Palestiniens étaient non pas privés de tout

272

espoir de libération, ils virent l'espérance naître et disparaître comme la flamme d'une bougie vacillant puis s'éteignant dans une brise légère. Alors que l'objectif de chaque Palestinien vivant en Cisjordanie et à Gaza était de trouver un travail pour faire vivre sa famille, d'avoir un logement décent, de quoi manger, de l'eau potable, des soins médicaux et la possibilité de faire des études pour se libérer du joug de l'oppression, il se retrouva soudain confronté à des options politiques dissidentes pour atteindre ce but. Finalement la réaction viscérale et instinctive des Palestiniens contre l'occupation – à savoir l'Intifada – fut elle-même détournée non seulement par les factions extrémistes de leur société mais aussi par des puissances arabes étrangères qui, une fois de plus, virent en eux le moyen de se remettre de la défaite humiliante infligée par les Israéliens au cours des quatre guerres antérieures.

Tout au long de l'Histoire, les Israéliens et les Palestiniens ont été liés de façon inextricable dans la vie comme dans la mort. À cause de cette folie meurtrière des attentats suicide qui s'est emparée de la culture palestinienne et, en réponse, du cycle de représailles qui a saisi la société israélienne, c'est le pire côté de chaque peuple qui est devenu l'élément prépondérant, tant en Israël qu'en Cisjordanie et à Gaza. Pourtant si la question de leur survie à chacun prévaut dans les programmes politiques israéliens et palestiniens, le concept qui définit cette survie marque la différence entre les deux peuples. L'objectif des Israéliens est de préserver leur vie et leur terre alors que, pour les Palestiniens, il s'agit de mourir afin

273

de permettre aux autres de vivre et de poursuivre la lutte pour obtenir un État.

À partir du moment où les entités religieuses et politiques de Cisjordanie et de Gaza sont entrées en conflit pour prendre le contrôle de la population, il ne fallut pas attendre longtemps avant de voir le ciment culturel et religieux qui avait pendant des siècles assuré la cohésion du peuple palestinien être utilisé pour détruire l'instinct de survie commun à toutes les cultures et à toutes les civilisations. Pour Raji Sourani, avocat et militant des droits de l'homme : « Ce qui devrait être chez n'importe quel peuple une envie de vivre est devenu un désir et une volonté de mourir. »

On a beau invoquer le nom d'Allah ou réaliser des vidéos mentionnant le désespoir, l'humiliation et la frustration pour expliquer pourquoi ces femmes et ces hommes choisissent de mourir en entraînant dans la mort des gens qui n'avaient fait que se trouver à proximité de leur ceinture d'explosifs, cela n'enlève rien au fait qu'il s'agit de meurtres. Aucune excuse ne pourra jamais consoler les familles et les amis endeuillés qui ont perdu un être cher, et aucun argument n'est valable pour défendre ces femmes dupées qui ont cru qu'en mourant en shahida elles seraient enfin les égales des hommes.

Pour finir, justifier de tels actes est l'injure suprême que l'on puisse faire à toutes les victimes israéliennes et palestiniennes de cette arme monstrueuse.

NOTE DE L'AUTEUR

Quand je me suis lancée dans cette aventure, je savais depuis le début que, pour comprendre et expliquer la situation de ces femmes qui font le choix de mourir et d'en entraîner d'autres avec elles dans la mort, il me fallait raconter dans tous les détails leur histoire personnelle. Pour ce faire, j'ai dû rencontrer des dizaines de gens qui avaient connu ce genre d'expériences ou vécu dans des situations qui faisaient d'eux des témoins fiables. Dans ce contexte j'ai donc interviewé au magnétophone ou devant une caméra les personnages suivants afin de faire de ce livre un témoignage non seulement valable mais précis.

En Israël, Shalom Harrari, Roni Shaked, Benyamin Netanyahou, Shimon Peres, Alice Chalvi, Avigail Levy, Arnold et Fremet Roth, les médecins et infirmières de l'hôpital Hadassah à Jérusalem, Mira Tzoreff, Israel Orbach, Avicom Nachmani et Liat Pearl. Dans la bande de Gaza et dans les territoires occupés, M. et Mme al-Akhras, M. et Mme Abou Aïcha et leurs trois filles, Mme Mabrouk Idris, son fils, sa belle-fille et son ex-gendre, la famille Souleiman, le

275

Dr Abdel Aziz al-Rantissi, le cheikh Ahmed Yassine, les enfants de l'école élémentaire des Nations Unies de Gaza, son directeur et les enseignants du jardin d'enfants. J'ai interviewé aussi de nombreux dirigeants du Hamas et du Fatah dont la plupart ont souhaité garder l'anonymat ; et également des amis de Wafa Idris, de Darine Abou Aïcha, d'Ayat al-Akhras et d'Andalib Souleiman qui eux aussi ont accepté de parler à condition que je ne révèle pas leur identité. Chaque fois dans ce livre que les propos d'une personne sont directement cités, j'ai enregistré ses déclarations au magnétophone. Dans les cas où je n'ai donné aucune précision sur l'identité de mon interlocuteur, il est protégé par le secret professionnel du journaliste.

Ce livre, plus qu'aucun de ceux que j'ai écrits depuis seize ans, m'a profondément touchée. Je compatis de tout mon cœur à la douleur de tous ceux qui, depuis le début de cette Intifada en septembre 2000, ont connu des pertes irréparables.

CRÉDITS PHOTOS

P. 1 :
Mabrouk Idris tenant le portrait de sa fille Wafa, Ramallah, mai 2002.
© Chryssa Panousiadou, Gamma.

P. 2 :
En haut à gauche, Abdel Aziz al-Rantissi, haut dirigeant du Hamas.
© Stéphane Rossi.
En haut à droite, cheikh Ahmed Yassine, leader spirituel du Hamas.
© Stéphane Rossi.
En bas, Yasser Arafat lors de la Conférence de Ramallah, 27 janvier 2002.
© Stéphane Rossi.

P. 3 :
Photo de Wafa Idris utilisée pour l'affiche de propagande diffusée après sa mort.
© D. R.

P. 4 :
En haut à gauche, Ayat al-Akhras et son fiancé quelques semaines avant sa mort.
© D. R.
En haut à droite, photo d'Ayat al-Akhras utilisée pour une affiche de propagande.
© D. R.
En bas, Ayat al-Akhras durant la conférence de presse télévisée de mars 2002.
© D. R.

P. 5 :
Andalib Souleiman, avril 2002.
© D. R.

P. 6 :
En haut, la mère de Darine Abou Aïcha en compagnie de l'auteur.
© Stéphane Rossi.
En bas, Oum Nidal, juillet 2002.
© Stéphane Rossi.

P. 7 :
Darine Abou Aïcha.
© D. R.

P. 8 :
Shirine Rabiya.
© Stéphane Rossi.

REMERCIEMENTS

Je tiens à remercier tous ceux qui, dans les territoires occupés, dans la bande de Gaza et en Israël se
sont montrés si généreux de leur temps pour m'aider
dans mes recherches et m'ont permis de rencontrer
tous les gens que j'ai interviewés. Je veux, plus précisément, remercier ces familles des deux côtés de la
ligne de démarcation qui, malgré leur douleur, ont
évoqué pour moi leur histoire de façon si poignante
et avec une telle dignité.

Enfin, toute mon estime et toute mon affection
pour Patrice Hoffmann, Olivia de Dieuleveult et John
Michel qui, heure après heure, ont travaillé à côté de
moi durant ces longs mois pour faire de ce livre une
réalité.

TABLE

281

Cet ouvrage a été imprimé par la
SOCIÉTÉ NOUVELLE FIRMIN-DIDOT
Mesnil-sur-l'Estrée
pour le compte des Éditions Flammarion
en octobre 2002

Imprimé en France
N° d'impression : 61535